2022
民生散文选

古耜 ——— 主编

中国言实出版社

图书在版编目（CIP）数据

2022 民生散文选 / 古耜主编 . -- 北京 : 中国言实
出版社 , 2023.1
ISBN 978-7-5171-2755-0

Ⅰ . ① 2… Ⅱ . ① 古… Ⅲ . ① 散文集－中国－当代
Ⅳ . ① I267

中国版本图书馆 CIP 数据核字（2022）第 241247 号

2022 民生散文选

责任编辑：史会美
责任校对：王建玲

出版发行：中国言实出版社
   地 址：北京市朝阳区北苑路 180 号加利大厦 5 号楼 105 室
   邮 编：100101
   编辑部：北京市海淀区花园路 6 号院 B 座 6 层
   邮 编：100088
   电 话：010-64924853（总编室） 010-64924716（发行部）
   网 址：www.zgyscbs.cn 电子邮箱：zgyscbs@263.net

经 销：新华书店
印 刷：北京温林源印刷有限公司
版 次：2023 年 1 月第 1 版 2023 年 1 月第 1 次印刷
规 格：880 毫米 ×1230 毫米 1/32 11.375 印张
字 数：265 千字

定 价：68.00 元
书 号：ISBN 978-7-5171-2755-0

目 录

"不要忘记你的母亲是为国而牺牲的"

——

李 舫

宁儿：

母亲对于你没有能尽到教育的责任，实在是遗憾的事情。

母亲因为坚决地做了反满抗日的斗争，今天已经到了牺牲的前夕了。

母亲和你在生前是永久没有再见的机会了。希望你，宁儿啊！赶快成人，来安慰你地下的母亲！我最亲爱的孩子啊！母亲不用千言万语来教育你，就用实行来教育你。

在你长大成人之后，希望你不要忘记你的母亲是为国而牺牲的！

一九三六年八月二日

你的母亲赵一曼于车中

1936 年 8 月 2 日凌晨，随着一声汽笛的嘶鸣，被折磨得遍体鳞伤的赵一曼，被关东军和伪满军警由哈尔滨押往珠河执行死刑。死亡迫近，赵一曼却丝毫没有表现出惊慌的神态。生命即将走到终点，她最为牵念的是几年未见面的儿子。她向看守人员要来纸和笔，写下了这封遗书。薄薄的纸片，怎能承得住这纸短情长、字字千钧？赵一曼在生命最后时刻的真情流露，让人肝肠寸断。

甘将热血沃中华

关于东北抗联英雄赵一曼的电影有两部，一部是长春电影制片厂拍摄的剧情片《赵一曼》，1950 年上映，沙蒙执导，石联星饰演赵一曼；一部是福建电影制片厂出品的《我的母亲赵一曼》，2005 年上映，孙铁执导，张晗饰演赵一曼。2005 年是中国人民抗日战争暨世界反法西斯战争胜利 60 周年，也是赵一曼烈士诞辰 100 周年，7 月 20 日，《我的母亲赵一曼》在北京和福建两地同时首映。两部影片从不同的视角讲述了赵一曼从 1931 年九一八事变参加革命到壮烈牺牲的光辉历程。

1931 年 9 月 18 日深夜，日本制造"柳条湖事件"，反诬中国军队破坏，炮轰东北军驻地，九一八事变爆发。由于蒋介石当局奉行不抵抗政策，日本兵长驱直入攻占沈阳。

9 月 19 日，大批的日本兵涌入中国，长春、锦州、四平、哈尔滨等城市相继失守。六个月后，所谓的"满洲国"成立，整个东北沦陷在日本人的铁蹄之下。

赵一曼的故事就从这里开始了。

1950 年电影《赵一曼》的开篇是赵一曼与她的"丈夫"老曹，受命在日军占领下的哈尔滨市电车工人中开展工作，组织工人罢工。

大革命失败后，白色恐怖席卷全国。狡诈的国民党政府为了迷惑人民，表面上佯装让步，暗地里却加紧镇压革命群众。赵一曼得知这一情况，迅速组织参加罢工的革命群众的转移工作。然而就在此时，老曹不幸被捕，被敌人残忍地杀害。赵一曼饱含热泪送别同志，将革命阵地转移到农村，在田间地头宣传党的声音，宣传抗日主张，组织广大农民建立抗日队伍。

1935 年隆冬时节，赵一曼和同志们得知红军长征到达陕北，开心地为此庆祝，不巧营地被敌人发现，敌人蜂拥而来，将整座山团团围住。赵一曼当机立断，让部队突围，她带着一个排留下掩护。最终，因寡不敌众负伤而被俘。在监狱里，她受尽严刑拷打和威逼利诱，却始终坚贞不屈。在医院里，赵一曼的坚定和坚贞打动了护士和看守，他们提出将赵一曼救出监狱，与她一起逃走，投奔抗日队伍。然而，他们三人在逃跑的路上被敌人抓回狱中。赵一曼英勇就义。

白山黑水除敌寇

在 2005 年的电影《我的母亲赵一曼》中，赵一曼的故事则是从 1931 年 9 月 18 日这个黑暗的夜晚开始的。与其他关于赵一曼的文艺作品不同的是，这部电影的叙事用儿子的视角展开："关于母亲，人们有各种各样的叙述。但在这里，我所要讲述的，是属于一个儿子的母亲。它可能不是母亲历史的全部，却是母亲历史中最冰天雪地的段落，是母亲留给一个儿子的心灵史。"

就在东北的白山黑水被深深地打上日本耻辱的烙印时，赵一曼将两岁儿子寄托在上海，只身一人来到了哈尔滨。在这里，她看到了太多中国人饱受日本侵略者的欺凌，坚定了她同日本侵略者战斗到底的信念——没有身临其境的耻辱，就没有义无反顾的决心。她跟东北省委地下党取得联系，开始参与组织哈尔滨电车工人大罢工。罢工工人相继倒在了敌人的枪下，赵一曼向省委申请，到抗日联军根据地去打击敌人。

游击队政委赵一曼，令日本关东军闻风丧胆，被称为"红衣白马女匪首"。赵一曼在珠河县境内遭遇大批敌人围攻，她亲率一个班掩护队员撤退。几天后，赵一曼与几名抗联战士被包围，她的大腿被子弹贯穿，昏迷后不幸被俘。她被日本军队抓获并交给了大野太郎。狡诈的大野太郎从赵一曼的慷慨言辞和凛然大义中，看出了这个人绝非普通农村妇女，便将其带到哈尔滨市立医院，企图将她的腿伤治好，再借其将赵尚志部队一网打尽。然而，这一切都是徒劳。

两部影片用大量的篇幅描写赵一曼在日本关东军手中如何饱受酷刑。日寇和国民党警察一次次将她打昏过去，又一次次用凉水将她浇醒，他们还将马鞭直直戳入赵一曼的枪伤洞口，甚至用蘸了盐水的马鞭对其不断抽打，她却始终坚贞不屈地说："我的目的，我的主义，我的信念，就是反满抗日。"为了从赵一曼的口中套出情报，日寇使出了他们最新发明的电刑。在长时间高强度的电刑下，赵一曼疼得肢体麻木，浑身抽搐，一次次死去却又被救活。然而，日寇没打算放过她，一面继续电刑，一面在她的伤口上撒盐。

尽管用尽了刑罚，赵一曼仍然宁死不屈。连敌人都震惊了，这个中国女人为何会有如此毅力？日寇对坚韧顽强的赵一曼无计可施，最终决定将她押往珠河枪决。正是在奔赴刑场的途中，赵一曼写下了给儿子的绝笔信，这是赵一曼留给儿子的唯一信物。为表达赵一曼作为母亲的温婉和作为战士的坚强，电影别出心裁地让儿子与母亲进行了跨越时空的交谈。"什么是牺牲？就是在今天以前，你一直在妈妈的怀抱里；从今天以后，妈妈却只能留在你的记忆里了。"这是临刑前的赵一曼想到年幼的儿子，潸然泪下，肝肠寸断。"许多年以后，包括当年行刑的日本人都在说，我的母亲赵一曼在整个受刑过程当中始终没哼一声。作为儿子，我知道母亲的疼痛，我多么希望妈妈能够撕心裂肺地喊出来，喊一嗓子……"这是成年后的儿子看到母亲的资料，懂得了母亲的选择。

当赵一曼决定离开哈尔滨到东北的深山里打游击时，她就意识到她选择的是一条怎样的道路。她把一直珍藏在身边的合影放进信封里准备寄走。当她来到邮筒前投递时，她犹豫了，似乎不舍得把照片寄走，但最后还是把照片投了进去。她是个温柔的母亲，可是在面对敌人时，她却是个刚强的中国人。

什么是慨然赴死、为国请战？什么是休戚与共、团结御侮？什么是忠贞报国、前仆后继？《赵一曼》《我的母亲赵一曼》两部电影，用一个柔情满怀的母亲、一个年轻美丽的中国女性在民族危难时刻的选择，在承受各种惨绝人寰的折磨时的坚强，对那些支撑我们民族脊梁的词条做出了生动而撼人心魄的解释。

原载《学习时报》2022 年 7 月 31 日

中国人的浪漫

韩少功

　　洁白纱裙，柔美手足，炫目旋转，优雅谢幕……当年，芭蕾舞剧《天鹅湖》所呈现的曾是很多中国人的梦中仙境，几乎成了美丽、高贵、纯洁的象征。然而，作为浪漫主义艺术时代的一颗明珠，这个关于天鹅的故事，在欧洲并不新鲜，无非是王子配公主终成佳缘美眷。这一类故事对标宫廷和贵族的心情，也引领普天下文艺青年的美学向往。

　　我差不多也有过这种向往，用小提琴学奏《小天鹅舞曲》时，后来在彼得堡观演现场热烈鼓掌时，都不无某种精神身份的临时代入感。我们都风雅兮兮的，都为天鹅牵肠挂肚，但并不了解，甚至没打算去了解那种生命体。艺术嘛，与现实毕竟是两码事，怎么梦与怎么活没必要一一对应——那种雁形目鸭科的大鸟真的很重要吗？在那一刻，在那种令人屏息的艺术仙境里，我们就把舞台当作生活的全部好了。

生活终究比舞台要大很多，要芜杂也要艰难很多。直到遇见徐亚平，我才知道更大的"天鹅湖"其实一直在自己身边，在庸常的日子里。他是省报的一个外派驻站记者，这种跑腿的活儿一干几十年。他有时头发乱糟糟的，似乎是缺乏上进心的那种油腻男——倒是折腾了一个民间组织，岳阳市江豚保护协会。这一次，鱼友们也成了鸟友，因一只小天鹅的跟踪器信号异常，他们前往现场救助，一路上翻山越岭、雨中迷路、车辆陷坑、队友病倒、涉水沼泽，最终只在 GPS 信号静止的位置，找到一只跟踪器，显然是被哪个猎手丢弃的。满地的血迹和散落的羽毛，还有一圈又一圈肢体挣扎的痕迹……说到这里，他哽咽了。

他可能并不懂柴可夫斯基，不懂巴甫洛娃，也从未见过《天鹅湖》中的仙境，但谁能说他不是一位真正的"王子"，一位为保护人间美好而一再受伤的隐名义侠？

从他嘴里，我才知道，尽管大鹅已成为西方诗歌、音乐、舞蹈的一个经典符号，但天鹅的故乡并不限于欧洲，不限于将其奉为国鸟的丹麦与芬兰。每当冬寒逼近，它们悉数南迁，远离北极圈，飞越西伯利亚和蒙古草原，换名为中文里的"鸿鹄"（或更精简的"鹄"），也兼名人们泛指的"雁"，直抵它们熟悉的大河上下大江南北，直抵洞庭湖、鄱阳湖这两个最南的越冬区——它们的另一片家园。数十次南来北往，它们在这种长旅中要应对的，岂止一个恶魔"罗斯巴特"，还有千百年来沿途防不胜防的罗网、猛兽、恶禽、暴风雨……

正是这漫长的苦难旅程，激动了另一位"王子"。同亚平一样，周自然也是湖乡子弟，有点家传的内向和诗癖，中年时在外地商圈创业有成，之后重返洞庭故土，再续多年前的旧梦，不惜倾其家产也要当一个"鸟人"。因其创意,他仅用几条微博,就使"跟着大雁去迁徙"的网上活动一鸣惊人,应者纷起,千万张博友的涉雁照片顷刻间哗啦啦贴上来,差点挤爆网站。散兵游勇的状态,借助互联网这种新工具,一举转型为八方联手、广域监护、高效协同的大事件,成为热浪迭起的社会运动。不少理工男女受其邀请或激励,也自带干粮加入进来,投入他们自嘲为"神经病"式的狂热中。这里还得说说周立波和周明辉。这两位博士差不多是从零开始,啃下芯片、传感、电源、天线、封装等难题,一步步把跟踪器的性能做上去,把重量、能耗、价格做下来。到最后,研发团队硬是把法国那种四十克重的背负式跟踪器,做到了二十克以下,最轻的一款仅重二点三克,如一片鸿毛。

于是,再一次借助高科技,广域监护升级为"广域+全程"的监护。如有必要,眼下每一只天鹅,几乎都可以有编号,有昵称,有档案,都能在电脑上显示航迹、落点、身体状态。人们这才惊讶地发现,天鹅竟是这样飞的啊:屏幕上一个光点可一口气跨越一两千公里,若喘口气,在某地盘桓和磨蹭数日(想必是在狂吃蓄膘),该光点还可再次一口气抛出四五千公里,划过整个辽阔的西伯利亚——它们最后累得可能只剩下皮包骨,其意志,其体能,是何等惊人!人们还发现,屏幕上两个光点可一辈子形影相随,即便有过一段分离(也许是其中一方贪玩、赌气、别恋、崇尚自由),但最可能的下文,是它们再聚如昨,隔山隔海也能准确地找回来,不能不让人类感慨万端。当然,爱鸟者们最不愿意看到的,是屏幕上两个光点久久静止,直至熄灭(是同遭不测?或许有过拼死相救或以命殉情?)——想想吧,比比吧,这些爱侣生同衾,死同穴,相遇随缘,归去有约,其一颗颗鸟心令人类动容。

如此等等，一个神秘的鸟世界在这里渐次揭开，一部鸟类史有待重写。一场民间护鸟运动不仅助推了各地野保机构，不仅汇聚了政府、媒体、警方、青少年、社团、企业家、摄影发烧友、农民渔民牧民的力量，还释放出新异的学术价值，迅速吸引了高等院校和科研单位的人力资源。

　　一种全新的组织方式也应运而生，让人不容易看懂。这些"王子"们和"鸟人"们，来自看似十三不搭的各地各业各层级，无领导，无财政，无薪资，连业余社团都算不上，却无处不在，如太空尘时有时无，却总能一呼百应，召之即来，各尽所能，协同有序，低摩擦运转。他们设立一个个候鸟迁移标志，推动国家和地方的有关立法，连俄罗斯、蒙古、日本、澳大利亚等地也同道蜂起，形成规模越来越大的跨国情怀圈。他们在地图上标绘出一条条"鸟道"，导向穿越山脉所需的峡谷和隘口；发现和维护一个个"鸟港"，即候鸟采食和栖息所需的大湿地，相当于旅途中的休息区。依据卫星信号的异常，他们还能及时发现一个个可能发生惨剧的风险点，一次次紧急出动。这样做的时候，他们并无执法权，哪怕心头滴血也不可越权动粗，但他们至少能实现网上定向动员，迅速征召风险区附近数以十计或百计的鸟友，投入现场的宣传、劝阻、取证举报，形成强大的民意浪潮和行政反应，最大限度地遏阻灾难。

　　有一次，他们从吉林一个厂区成功解救了一只触电致伤的白尾海雕——其时监护范围已从天鹅扩展至所有珍稀野生鸟类。他们给这只"巍鹏8号"做了全国首例猛禽接爪手术，并在随后的四年多里，捕捉到它九次越境迁徙的卫星信号，包括在白城某地一个农家院一再出入，形迹颇有些可疑。这家伙，想必是吃鸡上瘾啊！妥妥的贪嘴吃货一个，是不是与人争食太过分了？小分队事后忍不住去提醒粗心的事主。不料，那位农妇得知院里那些剩骨残羽的谜底后，哈哈一笑："算个啥，俺今年多留几只给它吃呗。"作为种粮大户，她是富得不在乎几十只鸡了，还是一时找不到别的方式，来感激这些远道而来的好心人？

> 鸿雁，在天上，
> 对对排成行。
> 江水长，秋草黄，
> 草原上琴声忧伤……

这首歌徐亚平在车上总是唱不完，鸟友们也常在线上此起彼伏地云合唱。这次，受全国爱鸟人所托，一支由这些中国草根"王子"拼凑的车队，带着镜头、电脑、望远镜、宣传品，真的"跟着大雁去迁徙"了。他们从洞庭湖的 01 号迁徙碑出发，越千山，过万水，历时十天，辗转长驱两千多公里，最终抵达内蒙古甘其毛都边境口岸，难舍难分地目送一批又一批鸿鹄北迁。

长亭接短亭，落霞继星斗。车轮追赶雁翅，鸟鸣呼应歌潮。天上的"一"字和"人"字在泪眼中模糊了又清晰，清晰了又模糊，一会儿被高山隔断，一会儿又落下云端。这是动物界乃至生物界多么欢欣而忧伤的再别离，是人间一个多么奇特的最新节日。也许，回雁峰、黄鹤楼、白鹤寺、雁鸣湖、雁门关、雁栖湖、大雁塔、雁荡山，这一长串古老地名，将因此而纷纷苏醒，一个个开始萌动、舒展、绽放，重现容颜与光泽，再续它们各自无声的故事，无声的千年沧桑与浪漫。

这一年的 3 月 27 日深夜 11 点，月亮从乌拉山口升起。亚平告诉我，这个时候，他们几个追风送鸟的汉子仍久久守候在乌梁素海岸边，遥望深远无际的北方夜空，一个个忍不住泪流满面。他们多想在这里待下去，一直待到天上的"一"字和"人"字在秋后南归的那一刻。

原载《光明日报》2022 年 9 月 9 日

桃花鼓声安塞

———

刘成章

　　安塞在延安正北，离延安只有四十公里，可是过去由于交通不便，我家的亲戚朋友，去过安塞的屈指可数。只是听说，安塞有个真武洞，那洞很神秘，藏着无数故事，一说可以通到山西，一说可以通到靖边。春天的安塞，满山桃花，老辈人说，每年三月从洞那头吹进去的桃花瓣，直到六月才能从这边飘出来。这个浪漫的故事，使我很是着迷。我班上有个同学是安塞人，他告诉我，从延安西川流来的那条河，就源自安塞。所以那时候，一个满怀好奇心的少年，常常望着滚滚而来的西川河水，充满遐想。

　　二十多年后的一天，我终于有机会乘车去安塞。安塞路不好走，因为西川河弯弯曲曲，常常挡在路上，大小石头在波浪中出没，这可忙坏了司机的双手，时而换高挡，时而换低挡，一个同行者喊道："哎呀，快把人摇得散了黄了！"

　　一进入安塞地界，到处是五谷的气息：玉米的、谷子的、糜子的、小麻的、黄豆的、豌豆的，还有地椒的气息、羊的气息。地椒是这里和志丹、吴起一带独有的一种香味浓郁的野草，到处都是。安塞的羊肉味道鲜美，缘于这里的羊吃地椒，仿佛长肉时，便已撒上了香料。

安塞街道不长，宁静安谧，铺面好多都住着人家。这里只有一个供销社和一座国营食堂，要不是挂着一块县政府的牌子，人们也许想不到它是个县城。此时的我，已经工作多年，少年时代的浪漫情怀所剩无几，看见真武洞口时，觉得它无非是个较大的山洞。

这是我对安塞最初的印象。

其时我在延安歌舞团从事创作。有一天在院子里，我看见一些农村后生给舞蹈演员示范打腰鼓，那动作如霹似雳，直击人心，顷刻把我镇住了。一问，那些后生全是安塞来的。他们打腰鼓的英姿，出神入化，震荡心魄，那是任何演员都学不来的。这，给我的印象太深了。我自愧虽然去过安塞，却不曾发现安塞还有这样一种灿烂的艺术。

我心旌摇曳，产生了创作冲动，想写一写安塞腰鼓。为此，我又专程去安塞看打腰鼓。安塞这时已修建起相当气派的大礼堂。当时任县文化局副局长的贺玉堂，是一个已经在好几部电影中唱过歌的著名民歌手，他在他的办公窑洞，为我放声高歌，那奇高的嗓音，让我叹服。他还就近找了几个腰鼓手给我表演，我再一次被那腰鼓感染了，久久难以平静。然而，几次提笔，又搁下。从生活到艺术，有时不是那么简单，甚至可以说是举步维艰。后来我认识到，那是因为我内心的认知和感情，还未到火候。

又过了好几年，中国迎来改革开放的大潮，人心大顺，万马驰鸣。我去关中西府千阳农村下乡，心里也鼓胀着空前炽烈的激情。

结果，只用了两个小时，我就把《安塞腰鼓》写了出来，不久发表在《人民日报》上。就像以前发表作品一样，心里浮起一阵快意，不过很快就烟消云散，一切如常。

后来，这篇文章不断被选入各种散文选本。而且，它好像变成了一群鸟儿，扑棱着翅膀，落上了如大树小树一般的各种语文课本。此时我才意识到，它已成了我的代表作，贴在我的身上、长在我的身上了。于是，我常常会想起安塞。

去年我回到延安，受邀又一次来到安塞。

汽车沿着宽阔的大路飞驰，一路上桥梁飞架，已没有奔腾的河水挡道。大路平如砥，车如响箭飞。路的两侧，有崛起不久的高楼大厦、石箍窑洞。天上的云，好白好白。偶然也看到了羊群，羊群比云还白。一个老人踽踽前行，折形的镢头朝后挂在肩上，镢把就像一股溪水，沿着他的躯体斜着向下流淌，自在如仙。

蓦然之间，看见了前面的腰鼓山，山上高竖着一个巨大的红色腰鼓，而山下就是安塞市区了。现在的安塞，已是延安的一个区，高楼鳞次栉比，一派现代城市气象。市中心矗立着一座金色雕塑，造型是鼓手在捶击腰鼓，充满动感。他的双脚飞舞的场地，是一面大鼓的造型，鼓面光亮，鼓身鲜红。安塞人，已经用腰鼓做了城市的招牌和名片。

而我的注意力，已经落在一些斜背腰鼓的小朋友身上了。那是红军小学的娃娃。他们在语文课上学过我的《安塞腰鼓》，听说我来了，呼啦啦地跑到我的面前，要给我表演打腰鼓。他们的眼神，明亮而炽烈。他们那些好看的小脸蛋上，不知吸收过多少阳光，甜美亮丽。和他们在一起，就像和袅袅上升的地气在一起。他们身上腰鼓的红、背带的红、流苏的红，以及情绪的红，包裹着我，我成了喜庆的中心。

打起腰鼓的孩子们，腿脚欢蹦，精气神四射，鼓槌上的流苏飞舞，用语言极难形容。霎时间，我仿佛看见真武洞里飘出漫天的桃花瓣！人道是"杏花春雨江南"，但这儿不属于江南，而属于北国，是北国里的安塞、粗犷的安塞、强悍的安塞、谷子南瓜苹果飘香的安塞、"走头头骡子三盏盏灯"的安塞，这儿是"桃花鼓声安塞"。在安塞，在日头映红的安塞，在石鲁笔下的火红高崖下，孩子们忘情地歌舞。

杏花的气质是温婉秀丽清清浅浅，桃花的风度是激越轩昂风风火火。如果说杏花的魂灵是水，那么桃花的性情就是火，矢志不渝地燃烧。迎着高原的阳光，那些桃花瓣，从真武洞里飘出极多极多，简直是喷出来的。花瓣一片挨着一片，一片映着一片，上下翻飞；花瓣有如金的质地，铿锵劲舞；花瓣片片散发着香气，展示着这片土地的芳华。而那些孩子们，则是一片寰宇的光芒，一群火的精灵。

安塞的丘陵沟壑里，奔腾着不少河流：延河、杏子河、西川河、小川河、小沟河、双阳河……现在发现，在它的地层下，有更多的石油河。整个安塞大地，是包着一团火的。世世代代的安塞人，也像这片土地一样，心底回荡着奔突着滚烫的热血。

早在古代，安塞就有"上郡咽喉"之称，常有重兵把守，山山岭岭都回荡过战鼓助阵的声音。唐朝"安史之乱"期间，伟大的诗人杜甫，望着安塞的芦子关，写下了感时忧国的诗篇。在解放战争中，安塞出过一支英勇善战的游击队——塞西支队，它的队长安塞人田启元更是威名远扬。1947年，西北野战军三战三捷，正是在真武洞，彭德怀将军召开了五万军民参加的祝捷大会，留下了一张英姿勃发的照片。有人说，冲着安塞一眼望不到头的高山大峁一声喊，随时都会出现九路烟尘、八百悍将、三千五百雷霆。这片土地孕育出的腰鼓艺术，哪能不高迈劲健、威震八方？

眼前是桃花鼓声安塞，是打腰鼓的安塞。这腰鼓的磅礴气势，来自唐宋元明，来自长河落日，来自"天苍苍，野茫茫"，来自中华古老的优秀传统，也寄托着我们新的希冀。想起老人们说的，娃娃们若成了优秀的腰鼓手，一辈子都会蓬勃向上，永不沉沦。

原载《光明日报》2022 年 3 月 4 日

红船·初心

———

丁晓平

红船，是中国共产党诞生的地方。红船的故事，几天几夜也说不完。在浙江嘉兴，有这样一则女中学生与红船的故事，震撼人心却又鲜为人知。

1990 年 4 月 12 日，嘉兴人民广播电台收到了一封听众来信。信中写道：

> 编辑同志：您好！今天，我在早上听了你们所播得（的）新闻，其中有一段新闻，关于我市南湖纪念馆的，事后我想：我做（作）为嘉兴市民中的一员，应该也出一份力。我虽然只有 5 元钱，但这也表示了我对嘉兴的一种感情。可由于我不知道南湖纪念馆的正确地址，因此，请您转交给有关建设南湖纪念馆的机关。我在此深深地感谢你们！祝：你们的新闻更上一层楼一帆风顺！

信是两天前的 4 月 10 日写的，信中确实夹了 5 元人民币。从署名的信息来看，可以判定来信人是一名姓于的中学生，其他一概不知。嘉兴人民广播电台将这封信连同 5 元钱一起转交给了南湖革命纪念馆筹建办。但这名中学生到底是谁呢？

"好新闻来了！"嘉兴人民广播电台敏锐地捕捉到这个信息，立即派出记者韩福根进行调查采访。从哪里着手呢？没有什么能够阻挡记者挖掘新闻的脚步。韩福根从这封没有署名的信上下功夫，经过琢磨，他还是发现了其中的蛛丝马迹——这封信是写在一张印有"嘉兴市中华化工总厂"的信笺上。由此可见，这名中学生或许与这家化工厂有联系，有可能是有家人或亲戚在这里上班。重要的是，这封信的落款为"中学生：于××"。尽管捐款人隐藏了自己的名字，但留下了姓氏，这就缩小了搜索范围。经查，中华化工总厂位于大桥镇，而大桥镇只有一所中学，就是大桥中学。这么一分析，线索就有了。于是，韩福根赶紧行动，背起采访包、带上录音设备来到了大桥中学。

因为自己是大桥人，韩福根对家乡的里里外外都比较熟悉。嘉兴市中华化工总厂就坐落在大桥镇的中华村，而姓于的人家也都集中在一个名叫夏义浜的村子里。韩福根先是到夏义浜找村干部走访了一圈，看看谁家有孩子在大桥中学读书，谁家有大人在化工厂上班。接着，他来到大桥中学，经过调查核实，终于锁定了一个名叫于群芳的初一女学生。为了不出差错，韩福根先让校长和班主任悄悄地去问一问，打听一下于群芳是否给嘉兴人民广播电台写过一封信。

这一问，真的问对了，要找的这个匿名捐款的中学生就是于群芳（现名于群芬）。那一年，她才 13 岁……

小小年纪的于群芳怎么想着要为南湖革命纪念馆捐款呢？时隔30年，经过辗转寻找，笔者在嘉兴市第二幼儿园见到了她。朴朴素素，大大方方，彬彬有礼，这是于群芳给人的第一印象。中学毕业后，她考上了嘉兴市卫校，1994年在卫校加入了中国共产党，1995年毕业后分配到幼儿园当保健师。说起30年前的往事，文文静静的于群芳十分腼腆地笑了。

　　回到1990年4月10日，一个普通得不能再普通的日子。这天早晨，鸡叫了，天亮了，晨曦如雾，炊烟袅袅。13岁的于群芳早早地起了床，麻麻利利地帮妈妈做早饭，吃完饭后再去上学。于群芳做饭的时候喜欢听广播，这天早晨，她无意间听到了嘉兴人民广播电台播发的一则新闻，大意是要新建南湖革命纪念馆，希望得到广大党员干部和市民的支持。

　　于群芳听了，怦然心动，感觉作为南湖儿女应该为南湖革命纪念馆做点什么。尽管自己还从来没有去过南湖，更从未走进过纪念馆的大门。吃过早饭，她上学去了，但这件事儿，她一直惦记在心里，就好像农民在地里种下了一颗种子。下午放学回家，吃过晚饭，她伏在饭桌上做作业，妈妈坐在桌边给哥哥织毛衣。

　　做完作业，于群芳抬起头来，小声地说："妈妈，我有一件事要跟您说。"

　　"什么事？"

　　"听说南湖革命纪念馆要建一个新馆，我想给他们捐一点钱。"

　　"你是从哪里知道的？学校发通知了？"

　　"没有，是我早上做饭时，从广播里听到的。"

　　"哦，你怎么想到要捐钱给他们？"

　　"听奶奶说，我们家过去很苦，现在过上好日子了，要感谢共产党。爸爸小时候，8岁了，穷得连衣服都没得穿，也没有吃的，只得吃榆树皮充饥，连大便都拉不下来。现在我们家虽然也没钱，但每个周末，我和哥哥都能吃上肉。"

"你想捐多少？"

"5元钱。"

"你想捐就捐吧。"

"可是，妈妈，我的零花钱……"其实，那时候于群芳平常也没有零花钱。这些钱都是她每次买笔、买作业本等文具用品剩下来的钱，父母也都允许她留下来作为零花钱。于是，她就用旧毛线编织了一个袋子，把这些零钱积攒了起来。

"你有多少钱？"

于群芳起身拿来自己用毛线编织的"储蓄罐"，在妈妈面前晃了晃，笑着说："妈妈，我就这么多。"

"拿出来数一数。"

"哗啦——"一声，于群芳把硬币倒在了桌子上，1分、2分、5分……1毛、2毛、3毛……1元、2元、3元……一口气数下来，才3元多一点儿。数完了，她瞪着眼睛，呆呆地看着妈妈。

"你看着我干吗？是不是想让我把剩下的给你补上。"妈妈笑着问道。

于群芳点点头，眼睛里散发着渴望的光芒。屋顶的白炽灯泡似乎更亮了一些，灯光映照着她稚嫩的脸庞，仿佛在上面涂了一层金色。

"我想问你，你怎么捐给他们？"

"我想好了，到邮局寄给广播电台，让他们转给建设南湖纪念馆的机关。"

"这么多硬币，怎么寄？"

"妈妈，我想把我积攒的硬币都给您，您给我一张 5 元钱纸币。这样，我可以给他们写封信，把这 5 元钱夹在里面寄给他们。"

这时，外出做泥瓦工的父亲回家了，听了女儿要捐款的事，憨憨地笑着说："妈妈答应你了，说明你这是在办正经事，我支持，缺的那点钱我来垫上。"

听了父亲的话，女儿脸上露出了笑容。

就这样，在爸爸妈妈的帮助下，于群芳从在嘉兴市中华化工总厂跑外销的叔叔那里要来一张信笺，当晚就写好了这封匿名信。第二天一早，小姑娘揣着信，像一只小喜鹊一样蹦蹦跳跳地向镇上的邮电局奔去。寄完信，她高高兴兴地去学校安安心心地上课，感觉完成了一件神圣的使命。

于群芳没有告诉老师，也没有告诉同学。信和钱都寄出了，于群芳的心中多了 个秘密，也多了一丝担心，那就是信丢失了该怎么办？要知道，5 元钱，对当时的她来说，可不是一个小数目。那时候，她和哥哥上学，一日三餐大多是就着妈妈腌制的咸菜下饭，家里只有周末才去镇上买一次新鲜蔬菜和肉类打牙祭。

现在，嘉兴人民广播电台的记者找上门来了，本来不想让别人知道这件事儿的于群芳终于瞒不住了，一时间成了大桥中学和中华村的"新闻人物"。13 岁的于群芳，小小年纪，十分淡定，一点儿也没感觉自己有多么了不起。因为她的目的和动机本来就简简单单、十分纯粹。她始终记得奶奶的话："没有共产党，就没有我们现在这个幸福的家。"

爷爷奶奶和爸爸妈妈都为她感到高兴。村里的老年人见到于群芳的父亲都忍不住夸奖道："哇！春观的女儿蛮厉害的！"父亲在村子里做人做事一直非常低调，这一次女儿给他增了光，他的脸上满是欣慰。

一石激起千层浪。一个 13 岁的女中学生为建设南湖革命纪念馆捐了 5 元钱，这则新闻在嘉兴引起极大震动。经过报纸、广播迅速、及时的大力宣传，不仅成为广大人民群众街头巷尾的热议，也引起嘉兴市委、市政府的高度重视。

这年 6 月，嘉兴市委书记专门召集市纪律检查委员会、市委组织部、市委宣传部和文化局、教育局、共青团、妇联、文联等 15 个部门召开联席会议，议题只有一个，就是如何建设南湖革命纪念馆。在联席会上，市委书记说："建设南湖革命纪念馆新馆，如果由财政来承担，我们嘉兴完全承担得起。但是，我的想法是，我们不仅要把这个新馆建成、建好，而且还要通过建馆这件事，对我们嘉兴广大的党员干部进行一次党性教育。像大桥中学的一位中学生捐了 5 元钱，这是一件了不起的事情，小孩子给我们大人上了生动的一课。"

大家你一句，我一句，各抒己见，贡献智慧。最后，经过讨论，大家一致同意共同发起"我为南湖增光辉"活动，联合向全市共产党员和人民群众发出倡议，进行爱党、爱社会主义、爱家乡的系列教育，为修建南湖革命纪念馆出资出力。随后，中共嘉兴市委、市政府顺应民意，召开"我为南湖增光辉"活动动员大会。

风乍起，吹皱一池春水。7 月 15 日，新华社播发了专稿《嘉兴拉开"我为南湖增光辉"活动序幕》。"我为南湖增光辉"活动迅速得到了全市党员干部和全体市民的广泛响应，从工厂到农村，从机关到学校，从党内到党外，从年逾古稀的革命老人到好学上进的少年儿童，从南湖之滨的嘉兴人到祖国各地的热心人，纷纷自愿、自觉地为南湖革命纪念馆捐款。至 7 月 31 日，捐款金额达 104.6 万元。8 月 2 日，远居北京的中共一大的见证者王会悟老人也给嘉兴写来一封信，并附上 100 元捐款。其间，嘉兴市委组织了"嘉兴地方党史巡回报告团"，到市级机关及各县（市、区）开展巡回报告，直接听众 8000 多人；开展了"嘉兴精神"大讨论、"立事立项"（办好一件实事，完成一个项目）等活动；编辑出版了《南湖魂》《中共嘉兴党史纪事》等书籍，拍摄了《烟雨风云》电视片。

一个个感人的故事依然留在嘉兴人今天的记忆里——盲人中医师朱丽华听到消息后，第一个送来捐款 116 元；一对年轻的父母，把原本置办儿子周岁生日喜宴的 100 元钱，再添上 7.19 元（寓意儿子的出生日期），以儿子的名义捐献；小学二年级学生薛亮手捧"大肥猪"储蓄罐来了，把从幼儿园就开始储存的零花钱全部捐献；嘉兴绢纺厂退休女职工林晓秀把调级以后补发的 120 元工资送到筹建办；海宁市盐仓海涂朱国尧等 4 位养猪农民为了"表心意"，共捐献 650 元；海宁市丁桥镇中心小学来了 400 多名少先队员，他们献上了用零花钱和收集废品换得的钱买来的 400 多块红砖和 267.12 元捐款，并一一在红砖上写下了自己的誓言……南湖革命纪念馆工作人员，几乎所有人都捐了 100 元，可是当时他们当中的许多人一个月的工资还不到 100 元。个人踊跃捐款的同时，嘉兴的企业也慷慨解囊。家具厂捐来各式家具，钟表厂捐献特制大钟，电扇厂捐了电扇，电冰箱厂捐了冰箱，钢管厂捐了价值 5000 元的钢管……截至 1990 年底，在"我为南湖增光辉"活动中，参与捐款、捐物、义务劳动的嘉兴市民超过 26 万人，捐款总额达到 3260947 元。其中，个人捐款占 45% 以上，捐款 100 元以上的个人有 1870 多人，捐款的党员占全市党员总数的 92.6%，捐款 5000 元以上的单位有 260 多家。

平平淡淡才是真。历史的确没有忘记这个当年只有 13 岁的小姑娘，嘉兴人始终把尊敬的目光投给她。1990 年 9 月 13 日，第二代南湖革命纪念馆奠基典礼在南湖渡口旁举行。第一个捐款的于群芳也应邀参加了奠基典礼。这是她第一次来到南湖，终于看到了南湖的模样。面对记者的采访，于群芳笑着说："我捐 5 元钱，就是为了表达我的一份心意，很简单的，就是发自内心的。作为南湖儿女，我的心意尽到了。这就是我的初心吧。"

第二年 6 月 25 日，浙江省庆祝中国共产党成立 70 周年大会暨嘉兴南湖革命纪念馆落成典礼在南湖之滨隆重举行。这是嘉兴广大党员干部和人民群众集资兴建的一座历史性建筑，受到了全国各地人民的热情关注，载入了史册。南湖儿女用一颗红心凝聚起了一座信仰的丰碑，高高耸立在纪念馆屋顶之上的金灿灿的党徽，正是他们爱党、爱国、爱家乡的最美的明证和表达。新馆建成不久，也迎来了她的第一个捐款人。这一次，于群芳是随工作单位嘉兴市第二幼儿园集体组织来参观学习的，这也是她第一次走进由她捐献 5 元钱"发起"建成的南湖革命纪念馆。在纪念馆展厅一个拐角处的玻璃展柜中，她看到了当年自己写给嘉兴人民广播电台的那封信。那一刻，她至今还记得："没想到自己当时的一个小小的举动，竟然和许多革命先烈的资料一起，被纪念馆当作文物珍藏起来，我一个人在心里穷激动，没有告诉其他同事。"她要把这个秘密埋藏在心中，平平淡淡地过普普通通的日子。

"一船红中国，万众跟党走。"2005 年，南湖革命纪念馆开始进行第三代馆的建设，于群芳以特殊党费的名义捐款 500 元，表达自己的心意。2008 年，于群芳带着正在读小学五年级的儿子来南湖革命纪念馆参观，这是儿子第一次来。在展柜中，她又看到了自己写的那封信。这一次，她没有隐瞒儿子，悄悄地把自己的故事跟儿子一五一十地说了。不是为了在儿子面前炫耀自己，而是为了在儿子心中播下一颗信仰的种子。言传身教，这就是爱的教育，也是爱的真谛。让她没有想到的是，儿子听了之后，开心又自豪地大声说："妈妈，您怎么这么厉害呀！我要向您学习。"

听了儿子的话，那一刻，于群芳被一股巨大的暖流包围，打心底里体会到一种深沉的骄傲和幸福。这是一个母亲的骄傲，这是一个母亲的幸福。

原载《解放军报》2022 年 3 月 30 日

风沙行

梁 衡

　　1968 年 12 月将近年底时，中央决定分配因"文革"而滞留在大学里的三届学生。那方法不是如现在这样个人填志愿，单位招聘，签约上岗，而是政治动员，号召到最艰苦的、祖国最需要的地方去。这样一来，热血一点的人就纷纷写决心书表态。我学的是档案学，为稀缺专业。最早是苏联专家要帮中国建一座档案学院，后中苏关系破裂，就在人民大学开设了一个档案系，每年只收二十人左右，我的上一年级只有十九人，以往的学生分配工作全部留在中央机关。这次号召到基层去、到边疆去，我们全班十二个党员纷纷带头表态，于是十二个人全被分到北部边疆，东起黑龙江，西到新疆，一路撒开了去。大家毫无怨言，限三天报到，打起背包就出发。我被宣布分往内蒙古巴彦淖尔盟，查了一下地图，在乌兰布和沙漠的边缘，心想，此生要和风沙打交道了。临行时行李中只带了一套《毛泽东选集》和一本焦裕禄治沙的小册子。

几经辗转，多日后我来到一个叫巴彦高勒的地方。安顿好住处，就与几个先到的待分配同学到街上转转。谁知一出院门不远便是沙漠。正是午后，风停日暖，天净如洗。沙地气候，早穿皮袄午穿纱，虽是深冬，但并不十分寒冷。我们见惯了大都市里的高楼大厦、车水马龙，忽看到电影里的沙漠，十分新奇。沙丘相拥而去，一个连着一个；连绵的弧线，一环套着一环，如凝固的波涛。才知"沙海"这个词的确不是随意杜撰的。我忽然想起《吊古战场文》里说的"浩浩乎平沙无垠"，还有唐诗里的名句："大漠孤烟直，长河落日圆"，不远处就是黄河。大漠长河，天高地阔，黄沙滚滚。我们几个萍水相逢的天涯学子，来作这沙海中的伴侣，一扇新生活的大门即将打开。大家兴奋不已，打滚扬沙，尽兴而归。谁知还没有两天，沙漠就露出了真容。因为我们还要继续下派到县里去，就借了人力排了车拉上行李到火车站去办托运。走到半路狂风大作，飞沙走石，瞬间黄尘蔽日。前日里美丽温柔的沙海早不知躲到何处。街上的行人，男士一律帽檐朝后，女士以纱巾裹脸，艰难地躬身前行，好像正跟前面的一个人角力较劲。我们几个前拉后推护着车子，不让风吹翻行李，大口地喘气。可一张口，就好像旁边正等着一个人，立即给你嘴里塞进一把沙子。成语说，逆水行舟，不进则退。我没有行过船，倒体验到了逆风拉车，不进则退。这是我到西北后经历的第一场风沙洗礼。回到招待所后，脱光了衣服也扫不净身上的沙子，那时候的招待里所还没有浴室。

一

　　我被下派到了临河县，这是守着黄河边的一个小县，只有四万人口。过了二十多天，才在县招待所里逐渐聚集了七八个大学生和十来个中专生。当时正是"文革"高潮，县机关几近瘫痪，只有几个人在维持局面。组织干事名李志忠，三十多岁，清瘦老练，说一口当地话。他是我出校门后碰到的第一个工作联系人。他找到我说："县里决定把你们编成一个劳动锻炼队。俺给你们找了一个条件最好的生产大队，小召公社光明大队，靠近公路，离县城四十里。大队长还是全国党代表哩。你们就在那里劳动落户。你看现在县里这个样子，也抽不出什么人去带队了。这二十多个学生中，就你一个党员，特任命你为队长，也算是帮我们一个忙。为了便于工作，再给你一个公社党委委员，可参加公社的有关会议。"

第二天他即叫上县里唯一的一辆嘎斯吉普，带上我去看将要安家的地方。那时的乡间公路全部是土路。冬季里的塞外，几乎无日不风，空中悬浮着似落不落的沙尘，天地一片昏黄。出城北行一个多小时后，车子停下，他说到了。我问："在哪里？"他用手指了指公路西侧，我仍是一头雾水。在我的印象里，所谓村子者，总得有房、有树、有人家。就算没有江南的粉墙黛瓦、中原的青砖大院，也总得有几间房子，或一点鸡犬之声吧？而这里唯闻北风呼啸，只见黄尘滚滚，向四处望去，收割过的田野是黄的，一条土路是黄的，远处的沙丘是黄的，依稀有几间平顶土房，也是黄的，整整一个黄土、黄沙、黄风搅动的混沌世界。我们要住的就是那几间瞪大眼才能辨认出来的土房。这就是塞外，我将要安家的地方。京城亲友若相问，一袭黄尘在风中。

安顿下来后，我们四个男生睡在一条土炕上，开始了沙里滚土里爬的锻炼生活。河套平原冬天的一大农活就是担土平地。背风铲土，顺风扬沙，口、耳、鼻，乃至贴身内衣及任何隐私处，无不灌进沙子。到收工吃饭，碗里也休想没有沙粒。这就是我们正常的劳作和生活。

有一次我和一位女同学骑车进城为锻炼队采买生活用品，来回八十里。下午返回时又风沙骤起，俩人蹬车艰难地逆风而行。那同学本就瘦小，又是在城里长大，哪受过这等折磨。渐渐体力不支，我们只好骑行一阵推行一阵，勉力而行。眼看天色昏暗下来，风愈紧沙愈急，前面还要路过一片坟地。我急了，从车上解下一根绳子，拴在她的车把上，翻身上车，在前面使劲蹬车，她也拿出吃奶的力气在后面跟骑，两个人都汗水湿透了棉衣，我们想着天黑前无论如何要赶回去。家里的同学不放心，我们临近村口时，早早就看见几支手电筒的灯光。我们进屋后一屁股坐在炕沿上几近瘫软。战友们赶快拧一把热毛巾，又在锅里舀一碗米汤来给我们压惊。要不是我还顶着个"队长"头衔，当时真想哭几声。喘过来气后，我自嘲地说了一句："没想到今天当了一回拖拉机。"大家轰然一笑，就算了事。

一年后我先在县委工作，后当省报的驻地方记者，仍少不了经常下乡，吃风浴沙。有一次额外受优待，搭乘盟委书记的车下乡。出城时还天清气朗，车行到北山脚下，山后渐渐升起一片腾腾的烟雾，先是深红暗黄，后渐成灰黑一团，滚滚而来。一会儿就感到了飓风的力量，像有一个无形的巨人，横挡于路的中央，用双手抵住我们的车子不准前行。车子大喘着粗气，颤抖着左右摇晃。霎时风助沙威，沙借风力，一团沙、土、风搅成的旋涡将车子团团裹定。只见风挡玻璃上唰唰地卷过流沙的怒涛，车子如掉到了黄河深处，上下左右浊流滚滚，一片昏黄，人如在水下不辨东西。那时的北京吉普还是帆布棚，何谈密封。沙子寻着袖口领口、衣襟裤脚等一切可乘之隙，急急地往身子里钻。赶紧停车，静待其变，大家都不敢说话，因为一张口就有一把土直塞咽喉。这样等了半个小时，挡风玻璃才渐渐出现路的影子，司机启动雨刷，边刷土边小心前行。这是我印象最深的一次风沙与车子的较量，如果当时人在车外又当如何？同行的盟委书记名蒋毅，是一位慈爱可亲的老者，后来他也调回北京，曾任全国总工会副主席。一次开会我们碰到一起，说起那段往事犹惊魂未定，如在昨天。

二

虽风沙肆虐，但人们居于斯，长于斯，也有了对付的办法。最有效的法子就是栽树造林。天不绝人，有沙就有抗沙的植物。在牧区有沙打旺、花棒、柠条等能固沙且可兼做牧草的灌木。农区则有一种名叫沙枣的树，我对它印象极深。现摘取一段当年的日记如下：

> 我们住的房子旁长着两排很密的灌木丛，也不知道叫什么名字。第二年春天，柳树开始透出了绿色，接着杨树也长出了新叶，但这灌木却没有一点表示。我想大概早已干死了，也不去管它。
>
> 后来不知不觉中灌木发绿了，叶很小，灰绿色，较厚，有刺，并不显眼，我也并不十分注意。只是每天上井台担水时，小心别让它的刺钩着自己的身子。
>
> 六月初，我们劳动回来，天气很热，大家就在门前空场上吃饭，隐隐约约飘来一种花香，我一下就想起香山脚下夹道的丁香，一种清香醉人的感觉。但我知道这里是没有丁香树的。
>
> 第二天傍晚我又去担水，照旧注意别让枣刺刮了胳膊。啊，

原来香味是从这里发出的。真想不到这么不起眼的树丛却有这种醉人的香味。我开始注意沙枣。去年四月下旬我到杭锦后旗参加了一期盟里举办的党校学习班，党校院里有很大一片沙枣林。学习到六月九日结束，这段时间正是沙枣发芽抽叶，开花吐香的时期。当时曾写了一首小词记录自己的感受：干枝有刺，叶小花开迟。沙埋根，风打枝，却将暗香袭人急。秋天，我到杭锦后旗太阳庙公社的太荣大队去采访，又一次看到了沙枣的壮观。这个大队紧靠乌兰布和大沙漠，十几年来，他们沿着沙漠的边缘造起了一条二十多里长的沙枣林带，沙枣后面又是柳、杨、榆等其他树，再后才是果木和农田。这长长的林带锁住了咆哮的黄沙。那浩浩的沙海波浪翻滚，但到沙枣林带前却停滞不前了。沙浪先是凶猛地打在树干上，但立即被撞个粉碎，又被气流带回几尺远，这样，在树带下就形成了一条无沙通道，像被一个无形的磁场阻隔，黄沙总是不能越过，并且逐年树进沙退。高大的沙枣树带着一种威慑力量巍然屹立在沙海边上，迎着风发出豪壮的呼叫。

一九七三年六月十日

沙枣有顽强的生命力。一是抗旱，无论怎样干旱，只要插下苗子，就会茁壮生长，虽不水嫩可爱，但顽强不死，直到长大。二是它能自卫，枝条上长着尖尖的刺，动物不能伤它，人也不能随便攀折它。沙枣林常被用来在房前屋后当墙围，栽在院子外护院，在地边护田。三是它能抗碱。它的根扎在白色的碱土上，但枝却那样红，叶却那样绿，在严酷的环境里照样茁壮生长。在这里我见到了林业队长，他是一个近六十岁的老人，二十多年来一直在栽树。花白的头发，脸上的皱纹深而密，古铜色的脸膛，粗大的双手，我一下就想到，他多么像一株成年的沙枣，年年月月在这里和风沙搏斗。他那质朴、顽强、吃苦耐劳的品质在育苗时通过满是老茧的手注入沙枣秧里，在护林时通过期盼的眼神注入古铜色的树干上。不是人像沙枣，是沙枣像人。

我于去年冬天移居到临河县中学。这个校园其实就是一个沙枣园。一进大门，大道两旁便是密密的沙枣林。每天上下班，特别是晚饭后，黄昏时，或皓月初升的时候，那沁人的香味便四处蒸腾，八方袭来，飘飘漫漫，流溢不绝。初夏的一切景色便都消融在这股清香中，充盈于人的心怀。宋人咏梅有一名句："暗香浮动月黄昏。"其实，这句移来写沙枣何尝不可？

沙地的可咏可叹之物还有许多。有一种红柳，生长很慢，极耐旱，枝通红，细枝可用来编筐子。我刚住下时房东送来一只新的红柳箩筐，横纹竖线，细编密织，就像是一只大红灯笼，红艳照人。放于墙角顿觉陋室生辉，寒窑生暖。较粗一些的红柳枝可编成篱笆，不是做篱笆墙而是糊上黄泥盖房顶，以枝代瓦。我们住的就是这种房子。它的嫩枝还有一个妙用，当小孩子出疹子正发热难受，将出未出之时，煎汤喝之，立马疹出病爽。又有一种芨芨草，叶嫩时可供牛羊啃食，最有趣的是，它多年生的草秆子有一人多高，洁白似雪，柔韧如藤，大约如织毛衣针那般粗细。仲秋时节，你老远就能看见谁家土屋前后翠绿一蓬，这时的风景真不亚于江南平原上翠竹深处有人家。收割后可穿成帘子，雪白细密，透风遮阴。而最多的用途是绑成扫院子的大扫帚，一人多高，坚韧而有弹性。无论农家小院还是学校、机关都会靠墙杵上几把，不威自重，亮丽照人，一进门就感到这院子不扫也净。当然还有其他沙地特产，名声最响的就是河套蜜瓜了，我曾撰有一篇《吃瓜》说其中的味道。祸福相依，这都是得了沙子的好处。

　　就是沙子本身也有许多特别的用途。沙与土，性相近，习相远。沙为圆粒，性流动；土为粉状，性黏滞。沙间有空隙，吸水透气；土质紧密，无水板结，见水成泥。这一比就见出沙子的可爱，也有了许多专门的用处。小者，可洗油瓶，弥砖缝。老油瓶子是最难清洗的，在没有发明洗涤灵的时代，乡间有一个最简单的办法，抓一把沙子，加半瓶水，来回晃荡几次，便洗得光亮剔透。新铺的砖地，缝隙纵横，这时倒上一簸箕沙子，再扫上两遍，天衣无缝。沙子还可用来铺在瓜地里，造成小气候，午热晚凉，便于瓜积累糖分。沙性吸水存水，当地就总结出一种植树经验，简直是一门特技，一个专利。拿一空酒瓶装满水，放入扦插树苗，连瓶埋入沙土中，小苗靠这一瓶水就叫熬到长出须根，翻至瓶外，接上地气。在泥土中则不行。大者，沙子可用来筑城修路。我在乡下的时候，公路边每隔百米就备有一堆沙子，防雨天泥泞。沙子的这种圆、松、软、滑的特性还被用来减震，学校体育课上跳高、跳远的沙坑就是一例。沙子的流动性更被用来作自动密封剂。我的家乡山西洪洞县有一座明代的监狱，就是京剧《苏三起解》里唱的"苏三离了洪洞县"的那个监狱。狱墙先用砖砌成内外夹层，里面再灌满沙子。当越狱者正高兴自己盗开了一个墙洞时，沙子却喷涌而出，壅塞洞口。犯人费尽心机，到头来却被一粒沙子戏弄，沮丧不已，又被锁回牢房。我们不能不惊叹古人的聪明，也不能不承认沙子的全能。

三

人久生情，地久生恋。长年生活于沙地，对这里也有了一种特别的情感。别看风沙脾气大，平歇下来也温柔可人。仲夏的夜晚，你一觉醒来正凉风过野，细沙打在窗纸上，簌簌唰唰，如春雨入梦，窗外月明在天，地白如霜，沙枣花暗香浮动。这时忆亲人，怀远方，心也温暖，情也安宁。

想来命运把我们扔到这沙地里来也是有一定的道理。古人不是说要给你一点重任，先得饿其体肤，苦其心志吗？学生刚出校门正该这样。在大自然所设的各种苦境中，风沙够得上上等之苦了。但它像一杯苦茶，喝过之后又有一点回甜。一年后这支锻炼队解散，散伙那天，我们再登沙丘，再看那浩浩乎平沙无垠，大漠孤烟、长河落日，别有一番滋味在心头。人生旅途漫长，但只要你曾经穿越过风涛沙浪，就懦者勇，弱者强，男女即可为壮士。大风起兮尘飞扬，壮士归去兮守四方！大家挥沙分手，各赴前程。但不管走出多远，我们身上都有一个印记：从风沙中走出来的人！

这种风沙刻在心里的烙印将一直伴我终身。后来我在全国各地采访，朱熹下轿问志，我却下车伊始先问人家的降雨量、无霜期、树木覆盖率，等等，好来与西北作对比。不知道的人还以为我是学农林水专业的。1983年我到新疆采访中国科学院新疆沙漠研究所，与他们谈沙说沙，如话乡音，格外亲切。后来去河南，在兰考捧起一把焦裕禄治过的沙子，倍感亲切。到山东看黄河入海口，滚滚而来的沙子竟在海边形成一片新的陆地。我在心中轻轻地喊道，这其中一定有几粒是从我当年的衣缝中抖落或者口鼻中吐出来的啊！退休后，单位每年夏天都组织我们到北戴河休假，我意外地发现海边沙地里竟然还有一棵沙枣树，在海风的长年揉搓下扭出了好几道弯，如虬龙欲飞，屹然挺立。它叶小、皮红、有刺，被淹没在郁郁葱葱的松林里，实在不显眼。游客们穿着艳丽的泳衣、打着遮阳伞，嘴里叼着小吃，熙熙攘攘地从它身边擦过，没有人多看它一眼，也没有人问一句这是什么树。老沙枣树沉默不语，有几分独在异乡为异客的凄凉。而我每年去时总要找到它，看了又看，摸了又摸，再合影一张。

据说小孩子断奶后吃的第一口菜是什么味道，就决定了他一生对美味的记忆。一个人的一生有两个童年，一个是生理人的童年，大约是六岁之前吧。一个是社会人的童年，大约是他从学校毕业之后走向社会的第一个六年。除了极少数人含着金钥匙落地，谁也不知道社会将给他准备什么样的头道菜。塞外风沙就是我进入社会后吃到的第一道菜，尝到的第一口社会味，它已永久地刻写在我生命的基因里。从此，西北的风沙成了我观察环境、透视社会、研究人生的一面镜子。那一年在云南，主人陪我逛街，为了扩宽街道砍去许多树木，城市只剩下裸露的水泥板。主人还在得意地说："我们这里四季如春，山好水好。"我脱口而出："就是人不好！你知道吗？在西北几代人才能栽活一片林，你们这里插根扁担都能活。怎么就是不栽树！"一时弄得人家很尴尬。回来后仍意犹未尽，在报上发了一篇短评《好山好水更要好官》。一次正赶上北方有沙尘暴，我们恰好到海南去开会，一落地，蕉叶如诗，椰林如画，上下天光，一碧万顷。别人都庆幸这几天逃离了北方的沙尘，我心里却有一丝在关键时刻逃离战场，不能与父老攻坚克难的耻辱感。到晚年回头一看，我才发现自己的作品无论是文学还是新闻，凡影响较大的都与风沙有关。我曾有一篇写栽树老人的新闻稿入选小学课本，已有三十年，现还未"下课"，还与孩子们一同栽树。就是写西部的历史人物竟也不脱风沙的背景，如左宗棠和他的左公柳，林则徐发配新疆兴修水利，王洛宾在青海追求遥远的美丽，等等。上天赐我以风沙，我报风沙以文学，报风沙以人生。我在接受西北文学奖的答词中说：

> 从一参加工作我就与西北结下了不解之缘。中国地形西高东低，是西部的冰雪化水，输送东南，滋润国土，繁衍子民。而它却把高寒、荒漠、风沙留给自己。生长在西北国土上的生命，无论是树木、灌草还是人，都有一种顽强、坚忍的牺牲精神。它们都是中华大地上生命的极点。我由衷地感恩西北，敬畏那些顽强的至高无上的生命。

从去年开始，国家对环境保护的内容已经调整为"山水林田湖草沙"的七字方针。这个"沙"字已经堂堂正正地升为国策的一部分了。我伴沙而行五十年也倍感光荣。

原载《人民文学》2022 年第 8 期

勿以善小而不为

南　帆

　　很早听过这句话，查了一下才知道来自刘备给儿子的遗诏。多年前曾经想以这句话为标题写一则小文，原因是收到了一批贺年卡。年末岁首辞旧迎新，亲朋好友寄一张贺年卡表示祝福，这种文化习俗延续已久。但是，有一段时间，贺年卡的往返演变为一种公务行为。元旦前后至春节，各种贺年卡四面八方蜂拥而至，甚至多达一两百件。因为贺年卡寄给我所供职的岗位，一些贺年卡写上了个人的名字，怠慢不仅失礼，而且仿佛有失职的意味。于是，我也得到邮局购买一批，逐一回复。往来的贺年卡业已事先印上各种俗套的祝福辞令，不必另行构想，然而，有待处理的贺年卡数量如此之多，以至于拆信封、签名与写信封也成为一个难堪的负担。后来我渐渐留意到，贺年卡的印刷、装帧愈来愈豪华，时常是烫金的字与镂空的封面；同时，开本也愈来愈大，有的甚至接近杂志，一份定价二三十元。这是否为多余的开支？我动念写一篇针砭的文章，又担心别人觉得小题大做，不近人情，以至于破坏了各方的雅兴。犹豫不决之际，忽然想到了"勿以善小而不为"这句话。小事情往往视而不见，呼吁一下至少是必要的提示。这时传来消息，新的规定叫停了以公务的名义寄赠贺年卡。既然如此，针砭的文章当然不再必要。除了名正言顺地免去收发贺卡的劳役，同时还有几分安慰：当初察觉的问题并非无足轻重——大量的公务贺年卡的确是一种资源浪费。

日后与一位教授闲聊涉及这个话题，我们的观点相当一致。让我意外的是，这位教授曾经就这个问题一本正经地撰写了一份报告，呈送给相关部门。他不知道这份报告辗转到何处，产生何种作用，哪些人曾经真正过问这些琐事；他只是觉得，认识问题之后，必须及时地将正确的观点表述出来，没有必要瞻前顾后。这是一个科学家的率直，也是标准的工作流程。教授的专业是化学，或许他对于何谓大事、何谓小事具有自己的判断。化学教授必须观测物质内部各种分子的运动，他深知哪怕是分子水平的演变，也可以酿成深远的后果。

许多宏观的名词概念可以建构各种理论楼阁，然而，名词概念内部凝缩了事实与数据。或许一些理论命题无法完全还原为具体的事实，但是，理论与现实世界的呼应始终存在。我告诫自己，理论楼阁并不是仅仅提供思辨的乐趣，同时要发现理论楼阁步入日常生活的楼梯，正确理念的积极实践不可或缺。愈来愈多的人业已形成保护森林的共识——愈来愈多的人业已在保护森林的意义上认识到节约纸张的意义，尽管如此，必须在各种生活细节之中找到这个共识，譬如办公室文秘工作的纸张消耗。现在的许多办公室安装了计算机办公系统，办公桌上的屏幕和键盘几乎是标配。当年引入计算机办公系统的时候曾经提出一个设想：无纸办公。如今看来，这个设想的实现程度相当有限。纸质文件似乎并未因为计算机办公系统的推广而大幅减少。我无法鉴别哪些纸质文件纯属多余，但是，桌上堆积了愈来愈多迅速过时的打印稿。一天我忽然意识到，那些坚挺的 A4 纸尚有利用的余地，各种非正式的文稿或者临时性资料可以打印在空白的背面。总之，丢弃这些纸张之前力争充分乃至尽量地使用。不知什么原因，这些纸张第二遍打印的时候往往会卡住打印机，甚至几张纸重叠着一拥而出。我后来找到的解决办法是，打印的时候用手指将每一张纸隔开，避免纸张之间无序地争先恐后。这显然是自找麻烦。可是，想方设法回收空白的纸张背面竟然带来一种成就感——我给自己的鼓励即是"勿以善小而不为"。

琐碎的小事乘上一个大数字，往往就会变成大事。古人以豪迈而粗放的姿态对待数字：一生二，二生三，三生万物——三已经可以象征性地代表万物。相反，现代社会的一个标志即是对数字的敏感与斤斤计较。每秒几万亿次运算速度的计算机表明了现代社会对于数据的重视。许多时候，精确计算之后的结论可能极大超出人们的预料。例如，人们已经开始关注外卖包装产生的环境问题。不可降解材料制成的餐盒可能造成污染，这是普遍接受的常识。然而，如果为这个常识附上相关的数据，人们仍然会大吃一惊。一份研究资料指出，截至 2020 年底，中国外卖的订单达到 171 亿份；另外，6 至 14 次外卖包装产生的碳排放，一棵树大约一年才能吸收。两个数据的对比清晰地显示出情况的严重程度。当然，171 亿份订单的基数还隐含了多种可能。如果外卖包装材料的回收能够形成一个产业链，潜在的经济利润也将是一个可观的数字。形象的比拟有助于理解问题：放大 171 亿倍，一只蚂蚁的体积和重量大约会超过 40 只恐龙的总和。

又想以这句话作为标题写下这篇文章，是因被一件小事惹恼了。不久之前赴异地参加一个会议，主题即是绿色低碳的生活方式。会议结束之后，几位同行的与会者将未曾用完的牙膏与沐浴露带走。未曾料到的是，我们在机场的安检处遇到麻烦。尽管牙膏与沐浴露瓶子的体积比安检规定的一百毫升小得多，安检处还是坚持要求打开行李箱检查。看到安检人员拧开沐浴露的瓶盖嗅了好一阵，几位都有受辱的感觉。我们当即表示不要了。安检人员如释重负，一挥手轻松地将牙膏与沐浴露抛入旁边的废物箱子。我已经走开几步，突然恼火了起来，转身返回对安检人员说起了大道理：我说这么做不符合节约型社会的理念。如果一百毫升的标准过于宽松，你们必须重新修订，厂家可以生产体积更小的旅行洗漱用品；随意拦截已经达标的产品，肯定会造成不必要的浪费。这种事情熟视无睹，还有什么必要长途奔波，参加一个研讨绿色低碳的会议？可是，看到安检人员惊愕的神情，我很快气馁了。他们大约觉得，几位与会者衣冠楚楚，谈吐不俗，有必要为若干残存的牙膏或者沐浴露大动肝火吗？我想，我的说教肯定弄错了重点——看来我得从这儿说起："勿以善小而不为。"

原载《文汇报》2022 年 7 月 25 日

老镜框三帖

肖复兴

一

　　小时候，家里有一个木镜框，大约像现在一个台式电脑那样大，挂在饭桌后的墙上。家不大，饭桌吃饭写字待客多用，镜框挂在那里，最显眼。镜框里装的都是家人的照片，最大的一张是全家福，其余的是姐姐弟弟和我的小照片，一圈花边似的，围在四周。那时候，家里的墙上没有什么装饰品，镜框挂在那里，是很郑重的，让再窄小贫寒的家，也如阔人家中堂挂的字画一般，虽不名贵，却敝帚自珍，显得多少有了生气。说来有些奇怪，那时候，很多人家的墙上都会挂有这样的一个镜框，里面无一例外装着的都是全家人各种大小的照片。这样的镜框，几乎成为家的标配。起码，在我住的大院里，是这样的。那种精致的单人相框，很少见，大概和那时大家的生活水平相关。这样的镜框，相当于一本家庭相册，全家人的面貌、生活乃至心情，都让人一览无余。那时候，一般人家里的墙上，基本上除了挂这样的镜框，就是贴年画了。两者相映成趣，特别是过年的时候，家里有人已经逝去，或有人在外回不了家，镜框里有他们的照片，一家人也就算聚在一起了。镜框其中含有的思念和挂牵，即便有些苦涩，毕竟有了一点释放之地。镜框，便像一只杯子或水罐，尽管残旧，却可以盛满清水，或存放一点儿人们悄悄洒下的泪水。前些年，我们大院还没有完全拆迁的时候，我回去看望老街坊，没想到大院里只剩下连家大姐一家。她家是广东人，父亲走得早，家里就她们母女俩相依为命。年轻的时候，连家大姐长得十分漂亮，学习成绩一直很好，是我学习的榜样。不幸高考失利，让她备受打击，精神出了问题，好长时间没找到工作。多年之后，才勉强找到个看自行车的活儿，每月有了点儿收入。那时候，她的母亲已经不在了。我多年没见到她了，敲开她家的房门，迎接我的是一个男人，想来应该是她的丈夫。我听说她嫁给了一个工人，待她挺不错的。我是第一次见到他，他很热情，一再说大姐一直念叨你，看见你在报纸上发表的文章，就剪下来给我看。我进屋一眼看见墙上有个镜框，是当年我家墙上挂的那种。如今，谁家还挂这样老掉牙的镜框呀！我很好奇，凑过去仔细看，镜框里面和过去一样，装着的还都是照片，只不过大多是彩照了。我看见了连家大姐父母和她自己年轻时候的照片，那时候，她梳着两条长长的辫子，是多么漂亮呀！镜框如一只逆水而上的小船，载着以往沉甸甸的日子，重现眼前。镜框犹如一只沧桑的手，抚平了曾经苦涩的人生。还看见了她抱着个小孩的照片，她丈夫在一旁对我说：这是我们的孙子！你大姐去儿子家帮忙看孙子去了。都有孙子了，不管怎么说，连家大姐苦尽甘来，晚年还是幸福的。一下子，连家大姐一家半个多世纪的岁月，都浓缩在这个镜框里了。不知为什么，看着看着，我的眼睛湿了。那天，我是带着电视台的人去拍老街老院的，他们冲着这个老镜框一个劲儿地拍摄，但我相信他们不会理解我对老镜框的感情，和那一刻看到老镜框照片上连家大姐时的心情，因为最后电视片播出，我没有看见一个老镜框的镜头。

<h2 style="text-align:center">二</h2>

那年夏天，我回北大荒，直奔曾经插队的大兴岛二队。我离开那里整整三十年了。从北京过哈尔滨和佳木斯，进富锦县和建三江镇，再过七星河，向西南十八里，一路几千里，才能到达我们的二队。年轻的时候，没有觉得远，这一次回去，才发现竟然这样远，远得好像到了天边。在二队，我先去了老王家。当年，我在猪号喂猪，老王是猪号班的班长。那一年冬天，呼啸的大烟泡吹开了猪栏的栅栏门，像大戏散场一样，猪群兴奋地奔涌四散。我们一起在风雪中追猪，我跌进深深的雪窝里，冻个半死。是老王背着我，让我躺在他家的热炕上。他老伴端来一洗脸盆的雪，用雪使劲儿搓我的手脚和腿，才没有把我冻坏。老王不在家，家里只有他老伴一人。没有想到，三十年过去，她老态龙钟得那样厉害，关键是她的眼睛几乎失明。我心里被小把紧攥着一样，有些伤感，三十年了呀，光忙着自己的事情了，没有想到人会生病、变老，而且，会病得那样厉害，苍老得那样快。我忙走上前去，告诉她：我是肖复兴呀！她听说是我，忙说：听说你来咱大兴了！就惦记着你家里来呢！说着，一把抓住我的胳膊，拉我走到她家窗子旁边。我看见了，那里的墙上，挂着一个镜框，是我小时候家里墙上挂的那种老镜框。她指着

镜框，对我说：你看看，这里还有你的照片呢！这两天，老王总看你的照片，念叨着你要来！我凑近去看，是一张当年在猪号前拍的照片，我穿着带补丁的棉裤，戴着狗皮大帽子。时值开春，猪栏的栅栏门前，还有一片埋汰的积雪。三十多年了，这样小小的照片，居然还留在这个镜框里。青春时的岁月，老人家帮我凝固在这个镜框里。我回过头来，对她说：您还留着呢！留着呢，当然留着，我现在眼睛不行了，看不见你了，你那时候的模样，还是真真的呢！她说着，一直抬着头，紧紧地"望"着我。她脸上的皱纹如同刀刻，眼睛彻底浑浊了。但我看到她的瞳仁里却依然是那样的清澈，映着我的影子那么小，又那么真。我想起了那年的风雪之夜，我躺在她家的火炕上。但那一年，我并没有注意墙上有这样一个镜框。不是粗心，是年轻时候忽略了好多值得注意的东西。

三

在中央戏剧学院毕业实习的那年，院长是金山，他开明得很，说只要是不出国，到哪里都行，费用全部由学院报销。我选择去了离北京很远的青海油田，先到了青海石油局所在地冷湖，然后，一猛子扎到了柴达木西部的花土沟。那时正在轰轰烈烈地搞西部大开发，很多石油工人集中在这里会战，大多数人住在帐篷里和地窖子里。地窖子，是挖出来的临时住所，一大半在地下，一小半在地上，条件艰苦。为开发西部油田和天然气，石油工人付出了血汗。我住在油田西部指挥部的招待所，条件好很多。我很想看看住在地窖子里的工人的实际生活。由于高原反应，一夜没有睡好，早早醒来，再也睡不着，便走出招待所，来到工区。地窖子一排排就在眼前，凸起在戈壁滩的沙丘上，像起浮均匀的灰色波浪。地窖子探出地面的小半个窗子，都是暗着的。时差的关系，柴达木天亮得晚。我漫无目的地走着，初秋的花土沟，天气很凉了。料峭的风从油砂山吹来，钻进衣领，小刀片一样刺人。我正想转身回招待所，忽然看见前面地窖子有一扇窗子亮着，就走上前去，走下几个台阶，来到一米多深的地下，有些不大礼貌地轻轻叩响了房门。开门的是一位老人，看我眼生，问清情况，然后热情地招呼我进去。地窖子不大，但收拾得很干净，两个帆布箱和一个木板箱子堆放在墙角，像是要出远门的样子。这位老人叫马万海，藏族，西部开发指挥部下属单位负责生活的一位副总指挥。他告诉我，他退休了，明天就要离开花土沟，离开柴达木，回老家酒泉了。能够碰上这位藏族老人，真是太巧了！二十七岁时，他在家乡被招募到地质队当测量工，进入了柴达木盆地，然后又来到油田，从冷湖来到花土沟，在柴达木一直干到退休。我问他这一次回老家，是全家回呀，还是就和老伴回？他回答我说，只是和老伴一起回酒泉。我问孩子在哪儿呢？在酒泉，还是在这里？他说：儿子在油田工作，正大会战呢，不能走呀！然后，他指着对面的墙，对我说：你看看，这里有我儿子的照片。我这才发现，墙上挂着一个镜框，竟然是和我小时候家里墙上挂的镜框那样相似，一下子，仿佛他乡遇故知一般，觉得异常亲切。老一代人的生活习惯，不分地域，哪怕在这样荒僻的柴达木西部，也是这样的相同。我不禁有些感慨，如今各家里，这样的老镜框，快要见不着了，花样繁多的各式镜框和相册，乃至电子镜框和相册，应有尽有，谁还稀罕这种老土的镜框？但是，这样的老镜框，却蕴含着这一代人生活和感情的密码，珍藏着这一代人青春与生命的记忆，刻印下这一代人历史的轨迹和注脚。它们不显山显水，像微风吹过水面，荡漾起了一圈圈的涟漪，湿润着过去的日子和我们彼此的心。我走过去，仰头仔细端详着镜框里的照片，照例有全家福，有老两口现在的照片，也有年轻时马万海扛着测量杆在测量，为改善工人伙食骑着马去打猎，奔波在柴达木的照片。儿子的照片，有好几张，有爬上高高井架的照片，也有到北京旅游的照片。我转过身对老人说：儿子长得和您年轻时候很像啊！老人没有接我的话茬，只是轻轻地说了句：我们这一代呀，是献了青春献子孙啊！话音里，有感慨，也有自豪。从花土沟回到冷湖青海石油局，说起在花土沟邂逅马万海的事情，那里的人告诉我：老马的歌唱得可是老好的，他参加过青海省的文艺汇演，根据藏族民歌的调调，自己编了一首歌，得了歌唱二等奖呢。你没让他给你唱上一个？这真有点儿遗憾。要知道他唱歌好，还会自己编歌，应该让他编一曲老镜框之歌唱唱才好。

原载《中国社会报》2022 年 5 月 30 日

书和远方

彭 程

　　家乡的友人，介绍一位喜好写作的同事与我相识，我们互加了微信。他发来了一张照片，是我当年在他所居住的吴桥县城新华书店买的一本书的封面，我曾在一篇文章中提到这本书。那是四十年前的事情了。他比我小两岁，当时正在县城里读中学，也在这家书店买过这本书。

　　生活中不乏这一类微小琐细的机缘，以其出乎意料而带给人一种轻淡的喜悦，一份隐秘的惬意。

　　那本书名为《恋歌》，一本爱情诗选，1981年12月出版，收录的是现当代中国诗人的爱情诗。湖蓝色的封面简洁朴素，右边自上而下是书名，两个白色的大字，左边并排着两个心形符号，锁链一样套叠在一起。当时正进入开始向往爱情的年龄，一册这样的诗集自然不肯放过。

　　吴桥是著名的杂技之乡，与我的故乡景县隔着一条京杭大运河。

它的县城有个诗意的名字"桑园"，离我住的县城只有十几华里，但在当时感觉已经是很远了。在那次买书之前，第一次来这里，还是在几年前，几个小伙伴刚刚结伴学会骑自行车，有人提议去桑园看火车，便一同骑车前往。津浦铁路从这里穿过，让我们十分羡慕。当一列开往南方的绿皮客车从身旁驰过时，每个人都兴奋不已。我知道，脚下这条被阳光照耀得闪闪发亮的铁轨，通往这些陌生的地方：济南、徐州、南京、苏州、上海……它们遥远而神秘，让我内心充满了向往。

"诗和远方"，如今已经是一个十分寻常的譬喻。相对于日常枯燥琐碎的生活而言，远方以其陌生感，天然具有一种魅惑，因此还有一个类似的表达，"生活在别处"。距离感是它得以产生的关键。而对于我来说，除了真实的旅行，这种走入远方之感，还来自书中所呈现的生活。

每一册书都是一扇开向世界的窗户，让我望见了一片天地。它既有地理意义上的真正的山河大地，也展开在情感和思想的维度之上，呈现为种种精神的风景。每一本喜欢的书，都会带来某些远方的消息，都参与了对阅读者精神人格的塑造，成为其成长之路上的一处处路标。

但这里我更想说的是，这样的事情若发生在旅途中，在日常生活的固定处所之外，无疑会带来一种特别的感受。地理上的远方叠加了精神的远方，就有了双重的意味，以及更为浓郁的诗意，自然更难以忘记。

参加工作后，这样的机会多起来了。第一次远行，是1986年的初夏，去贵州和云南出差。离开贵阳之前，在住处旁边的一家新华书店，我买到了英国作家乔治·吉辛的《四季随笔》，翻译者是李霁野。书的扉页上写着："滇行前日于黔京筑城。"当时正迷恋古典文学，文字因此显得有些刻意和造作。接下来的一周里，在昆明跳荡流淌的阳光下，我仔细地读完了这本书，从文字间感受作者漫步于阳光照耀的夏日英格兰河谷中的惬意，那是他多年前住在伦敦阴郁逼仄的阁楼上、为赚取每天果腹的面包而拼命写作时根本不敢想象的享受。那种孤独中的恬适，那种从书籍和自然中获得的慰藉，让我感到了某种心性的亲近。读一本书，常常伴随着对自我的发现。

然后是一年多后，在上海城隍庙的一家书店，买到了一册《六人》，是三联书店"文化生活译丛"中的一本，封面上"巴金试译"几个字，透露出一代大师的谦逊。当时仍然处于为意义而迷茫的生命阶段，这本德国人写的小书正对胃口。书中写了六个人物，分别是浮士德、唐璜、哈姆雷特、堂吉诃德，以及我已经忘记名字的两个人物，一位僧侣、一位游吟诗人，都是世界文学名著中的主人公。作者通过描述每个人的性格习惯和生活道路，用一种浓郁的抒情笔调，探讨了生命的意义，很有几分借他人酒杯浇胸中块垒的意味。大上海喧嚣纷乱，五光十色的街景，扰攘匆忙的人流，正契合了当时的情感状态，为阅读和思考提供了合适的背景氛围。

每到一个陌生的地方，买上一本书，并在书的扉页上记下购书的时间和地点，曾经是我多年的习惯，就像今天人们去某处旅游，喜欢拍照片发到微信朋友圈一样。但这些文字痕迹的意义，完全是属于我自己的，借助它们，某个记忆中的片段得以复活。

像这本《成都竹枝词》，购于成都热闹繁华的春熙路。书中收录的诗句跨度长达几百年，活泼清新，描绘了这座古老都市的年节岁时、风土民俗和百工技艺，文字间流溢出的风趣谐谑、优游乐生的气息，正是这座城市的精神底色。这本小开本的《蒙田随笔》，是在西安一个叫作小寨的地方买到的，收入的文章并不多，但作者对人类情感行为的冷峻观察，文字间透露出的强大的理性力量，足以让我读得入迷，因此多年之后作者的全集翻译出版时，我第一时间就买到了手。这本曹聚仁的《万里行记》购于福州西湖公园边，一代国学大师渊博丰厚的学养，让他得以用文化和历史的双重目光，观照每一个履迹所至之处，从而有了深刻独到的发现和感悟，远非众多浮光掠影的游记散文所能企及。

自从那次购买《恋歌》后，我再次来到桑园是在三年前。开车驶出京沪高速公路吴桥出口，不久便驶入了县城。街道宽广，高楼林立，没有一丝一毫记忆中的影子。不曾变化的只有两县交界处的古老大运河，但河面也比印象中要狭窄，河滩上长满了灌木杂草，夹出一道几乎凝滞不动的水流。只有那一座简陋的水泥桥梁，基本还是当年的模样。

岁月逝水，往事云烟。

这次回家乡，是为了办理父亲的后事。父母在他们生命的最后二十年，搬来了京城，住在我家附近。父亲可能并不知道，是他当年的一番话，让我在心中为自己设定了一个朦胧的远方。

记得在我十一二岁的时候，有一天，父亲对我提到了作家浩然。已经记不清楚起因是什么，好像是一次作文被老师表扬，作为范文油印出来在同年级几个班里散发？父亲很高兴，鼓励我好好写，说写好了能当作家，并举出浩然的例子。那时正值"文革"，能读到的文学作品很少，父亲也只是一个普通党政干部，对文学并没有多少了解。他提到这位作家，是因为他在当时可谓是最出名的了。那个年代的父母们，很少会为孩子筹划未来，所以父亲的这几句话给我留下了深刻的印象。我还记得，当时全家几口人住在县委家属院一间东西朝向、光线阴暗的平房里，和对面人家共用一间过厅兼厨房。

父亲未必会想到，他的话对我产生了多大的影响。我从此留意浩然的作品，但对当时正在流行的他的长篇小说《金光大道》不太能读懂，倒是从一位同学那里看到了他的《幼苗集》，一本儿童故事集，非常喜欢，就希望自己也能有一本。县城的书店没有，我便央求父亲，于是他托单位出差的人在邻近的山东德州新华书店给买了一本。那是一个地级市，比县城大很多。接下来的一年里，我把那本书读得熟透。

如今看来，这本书和作家的其他一些作品一样，都难以避免地打上了那个时代的意识形态印迹，限制了它拥有更好的成色，但在满目荒芜的当年，它毕竟闪耀出一种动人的文学之美，仿佛一面蒙上尘土的玻璃，仍然能够依稀映出天空的蔚蓝。这种迷恋，在我的心中播撒下一粒梦想的种子。二十多年后，在北京东边的一座县城，我见到了这位自己从小便崇拜的作家，这里正是他长期深入生活的地方。我由衷地表达了对他的感谢。

如今，我的书柜里还有一本《幼苗集》，当然已经不是当年那本了，是后来从北京琉璃厂的古旧书市上买到的，作为一个纪念，一种对过往岁月的祭奠。看到它时，我总会想到父亲。父亲已经长眠在北京昌平的一处墓园里。墓园背靠逶迤的燕山山脉，宽阔的草坪连绵起伏，蔚蓝的天空下，树木苍翠，百花绽放，气氛宁静肃穆。

对我来说，离家五十公里外的这一个地方，是我思念的边界，是远方的远方。

原载《光明日报》2022 年 9 月 23 日

陪母亲

徐 迅

二妈说,你要有时间多回来陪陪你母亲!几次回去见到我二妈,二妈总这样嘱咐着我。"你母亲可怜!"二妈说。

二妈其实也就是我的二婶。我家是人口众多的一个大家庭,一个和睦的大家族。父亲姊妹五人,两个弟弟,还有我大姑、小姑,父亲是老大。从小我就喊他的两个弟弟叫二伯、小伯。有了婶娘,也就二妈、小妈地喊。这样喊着喊着,就喊出了习惯。

二妈生有三儿一女。她也有两个儿子在外地工作,她这样说我,其实表明她自己内心就有这样的想法,或者说是感同身受吧。儿女每天晃在自己跟前,不当一回事。而在外地工作的儿子回来,又成天在外应酬,忙着和同学、战友、兄弟、朋友们在一起。前呼后拥的,忙得脚板不沾灰。说是回家,却常常在外喝得醉醺醺的,仅仅晚上回家睡个觉,甚至一夜通宵不回来,把家当成了宾馆。

二妈对我就这样抱怨过。

我也在外地工作，回家与兄弟也如出一辙。但不知道是听了二妈的话，还是自己年纪慢慢大了的缘故，我后来回去，那"野"的心就渐渐收敛了些。有意无意的，留着陪母亲的时间就多了。

说来，母亲是怪可怜的。

母亲嫁给父亲时，父亲曾有过一次婚姻。母亲是独生女，在旁人眼里，母亲或许有些委屈。嫁给父亲后，母亲立即成了这个大家庭的长嫂。一家上有老，下有小的，她都得管。然后自己又生儿育女，生育我们兄弟姊妹五六个。大集体生产时，父亲在外做铁匠手艺，她在家做工。大炼钢铁、修水库、修河道，她什么都干过。实行责任田到户后，育种、拔秧、插田、割稻，件件农活，更是样样离不开她。

等到把儿女们拉扯大，一个个像鸟一样飞出鸟巢，她也老了。

记得那年弟弟结婚，母亲像是完成了一件大事，算是轻松了一下。也就是那年，我把她接到北京过了一个新年。在北京，她惦记着弟弟一家，生活也不习惯，但在我们身边，她不知不觉还是长胖了，也清朗了些。然而，回家后没过几年，弟弟的命运突然发生不幸变故。

弟弟先是离了婚，后来又出了一次很严重的车祸。骨盆粉碎性骨折，肠道、尿道断裂。我拼死拼活地在老家的医院里守了弟弟几个月，母亲担惊受怕，以泪洗面了几个月。最后总算救回了弟弟一条命。弟弟离婚后独自抚养一个智障孩子，母亲因要照料他，哪里都去不了，尿一把、屎一把的，孩子吃喝拉撒睡的事都靠她。

母亲被弟弟的孩子拴住手脚，我也一时无能为力。一家陷入了一种无奈的境地——偏偏祸不单行，次年，我生了一场大病，在北京的一家医院住了一个多月。

两个儿子相继出事，母亲心里该是怎样的难过？为了不让母亲担心，我和妻子都瞒着她。待我出院，一个外甥与我通电话时说漏了嘴，我才知道母亲竟然在自家门口重重地摔了一跤，摔伤了胯骨。母亲被送进医院做了手术，却嘱咐兄弟瞒着我。听到这事，我心里放心不下，拖着未痊愈的身子就赶回了家，跑到医院里看她。

　　我说："妈，您怎么就不小心呢？"——大病初愈，我身子还很消瘦，不敢坐在她的身边，故意坐在离她远一点的床上。但她还是发现了我的瘦弱，说："啊！你怎么瘦成了这样！"然后，又说，"我不晓得我是怎么了，那些天，我总是糊里糊涂的，走着走着，就摔倒了……害得让你花钱，又拖累了你！"

　　我心里咯噔一下，心里盘算母亲摔伤的时间，正是我在医院煎熬度日的时候。难道真的是母子连心，有心灵感应？我一时语塞，说自己患了一次重感冒，工作又忙，所以就瘦了。想嘻嘻哈哈搪塞过去。

　　……

　　陪母亲的时候，当然也会聊天。我母亲外婆家在一座大山里。有一回，我听说母亲小时候去她外婆家上门，她的外公外婆、舅舅们隆重地送了一头大黄牛，算是给她的上门礼。对于庄稼人来说，牛可是命根子，可见她外公外婆是怎样的喜欢她。我问她有没有这回事。她说是有。但就这一句，便没有了下文。

　　母亲的嘴风很紧。但我和母亲一起聊天聊得开心时，还是能从她嘴里知道一些事，有时还能解开藏在心里的一些谜。比如我的外公，我一直听家乡的人说，外公与他的母亲喜欢打麻将、推牌九……喜欢赌博，赌着赌着把家给败掉了。于是卖了国民党的壮丁，当了兵。母亲听到这一说法，一时急了，说，哪是这回事啊！是你大外公当年在外面悄悄参加新四军，不知怎么被政府闻到了风声，国民党就非要抓你外公壮丁不可，你外公就这样被抓去了……

然后，就又没有了下文。

母亲八十岁了，身体一天比一天差。两只眼睛患了白内障，严重的一只以前做了个手术，还有一只也有些朦胧。我想让她再做一次手术。她开始不答应，说，我这么大年纪，还做什么。但在我回老家给她找了医生后，她最终还是同意了。

趁在县城医院做手术的时候，我陪她在县城逛了一回。

与她走在县城的街道上，走着走着，她的话就明显地多了起来。她说她1957年时到过县城，还进了城里一座教堂。是什么教堂，我一直没有弄清楚，但在离我县城的居所不远处，有一个"二乔公园"，相传三国时期著名的美女大乔、二乔流落在此，还留下了一个"胭脂井"的传说。家乡人后来据此建了一个公园，把三国时孙策纳大乔，周瑜纳小乔的故事重新演绎了一遍。我只是听说，也没有去细看。于是一时兴起，领着她去了二乔公园。

在公园里，我们一个展厅接一个展厅地转，我顺便把三国二乔的故事讲述给她听。母亲看得很认真，也听得很仔细。她说，这事我在戏里听说过，没想到，戏文里的事就出在家门口啊，你不带我看，我哪里晓得！

母亲做白内障手术，我有意在医院多陪了她两天，想和她聊聊家里的事，但她还是什么也不多说，只说给她做手术的医生，在她之前做了一个，她算是第二台手术。医生手术时，拿钳子，缝针，窸窸窣窣的，她听得清清楚楚。

转眼，到了那年的年关。

"有钱没钱，回家过年。"陪父母过年是家乡的习俗。父亲不在了，除了那年接母亲到北京过了个新年，每年我都是回老家陪她过年的。但那年我陪她吃过年饭后，因为新冠肺炎疫情，我们被阻挡在县城和乡村老家两地，近在咫尺，却见不了面。后又因为单位工作，我匆匆回了北京的家。

一年又一年。

又是一年到来，原以为我能回老家好好陪母亲过年，但新冠肺炎疫情星星点点的，冬天里不知怎么又冒了出来。尽管政府控制得很好，但出于疫情防控的考虑，政府还是鼓励我们就地过年，我也不好回去。好在可以与弟弟手机视频。有天晚上手机视频时，我把这意思说与母亲，发现母亲一愣，竟一时显得失落落的。但转而，她又告诉我：我晓得哦！你们不能回来就不回来呗！……

"我晓得哦！"母亲说。

说得我心里酸酸，涩涩的。

原载《北方文学》2022 年第 4 期

江西第一树

刘上洋

一

　　一次闲聊，有个朋友突然问我：什么树木是江西第一树？我几乎不假思索地回答说：樟树。

　　是的，樟树。在江西，没有哪种树可与樟树比肩。

　　不知是因为江西老表像樟树，还是樟树像江西老表，我心中始终有个感觉，冥冥之中，人和树是有某种神秘联系的，人与树是息息相通的，什么样的人群同什么样的树木比邻而居。在江西这块亚热带土地上，各种各样的树木无以数计，类似樟树这样的树木也不少，但江西老表却独独钟情于樟树。你看，从赣江两岸到鄱湖之滨，从千里武夷到巍巍罗霄，在村庄，在城镇，在山野，在地头，在水边，乃至在每一个角落每一个旮旯，都可以看见樟树的身影。它们或一棵独立，把蓝天揽在怀里；或几棵相互依偎，撑起一片绿荫；

或几十棵上百棵簇拥在一起，蔚成遮天蔽日的绿色云彩；或整齐地排列在街道两旁，搭起一条条绿意沁人的时光隧道。作为自然界两种不同的生命，江西老表和樟树，在漫长的岁月里，沐浴着同一片阳光雨露，经受着同一片冰雪风霜，已然有着高度的默契，已然有着共同的心性，已然融为了一体。江西老表的身上渗透着樟树的汁液，樟树的一枝一叶凝聚着江西老表的心血。樟树成了江西老表的化身；而江西老表又成了樟树的象征。

不仅如此，江西的历史也与樟树密切相关。汉初在南昌设郡，因城南松阳门内有棵樟树，高七丈五尺、粗二十五围，按今天的口径，就是高约 25 米，胸围 10 米，繁茂高耸，垂荫数亩。由于"豫"有高大安裕的含义，樟即同章，樟木上有纹路，合为文章，所以就把所设之郡叫作豫章，意为文章昌盛之郡。正像古籍所说，因盛产香樟而得豫章之名。大概是由于樟树很多，江西的不少名称都与"章"有关。江西简称赣，贯穿全省南北的主要河流赣江，里面都有"章"，赣江的两大支流之一的章江又称豫章水。至于以"樟树"命名的市镇乡村，也有好多个。所以人们说："若无樟，不成赣。"树缘、人缘、地缘这种高度一致，绝不是巧合，而是大自然的神奇造化。

因此，樟树在江西老表的心中，任何时候都是至高无上的，是任何树木都无法代替的。也正因为如此，江西省把樟树定为省树，省会南昌市把樟树定为市树，可谓实至名归。

二

从江西古樟的数量看，樟树也是当之无愧的"江西第一树"。

江西现有的树木种类繁杂，樟树不仅数量多、分布广，而且古樟特别多，全省古树名木有 500 多种，总计近 13 万棵，其中古樟有 6 万多棵，占了半壁江山。全省古樟林有 300 多处，有胸围在 9 米以上的千年古樟群 35 处。这是多么巨大的古树宝库。

　　安福县有 400 年以上古樟 1 万多棵，其中千年以上的古樟有 200 多棵。该县严田乡严田村有棵樟树，树龄 2000 余年，树高 35 米，胸围 13.9 米，需要 10 个成人牵手才能合抱，平均冠幅 39 米，树形伟岸，浓荫蔽日，覆盖了将近 3.6 亩的面积。因主干在 5 米处分为粗细大致相同的枝干，状如张开的五指，当地老表称其为"五爪樟"。两千年来，它就像一把时间的巨伞，撑起了岁月，撑起了星辰。

　　吉安市敖城有棵千年古樟，高 28 米，胸围 10 余米，树体挺拔，枝干纵横，在主干 13 米处，生出多杆龙须似的分枝，有的仰天直立，有的俯地而行。母树的周围遍布子树 36 棵，占地约 5 亩，犹如热带的榕树一样，演绎了独木成林的罕世奇观。

　　泰和县江畔村有大大小小的樟树上万棵，其中最有名的迎客樟，胸径 2 米多，高 30 米，树龄 1200 多年，树干像挥展的双臂，好似在热情欢迎往来的客人。在该村的魁星塔旁，有一棵百年大樟树，分三四个枝干，龙干虬枝，斜伸横展，凹凸起伏，形如笔架，人们称其为"笔架樟"。该县马市镇栖龙村有棵古樟酷似心形，每年七夕，一对对恋人纷至沓来，这里成了网红打卡地。

　　婺源县浙源乡岭脚村有一棵古樟，300 多年树龄，直径 3 米多，原来高达 40 多米，因遭雷击火烧，整个树身被斩断，现只剩下 10 多米高，树干几乎空透，仅剩两片树皮，但却依然葱郁葳蕤，让人叹为观止。

德兴市海口镇海口村有棵古樟，距今已有 1800 多年，树高 20 米，冠幅 35 米，胸围 23 米，需要 13 个人才能合抱。树的底部有个 10 多平方米的空洞，十几个人可以在里面打麻将。

九江市柴桑区涌泉乡东冲冯村有棵 500 多年的古樟，从主干 2 米处长出 10 根放射状枝干，被人们称为"十子树"。这棵古樟高 29.5 米，胸围 8.7 米，冠幅 35.6 米，树荫面积达 1000 平方米。

宜春市袁州区天台镇江东村有一棵古樟更为奇特，在一个树根上同时生长出 9 根主干，人们称其为"九兄弟樟"，除一根在 20 世纪 70 年代枯萎外，其余 8 根主干并肩挽臂，相依相偎，直插蓝天。

乐安县牛田镇有一片古樟树群，沿着乌江两岸绵延 10 华里，面积约 70 公顷，有古樟 2907 棵，树龄都在数百年以上，最长的一棵超过千年。其中国家一级古树 288 棵、二级古树 1536 棵、三级古树 1056 棵。有关专家认定这是全国规模最大的古樟群，被称为"中国第一古樟林"，2016 年 5 月入选上海世界吉尼斯之最。

这些古樟，犹如穿越时空的精灵，阅尽世事沧桑，饱览人间风云。每一棵古樟，都是一颗"绿色化石"；每一棵古樟，都是一件"活的文物"。

樟树之所以有着如此长久蓬勃的生命力，关键在于其根系发达，地上的枝干长得有多高，主根深入地下就有多深；地上的树冠覆盖得有多宽，地下的旁根就伸得有多长。不少古樟的根好似长龙盘伸错展，忽而冲开厚厚的土层，钻入地下；忽而拱起巨石和建筑物，冲向地面，可谓力鼎千钧，威力无穷！因为有了深厚发达的根基，樟树才得以枝繁叶茂，屹立苍穹；才得以吸天地之灵气，采日月之精华，历经千年而依然郁郁葱葱，历经磨难而依然雄姿勃发。加上"樟"与"张"同音，含有开张、张开之意。所有这些，正好符合人们期望健康长寿、兴旺发达、幸福吉祥、坚强向上的心理。所以江西老表把其作为"风水树"，作为"圣树"和"神树"，倍加爱护和保护。

这也就是至今江西还能保存有那么多古樟的根本原因。

三

樟树之所以是"江西第一树"，还因为其有着第一流的品格。

樟树的奉献，是一种全方位的奉献。樟树全身是宝，它的干和枝，是上等的家具材料。樟木做成的箱子和橱子，美观精致，纹路缜密，结实耐用，不会变形，不生蛀虫，不生霉菌，香气袭人，历久弥新。年轻姑娘结婚时，若有樟木箱子作嫁妆，那本来就充满幸福的脸上会多添几分幸福。无论什么房子，只要在里面放上几根樟木条，满屋立即清香扑鼻，人顿时觉得神清气爽。从樟木里提炼的樟脑，是天然的好药物。一件衣服放上一颗樟脑丸，不用担心化学污染，不用担心虫子噬咬。樟树的枝丫和叶子，不仅是烧火做饭的好燃料，而且是驱蚊的好材料。夏夜的乡村，蚊子特别多，人们用樟树枝叶烧起一堆火，那淡淡的青烟会把蚊子驱赶得无踪无影。樟树开出的花，细小而带绿黄，发出淡淡的清香，给人以温馨和享受。樟树结出的果子，像一粒粒黑色的珍珠，榨出的油可供人食用。20世纪60年代生活困难时期，因为食用油缺乏，村子里的人就是靠樟油度过的。

樟树具有坚韧不拔的精神，一年四季始终保持一种蓬勃葱茏的形象。春天，狂风卷着暴雨，断裂了樟树的枝丫，但不久，断裂的地方就又长出了新枝。夏天，雷电将一些樟树拦腰劈断，或者将树身一劈两半，但它忍受剧痛，顽强抗争，战胜死神，重新挺立，奇迹般焕发出新的青春。秋天，万木凋零，落叶遍地，而樟树却在凛冽的霜天中傲然无惧，为人们铺开了一片青翠。冬天，北风怒吼，天寒地冻，大雪把一些樟树的枝干压断，但它们毫无惧色，沉着坚定，用盈盈的绿意融化着寒冬的严酷。每当换季的时候，樟树也是陈叶和新叶悄悄交替，几乎不为常人所觉察，表现出一种谦逊淡然的操守。樟树终年常绿，不仅让人们时时感受春天的气息，感受空气的清新，而且让人们感受到大树底下好乘凉的惬意。特别是在烈日炎炎的时候，人们在树荫下喝茶、聊天、看书、娱乐，或是在紧张劳动之后，往树底下一坐，瞬间汗水全干，全身变得清凉。那种舒服，是无法用语言形容的。

或许因为樟树予人的好处太多，四十多年前，樟树又被赋予新的使命，扮演了新的角色，成了城市的行道树。曾记得，20世纪80年代，南昌市的阳明路和八一大道两旁，都是清一色的法国梧桐树。这种树，夏天浓荫遮天，密不透光，但一到秋冬，叶子全落，光枝秃杈。突然有一天，这些法国梧桐不见了，取而代之的是一棵棵樟树。从此，南昌变得青翠欲滴，春意荡漾，没有了秋天，没有了冬天，人们一年到头都走在明媚的春天里，走在清新的绿荫里。

樟树，让春光在南昌流淌，让春色在南昌永驻。

四

改革开放以后，各地兴起了一股城市建设的热潮。不知从什么时候开始，移栽樟树成了一种流行和时髦。

在许多地方，人们为了绿化和美化城市，不惜动用大量的人力、物力和财力，种植各种各样的花草和树木，其中栽的最多的树木之一就是樟树。

按理，多栽樟树是好事，人民群众是欢迎的，但问题也随之出现了。

君不见，在有的城市新建的市民公园里，不知从哪里弄来了几棵古樟，栽在几处显眼的位置。它们被切断主根，砍掉枝丫，只剩下一截主干和几根枝干，就像一个没有了脑袋和手脚的人，孤零零地立在那里。虽然不久古樟长出了新的枝叶，但总觉得不是滋味。也许有人会说，过不了几年，古樟就会长得很茂盛。但话好说树难长，古樟要恢复到原来的样子，恐怕需要经过相当长的时日。

有的城市在建设广场时，为了彰显历史的厚重，树立城市的形象，也弄来几棵古樟栽上。可能是因为赶时间，抢进度，要在某个时间节点完工，因而在最不适合栽树的盛夏季节栽树。烈日炎炎，火烧火燎，因为气温太高，古樟又需要大量的水分才能成活，于是，有关人员便想出一个办法，给古樟"打吊针"，把几个配有养分的水袋挂在树上，用细管连通，再把针头插进树身，给其输水输液，那样子就像一个站在医院里输液的病人。一棵原本生机蓬勃的古樟，在烈日下被折腾得奄奄一息。也有的在严冬季节移来几棵古樟，不顾雨雪冰冻，强行栽下。因气温太低，冻坏树根，人们急忙弄来塑料布，几番包扎，给古樟穿上厚厚的"防寒保暖衣"，看上去真有些大煞风景。冬天和夏天，酷暑和寒风，人都躲在家里不敢出门，这些古樟能挺住吗？就是能挺住，能成活，但付出的代价也实在太大了。

前些时候，为了发展旅游，不少地方热衷于建设古镇。有的人生怕古镇不"古"，古镇不"老"，于是组织有关人员四处出击，搞来了不少樟树，其中不乏有些年纪的古樟，在古镇上栽成一片樟树林。但因为资金和管理技术跟不上，有些樟树不久就枯萎了。这种做法的初衷也许是好的，是出于对樟树的喜爱，但有时过分的喜爱往往会成为一种伤害。

其实，古樟的移栽，何止这些地方。在一些高档住宅小区里，在一些新建的豪华大楼前，在一些富家大户的私人花园里，都可以看到移栽的古樟身影。

俗话说，一方水土养一方人。作为一种有生命的树木，何尝不是如此。一棵古樟，在一个地方生长了几十年几百年甚至上千年，已经习惯了当地的气候和环境，习惯了当地的水质和土壤。突然换个新的地方和环境，它会觉得非常不适应，就会"水土不服"。为什么有些古樟在原地生长得好好的，一经移栽，就生长得异常艰难，很难枝繁叶茂，很难回到先前的那种自由生长的状态，根本原因就在这里。更何况一棵古樟经过"斩干截根，除枝去丫"，再移栽到别的地方，就不是原来意义上的古樟了。特别是有些古樟在移栽中一旦不能成活，是不能再生的，是不可复得的。而这时失去的就不仅仅是一棵古樟，而是一段自然，一段生态，一段年轮，一段历史。

樟树，生命的长青之树，赣人的精神图腾。让我们珍重和保护好这江西第一树。

原载《江西日报》2022 年 8 月 12 日

草木清欢

——

祁云枝

蜀 葵

想起老家的那方土院时，一定有一溜儿高个子植物，大红大绿地站成土墙的花边。这方院子里，夏天于我，充满了欢愉。这欢愉，源于一种名为蜀葵的高个子草花。

蜀葵开起花来，有种咋咋呼呼的艳丽，不秀气，不雅致，也不懂节制。一株蜀葵，就像一柱劲爆的喷泉，花儿喷泉自下向上，由低至高喷出茎叶，喷向天空。明媚了灰扑扑的院子，也给我的童年皴染了亮色与欢欣。

端午前后，碗口大小的花朵陆续沿两米高的茎秆一路张扬着喷上去。我和妹妹开启了贴花瓣、吃花盘、采蜀葵叶包红指甲的欢喜日子。

后来我想，我对草木产生浓酽兴趣的起点，就是蜀葵。它的叶花果，全方位多角度诠释了米沃什曾说过的一段话：小时候，我主要是世界的发现者，不是作为苦难的世界，而是作为美的世界。

蜀葵的花瓣蝶翅一般，亦如蝉翼，有着与翅翼大致相同的纹路肌理。我一直弄不明白，是花如蝶，还是蝶如花？不明白就不明白吧，这世间不明白的事多了。一天，我无意间发现了蜀葵花瓣上胶水的秘密，这让花瓣瞬间变身翅膀，蝴蝶般飞翔在我们的额头、鼻尖、脸颊、双耳乃至衣服上。从此，我们和蜀葵的亲密值大为增加。

我们玩花的时候多在傍晚。那时候，太阳正从我家的土墙上一寸寸往下坠落，往西山后坠落。蜀葵站在夕阳里，脸蛋红彤彤的，等待我们的宠幸。

采一片蜀葵花瓣，用指甲将花瓣基部纵向一剥为二。深度大约一厘米，伤口处很快渗出黏液，像胶水。把剥开的两绺向两边抻平，花瓣就可以牢牢地粘贴在脑门上，似顶着一个殷红的鸡冠。"大公鸡，真美丽，大红冠子花外衣……"我们一边口诵儿歌，一边背手、弯腰、伸脖子，模拟大公鸡迈步、啄食、干架。也模拟老母鸡下蛋后脸红脖子粗地邀功："咯咯哒，个个大……"

若将两枚花瓣贴在一起，瞬间化身艳丽蝴蝶。它栖息在鼻子尖上的时候多一些，也栖息过脸颊的任何一处，蝶翅随步子开合，快乐亦如肥皂泡泡，从蝴蝶翅膀间咕嘟嘟冒了出来。

两枚花瓣平着粘贴在耳垂上，花耳环悬空垂下，招摇如扇面。色彩从花瓣基部烟一样洇下来，边缘还镶了波浪和流苏。我们依衣服颜色选择色彩形状迥异的花耳环佩戴。

长相甜美的麦萍率先一手叉腰，一条胳膊甩起来，表情酷酷地扭起了模特步。土院是 T 台，院子里的鸡、狗、麻雀、猫咪，都是观众。穿着黑西装白衬衫的喜鹊，适时奏响了背景音乐，喳喳喳、嚓嚓嚓，短促的音符脆生生的，回旋在院子里，似在指点我们的步履。土院里升腾起音韵之美。

麦萍的脸颊上又浮起了小酒窝，她走模特步掠起的细风也飘着甜蜜的味道。红、粉、白、紫，多彩的花耳环在我们的耳朵上轮番上阵，每个人的脸上似乎都镀了一层光，眼睛格外明亮，连身体都像生出了翅膀一样轻盈。这是花耳环的魔力。

蝉在高高的泡桐树上叫着"知了，知了"的时候，蜀葵们开启了新的生活。上半身，花儿喷泉依然涌动，下半身，花谢处，包起了包子。包子皮绿色，是当初的花萼。五枚花萼皱褶细密地合围起来，在收口处，极其自然地一扭，其中的馅料汤汁，绝不会洒出来一星半点。单从这点来看，蜀葵比我包包子的水平高多了。

绿包子皮不能吃，白包子馅可食，咬一口，清爽，回甘。馅儿圆盘形，像整齐码放的一盘白巧克力，质地细嫩，是夏日里难得当零嘴儿的吃食。吃这包子馅的秘诀只有两个字：趁早。晚了，就老了，就变成一圈挤在一起的褐色种子。

也试过吃花。摘下花朵，去蒂水煮，味清淡，包裹了一团透明黏液，用筷子夹起后丝丝缕缕，像现今吃秋葵果荚一样。想那秋葵、蜀葵本就是亲家，都是锦葵科大家族成员，有黏液实属正常。

多年后，我在《本草纲目》中也见到李时珍提过吃嘴的事儿："蜀葵处处人家植之……嫩时亦可茹食。"可见，它的嫩茎叶是可以做蔬食的，只不过那会儿野菜多，吃不到它身上罢了。

蜀葵毛茸茸的大叶子，可以包裹期冀，手指甲从无色到蔻丹，是最美的期待，也要经历最漫长的黑夜。傍晚，摘两三片蜀葵叶子，裁成方块。采一把开得正艳的指甲花瓣，去厨房舀一勺盐，用勺子将两者捣成花泥，轻轻覆盖在指甲上。用一片蜀葵叶子包一根指头，包粽子一样，把指尖裹严实，用棉线扎紧。

入夜，月光从天窗照下来，对面墙壁上的一张年画敷了银灰的霜。我躺在炕上，不时举起头戴绿草帽的小小十指，憧憬着第二天晨起后指尖的妖娆，然后在蛐蛐声里充满期待地睡去。听麦萍说，用凤仙花染指甲的这个晚上不可放屁，否则指甲盖会染成屁红。我一直谨守规则，指甲盖也的确没变成过那种难看的颜色。大多数时候，卸掉绿草帽时会发现，指甲是染红了，指甲周围的皮肤也一并成为红色。没办法，那花泥在草帽里一点也不老实，就喜乱窜，即使用小刀刮去指甲盖上的釉面，也无法真正固定住它。

日子朝朝暮暮，在我家院子里流淌。玩着玩着，我们一天天长大，玩着玩着，土院消失了，蜀葵也不见了。生命的璀璨与转瞬即逝，让我理解了岑参眼中的《蜀葵》，寥寥数笔，尽显天地的寂寞与惆怅："今日花正好，昨日花已老。始知人老不如花，可惜落花君莫扫。"

之后，无论在什么地方，以什么形式邂逅蜀葵，我都会刹那间被拉回到土院的烟霞往事里去。

那时以为蜀葵的乡土味儿浓，后来，我在风流才子唐伯虎、沈周、徐悲鸿、张大千的画里见过，也在美国大都会博物馆莫奈、塞尚、凡·高等人的画作里见过。这些画儿让我觉得，我曾经生活的乡村和一直以为很土的蜀葵，竟和艺术这么近，近得似乎那时的生活，就是艺术，就是一幅画。

槐　花

洋槐，是故乡人家的标配，是善于用花香讲故事的草木。

记忆里，老家的后院里，有一棵洋槐，也有一棵国槐，是母亲当年随手栽植的。繁枝茂叶间，常年栖着啾啾喳喳的麻雀和喜鹊。

冬日，洋槐与国槐一样，叶子落尽，黑皴皴地杵在院中，枝杈布在清冷天空里，无声无息。看不出悲喜，甚至，都不知道它们究竟是冬眠还是已经离开了这个世界。

谷雨时分，洋槐花率先从枝干里挤了出来，灿若繁星的光芒，汇聚成葡萄串的形状，开始在枝头闪烁。恍若烟花从粗粝的大地深处猛然炸裂。这个时候，洋槐的叶子尚在赶往春天的路上。

是洋槐还是国槐，一目了然。

麦子拔节，鸟雀啾啁。空气里一夜间弥漫起甜香，丝丝缕缕，院子香起来了，村子香起来了。这是乡村最抒情的乐章，也是最让人惦念的味道。

星光愈发白亮，那白，在一天内就鼓胀起来，眼见着毕毕剥剥地爆了皮，花香也越来越浓。不几日，星星变成了云朵栖在树梢。时光开始走得急促，一阵风过，满地落花如雪。

要吃花，需赶在花骨朵变云朵前采摘。没爆皮的花苞才好吃，最适合做麦饭。若花瓣全然张开，香气就散失了大半。

我和妹妹结伴去摘花，矮处直接捋进篮子里，高处的一人用钩子钩住梢头，另一人专门捋，有槐刺，左抵右挡却也枉然。因了这刺，洋槐学名刺槐，也是后来学了植物才知道的。再高处，就得用上绑镰刀的竹竿了。

常常，我一边摘槐花，一边把水灵灵的花苞送入嘴里。像李白对着明月饮酒，喜不自知，把盏忘了歇。凝脂般的花朵，在牙齿的开合间化为香甜的汁水。

槐花麦饭是所有麦饭里最好吃的。对乡人来说，若是没能吃上一碗槐花麦饭，这个春天算白过了。花骨朵洗净后加盐加面粉，拌匀入蒸锅。大约十分钟的光景，揭盖，放入碗里，撒上辣椒面、蒜粒等作料，热油刺啦一声泼上去，哎呀，单是想想，已口舌生津。这是种让人兴奋的声音和气味，它们会合力冲开毛孔，慰藉肌肤上张开的所有嘴巴。

槐花亦可煎，入面粉鸡蛋，充分搅拌均匀，放入油锅，煎至金黄，口味香酥、绵长。还可包饺子，做花卷，煮槐花汤……

自然，泼油、加鸡蛋，都是后来的做法。母亲当年做的麦饭里，只加盐醋辣子，简简单单，却也掩不住槐花在口腔和胃肠里荡起的清鲜。

那些年，母亲从未忘记在春季里晒槐花。过一遍热水，放到太阳下晒，干透后装入布袋，就成为干菜。想吃的时候抓一把，在水里泡发，洗净，就又能蒸麦饭、煎鸡蛋、包包子饺子了。熟稔的味道，任何时候都可以流转在餐桌上，弥散在空气里，用清香的语言唤醒味蕾，一往情深。

秋冬季，抓一把干花放在鼻子下，闭了眼，感觉又一次来到了春天。

当餐桌上飘起槐香的时候，母亲总说起自己当年赶赴页梁植树造林的故事。页梁，是位于陕西省永寿县北部的一座山梁，这座山是泾渭二河的分水岭，我的父母连同老一辈家乡人一直称之为页梁。

如今的页梁，早已被密匝匝的洋槐树包裹，人们叫它槐花山，是关中地区夏日里有名的纳凉度假区。槐花绽放的时候，从高空看，身穿绿叶白花的山脉，安宁得像一种语言，素洁、温润。涌动的绿叶和白花，曾经是当地人救命的食粮，现在，依然是诸多生命的补品。

在母亲反反复复的絮叨里，我大概还原了当年的场景。因槐花可以充饥，永寿县政府在为光秃秃的页梁挑选外衣时，毫不犹豫地选择了刺槐。从20世纪50年代开始，每年春秋两季，数不清的男女老少，携带着数不清的刺槐，在页梁安营扎寨，埋锅做饭，植树现场红旗招展，场面浩大。

那时，母亲在县缝纫厂上班，有五六个春秋，她随厂里的工友一起去页梁参加义务植树。那是一段激情澎湃的岁月，全县农工商学界一同参与造林，页梁上人山人海。大家一起挖坑栽树，一起吃大锅饭，一起住帐篷，一起欢笑，一起流汗。槐花山，就是由这样的一群人、这样许久的时光和无数长满故事的刺槐，一起堆积出来的。

知道母亲曾去页梁种树后，每到槐花山，我都有种回到母亲身边的感觉。我会久久凝视并抚摸山里的槐树，这棵，那棵，究竟哪一棵是母亲种的？母亲过世后，我曾对着槐花山上的刺槐询问：我母亲当年的身影你们记得吗？那些和母亲一同栽树的人如今去了哪里？那些飘荡在山梁上的歌声可曾记得？那一把把锃亮的镢头铁锨现在谁的家里？……

槐树不语，像一个符号，让流动的时间呈现出固态容颜。就像有时，我走在村子里，远远看见一个银白短发的老人踽踽独行时，心里就会一震，眼里蓄满泪水，我在一些老人的身姿和衣着上，总是能看到我的母亲。

吃槐花麦饭时，那些与槐花相互缠绕的老屋、大树、母亲也一并归来，仿佛我还是个儿童，仿佛母亲也还年轻。仿佛，所有的日子，都齐聚在槐香里。

原载《西部》2022年第3期

泛槎泸溪河

陈建功

迷上了龙虎山，更迷上了从山中盘绕而过的泸溪河。

龙虎山是声名远播的，因为百态千姿雄浑奇险的丹霞地貌，因为创立了天师道的张道陵，甚至因为《水浒传》第一回所写"洪太尉误走妖魔"的上清宫伏魔殿和镇妖井……就这样，未到龙虎山，历史人文、传奇说部乃至野史八卦，早已壅塞于脑海。

同样，泸溪河也是向往已久了。正因为有了这条最终汇入鄱阳湖的河流，才使天师老祖张道陵于五十七岁称疾辞谢帝王的征召之后，携弟子王长从鄱阳湖溯流而上，来到时称"云锦山"的地方。张道陵历时三年，练就"九天神丹"，"丹成而龙虎见，山因以名"。也就是说，没有泸溪河，就没有了张道陵到云锦山避世的通路，也就没有了龙虎山的得名。泸溪河啊，龙虎山应向你顶礼膜拜呢。

然而，当我随着主人从象鼻山公园出来，突然面对从峙立的群峰中缓缓流来，又缓缓漾开于眼前的一湾碧水时，还是惊喜得险些喊了出来——这就是泸溪河吗？想象过它的水应该是清的，却没有料到它竟是这般的清，水底的鹅卵石、水中的游鱼，竟历历在目；想象过它的水应该是绿的，却没有料到它竟是这般的绿，翠色晶莹，天光山色，闪闪烁烁，绿得轻盈，绿得含情。绿莹莹的河面上，早已有几架竹筏等在那里，一想到它将带我们驶入壁立的群峰间，心便悸动起来。

登上竹筏坐定，只见船工的竹篙伸进水中轻轻一点，那筏就顺势漂了下去。竹筏的左右各站一位船工，手执竹篙，看似悠闲地时而前行，时而后退，时而左边一点，时而右边一撑，那竹筏便沿着他们选定的水路，缓缓地漂入了山水的画卷里去。

热情的主人掩饰不住自豪，用"碧水丹山"来形容他们的家园。主人说，碧水，就是脚下的泸溪河；丹山，就是河边的群峰。龙虎山有99峰、24岩、108个景点，其峰其岩，皆为红色沙砾岩，就是地质学上所称的"丹霞地貌"。丹霞地貌我曾在广东的丹霞山领略过，且知它正是因丹霞山而命名，但我看从竹筏旁流过的龙虎山诸峰，尽管也是赤壁丹崖，却显得格外变化多姿。主人说，这是因为龙虎山的丹霞地貌，融合了从幼年期、壮年期到老年期丹霞地貌的完整序列，所以它的风姿神韵，要比丹霞山更为千娇百态啊。

接着这话题，主人说江西作家程关森写的《龙虎山三绝》，比较过江西的四大名山——庐山、井冈山、三清山和龙虎山，前三个有山无河，只有龙虎山和泸溪河是联袂登场；佛教的四大名山，除了普陀临海之外，峨眉山、九华山和五台山也都没有河；道教的名山青城、罗浮、武当等，也都没有河。同属丹霞地貌的武夷山，固然有九曲溪和崖墓，但九曲溪没有泸溪河的宽和长，崖墓也没有龙虎山的多，更没有道教文化和道教领袖人物；广东的丹霞山也一样，虽然有山有水，却也没有道教和崖墓，那水也不及泸溪河的宽和长……我微笑着看他，心想热爱家乡的人，或许个个都是"吾乡天下第一"的。你说人家武夷山、丹霞山没有道教，人家有朱熹，有六祖慧能啊。但转念一想，爱乡之情谁不如此，我又何必较真呢。

不过我以为，龙虎山最使我动心的，是泸溪河畔的一个名为"许村"的小小村庄。

竹筏行过一座名为"迅翁石"的山峰，水面稍阔，就看见许村了。这是一座古樟掩映的村落，据说是龙虎山区最为古老的村庄。许村的原住民全姓许，应该是许由的后代。我吃惊地问："是上古那个跑到颖水之滨洗耳的许由吗？"主人说，是啊，因此这村子的老门楼上写的对子是"掬泉洗耳辞尧语，解字成书费段笺"，横批是"绪衍箕山"。据村民讲，他们祖上是许由后裔的一支，魏晋时迁江西抚州定居，唐末又有一部分迁到龙虎山。这对子的上联，就是讲许由辞却尧帝传位，再辞九州长的任命，跑到颖水洗耳的典故；下联则以他们老祖宗中的一个，东汉著《说文》的许慎为荣。那横批已经说得很清楚啦，箕山就是许由归隐所在，绪衍箕山，可不就是许由的余绪！我默默地望着那绿意幽幽的村庄，想：这村子还真是一个归隐的好去处呢！

下了竹筏，沿岸边石阶而上，看见好客的主人已经在古樟树下摆好了茶具和干果，原来是请我们在这里观赏船民们的鸬鹚捕鱼表演。

河面上漂出来几只小船，每条船的船头上都站着几只鸬鹚，那镇定自若的模样，俨然是表演的老手了。只见船儿在河面上围成了一个圈，忽闻呼喊声四起，据说是发现有鱼来也，那呼喊不知是驱鱼还是唤鹰。转眼间已见鸬鹚们扑棱棱飞入水中，有的在水面扑腾、张望，有的已经一头扎进水里。少顷，一只鸬鹚衔出一条尺把长的鱼来，欢欣地扑到船上。船工把鸬鹚嘴上的鱼取下，丢进鱼篓，又从腰间小篓子里拿出一条小鱼，大概算是给它的打赏？得到鼓励的鸬鹚们又扑棱棱回到水面，张望、寻觅，又一次潜入水中……一时间只听见水面上传来船工们欢娱的呼喊，只见鱼鹰们来来去去，翅膀扇起的水珠，被衔的鱼儿甩打起的水珠，在木船间腾起一片雾气……记起小时看过郑振铎的《鸬鹚》，还有一篇散文，叫《鱼鹰来归》，作者是谁，已然忘记了，但所写的鱼鹰捕鱼的场面，仍历历在目。谁能想到，老之将至，才算是实实在在地看到了这欢欣畅快的一幕。

看过了鸬鹚捕鱼，就匆匆离开了许村，忽然想起刚才在古樟树下时，那杯大红袍还未及品尝呢。主人居然也看出了我的留恋，到了晚上，问我愿不愿意再到泸溪河漂流一次。

"晚上难道和白天还有什么不同吗？"

"当然不同，晚上有月亮啊！"

于是，皓月当空时，我们溯流而上，又向许村进发了。

皎洁的月光下，只看得见两岸巍峨的山影、粼粼的波光。船篙入水的哗哗声是细微的，却真切地传向夜色的深处。如果说白天的泸溪河如诗如画，月色下的泸溪河就如梦如幻了。

忽然想，我得写一篇文章，记下这次美妙的漂流。古人说过，于大海与天河之间，每每有浮槎通焉。乘着竹筏漂流于泸溪河上，还真有不知今夕何夕，不知人间天上的感觉呢。故小文自命为"泛槎"，或不为过。

附记：民间的鸬鹚捕鱼已被禁止，在许村所见，不过是为了展示民俗事象的旅游节目而已，限时限量。且旅游部门每年都要往泸溪河投放大量鱼苗，以维护泸溪河鱼类的繁衍。

原载《海口日报》2022 年 8 月 5 日

茶　相

——

胡竹峰

一杯嫩翠，像春日的阳光穿过松枝。茶极嫩，像柳树新芽。三十岁后喝绿茶，最重其色。秀色可餐，一杯绿茶是我的晚饭。好绿茶之色，好红茶之香，好黑茶之味。昨夜喝安化黑茶，不温不火，不燥不热。

铁观音记

睡觉与喝茶，无处不可。无处不可睡觉，无处不可喝茶。即使在屋檐下睡觉也舒服。冬天，躺在厚厚的草堆里，晒着太阳，小寐片刻，是清欢也是清福。

二十年前去雷州半岛，大晚上，找不到旅馆，几个人便在水果摊案板上安卧一夜。现在想起来，还觉得有意思。喝茶亦如此，露天喝，茅屋中喝，田头地尾喝，禅房喝，小室喝，客厅喝，厨房喝，甚至床上喝，也不失为风雅。

前几天有朋友说要寄两盒茶来，一盒铁观音，一盒毛尖。不想要。她说好茶只送有缘人。不好推辞了。

很久没有喝过铁观音。日常里，我喝翠兰。翠兰是盆栽小景，婉约清淡；铁观音是窗外原野的一轴山水，悠远深邃。铁观音是婆婆，翠兰是儿媳。将这两款茶放在一起喝，婆媳一家。第一道，婆婆冷眼旁观，儿媳低眉顺眼。第二道，婆婆显出手段，儿媳得理不饶人。第三道，婆婆过婆婆的日子，儿媳有儿媳的生活，互不干扰。嘴里像播放三幕剧，心情有起有落，妙不可言。

铁观音是乌龙茶的一种，介于绿茶与红茶之间，属半发酵类青茶。其茶色金黄略带青绿，明澈透亮，有种安稳的富态，一点也不铁石心肠，十足的观音慈悲。

初喝铁观音，不知道是习惯作祟，还是口味因由，半天没觉出好来。泡开的茶，叶片粗且大，黑且长，心里居然有些轻视。后来又喝过几次铁观音，或许是日久生情，慢慢有些喜欢了。

不明白此茶怎么以观音为名，这是我的好奇。北方不少人觉得，胡竹峰这个名字奇怪。其实"竹峰"在南方是最寻常的名字，念书时，南方多"竹"多"峰"。

铁观音的得名有两个说法。一说茶成形后结实乌润，沉重似铁，味香形美，犹如"观音"，被乾隆赐名"铁观音"。还有一传说，该茶是观音托梦给某茶农而得到的。

壶中的铁观音，喝过五泡，到底是铁观音，不是泥菩萨，不怕水泡，入嘴还有余味。第六泡，茶残了，青气消磨殆尽，喝在嘴里，还有淡淡的涩味缓缓萦绕。

关于青气，只有清香型的铁观音才有。那种未熟的青气，像把利剑，割开茶汤的苦涩。

铁观音的青气只有三四次。第一开茶，青气若有若无，缥缈得不可捉摸；第二开茶，青气羽翼丰满，蠢蠢欲动，但涩味坚不可摧；第三开茶，青气心灰意懒，只好老实本分；第四开茶，青气淡矣，如处江湖之远的布衣儒士；第五开茶喝在嘴里，有白头宫女说旧事之感。一切远了，唯有惆怅。很意外，一壶茶喝出惆怅。

铁观音七泡，犹有余香。我最多六泡，留着一泡，是未尽之谊。像我读《三国演义》，每每只看到《陨大星汉丞相归天　见木像魏都督丧胆》一回；像我读《水浒传》,《忠义堂石碣受天文　梁山泊英雄排座次》一回即剧终；像我读《红楼梦》，到《惑奸谗抄检大观园　矢孤介杜绝宁国府》就释卷。死劫已定，我宁愿在生的世界找乐。

竹叶青记

凌晨两点睡下，早上七点醒来。身体需要睡眠，精神却抗拒着，只好起床。今晨不热，能感觉到丝丝凉风。

没睡好，昏蒙蒙的。漱洗完毕，清醒了一些。

夏天太阳真勤快，九点钟就已经很晒了。走几步，汗津津的，好像在水里游了一圈。

坐下，冲水泡茶，泡的竹叶青。昨天喝的是翠兰，换换口味。

喜欢"竹叶青"三个字，竹叶自然是青的，这里有语言的重叠。

往杯子里装茶，千手观音舞，万竹风声起。凑到杯口闻闻，茶香颇浓，有竹林青气，与以前喝到的绿茶不一样。

龙井气息轻轻上扬，碧螺春气息微微下沉，猴魁气息厚朴，毛峰气息轻灵，翠兰气息浮浮沉沉、若有若无，而竹叶青气息平缓，像一条白练，又像是垂下的水袖。

竹叶青之味极其熟悉，奈何说不出来。好茶的味道都是熟悉的，妙不可言，词不达意。词不是万能的，意比它走得更远。词是油滑之手，意是泥鳅。小时候捉泥鳅，每每从指缝里钻出来滑落逃脱。

竹叶青的清新有股烈性，这在绿茶种类里凤毛麟角。猴魁也有烈性，但它的烈性是中年妇人的刚强。竹叶青是《红楼梦》里的尤三姐，可谓烈得百媚生。

大红袍记

偶感风寒，躺在床上，突然觉得寂寞。寂寞如影随形，谁也不能分担，只好喝茶。

茶里有一份世故，像读多了中国古书的老人。茶里也满怀心事，像初出茅庐的青年。寂寞时喝茶，和老人论道，可消永夜。惆怅时喝茶，和青年聊天，能增豪气。今夜寂寞又惆怅，是要喝一壶大红袍的。

喜欢大红袍的名字。大红袍是入世之物，汤色有红袍将军的士气。

说到将军，白衣小将儒雅熨帖，到底还是红袍将军威风凛凛。枣红色小马，枣红色披风，枣红色红缨，行走在枣红色沙洲上。残阳枣红，西天枣红，映得人脸色也枣红，一片枣红世界。

有次和朋友在湖边喝大红袍，恍惚中，竟然将茶汤当成了海水。真像夕阳下的海水，壶嘴一冲，漾啊漾，漾啊漾，味道虽不够足，气息却好。大红袍的颜色与绿茶相比，一个是夕阳海水，一个是青山小溪。茶世界千姿百态，灿若星辰。

第一次喝大红袍，看着清澈艳丽的茶汤，心底竟生出香艳，围坐的几个男女喝出满面春情。

大红袍之红，更多的是高贵，淡红带来的高贵。红是高贵色，大红袍的好也正好在茶汤的色泽上。红不一定要红得发紫，泛红就可以了。半红不紫，实则人生最好状态。进一步，海阔天空。退一步，也海阔天空。

大红袍的红，不是通红，不是大红，而是微红、淡红、浅红，红出了格调，尊贵中让人可亲可近。红的茶汤仿佛红尘往事。灯火前身，并非明月；茶色今世，流水远行。

大红袍外观绿褐鲜润，泡出来的茶汤偏要一片红，外冷内热，淡然下有赤子之心。

喝大红袍最厌繁文缛节，冲完即好，水够滚，人要熟，便有富足之乐。像卸了妆的老生清唱，没有锣鼓丝竹，声音直达远古。

大红袍的好，好在得红茶之醇、绿茶之香，味久益醇，香久益清。喝过几杯大红袍，嘴里清甘之气不绝，炭香微微回旋。

大红袍适合冬天喝，一边喝一边读古人话本传奇，最好还是旧书。旧得有味，旧得温存蕴藉，前人的情绪绵延不绝，茶香在鼻端萦绕。

用紫砂壶泡大红袍，茶汤小人得志，一副游于世故的老气横秋之态。用玻璃杯泡大红袍，像传奇像话本，虽精彩却不耐回味。泡大红袍，白瓷盏最佳，清白之身，满腔热血，让人喝出日常生活的庄严与肃穆。

煮酒论英雄，品茶说风月。这茶若是大红袍，风月也说得出风华风情、月色撩人。

花茶记

昨夜养了六盏花茶。为什么是六盏？家里只剩下六个玻璃杯了。玻璃虽好，却易碎，有天一连摔烂三个玻璃杯。

飞碟在橙色的天空中静止，起先以为是天外来客，仔细一看，又好像向日葵花，安静地散发着阳光黄，这是菊花茶。一叶轻舟，出没在风波里，忽上忽下，这是金银花茶。碎金洒落水底，熠熠生辉，一片富贵，茶色微绿而明亮，像早晨的天窗，这是桂花茶。碧血丹心，红花撒在地毯上，佳人款款生情，顾盼之间，让一个男人失魂落魄，这是玫瑰花茶。泥沙俱下，褐浪滚滚，成熟的小麦倾泻而下如兵马渡江，这是薰衣草茶。一片冰心漾着蜜意，散发的林逋隐居西湖，清静自适，清白人生自有一份香甜，这是梅花茶。

六盏花茶是可遇不可求的。有心养过几回花茶，一道道坐喝，热汤渐成冷水。这是花茶的趣味。

绿茶养眼，红茶养胃，黑茶养气，黄茶养神，花茶呢？养形以得趣，养色以求异。菊花茶和金银花茶味道清寒，寒中带苦，像贾岛和孟郊的诗，虽好，却有贫乏气，格调低了。桂花茶，香有余而力不足，半上半下，七上八下，让人懒得费神寻味。玫瑰花茶是绝色女子，面目姣好，但失之内涵，可以谈情说爱，不能谈婚论嫁。薰衣草茶味道浓郁，茶色也好看，像热恋中的男女，好得如胶似漆，但没有落到实处，心到底悬在半空。

我喜欢的茉莉花茶，昨夜没养。

茉莉花茶是粗茶，用开水泡在大白壶里，趁热喝，气息够足，味道够足。有菜市场的气息、公园的气息、集市的气息，富足真实。

第一次喝茉莉花茶在天津，嘴里全是浓香，穿过唇齿，力达喉舌，沉甸甸的全是香气。喝一口，再喝一口，耕读家风兜头而来，天地间万事如意。

茉莉花茶好在市井，梅花茶好在士气，我也喜欢。白梅茶味道清苦，不如蜡梅茶好喝。白梅是出世的，蜡梅是入世的，梅花清冷中有药香。蜡梅的香气更甜馥，带着喜气；白梅茶更清雅一些，口味稍嫩。中医说白梅和绿茶加上橘络和女贞子同泡，名"二绿女贞"茶，加枸杞与合欢则为"二绿合欢"茶，颇具药效，能治疗梅核气。我喜欢"二绿女贞"与"二绿合欢"的名字，像旧时乡下员外伉俪情深中琴瑟和谐。

喝花茶，喜欢清饮，以存天然香味。

花茶泡在玻璃杯中，可视其色。花茶泡在小瓷壶里，能养逸气。

喝茉莉花茶的启示：津津乐道，自得其适。

毛尖记

毛尖的产地颇多，我只熟悉信阳的。

信阳毛尖，像旧小说中的人物，家在信阳，姓毛，名尖。毛尖之毛是其表，尖是其形，毛尖口感也的确有尖锐处。乍到中原，生于南方的味蕾，很难招架北方毛尖的味道，嫌苦了一些。

喝茶十几年，偏偏不是信阳毛尖客，茶缘不同，口感有异。朋友告诉我说，人喜欢毛尖，多是中年以后。喝茶不仅仅讲缘分，也要岁月的沉淀。

毛尖是出世之茶，虽有淡香，但更多的是涩和苦。像浪迹天涯的游侠，可以欣赏，可以仰慕，不适合做朋友。这是性情决定的，与茶无关。

信阳毛尖茶形好看，不华贵，却纯净，纯净得像吸附在磁石上的铁砂，隐隐、盈盈，"隐隐"是馥郁的茶气，"盈盈"是乌金的色泽，黑的茶叶闪耀着白铜光芒。

毛尖干且硬，落在杯底，淅淅沥沥似雨，能砸出声音。倒水，杯中蚊、蜂乱舞，闹哄哄好一阵才停息下来。

绿茶里，毛尖是我见过的最耐泡的品种。有一次故意换汤不换茶，那壶茶泡了七开居然还有味道。许多茶，三泡之后，就无精打采了，毛尖例外。毛尖还有个例外，有几年它是我唯一能在冬天喝的绿茶。大雪铺地，大风吹城，大寒袭人，捧一杯毛尖茶，有幽静之感、幽深之思。没有阳光没关系，我有一杯阳光；没有温暖没关系，我有一杯温暖。年龄虚长二十岁，一寸光阴一寸金，一杯茶，消净了青春。所以不敢多喝毛尖，不想未及而立就年过不惑。

据说信阳毛尖几个出名产地是五云（车云、集云、云雾、天云、连云）、两潭（黑龙潭、白龙潭）、一山（震雷山）、一寨（何家寨）、一寺（灵山寺）。把它们连在一起，可以写成一篇小品：

　　一山灵秀，有寨有寺，山脚两汪潭水。山上辟有茶园，种的是毛尖。山顶蓝的天空，停着五朵云彩，不多不少，只是五朵，似乎是碰巧，又似乎大有深意，五云将甘露清洒在两块茶园里。

信阳毛尖初制后，经人工拣剔，把成条不紧的粗老茶叶和黄片、茶梗及碎末剔出来。拣出来的青绿色成条不紧的片状茶，称为茁青，春茶茁青又叫"梅片"。茁青与梅片让人大有好感，是知书达理、小家碧玉的名字，像我的朋友。

　　茴青，梅片，走吧。

　　干吗？喝茶去。

原载《红豆》2022 年第 2 期

府城大道

杨献平

　　典型的东西走向的街道，宽阔、崭新，是高新区的北部起始点，也是高新区管委会所在地。造城运动于今为最，城市样貌日新月异。2012 年底，我刚搬到府城大道西段居住的时候，这边的房价在每平方米四千至六千元，现在周边的房价普遍在每平方米三万元以上，最高的甚至达到五至六万元。府城大道西段是国防乐园，一个巨大的、以普及国防知识为主要内容的公园，其中有小的山岭，旁边有湿地，与现在的锦城湖公园相连。

　　2012 年的府城大道只有一大片住宅区，商业设施基本不见。其西边是双流区所属的石羊镇，现在称之为石羊社区。国防乐园的大门口，有双流老妈兔头总店，我和儿子杨锐去吃过好多次饭，但我从来不吃兔头。我觉得，吃兔头、羊头、猴头、鸭头之类的行为，是极其残忍的。很难想象，在烹饪兔头的时候，人怎么能忍心？天地如此慷慨，已经给予了人类诸多吃食，何必再变着法子、挖空心思地去吃呢?

　　当时的府城大道一片空旷,连个像样的餐馆都找不到,请人吃饭,要到益州大道或者石羊社区。很不方便,但也乐得清静。就是上下班不是很方便,距离地铁远,每次都要到高新站再转乘公交车。那时候,我刚从西北的沙漠地区调到成都来,对于城市的一切还有些陌生,不知道投资,也不知道城市的发展方向。这种懵懂,使得原本就对经商不在行的我,一直处在一种随行就市的状态当中。倘若那时候稍微有点经济头脑,再按揭几套房子的话,大致也可以正当地赚一些钱。人在很多时候的无意识,看起来是一种傻和迟钝,但也有着一种冥冥中天定的意味。可能,有些钱财本来就不属于我的。

　　2009 年,父亲病逝,我心里时常悲伤,常无端地放声大哭。人生最可怕的事情是失去至亲之人,并且,他们还让你心怀愧疚。父亲是一个老实木讷的农民,虽然生活困苦不堪,但我怎么也没有想到,他会在六十三岁那年作别人世。当他死去,我觉得我实在是一个无耻混蛋,原本已经有能力对他好,孝顺他了,自己却总是借口忙,不在意他,他几次对我说胃不舒服,我只是让弟弟带着他去医院检查,自己一次都没有陪着他去医院。他病入膏肓了,我再想做点什么,却无能为力了。

　　这大致是我罹患抑郁症的真正由头。那时,前妻每晚去小区的麻将馆打麻将,我和儿子杨锐在家里。有天晚上,我突然觉得四肢发僵,从颈椎开始,头部发木,像是马上就要失去意识,昏死过去一般。前妻开车带我到人民中路的军区诊所检查,没有查出什么问题。每当我觉得不舒服和心里难受的时候,就去国防乐园,在树林里转悠。林中多黄葛树、榕树,还有一些罕见的洋槐树。我记得,一家已经废弃的餐馆一边,有一面高十多米的悬崖,悬崖边上长着一些三角梅,不论冬夏,花朵开得艳丽而又妖艳。站在三角梅藤蔓一边,可以俯瞰整个石羊社区。国防乐园之内,有数个湖泊,天气晴朗的时候,只见水波潋滟,接天连地,有许多白鹭、野鸭在其中游弋。我记得,那危崖之上,还有野菊花,黄得透明的那种。人生很多时候,都处在临渊的状态当中,只是我们自己浑然不觉。有些周末,我和儿子杨锐一同到国防乐园的林子和湖边去,主要是散步,父子俩一人一听红牛,在林子间汗流浃背。鸟鸣使得这城郊的废旧公园更为幽静,我和杨锐经常做的就是爬坡和爬树。那时候,我觉得爬树可以使得筋骨张开,有一种疼痛的舒适感。

其实,类似那晚的危险时刻一再发生,我丝毫没有意识到自己已经罹患了抑郁症。我自信自己是一个很外向的人,刚满四十岁,还觉得自己就像是一个十八九的小伙子,从不觉得自己老了。只是,父亲的死,让我蓦然觉到了苍老,而且是抽筋剥皮一损俱损的那种苍老感,性情也变得暴躁、易怒、脆弱、阴晴不定。

司马迁说:"哀莫大于心死。"人间最残忍的摧毁,是精神支柱的灰飞烟灭。我的诸多不适不能给儿子杨锐说。在儿子面前,我总要坚强一些。当年,我父亲母亲也是如此。父母在儿女面前的坚强可能是幸福的,不管这坚强的背后多么痛苦。几年后,我住到了府城大道另一个小区,自此后,再也没有去过国防乐园,去机场时路过,也只是看看而已。那边的房子里,还有我很多东西,书籍、衣服、电脑、各种酒等,我都懒得再去拿了,留给儿子也就好了,他珍惜不珍惜,不是我能左右的。

单身的生活基本上在病患中度过,无时无刻的濒死感、全身瘫软、心悸、头晕、疼痛等围困了我,一个人住院三次,两次在骡马市的第三人民医院、一次在华西，还有一次，是在河北邢台。当我的情况有所好转，便回到府城大道，但生活处于散乱状态。我起初想回到河北老家的城市，但舍不得儿子杨锐，那时候，他还没成年，作为父亲，虽然我做不了什么，可能他也不会觉得我多么重要，但我要守着他。仅此而已。再后来，在府城大道中段买到了一套房子，多数钱是朋友出的，装修我来做。由此，我有了人生第一次的装修经验，而且，装修的效果受到了后来一些购房人的一致好评。

这时候，我已经结束了人生第二次单身生活，不仅结了婚，还又生了一个儿子，我们为他取名为可可。如此变迁，是我根本没有想到的。人生的无常就体现在，你永远不知道明天你将面对什么，甚至下一秒会有什么样的情况发生。老子说"万物负阴而抱阳"，一切事物都在变化之中，到了一定的极点，便会相反。在军队的生活基本上是无忧虑的，我除了上班，也写一些所谓的诗文。可是，"极则反，盈则亏"，我的生活陡转，个人也罹患疾病，算得上九死一生。但事后来看，我们在这个世界上遇到的所有人事物，都是不可避免的，而一个人和另一些人在一起的时间，也似乎是不多不少，须臾不可僭越和篡改的。

没事的时候，我便带着小儿子在小区后面的走道上溜达，他蹦跳，一次次地登台阶。两个人坐在秋千的长椅上晃一晃，他奔跑，我拍些照片。剑南大道和府城大道上的机车，日夜不停地穿梭。仁和新城、市第一人民医院南区、新街里、象南里、银泰、苏宁奥特莱斯，以及远一点的悠方、双子塔和金融城等已经全部投入运营。在成都这样的城市，只要你开发了楼盘，大致是不愁人买，也很快就会形成一片住宅区，进而各种服务和商业设施都会完善起来。如此的扩张，看起来是自然而然的，就像人的现实生活，不断地被各种必需和非必需的物质充满，人和人，从不同的地方汇集在一起，然后就成了新的街道和社区。如此蔓延，看起来是一种常态，但本质上反映了人的趋同与渴望"群体"的潜意识和内驱力。

　　街道上一年四季都有绿叶和花朵，海棠、玉兰、茶花、艳山姜、紫薇、蓝花楹、榕树和黄葛树，还有芙蓉花、三角梅是最常见的，府城大道尤其如此。只是，我清楚地知道，再过一两年，我们必定会离开府城大道，到成都其他地方去。而府城大道，不仅是我来成都之后的第一个居住地，也是我两个儿子的成长之地。想必，他们将来对府城大道的印象，可能比我还要深刻。我现在所能做的，就是不断地为小儿子可可多拍一些照片，把他幼年生活的这条街道留存下来，当他长大，自己看的时候，或许会对府城大道——这条诞生不久的成都街道，产生一种宛若故乡的感觉。可能，在城市的人们，之前和往后，都难以找到自己确切的故乡。

原载《时代文学》2022 年第 3 期

生命里的青春

剑　钧

一

　　岁月的长河，拍打着青春的浪花，璀璨而短暂，却闪烁出无穷的魅力。哪怕昨天的一切，都无法复制，可年轻的影像，也会跨越时空，留下不可磨灭的美丽。这是我读魏巍先生七十年前写的战地散文，《年轻人，让你的青春更美丽吧》后的感悟。

　　初读这篇散文应当在 1978 年的春天。在寻梦的季节里，我携着青春走进了大学校园。此文和《谁是最可爱的人》是大学中文系学生的必读篇目。因而，我不止一次拜读。尤其开篇那句"青春是美丽的。但一个人的青春可以平庸无奇，也可以放射出英雄的火光；可以因虚度而懊悔，也可以用结结实实的步子，走到辉煌壮丽的成年"，也曾读得我热血滚烫，踌躇满志。收录此文的同名单行本，是 1952 年 10 月由天津通俗出版社出版的。今日重读此文，仍有种很亲切很励志的感觉，尽管我早已不再年轻。

　　我读起来很亲切，是缘于文中一开头就写了二十四岁的青年团员戴笃伯，他来自湖南，在志愿军某连做文化教员。他带一个担架组负责抢救伤员，第一次上战场就赶上了飞虎山激战。魏巍用洗练的笔法讲述了战争的惨烈程度。起初，戴笃伯觉得，每一颗炮弹，每一颗子弹，都像专朝着自己飞过来。在炮火闪闪的红光里，一个战士从山头滚下来。不知道是被子弹打中，还是被石头绊倒……读罢，我恍然发现，我母亲在朝鲜的经历与之极为相似。推算一下，母亲那年二十二岁，也是共青团员，也是文化教员，搬运过弹药，修过坑道，也面临过生死，与她一同参军的战友赵伟就牺牲在敌机的轰炸中，母亲当时与她相隔不远，都在一个山坡上，幸免于难。

　　母亲告诉我，她是在志愿军 40 军 119 师政治部的防空洞里读到这篇油印散文的，读着读着眼圈就红了，感到魏巍写戴笃伯的心路历程太真实了：戴笃伯激战之初在山脚下蹲着，看到战士们冒着敌人的炮火冲上又高又陡的山头，心就在想："我能够这样地害怕战争吗！我为什么老蹲在这里？我不是在决心书上写过，要迎接对我的锻炼和考验吗？"于是，戴笃伯伸直了腰，带着担架小组爬上了攻克了的敌人阵地。山陡路窄，伤员没法抬，他就去背。连长不答应，让别人背，他急红了脸，说："连长，我的决心书不是白写的呀！"陡坡背伤员有多难？他领教了，是头昏眼花腿软，每迈一步，腿上都有千把斤重。到最后，他"手扒着陡坡，几乎是爬行似的，咬着牙背了下去。他到底把伤员背到了绑扎所。"

　　母亲对我说，初涉战场，要说不紧张那是假的，一想到昨天还活蹦乱跳的战友赵伟，转瞬间就永远离开了，眼泪就止不住地往下流。但眼泪过后是坚强，是勇敢。恰如文中所言："当戴笃伯第二次赶往阵地去的时候，已经不害怕了。"临行前，他将战友的水壶灌满了水，叮叮当当背了一身。战友们接到水壶拉着他的手笑着叫着，像一朵朵战地黄花在战火中绽放，这就是战火中的青春。当反扑的敌人冲上来时，他拉响了平生第一颗手榴弹，这就是青春的力量。

赵伟是母亲的南阳老乡和闺蜜。东北野战军南下时，她俩一道在湖北羊楼洞入伍，一同去了朝鲜，又同居一室。入朝不久，赵伟就在一次空袭时被敌机投下的燃烧弹活活烧死，牺牲时年仅十九岁，就在头天晚上，她还有说有笑，说回国后争取读大学呢。母亲说，那场战争充满了超出想象的激烈与残酷，头顶上随时都有美军的飞机轰鸣，哪有什么前方后方，到处都险象环生。可久而久之，竟习以为常了，她做好了明天就为国捐躯的思想准备。生命里的青春就是这样成长起来的。

二

如果把年轻看作一部青春片，那么片头就是朝霞，片尾就是涛声，每个年轻人都是片子的导演，同样的朝霞满天，到头来，涛声却未必依旧。这是我读魏巍先生战地散文的感触。一个人的青春能否绽放光彩，能否活出人生的价值，关键还在于完善自我，切莫等闲白了少年头，空悲切。

1991年，文学青年的我在当地新华书店买了新版的《魏巍散文选》，其中就收录了经典散文《年轻人，让你的青春更美丽吧》。那会儿，我还不认识魏老，竟冒昧地把书寄到了原北京军区政治部，渴望能得到魏巍先生的签名。不久后，签名书如愿寄到我手上。我爱不释手，将其放入书柜显眼的地方。重读这篇青春美文，我记住了以下文字："我还想说一说那些女青年们的情形。在出国之前，为了参加朝鲜庄严伟大的斗争，她们拿着决心书三番五次的请求。不允许，就赖在首长的房子里不走，最后还不答应的时候，她们竟哭了。她们的哭声是这样的诚挚。"读到这里，我大为惊叹，这情节竟也同母亲当年对我的讲述如出一辙。

1950 年 6 月，朝鲜战争爆发。母亲所在部队作为一支劲旅，迅即移师到辽宁安东（现丹东），一边训练，一边待命。随着战火迅速向中朝边境蔓延，部队战前动员也开始了。"战争的味道越来越浓了，战友们都在写申请书，请求参加中国人民志愿军。我也写了申请书，但两次申请都没得到批准。理由是，我身体瘦弱，体重才八十多斤，又是女同志。"母亲说，"我很不服气，气得哭了鼻子，老班长薛宝芸大姐出来替我说话，'我看郑平同志行，别看瘦小，挺能吃苦的'。最后，我被批准了，但有个条件，就是保证行军跟得上队伍，不能掉队。"

母亲说这番话时，神情很平静，似乎不是在回忆生死攸关的抉择，好像在说出趟远门那般波澜不惊。我很想问，您就没想到过死亡吗？犹豫了半天还是没说出口。母亲看透我的心思，说："其实，没有人喜欢战争，可美国人就是不让过舒心日子，开着坦克，一天天逼近中国国土，唇亡齿寒，作为军人，我们别无选择。"

魏巍先生当年在战火中采访女兵时，一定流过许多眼泪，否则不会写得这般动情。就是这些柔弱的女兵，每天背着背包、背着十斤干粮、十斤米、一把小铁锹，还有人背一把小提琴行进在朝鲜崎岖的山路上，有一夜竟行军九十里……就是这些坚强的女兵每天为伤员洗血衣、捉虱子、打水、打饭、喂饭，有时忙得竟顾不上自己吃一口……我每每读到这里，都会动情，都会眼睛湿润，因为，她们每个人都像是我的母亲。我想，七十年以后，魏巍文中的这句呼唤依然没有过时："年青的朋友们，你们看，她们是以何等的决心和气魄度着自己的青春！你们也愿意把这种豪气放在自己的青春之中吗？"

三

青春是个寻梦的季节，满目桃花盛开，樱花绽放，美丽近在咫尺，伸手便可摘到；青春又是个短暂的季节，犹如一阵春风刮过，一片花瓣，一地落英。如果不去珍惜青春时光，到头来，只能是空留下遗憾。这是我读魏巍先生青春美文所获得的启示。青春是人生最美好的时光，珍惜青春就是珍惜生命，浪费青春就是浪费生命。

1999年10月，我受命担任一部革命传统教育申视片的主撰稿，有幸结识了慕名已久的魏巍先生。我们一行来到北京西山的一栋小楼前，警卫员将我们迎进客厅，只见魏巍大步迎上前，虽已满头银发，但仍带有年轻人那般的火热激情。落座后，魏巍先生接受了我的采访，主题仍然没有离开抗美援朝战争。他谈了朝鲜的汉江南岸，谈了松骨峰战斗，谈了年轻的志愿军勇士……一幅幅战场的画面浮现在我的眼前，让我不由想起魏巍《年轻人，让你的青春更美丽吧》这篇激扬青春的散文。

我在不经意间，提及了那篇美文中的戴笃伯。魏巍先生沉思片刻说，戴笃伯在那场震惊中外的上甘岭战役中为抢救伤员，输送弹药负了重伤。第一次伤在腿上，他仍瘸着走；第二次伤到了腰部，他仍没有停步，第三次伤在了另一条腿上，他再也站不起来了。但他却在离敌人更近的战壕里，用没有受伤的手向敌人扔出几颗手榴弹，直到一发炮弹在身旁爆炸，他倒在了血泊里。魏巍在急救所见到戴笃伯时，他处在深度昏迷中，全身裹着厚厚的纱布，唯有一张面容没有被无情的炮火伤毁。魏巍深情地说，戴笃伯与他有相似的人生经历，都毕业于农村简易师范学校，都拥有当一名老师的理想，但都在青春好年华时，放下了手里的教鞭，走上了解放全中国和抗美援朝的战场。

我听了这话久久沉默，顿感青春这个字眼是沉甸甸的。而今的年轻人生活在和平安宁的中国，但可否知晓：哪有什么岁月静好，不过是有人替我们负重前行。我拜访魏巍先生时，将我一本写青春的散文集《多梦的花季》呈送先生赐教。魏老笑着说："小刘，我送你一幅字吧。"言罢，挥毫写下："艺途无止境，但盼后来人。"

那天，离开魏老的家，我脑海里一直晃动着"青春"两个大字。年轻时，我从来也没如此深悟到，生命里的青春会如此多娇。这让我想起久远年代，那首母亲平日喜欢唱，且耳熟能详的歌曲《革命人永远是年轻》："革命人永远是年轻，他好比大松树冬夏常青，他不怕风吹雨打，他不怕天寒地冻……"我想以过来者的身份，寄语年轻朋友们：在人的生命中，青春不是资本，是责任；青春不该逍遥，该奋斗；青春不要挥霍，要播种。生命里的青春不光是今天的光环，更是明天的希望。

原载《解放军报》2022 年 3 月 20 日

罪 身

————

傅 菲

    我收了十几斤大石鸡，半斤重一个。你安排时间来吃石鸡。同学老方很盛情地约我去华坛山镇吃石鸡。

    我已八年不吃石鸡了。我婉言谢绝。

    华坛山镇的石鸡来自大茅山。桐西坑、庙湾、毛村等大茅山南麓小村，有山民抓石鸡，以每斤一百八十至两百四十元的单价卖给餐馆。石鸡肉质鲜美，可清热解毒、治痔疾、滋阴、补虚弱，是珍贵稀有山珍。石鸡穴居于高山溪涧边的石缝或岩洞中，昼伏夜行，学名棘胸蛙，又名石鳞。在赣东北，北武夷、五府山、大茅山是石鸡著名产地。夏季，上饶市人开车五十公里去华坛山镇吃石鸡。

    石鸡在三至九月孵卵，一年孵卵三次，五至七月进入繁殖盛期，蝌蚪肥壮，尾短额宽，完成整个变态过程需三到五个月。

    抓石鸡的人在农历五月初，便日日上山抓石鸡抓蛇了。他们的装束大体相似：戴一顶箬叶尖顶斗笠，肩上搭一条毛巾，身穿长袖厚布衣服和厚长裤，脚穿解放鞋，腰上扎一把短嘴柴刀，一条圆木棍横在肩上，挂一个圆口翻盖腰篓，篓里藏着一把小锄头和一副罩头矿灯。太阳下山，抓石鸡的人已来到大茅山下，循着林中野路，进入马溪、桐溪或小山涧。他们是深度熟悉大茅山的人，大脑中有一幅经络图：山涧如毛细血管网，密布群山，北南走向的马溪和东西走向的桐溪如两条主动脉，贯穿庞大的山系。

日落，山一下子阴凉下去，暑气被阔叶林吸收，湿气化为山岚，从山腰往山尖涌起，翠绿的森林被演化为墨绿色，山尖越明亮，山谷越暮沉。天边的火烧云在翻滚，似灶膛在噼噼啪啪地旺烧木柴。柴燃尽，火即灭，炭火阴阴化为灰。灰就是暮色，一层一层地盖下来，天虚虚的，阴凉之气笼罩四野。石鸡从阴湿的石洞跳了出来，蹲在洞口，等待虫蛾飞过来。它的后肢粗壮有力，肌肉鼓鼓如蒜瓣，见了虫蛾，弹跳一米之远，伸出长舌苔，粘住虫蛾，吸进嘴里。石鸡惧热惧光惧声，夜色降临，在洞口异常活跃，咔咔咔咔，叫得很清脆。它腆着腹部一挺一挺，跷起后肢，做弹跳姿势，咽侧内一对声囊鼓成泡状。

与石鸡伴生的，是毒蛇。抓石鸡的人大多也抓蛇。蛇抓进腰篓盖实，赶紧下山，否则会出意外。蛇不吃石鸡。这是当地人的说法。事实并非如此。蛙类是蛇的主要食物之一，石鸡栖息的环境也是五步蛇、竹叶青、眼镜蛇栖息的环境。栖息地重叠，食物链完整，所以石鸡出现之处，蛇也出现。

因此毒蛇咬伤、咬死抓石鸡的人的事件时有发生。我认识十余个抓石鸡的人，大多生活较为贫困，无一技之长，目不识丁，凭体力和抓石鸡为生。抓一个夏季的石鸡，可以赚半年的家庭生活开销。2018 年 6 月，在双溪桥，我遇上一个背腰篓戴斗笠的人，面容黄灰色。我看了行头知道他是个抓石鸡的人。他有脚疾，撇着脚走路。我问他抓石鸡是不是遇上过毒蛇。他惊讶地看着我，说：你看看我的腿，就知道了。

他拉起裤脚，露出下半截腿，脚踝之上有一个饭碗大的伤疤。伤疤黢黑，肌肉坏死。皮肤是一层死皮。我脱口而出：五步蛇咬伤的。他说他是绕二镇人，抓石鸡有二十多年了，在2015年，他上大茅山抓石鸡，用小锄头扒石缝树叶，找石鸡，树叶突然卷起来，绕上锄头柄，蹿到腿边，猛咬一口。原来"树叶"是一条五步蛇，堆在石缝。他摸出手机，打电话到家里，请来了五个村民，把他抬下山。贻误了救治的第一时间，虽说捡回来了一条命，腿却落下伤残。腿虽瘸着，但还可以上山，继续抓石鸡。我说：石鸡是易危物种，受国家保护，抓石鸡违法。

全家人的生活靠我一个人担着，我只会种地、抓石鸡。不抓石鸡，生活就没着落了。他说。他拄着一根竹拐，边走路边啃馒头，往梧风洞的盘山公路走。

2021年9月，在华坛山镇某餐馆，我见到了罕见的大石鸡。餐馆老板很神秘地说：个个石鸡大于一斤，别处餐馆不可能有这么大的石鸡。他端出一大盆石鸡，蒙上塑料袋，装进纸箱里，抱上我朋友的车，送到上饶市招待朋友。石鸡是带汤煮，漂着一层碎葱花，浮着金黄的油珠。车开动了，餐馆老板还反复叮嘱：车开慢点，汤汁别荡出来，别浪费了。

我发了好几次烟，套他话，想知道是谁抓的石鸡。他夹着烟摆摆手，说：不能说，不能说。我磨他，他才说漏话：大茅山石鸡，一块大草窝，一个晚上抓十几斤。

石鸡不是在涧水边和石壁生活吗？我问道。

涧水边石鸡多，草窝石鸡大。潮湿的草窝，石鸡也多。餐馆老板说。他拉开冰柜，打开泡沫箱，给我看大石鸡。我拎起一只石鸡，很仔细地察看：皮肤灰黑色，粗糙如麻叶；背部生长圆疣，疣上长小棘；腹部光滑带黑斑，胸部散布大刺疣；头宽扁，吻端圆。我说：这是野生棘胸蛙，蛙龄至少五年。

石鸡也叫石蛙。石蛙还有一种：棘腹蛙。棘腹蛙栖息在高山地带，也栖息在丘陵地带，以涧水边草丛、林丛为栖息地，皮肤棕黄色，头短腿粗，叫声如梆子雷动，故称梆梆鱼。棘腹蛙的腹部、胸部均长有刺疣。学界把棘腹蛙归为棘胸蛙的同物异名。棘腹蛙常见，夜晚走进山垄，听见水边"咽呱，咽呱"的叫声，撩开草丛，见它对着灯光发呆，随手抓上来，摸摸毛毛糙糙的胸腹，就知道逮上来的是棘腹蛙。

棘胸蛙吃虫蛾，吃蚯蚓，吃虾螺蟹。它善弹跳，善潜水。蝌蚪变态过程完成，吸盘消失，外鳃萎缩。皮肤会呼吸，也是气温探测器和水波探测器。

石鸡的皮肤可以精准地探测气温：在秋天，气温15℃以下，藏在草丛、洞穴、潭底、软土、石缝冬眠，冬眠期约一百天；春天气温高于15℃，则外出活动和觅食；水温达30℃，进入夏眠，藏于洞穴；水温达35℃，中暑而死。它还能预知暴雨来临，低气压袭来，石鸡纷纷爬出来，鸣叫，跳动。在水里，它的皮肤可以感知水波轻微的流动，以判断食物（鱼虾螺虫）活动的方位。

这个"理论"，是我朋友老余告诉我的。他是个五府山农民，研究石鸡长达七年。他搭草棚住在山里。"这是一个神奇的森林物种，我必须了解它。"老余这样对我说。因为长期居住在山里，一个人生活，他的语言表达功能在退化。他在野外养殖石鸡，取得了成功。

他致力于生态系统恢复。

石鸡在大茅山山脉的分布十分广泛，尤其喜欢在滴水的岩石下栖息。它是一种谨慎、喜静、活跃的蛙类，对光十分敏感。人造光照到它，它便一动不动地看着光，毫无反应。似乎很多动物都具有这个特性，如山鸡、环颈雉、灰胸竹鸡、山斑鸠、珠颈斑鸠、草鹗等鸟类。野兔、松鼠等哺乳动物也是如此。除了昆虫，也有许多动物十分喜爱人造光，如鱼类。如壁虎。如猫头鹰、仓鹗等鸟类。如野灵猫、黄鼬等哺乳动物。昆虫和鱼类具有趋光性，而鸟类和哺乳动物则依据人造光的指引，寻找食物和乐趣。石鸡对月光、星光等自然光，却十分喜爱，发出欢愉的叫声：咔咔咔咔。它的声囊鼓起来，肥皂泡一样。月光星光是冷光，人造光是热光。热光让石鸡不适，变得木讷。石鸡忘记了逃生，遭受死亡之灾。在20世纪末，大茅山山脉之下的各个村了，均有人抓石鸡。他们不叫抓石鸡，叫照石鸡。他们用强手电照，照一只抓一只，照一个晚上，可以抓半腰篓。

强手电也有没电的时候，抓石鸡的人在山中迷路，越走越深入森林，被云豹或黑熊或野猪袭击，死在山上。或者饿死在山上。人被发现时，已是几年后的一堆白骨，和没有烂去的破衣服破鞋子。

石鸡越抓越少，以至于抓了一个晚上，空手而归。石鸡在局部区域，已濒临灭绝。大茅山山脉第二高山，名华坛山，森林葱郁，涧溪丰沛，地质结构为花岗岩，峰丛叠嶂，爬行动物和两栖动物十分丰富。苍山如海，沉寂永恒。站在大茅山之巅，瞭望群山，隆起的山脊绵亘无尽，墨绿色在大地板结、凝固。万山之上只有无疆的苍穹。华坛山如巨鲸腾浪，山峦如浪头推移。巨浪推巨浪。浪一直被推到天边。那是天界线，也是地界线。线条构建了可视空间。华坛山南麓，人烟稀少，石鸡非常多，如小坞坑、陈坑、庙湾、高樟等地，在十五年前，已难觅石鸡踪迹。石鸡成了稀有之物。再也无人上山抓石鸡了。

杀石鸡，手段非常残忍。石鸡放置在冰箱保鲜层，以透气箱包装，可保存数月之久，它在箱子里冬眠了。拉开箱屉，石鸡皮肤结了一层薄霜片。它匍匐着，眼睛紧闭，打开箱盖，冰慢慢融化，它开始蠕动身子，睁开眼睛。死石鸡有一股腥臭味，石鸡需鲜吃。杀石鸡时，烧热一锅水，浇在石鸡身上，石鸡不会有任何的挣扎，皮肤的黏液白膜化，漂出来。杀石鸡的人除去黏膜，以剪刀破腹，掏出内脏，清洗。石鸡是被热水烫死、焖死的。在菜盆，死去的石鸡都浮在水面，翘着头，眼睛睁得大大的，露出死白的眼球。石鸡的烧法有三种：清蒸、红烧、水煮。

山区人大多喜欢清蒸石鸡，去热解毒。石鸡淘洗干净，堆在大碗里，切几片姜块下去，添少量熟茶油，放少许豆豉和葱根，盖上几块咸肉或腊肉，入蒸锅小火蒸。孕妇、产妇吃了清蒸石鸡，特别补虚，去瘀淤，解困乏。

浙江朋友在华坛山吃石鸡，让我想呕吐。石鸡不杀不洗，直接放在大砂钵以文火焖熟。冷山泉泡着石鸡，让石鸡活跃，撞着砂钵跳。水慢慢变热，石鸡弹跳得更激烈，它在努力逃生。可砂钵盖死了，砂钵是它的死牢。跳了几下，砂钵没声音了。浙江朋友说：石鸡是最干净的动物，哪用清洗啊。他连内脏一起吃。我骂他扁毛畜生，他哈哈大笑。

朋友陈是个英国史研究专家，玉山人，在北京生活。暑假，他从北京回来探亲。接待方盛情，从大茅山买来八斤石鸡，煮了一大菜盘。陈是个野生动物保护主义者，拿起筷子又放下，放下又拿起，说：我虽是野生动物保护主义者，但我实在经不起石鸡的诱惑。我们听了，哈哈大笑。

以前，我也很爱吃石鸡，每年暑天，我都要四处搜购。2014年开始，我不食任何野生陆栖动物。我不破例破戒。我是个卑微的人，我无法让别人不抓不吃，但我可以控制自己。我可以做的，就是从自己做起，不买不杀不捕不食野生动物。我尊崇生命的尊严，哪怕是蚂蚁、蟑螂、蜘蛛、飞蛾。

石鸡攀石，一跳再跳，身若撞钟，又名"石撞"。石鸡内含多种人体必需矿物质及十七种氨基酸，谷氨酸含量达11.9%，低脂肪，高蛋白，被誉为"百蛙之王"。它的高营养，口感细腻、肉质鲜嫩，使它遭受刀俎之灾。"匹夫无罪，怀璧其罪。"它的肉身就是它的罪身。人赋予了它死罪，以烹煮刑罚它。做一只癞蛤蟆多好，皮肤有毒，口感粗糙，肉质略酸，随处跳，也无人抓。谁会吃癞蛤蟆呢？只有鸭子不耐烦了，随口一刷，刷进嘴里。石鸡活在深山老林，无论藏得多隐蔽，也被人翻找出来，被热水泡死，被蒸熟，被牙齿分食被肠胃消灭。它死得多无辜。人在吃食上，道貌岸然。贪欲，也许是人最大的恶性，也是人最大的毒性。

原载《湖南文学》2022年第6期

在汤湖

陈蔚文

　　"喏，手心朝上。"安村茶场的老梁示范给我们看，这个手法叫"阳手"，也叫提手采。拇指和食指轻捏芽头，稍用力提，厚实的芽头便采摘下来了。熟练的茶工多用这种"阳手"采法，采摘速度快，不易掉落茶叶。

　　在赣西南的遂川汤湖镇，无论老幼，几乎无人不会采茶，不少孩子童年就把茶园当乐园，从小跟着父母采茶。茶园也不乏八九十岁的老人身影，采了一辈子茶，手掌与茶建立了磁场，大概不用看便能感应到。

　　不能用机采吗？我问当地诗人叶小青。据说一台双人台式采茶机每天可采鲜茶三千斤左右，相当于四五十名采茶工的采摘量。

　　当然不能，叶小青干脆地答道，像是要捍卫茶叶的尊严。

　　一叶一芽只能人工采摘，精确的手势保证了叶芽的外形完整、匀净，机采易折断枝条或老嫩一把捋，这样采下的茶叶等级不分，不能保证精品茶的筛选。

"观其形"向来是中国人喝茶的一部分。茶，不仅是用来喝的，也用来观，如周作人在《吃茶》中说的，"我的所谓喝茶，却是在喝清茶，在赏鉴其色与香与味，意未必在止渴，自然更不在果腹了"。

可见"茶形"之重要。此刻，井冈南麓的汤湖，我捧着一杯狗牯脑茶端看。芽端微勾，载浮载沉，一叶叶在杯中起舞弄影。啜一口，清气缭绕。三四泡之后，茶色渐淡，入口仍有余香。

这样的时光，安抚了我的心绪——今年以来种种意外，对既定的翻转，让我措手不及，心绪一言难尽。来此地前，我刚出院不久，三年前的旧疾复发，折腾半月有余，病后在家休假一月。"得出去走走。"我对自己说。

于是来到了罗霄山脉下的小城汤湖。相邀的朋友说，山里空气好，去洗洗肺。当然还有此地出名的狗牯脑茶，同样有涤荡作用。

一杯在手，心气果然感受到平静。时空的转换，确能让人心随境转。老梁给我们讲茶的故事，有次他携自家海拔九百米高的山上采摘的新茶参加某茶叶评展，一位江南的茶专家喝过他的茶后，当即说好，说喝出了八十年代的感觉——这位专家曾在八十年代到过江西遂川，喝到当地的狗牯脑茶，清气入腑，印象极深，后来再未喝到。这次相隔多年喝到，他十分惊喜，向老梁预订了七斤，让他每年春分后寄来。

老梁依嘱每年寄茶，有一年，因天气原因，春分时，他老家的山遭遇霜冻，冻伤了茶树新芽。春分已过，专家等着与朋友煮水试新茶，催他寄。老梁怕专家等急，也没向他解释，把当时承包基地的新茶寄了去。专家收到，喝后与他联系，说，茶依旧不错，只是不如之前。这次茶叶的海拔，可能要比之前的低个两三百米吧？

专家用的是温和的问句，但话中的了然让老梁听后惊且羞愧，基地正是海拔六百米，比他老家的山要矮个三百米。他和专家说了实情，此后把这事当作生意不可忽悠的教训，时常讲与来喝茶的人听。

对大半辈子浸染于茶的专家，每一片茶都是海拔、雨水和阳光融汇的样本，一口品去，他立时谙辨出茶的身份。为什么不直接说破，而用问询呢？想必是对产茶人的体恤吧。直到现在，他仍然每年购买老梁的新茶。

去老梁的茶园看，时值冬令，茶园清静，正处于养护期——老梁说，除了春分至谷雨，其他三季都在除草，施肥，等待来年春分的采茶季。整整用三季来迎候的春天，对茶场负责人老梁来说，是茶叶的黄金期。

登上最高处的山顶，有一座小亭，亭边原本有棵桃树，不知何故夭折。老梁和见过这株桃树的人都叹惋，老梁说，还是要补种一棵的。

"唯青山不老，如见故人"，鸟从更高的云朵下飞过，阳光暖热。我站在亭边想那株夭折的桃树是何样，高矮胖瘦？将有一株新的桃树填进那个位置，仍在亭边，守望茶园。虽已不是先前那一株，但又有什么关系？

众人还在说茶。老梁说，这茶好不好，与地势气候、土壤都有关。像汤湖这样雨水多，丘陵多的地方想不出好茶都难。就说那狗牯脑山吧，海拔高，山林密，雾气缭绕，正是为好茶的生长准备的。此外还有工艺的讲究。比如采茶，品质最好的茶不能在雨天、有露水的早晨、日头大的中午采摘，以保证叶芽不湿不燥，形态完好。

春分至清明，气温微寒，虫害尚少，此时的新芽其味甘醇，是茶中上品。老梁怀着表扬自家孩子的骄傲说，清明前后的狗牯脑，碧芽泡出的茶那个香啊！采茶季，有不少采茶工来到汤湖，他们比布谷鸟更关心春天的到来。

一位熟练的采茶工一天最多可采七斤鲜叶，四五斤鲜叶出一斤干茶。春茶一般采到五月，越是入夏之深，茶叶品质越趋不佳。只做春茶的老梁就不采秋冬茶，因叶芽变粗，茶味已老。不过因其价格便宜，也有不少人采，作为口粮茶亦可。是的，我父亲就爱喝粗些的茶，因其味酽耐泡。

自古以来，太多文人爱茶，喝茶，写茶。文人以茶会友，叙物，代酒，寄情。茶，近乎成为人格理想的化身。在文人看来，茶有淑女之态，君子之气，茶中还包含自然万象——把"茶"字拆开，就是人在草木间。

许多人的一天是从茶开始的，比如汪曾祺先生，起床第一件事是坐水，沏茶。

"喝茶之后，再去继续修各人的胜业，无论为名为利，都无不可，但偶然的片刻优游乃断不可少。"茶是闲情的化身，一点苦涩，几缕回甘，正是"断不可少"的人生片刻。

我是从何时开始喝茶的？记不清了，"喜欢的时候自然就喜欢了"。每天也是从泡茶始，不拘什么茶，冬天保温杯，夏天大陶杯，茶水满盈，一日方始。有胃病后，不大敢喝绿茶，改作性温的红茶或普洱，但仍怀念绿茶的清醇之气。这次在汤湖，一日饮茶三四回，那股清气让人不忍释杯。好茶的香气不浮于表面，而是融进茶汤里，先有微涩，再是回甘——难怪唐人说喝茶，五碗肌骨清，六碗通仙灵。七碗吃不得也，唯觉两腋习习清风生。

惯喝茶的人是有瘾的。从祖父到父亲，都是一生喝茶。我祖父在江浙兰溪小城，一生基本在酒肆茶馆度过。有次无意中看资料，《兰溪市志》载：民国十七年（1928年），兰溪城区有茶馆116家，到民国二十四年（1935年）时，兰溪有茶馆195家。茶客每天要喝三次茶，早、午、夜三个时段。老茶客风雨无阻，天蒙蒙亮已赶到各自常去的茶馆坐定，沏上热茶，配大饼油条过早。这段资料里顿时浮现祖父大早披衣出门的身影。他也有相熟的小茶馆，茶水喝到日头升起，去行点做水产小生意，夜了再去茶馆，扶夜色而归。

小茶馆的茶，和他在家喝的一样，都是最普通的粗茶，谈不上品级，唯耐泡。他坐在乌沉的八仙桌旁画马给我看，深目高鼻，瘦长的手指蘸着茶水。这是我对他最深的印象。

祖父去世多年。他当然没听过"得半日之闲，可抵十年尘梦"这些句子，但他一生就是伴着粗茶老酒这般过的。

一友曾说起，他父亲采了一辈子茶，却从不喝品级好的，他只喝粗茶，譬如夏秋采摘的茶叶。茶叶喜湿，喜阴，夏季高温会使茶树叶大而薄，梗长而细，味涩难化，远不如春茶鲜爽清甘，但对他父亲来说，粗茶好喝，因其可畅饮，不用小心翼翼，惦记价钱——他和妹妹当年的读书费用，多出自父母辛苦采摘的品级好茶。

每逢采茶季，天刚泛点鱼肚白，父母就要背起茶篓，爬上高山去采茶。品质最好的茶通常在海拔八百至一千米，"清明茶叶是个宝，立夏过后茶粗老，谷雨茶叶刚刚好"。采茶人争分夺秒，为争取更多时间采到新茶，带着干粮当午餐。即使是熟练的采茶工，采茶也绝不是件轻松活。采摘需要眼手高度配合，要使芽叶完整，指甲不能碰到嫩芽，采下后在手中不可紧捏，放置茶篓中不可压着，以免芽叶破碎。鲜叶采回后还要进行挑选，剔除杂叶，这叫作拣青。

初春尚有春寒，高山上尤其冷，要裹着棉衣采茶；谷雨过后，茶林有时升温到三十多度，仍要挥汗采摘。那时，他父亲总要带上一只大水壶，里面灌满浓酽的茶水。

碰上雨天，不能外出采摘，母亲用新茶炒几个鸡蛋，用茶水焖一锅清香的饭，蒸一盘春节留的腊肉，下垫茶叶去咸吸油。这顿饭，算是给孩子的加餐和对自身辛劳的一点犒赏，也成为一家人记忆中最满足的时光。

高三那年，他考上外地一所学校。暑假，父亲领他去山里采了十来斤野茶。阳光直射的地方叶子较老，父亲采的是与乔木一起生成的茶树，阳光被遮挡，茶叶相对嫩些。要找与乔木共生的茶树，要一直往山里走，父亲在前面用镰刀开路，他看见五十出头的父亲头发已灰白，旧衫为汗水濡湿。

野茶采回，母亲在铁锅内炒焙干，一室茶香，四至五斤的茶青可制成一斤干茶，十来斤野茶焙干后大约成二斤名茶叶，冷却后入袋扎紧，是给他带去学校喝的。解困提神，父亲说。他执意只肯带一半，留下的给父亲。开学后，他打开行李，发现茶叶分作两袋，仍旧塞在衣物内。

"你现在应当多孝敬你父亲好茶。"我说。

"我父亲，去年走了。"朋友说。

杯中的茶，此时不仅仅意味清雅，更有了其他厚重意味，与劳作、汗水以及命运相连的意味。老舍先生说，烟酒虽好，却是男性的，粗莽，热烈，却也有火气，未若茶之温柔，雅洁，茶是女性的。

其实，茶也是男性的，在它的温柔雅洁中同样含有粗莽，热烈，含有风霜的涩和汗水的咸。

午后，去依山而建的另处茶园，沿斜坡面开设的梯状茶林，远望去，如一幅秀美图景：一行行梯田状的青翠，依山环雾，如民间传说中有神仙驾云出没的地方。

但梯阶开垦并不易。开垦前要将荒地内的灌木、荆棘、杂草、乱石等障碍物清除，柴草晒干后烧成火土灰供作肥料。清理好土地后，沿山体斜坡自下而上分段进行，据山势走向先开出沟来，在高处沿山势横向凿出平行于地平面的阶行，阶梯面一般宽约六十厘米，阶高七十至一百二十厘米。修整好阶行后，在每一阶面上植茶，远处看去，茶行呈阶梯状蜿蜒在山坡，不仅自成一景，也更有利于耕作，防止水土流失。

> 微风从去年栽种的樟树梢顶刮来
> 到达我所在的低处

这是叶小青写的诗。我问他，写过与茶有关的诗吗？他说没有。

茶校毕业，又在此地生活多年，竟没有写过与茶有关的诗，有点奇怪，但再想，不写，才好像是他。这位内向瘦小的诗人，在汤湖镇的镇政府工作，妻儿在遂川县，他每周回一次家。多年来，笔名"五里路"的他一直在乡村生活，在寂静的山梁与盆地间写诗：

> 只有在这里才能真正安静下来 / 四周青山的绵延与水田的有限树立了 / 很好的榜样。它们 / 总是不卑不亢地一年又一年，用自身的存在 / 回答了人世的问题。在这里 / 听一听鸡鸣就知道几点钟 / 他们把时间还给了时间，把 / 生活还给了平淡、卑下、琐碎、重复 / 这何尝不是生活的真谛。

茶林前方涌起玉带般的雾气，眺望升起的雾，对茶突然有了别样的理解。曾经，茶是一缕意念，一个符号，一种被茶叶作用过的风雅的液体，因品级而价格悬殊——这些，都只是茶的一部分。

如同在此地，在茶的背后，还有汤湖河、群山、降雪与烈日、旷野的灯火，有每座山的脾性，埋头写诗的人，有家常四季与劳作。

"1 斤绿茶 =500 克 × 112=56000 颗芽头。一泡 3 克茶，需要一双手在枝头上采摘 336 次，一斤茶需要采摘 56000 次。"这是关于茶的数学。

这些数字在种种工序后变作案前的一杯茶。

茶使一杯水有了曲折，有了层次，生活的本质原本平淡，由茶制造点不平淡。杯茶在手，就是人们说的"小确幸"之类吧。它使时间里添了点使之慢下，被安抚的物质。

"一壶得真趣"，人们喜欢赋予茶以高山流水的诗意，甚或高蹈的禅机。它总是与精舍云林，幽人名士联系在一起，但对另一些人，比如我的祖父，朋友的父亲，茶这种占老的双子叶植物提供的是解乏止渴，"茶为食物，无异米盐"，茶不仅入得雅室，也广布田间，饮者从中获得同样的满足。

这正是茶的浩大之处。它不仅是杯中的轻盈与清澈，还有着泥土的宽厚与怀柔。

原载《散文》2022 年第 4 期

过 客

安 宁

一

　　家里来了一个讨债的人。是父亲欠下的买腊条的钱，父亲编的筐卖出去了，钱却打了白条，因此也就没办法偿还买腊条的钱。母亲称呼讨债的男人为老刘。老刘不怎么爱说话，来我家后，径直就坐在饭桌旁，自己拿筷子和碗盛面条吃。母亲说了几次，父亲出去讨债了，讨债回来有了钱，就给他家送去，但老刘就是不吭声。吃完了饭，老刘还会刷刷自己的碗，放回碗柜里，而后便坐在院子里，倚着墙根眯眼晒太阳，好像他是我们家里的某位老爷。

　　有时候，老刘还会跟我说一会儿话。我每次都看看母亲的脸色，如果她朝我瞪眼，我就赶紧溜掉，任老刘手里有什么宝贝诱惑，也不上前。如果母亲和颜悦色，她自己也跟老刘唠嗑说一些闲话，我也会放松了警惕，回答老刘诸如学习啊，考试啊之类的问题。我从老刘跟母亲的唠嗑中，知道老刘的女儿跟我一样年纪；他也正和父亲一样，愁着明年开春时孩子的学费。母亲听了这话吓一跳，赶紧将话题朝别的与钱无关的方向上引。可惜，老刘已经打开了话匣子，即便母亲不搭理，他也继续喋喋不休地说下去。而我，就倚在墙根旁，一个人孤独地玩着纸牌。

老刘大约因为我，想起了自己的女儿，他于是停止了絮叨，语气也变得温柔起来。他还耐心地教我叠复杂的纸牌，或者青蛙天鹅之类的玩具。有时候我会跟他争执几句，抱怨他叠得没我好。老刘这个时候就呵呵笑起来，好像他在陪着自家姑娘玩耍。冬天的阳光暖洋洋的，晒得脊背微微发烫。鸡在院子里奔跑，拉着新鲜的粪便。猪圈里新添的两头小猪，正哼哼唧唧地叫着，这叫声让寂寞的庭院愈发安静。我仰头看着天空，那里一片深蓝，让人陶醉。老刘也跟我一样抬头看天，只不过，他却发出一声长长的叹息。

老刘终于没有父亲讨债的耐心，不过住了三五日，便卷了铺盖回家。那时，村子里已经稀稀拉拉响起小年的鞭炮声。我和母亲将老刘送出门去，母亲带着一脸歉疚的笑，让他慢走。老刘挥挥手，叹一口气，说：等老王回来，有了钱，好歹给我送一些吧，就算大家都过个好年不是？母亲再一次歉疚地点点头，说放心吧，孩子她爹讨到钱，一定送去。我不知为什么，看着老刘佝偻的腰，慢慢消失在巷子尽头，心里有些难过，好像少了一个陪我玩耍的伙伴。

二

矮小瘦弱的 Laurie，迈着肯定不是练芭蕾形成的八字脚，推开教室门的瞬间，不知是谁在角落里，发出一声轻微的叹息。

早就听说学院要来几个年轻的美国外教给我们上课，大家都盼着男老师风度翩翩，一表人才，女老师呢，不奢求多么漂亮，但至少笑容甜美，声音温柔。可是 Laurie 呢，长着一张不苟言笑的僵尸脸也就罢了，嗓音还怪怪的，说不出是沙哑还是尖锐，反正一开口，就会把人的耳膜硌得生疼。

但不喜欢也得接受，谁让她掌管着我们考试的生杀大权呢。在但凡外教的课便可轻松通过的国际惯例下，Laurie 却一上台就给了我们一个下马威，哪怕是小到一次作业，但凡让她发现不好好完成者，一律不能通过这门选修课，如有作弊或抄袭者，则直接剥夺补考机会！

Laurie 永远跟我们斤斤计较，坚决不放过任何一个人的错误，以至于最不容易引人关注的她，很快成为整个学院的焦点。大家都知道有个叫 Laurie 的外教，爱跟人死磕，如果你不想好好活着，就去选修 Laurie 的课吧，她尽可以用一次作业，就将你折磨到容颜憔悴。

期末考试，班里有一男生冒着风险，将小抄提前放进兜里，并趁 Laurie 转身的空当，偷偷拿出来。可惜，他还没来得及打开，后背上长了眼睛的 Laurie，就气势汹汹地走过来，一把拽过男生的试卷，当场撕成两半！同时尖声警告已被吓傻的学生，再有违者，将是同样失去补考机会的下场，且会被立刻驱逐出教室！

所有人都被 Laurie 震住了。谁也没有想到，Laurie 会在快要结束中国之行的时候，以这样决绝的方式告诉我们，抄袭不仅可耻，更是对人生机会的扼杀。那个男生已有两次考试不及格，再有一次，他将无法顺利毕业，所以他迫切地想要得到，却最终在铁面无私的 Laurie 面前败下阵来。事后，不管他如何去向 Laurie 求情，都无济于事，她坚持认为，这是对她的欺骗，是她完全无法接受的羞耻，也是男生应该受到的惩罚！

学生们都说，她这样不近人情，在我们心里烙下如此深刻的印记，离开的时候，会开心吗？她回到美国，会不会想起这段人生经历？

我们为 Laurie 忧心忡忡了许久，最终，想象中的离别还是来了。相比起别的外教房间里的喧哗热闹，Laurie 的住处明显有些凄清。除了班长带领的女生慰问团，用班费象征性地买了一份礼物送给 Laurie，她的房间里，再也没有外人登门拜访过的痕迹。我们这些前来送行的人，站在凌乱又空寂的房间里，一时间不知道该跟她说些什么。似乎说什么都不合适，违心地表达不舍，我们没有那么虚伪。给她一个礼节性的拥抱，又怕她浑身的刺会将我们扎伤。我们真的不喜欢 Laurie，也从未对她有过一丝的留恋。她的来与去，对于我们，不过是一段不怎么美好的人生交集。

Laurie 提着行李，关上门的那一刻，又忍不住将门推开，好像忘记了什么，在房间里走了一圈。她当然什么也没有落下，她只是眼睛有些湿润。Laurie 的泪水，究竟为这段难忘的时光而流，还是为她尴尬的存在而流，谁也说不清楚。我只是注视着她，拖着大大的行李箱，快步走在人群的前面，第一次意识到，她是如此地孤独。

三

开学典礼上，博士乐山坐在小马扎上，世外仙人一样，边啜饮着一小瓶娃哈哈 AD 钙奶，边视线飘忽地仰头看操场上空云朵的画面，大概过去三十年，也不会从我的记忆里消失。对了，他还穿着公园里练习太极拳的大爷们常穿的白色对襟大褂，那衣服肥肥大大的，也或许是他太瘦太仙了，于是整个人便在衣服里四处飘荡着，好像一朵飘荡在天空上无着无落的云；那云还很好奇，时不时就停下来，探头到烟火浓郁的人间张望一会儿，看人类怎样蝇营狗苟地忙碌。

乐山是书法专业的博士，也是某个流派创始人的关门弟子。我不懂书法，有时见乐山写的字，在学院大厅里展览，过去看上一会儿，瞅半天也认不出几个。但是却觉得练书法的，非得是乐山这样不声不响游来荡去的闲人才可。否则人都飘逸不起来，赖在人间拼命地四处跑场子挣钱，这里一笔，那里一勾，怕是书法也跟着俗了，拖着一袋子黄金珠宝一样，灵动不得，也飞升不得，活活累死在人间。

乐山是学院的元老级学生，本硕博都在同一个校园里晃来荡去。我怀疑他是学院门口一株盘根错节的梧桐，谁也赶不走他，更别想将他拔掉。他的根系足够发达，已与那些古老建筑、知名雕塑一起，成为校园的一个部分。我那时还猜想他毕业后会留在这个大学教书，后来这一伟大猜想，果真得以实现。于是，一辈子长在同一个校园的乐山，便成了我们奔赴北京时的根据地，只要北京城还在，乐山便也不会离开。如果北京城不在了呢？乐山也还是在，他要跟这里的泥土啊，尘埃啊，大地啊，化为一体。

学院的顶楼是书法系的教室，两张很大的木桌拼在一起，上面只有一支笔，一个砚台，和一沓厚厚的宣纸。书架上的书，也是很仙的颜体、柳体或者王羲之之类。空荡荡的桌子上摆着一盆飘逸的文竹，除此之外，就什么也没有了。我怀疑在这样的教室里，长久地待着画画或者研磨写字，人会成为《搜神记》里的神仙，或者化身一只知了，趴在书桌上，悄无声息地就蜕了壳，而后翼翅一振，冲上云霄。

乐山有一颗童心，每一个认识他的人都这样认为。他一心沉浸在书法和绘画中，好像沉浸在游戏中的孩子，乐此不疲；外面的天光是怎样的，人群如何喧哗，似乎都与他无关。他只是墙壁上的蜗牛，慢慢地朝着树叶漏下的天蓝色爬去，至于何时可以抵达，一起赛跑的兔子又怎样超越了他，于他，根本无关紧要。

那时大家除了学术论文，都在利用博士身份和人际资源，去校外代课，写剧本，做策展，当主持，挣取外快。乐山出身优越，不用为了谋生东奔西跑，但他却因写字绘画的天赋，和流派传人的声誉，总是有源源不断的外快可挣。单凭这一点，就足以羡煞我们这些急功近利的俗人。于是每次我急匆匆从教室出来，赶着去见某个出版社的编辑，总会碰到乐山慢悠悠地从学院对面的小花园里走过来，那气定神闲的样子，让我怀疑他刚刚在旁边假山上打完一场黄昏的太极。

我于是冲乐山打招呼，问他最近在忙什么。

乐山便孩子似的咧嘴笑道：练字呗！

我问室友橙子：乐山十年如一日地在校园里过着一成不变的生活，他就没有烦过吗？

橙子与乐山是研究生时的同学，常常有看着他长大的错觉。不，在她眼里，乐山根本就没有长大过，母校像一个安全结实的蚕茧，他隐匿其中，安静地听着外面呼啸的风声雨声，挥毫泼墨，写下一行行潇洒俊逸的诗句。有一类人，生下来就不再长大，即便读到了博士，再留校做了大学老师，他还是有一颗远离喧哗的成人世界的心。他拒绝长大，也被时间善意地挽留下来。

学院每个专业的老师，都能认出乐山那张孩子气的脸。新来的学生，对学校规章制度有什么不明白，去找乐山，也总会得到满意的答复。他说话的时候，慢腾腾的，有些让听的人着急。大多数博士的语速，都是飞快的，好像说话也是一场论文答辩，怕人听不懂"内容摘要"和"关键词"。女博士的语速，比男博士更胜一筹。以至于每次跟一个女同学聊天，我总是插不上话，心里憋着一肚子火，却发泄不出来。乐山就从不憋着，如果人家话多，他就微笑着不发一言，等人家说完了，他只点点头，回一个"好"，或者"行"。大家提议去聚餐，他也很少表态，我怀疑吃饭这件事，对他来说，也可有可无。

乐山究竟在想什么呢，走在或许连蚂蚁都是十年前那一只的校园里的时候。没有人知道，乐山也从来不说。好像，他即便做校园里的一只飞虫，一株小草，一朵流云，一片叶子，都无关紧要。

四

博士宿舍楼附近，有一卖油条的中年男人，每次去吃早饭，从没见他抬头看过路边的风景，也没见他像别的摊主一样，互换着尝尝彼此的早点。他的脸永远都是烟熏火燎的颜色，他的手也永远在做着揉切翻夹的动作。只有顾客吃完支付费用时，他才会抬头谦卑地笑笑，而后点头说声"慢走"。

男人的油条色泽鲜亮，入口生津，是这一带出了名的。周围的商贩都有帮手，要么是妻子，要么是孩子，或者老人，唯独他，始终一个人骑了三轮车，寂寞地来去。只有一次，我看见一个十几岁的小女孩，悄无声息地走过来，站在他的旁边。他的脸上即刻有了少见的色彩，像一株卑微的小草，突然被温暖的阳光照亮。他欣喜地拿了一条凳子，让女孩坐下，又问她想吃什么。女孩懒懒地抬一下眼皮，说，随便。他的眼睛飞快地扫视一下周围的早点摊，而后迅速锁定在相邻摊位热气腾腾的馄饨上。

男人要了一碗分量很足的馄饨，给女孩端过来，又憨厚地笑笑说，馅多皮薄，好吃得很。女孩并没有多少反应，埋头吃了半碗，便将筷子一丢，转身要走。他急急地将女孩叫住，说，上补习班的钱，一块儿拿着吧，我今天忙，没时间给你送去。女孩这才住了脚，接过他手里一沓浸满油渍的零钱，又不耐烦地咕哝了一句什么，便走开了。

那半碗剩下的馄饨，男人抬头看了几次，眼睛里带着一丝的渴盼，直到摊主走来将碗收起，他才失落地移开视线。

隔天去吃早点，见他正坐在摊位后面，一手拿着馒头，一手捏块咸菜，就着北京春天的风沙，低头默默吃着。筐里的油条还是热的，但他却像没有丝毫的兴趣，看也不看一眼。那顿早餐，因为城管来赶，我吃得很是匆忙。走的时候，他一个劲儿地朝我道歉，说"下次再来啊"。

半个月后，我又去吃，却没有发现卖油条的摊子。我失落地买了一碗馄饨，边吃边等，希望能看到他骑着三轮车的瘦削的身影。但直到付钱要走时，也没有等到。我忍不住问卖馄饨的女人，油条摊主怎么没来？女人只淡淡给我一句：死了，车祸。我吃惊，问，什么时候？女人数零钱的手，慢慢停住，叹口气说，十天前的一个早晨，他在我这里吃了一碗馄饨，骑车回家的路上，被迎面开来的卡车撞出去十几米远。一年多了，他都没舍得在我这里吃一碗馄饨，那天不知怎么，终于肯花钱要了一碗，也算老天怜悯，让他走前圆了一个愿望，只是可怜他的女儿，母亲早逝，现在，供她读书的父亲也没有了……

原载《黄河》2022 年第 3 期

麦子往事

陈文秀

麦 牛

妈呀！这面粉生虫子了，赶紧倒掉！

孩子这种大尺度的惊讶和夸张的表情，让我无法接受。面粉袋子里是有几个微微爬动的小黑虫子，那虫子我打小就认识，就像旧相识似的，一眼就认了出来。它虽然很小，但是却有一个高端大气上档次的名字，我们庄稼人称它"麦牛"。它的祖祖辈辈与麦子、稻米共生，与土地和庄稼共生，也与我们共生。

我是不会把剩下的半袋子麦面倒掉的。对麦子的深情厚谊，是从小就积攒起来的，我不许有人随意轻贱它。离开土地二十多年了，现在见了麦牛，我倍感亲切。在我的意识里，麦牛是在温度适宜生存的状态下，才会出现在麦子或者面粉里。我并不认为是面粉变质才滋生了它们。或者还可以这样说，麦牛的出现，是在提醒我们，面粉放得久了。在无声地暗示我们，抓紧把面粉吃掉，免得浪费了可惜。从这个意义上来讲，麦牛原来是益虫，而不是相反。

麦牛周身干爽，小巧精致，其实并不脏。它是否自带病菌，我并不清楚，事实上，它生于面粉，死于面粉，应该还是干干净净、"洁身自好"的吧。所以我记得小时候，我们家麦面生了麦牛，娘总会把面粉上面的几个麦牛捏掉，再把面粉拿到阳光下晒一晒，然后就可以蒸馍馍吃了。

现在，孩子们的谈虫色变，我不认为仅仅是生活常识的缺乏，还有一种富足安逸后对粮食的无视，让我心里不舒服。

我认识的麦虫，还有麦蛾、麦夹。它们和麦牛是否是直系亲属，我不得而知，总之它们应该是一个以粮仓为世界的麦虫家族吧。麦蛾是一种会飞的蛾子，浅灰色，体型小巧而轻盈，经常会出没在粮仓的表面。究竟它是怎样祸害麦粒的，我无从知晓，因此对它不是很讨厌。相比之下，被长辈们称作"麦夹子"的那种白虫，就有些讨厌了。首先，它的样子长得不太招人喜欢，乳白色的身子有点像蛆虫，但又与蛆虫有所区别，它是扁长形的，头部呈深褐色，尾部有两个深褐色细弯的夹子，时不时地会咬人，咬起人来像被麦芒扎的一样疼。这些虫子来路不明，仿佛一夜之间，就在你不知不觉中，占领了粮仓的高地。

到了这个时候，就是该晒伏场了。

中伏天，找一个日头最毒的日子，男人用笆斗，女人用小斗，孩子用脸盆，全家老少齐上阵，把屋里的麦子搬到场上摊开暴晒。这个日子很是欢腾，庄稼人对每个关于麦子的事件，都是很隆重的。木锨、扫帚、耙子都派上了用场。就连鸡鸭也欢腾起来，上来帮忙捉虫子吃。虫子们闻风落荒而逃，麦蛾子飞得快，最容易逃离。麦牛披着一身小小的铠甲，成群结队艰难地向场外边撤离，用手一碰，它立马缩回四肢一动不动地装死，可怜又可笑。麦夹子在鸡鸭的心目中，是胜过麦子的美食，没有几只能够从鸡鸭的口中逃生。

一天翻晒好几遍，一滴汗珠摔八瓣，在太阳落山之前，必须把麦子收拢归仓，这样可以烫死剩余的虫子，就能放心地存到过年了。

麦子在庄稼人心中的分量，那可是无与伦比的。它是梦的载体，是生的希望。麦牛是卑微的，它不过是寄生虫，寄生在麦子的中心。我不知道麦牛会不会做梦，它如果会做梦，会不会梦见自己成了一头感恩土地的牛呢？

号 子

我对麦子的最初印象，是从我娘的号子声开始的。

大概有六七岁吧，我和小伙伴在田边的土路玩耍，忽听到地里有人吆喝，像唱歌一样，但听不懂。

循声望去，只见一排女人肩上套着绳子，拉着一个细长的石碌，在麦地里滚动。她们，一个个倾斜着身子，努力地往前走，边走边唱。这悠长的吆喝声就是从那儿传过来的。先是一句单调的声音，接着就是几个人跟着和，如此反复，那号子声便循环传来，越来越近，如一曲苍茫的咏叹调。

我惊奇地发现，那个领头吆喝的是我娘！我娘在前面唱一句有内容的话，几个女人跟后面一起和一句：同志们加把油喽——哎来哎嗨呦喽——日子有奔头喽——哎来哎嗨呦喽……

我惊讶又好奇。她们拉石碌的时候，为什么要喊号子呢？号子声可以让乡下贫瘠的生活变得丰满一些、变得有力量一些吗？石碌在麦地里来来回回，我娘她们在麦地里来来回回，那号子声便也在麦地里来来回回。这来来回回的号子声啊，就像这日复一日、年复一年来来回回的日子。

她们拉着石磙，脚下是柔弱稀疏的麦苗。石磙压过，泥土变得平实，柔软的麦苗并没有趴下，却似乎变得更强大起来。这也是让我感到惊讶的。小小的我，那时并不明白，为什么这柔软的麦苗要承受石磙的碾压和践踏？很长一段时间里，我都难以理解。只记得，我那年轻的娘，身上穿的是那件我熟悉的蓝色华达呢褂子，门襟上订的是有机玻璃纽扣，娘的长辫子，那时也剪成了齐耳的"二道毛子"，很好看。那一刻，我觉得我娘很美，她是我崇拜的偶像。

村里的妇女也都夸我娘。她们说，孙玉娥号子领得好，一句接一句，能跟上趟儿，嗓音也好听。不错，我觉得娘的号子声也好听，她的嗓音好，唱出的歌儿也好听。时光虽流走了几十载，但娘唱过的歌声和那悠长的号子声，至今依然在我的记忆深处缭绕不断。

后来我问过娘，那麦苗好好的，你们为什么用磙子碾压它？娘看着我笑笑，她说出的话很平静。她说轧麦苗就是给麦根掖掖被子，这样麦子才能经冻，经旱，还能帮它们分株。来年多收一点麦子，你呀，就能多吃一个白面馍。还有，地轧平了收割的时候麦茬能割得浅一点，秋季庄稼好播种。

当然还有。娘并没有说，但是我感悟到了。那柔软的瘦瘦的麦苗，就像乡村女人，经过岁月的石磙碾压，才会抵御风寒，在凛冽的寒风里不会趴下。为了种地，为了孩子，为了在过年时吃上白面馍。

推　磨

爷爷去队里排队，把驴牵了回来。

驴是生产队的驴，因为只有几头，所以每家推磨，都要去队里排队牵驴。若是去晚了，能干又不偷嘴的驴就被别人家牵走了。

爷爷牵驴的空当，家里已经在石磨上面倒上了小麦。麦子是从笸斗里倒出来的。当它倒进磨眼里的时候，它无法知道下一步将去往哪里。这种情形就跟驴差不多。驴在推磨的时候，是要把眼睛蒙上的，所以驴也无法知道它的下一步将去往哪里。事实上，当驴的眼睛蒙上，嘴巴再戴上笼头，身子再套在磨架上，它的下一步往哪里走，已经被命运决定了。

石磨，是驴的命运。在靠着石磨磨面的日子里，石磨也是人的命运。

蒙上眼睛的驴，开始围着石磨一圈一圈地转。麦子顺着中间的磨眼往下漏，落在两盘石磨的中间，被磨片碾压成粗粉，顺着磨缝流到磨台上。等到磨台上的粗粉渣积得厚了一些，娘便拿着面瓢走向磨道，去收集那些粗粉。

这个活儿可不是好干的，走快了人会踩到驴子的脚，走慢了驴子会踩到人的脚。人踩了驴不要紧，蒙了眼的驴子踩起人来可不会留情。边走边收，这个过程要在动态中完成，速度只有收磨人自己拿捏。咱家的这个活儿，非娘不可。

磨台旁边的案子上老早就准备了一个大笸篮。笸篮里面放置一个木制的筛床，筛床上是一个筛面粉的箩筛。现在，娘把收来的粗粉渣，倒进箩筛里，箩筛在筛床上来回推拉，粗粉变成了细粉，细粉从箩筛上面纷纷扬扬地落在了笸篮里，就变成了白白的面粉。

它的诞生过程是这样的：磨上的麦子漏完了再添，等第一遍麦子磨完以后，把筛下来的粗渣依次倒回磨上，磨第二遍。如果没有人搭把手，一个人磨面会忙得不可开交。总共要磨三遍，直到筛子上面的麦麸变得很细，筛子下面的面粉逐渐发暗，这个虽九死而不悔的过程就完成了。

停磨卸驴。这个时候，驴的蒙眼布被拿掉了，驴张开它的眼睛，看着世界，也看着我娘。它的嘴巴上，篾笼子还在。这头可歌可泣的驴，它没有偷嘴。

但是我娘善良。看着驴，她抓了一把麦麸给它吃。

收　麦

收麦，是让麦子成长的又一种方式。

麦子黄了，就意味着麦子要"被宰"了。其实麦子知道，所以你看这一望无际的麦田，一片坦然。风吹来，麦香起。大地躁动。树林里，布谷鸟清脆的鸣叫声，传遍每一个村落。人们也躁动起来了。

但是爷爷很沉静。他像麦子一样，直立在大地上，不急不躁。他知道什么时候该收割麦子。人也是这样。人对于土地的梦想，也有收割期。

爷爷首先把家里的粮食囤子扳倒，搜刮出最后一点麦子，吩咐娘把它们全部淘了晒了，把麦子分离成白面和麦麸，给人和牛做好战事前的准备。

接着就是赶集。

哪种镰刀钢火好，哪样杈子轻巧，哪顶草帽耐用，哪把扫帚出活，哪样木锨可手……挑选这些东西爷爷最具权威。这些工具，少了哪样都要耽误事。扛回家，爷爷还要给草帽穿带子，给扫帚加铁箍，再把镰刀、木锨和杈子耙子都装订好，拿在手上试一试，才放下心来。爷爷找来刷牛毛的刷子，把老黄牛从头到尾梳理一遍，理一理它的耳朵，告诉它要收麦子了，要劳累它了。爷爷那几天经常跟牛唠嗑，给它割青草，添饲料。

熟了的麦子一声召唤，抢收的战斗便打响了。

天还没亮，地里就传出来唰唰的响声。等到热辣辣的太阳炙烤着麦田的时候，一块大田已经被镰刀们给放倒了半截。

太阳过于热情，把麦子和割麦人一起抱在怀里热烈地烘烤，烤得人们污浊的汗水在脸上奔流，淹了双眼。用手一抹，那层黑斑立刻让人变成花脸，人们亲切地把那黑色的灰叫作麦锈，好像一点也不嫌烦。风在那个时候也会停下来，任由阳光肆虐，地里的草帽们起起伏伏，一遍遍朝着大地虔诚地祭拜。父亲他们放下镰刀，回去套起了牛车，吱嘎吱嘎地一趟趟把麦子往打麦场上拽。这个时候，割麦子大多就是女人的事了。男人们要拉车、打场、扬场、收场，遇上天气不好，来不及碾轧，还要把麦子堆成垛子。为防止漏雨，麦垛子堆得老高，踩得结结实实，等天气好了再用杈子挑开，用老牛拉着石磙一圈圈地慢慢轧。每每这个时候，人们会撂下所有的事，先把地里的麦子抢回来，程序不能颠倒，这是庄稼人祖祖辈辈积攒的经验。

若是赶上阴天涝雨，在烂泥里收麦子，那是更遭罪的活儿，苦不堪言。上面蒸笼烤着，下面烂泥拽着，每走一步都十分吃力，还要一捆捆地把麦子往地头背、挑、扛，一趟一趟，没完没了。一块地扛下来，肩膀磨出了血，手上磨成了泡，人累得没了神，脱了形，回到家里东倒西歪，躺下就爬不起来。这个时候，能给人带来安慰的，就是那点白面馍馍。

麦子，白面馍馍，牛和石碌，这些本来不相关的事物，在收麦时节，成了彼此的依赖，成了生活的全部。

年复一年。

奔赴远方的我，在二十五年之后，再次回到了老家。生活原来是一盘大磨，而我也不过是一头没有蒙上眼睛的"驴"，我以我自己的方式，年复一年地转，终于在某一天，转回到故乡的原点。

村子还是那个村子，田地还是那片田地。仿佛没有变化，但事实上，变化又是那么天翻地覆。

遍地草帽看不到了，满地割麦子的人看不到了，小毛驴和老黄牛看不到了，我的爷爷和我的娘也看不到了。取而代之的是大型联合收割机。时代在进步，当一些东西慢慢地成为背影，退出历史的舞台，必然会有另外一些东西，以更为先进的方式占领这岁月的高地。

这或许是另一种乡愁吧。

我站在自家地头，看着机器轰隆隆地驶进了麦地，心里很有些感慨。机器的效率很高，走过之处，麦子皆俯首称臣。麦秸回归大地，麦糠从机器的后面往外飞扬，而麦粒被机器稳稳地收进了仓里。麦子，就这样以大无畏的牺牲精神，为土地献身，为生于斯、长于斯的劳苦大众献身。

我家的几块麦地在收割机的来回奔忙中很快就收割结束了。剩下来的是金黄的麦茬地。在那铺满阳光的麦茬地里，我和我的爷爷、我的娘相见了。他们在各自的坟墓里，我在坟墓的外边，在人间。

我的亲人！他们为了麦子，为了日子，曾经吃尽了苦，累伤了腰，流尽了血汗，如今，这么好的麦收待遇，他们却没有遇到。麦子一年一季，年复一年，而人生，只有一季，去了就再也不会回来了。

　　我想念他们。想念麦子往事里的点点滴滴，包括那小小的麦牛，以及娘在的时候的所有时光。

原载《海燕》2022 年第 8 期

玉环岛上的护鸟人

——

苏沧桑

一

旭日为玉环岛披上一层金色的晨光。浙江省玉环市漩门湾国家湿地公园里，无数飞鸟落在树木上，像开满枝头的金色花朵。

一只孤独的飞鸟落在一片滩涂上。它来自西伯利亚，越冬后往北回迁，落到了东海之滨的玉环岛，落在了一个叫陈严雪的观鸟人眼里。

正是春暖花开、大批候鸟北徙的时节。陈严雪一如往常头戴窄檐帽，身穿迷彩服，蹲守在湿地深处，一手望远镜，一手长焦相机。突然，他发现在一群红腹滨鹬中混进了一只另类——麻雀般大小，头圆腿短，萌态可掬，背部羽毛呈灰褐色，腹部为白色，胸侧有黄褐色纵纹，小铲子般的奇特的勺形喙暴露了它的身份——世界极度濒危鸟类勺嘴鹬在漩门湾湿地出现了！

陈严雪的心怦怦地跳。全球目前可繁殖的勺嘴鹬大概只有二百一十对到二百二十八对，总数不到五百只，远少于大熊猫。它们在西伯利亚冻土层地带上繁殖，在东亚及东南亚湿地越冬。此刻，眼前这只勺嘴鹬就是其中的一只，它为何落单？为何选择在此停留？

　　怕吓到它，陈严雪不动声色地端着相机静静记录：这只勺嘴鹬睁着两只眼睛，摇晃着脑袋，脚步轻巧，姿态欢快，在滩涂上不停地将喙插入泥水中，用宽扁的喙过滤出小鱼小虾和沙蚕等，大快朵颐。

　　如他所料，他看到了勺嘴鹬脚上的环志，编码为浅绿34。他不禁隐隐担忧。记载中，这只勺嘴鹬有一位雄性伴侣，环志编码为浅绿29。它去哪儿了？它们为何失散？看着它惹人怜爱的样子，他想，但愿它只是被这片湿地诱惑而来，等它在此"加好油"，会穿越春天，在远方与它的另一半重逢。

　　曾经是"鸟盲"的陈严雪，如今即使对第一次见到的勺嘴鹬，也早已了如指掌。他还知道，它们对栖息地环境要求非常高。它选中漩门湾湿地歇脚，和这片海域和滩涂的广袤有关，也和近年来湿地在保护区内启动的水鸟栖息地改造工程有关。很多和陈严雪一样的湿地人，正用力用情守护着这片海洋湿地的生物多样性。

　　眼下最要紧的是，赶快为勺嘴鹬营造一个安全的停歇觅食补充地，并与相关的勺嘴鹬迁徙研究机构联系，报告勺嘴鹬迁徙停歇地，便于勺嘴鹬迁徙线路的统计监测和研究。

　　"85后"陈严雪是浙江省玉环市漩门湾国家湿地公园科普宣教科工作人员，从事湿地鸟类监测和鸟类栖息地监测修复工作。其实在七八年前刚入职时，他对鸟类知识一窍不通。本着对一份职业的尊重，陈严雪从头学起。他买来大量鸟类图谱，对比观鸟时拍到的照片和视频，白天看夜里看，实在看不懂了，便向省里的专家们请教。从开始的门外汉，到慢慢喜欢，直至深深痴迷，他熟悉湿地深处的每一个滩涂、每一片芦苇荡，拍摄记录了上万张鸟类照片。

每天清晨，他驾车从家里出发，从分水山经过漩门二期塘坝到小青岛，大约六七公里的路，他走走停停拍拍看看，再从湿地内部道路绕回湿地科普馆，上码头开船在玉环湖上巡查一番，下午三四点钟时，又出去转一圈——这是他自己精心设计的鸟类监测线路。塘坝外侧的滩涂适合观测水鸟、鸻鹬类，塘坝内侧湖上适合观测猛禽、白鹭、琵鹭、雁鸭类，湿地内部道路适合观测常驻和迁徙过境的林鸟，这些线路和鸟儿保持不远不近的距离，不会惊扰到它们。

二

向着喜欢、熟悉的气息，向着温暖，向着光，飞翔，繁衍，是一只飞鸟的本能，也是使命。去年10月，我如候鸟迁徙般又一次回到故乡玉环，在漩门湾湿地找到陈严雪，也巧遇了秋天的第一批黑脸琵鹭。

"太巧了！太激动了！今天刚刚到的，有十几只，从东北过来的，离它们上次来有半年多啦，我等了好多天了，就怕它们不来了。你看，水位刚刚好，半干半湿，它们最喜欢了！"

如此激动，即便坐在监控室里，陈严雪就像蹲守在芦苇荡里一样，压低了说话声，好像怕惊着它们。监控屏幕上，一群黑脸琵鹭正在觅食，他说，等潮水退去，它们就会去海滩觅食。

我跟随他的脚步走上观鸟台时，一只飞鸟飞快地从我们眼前掠过。他说，这是伯劳。

只是一个飞影而已啊。

一阵特别悦耳的鸟鸣声响起。他说，是青脚鹬，叫声很好听，对吧？叫声特别好听的还有云雀。

这时，一棵云松旁，应声响起几声细弱清脆如金铃般的鸟鸣声，一只小鸟悬停在空中飞速振动着翅膀。他说，看，云雀喜欢悬停在空中鸣叫，像个歌唱家。

又飞过翠鸟，飞过红嘴蓝鹊，等等，他都能一一分辨，如数家珍。我看不清他的眼神，但听着他低沉的声音和清脆的鸟鸣一唱一和，如同他们已然一起融入了大自然恢宏的交响乐中，并且彼此听得懂对方的语言，或歌声。

他说，等稻谷割了，草割了，大雁、天鹅也来，鸿雁、豆雁也来，鸟最喜欢这时节了，有六只被称为"鸟中大熊猫"的黑鹳连续来了七年。如果鸟的数量很多，他会请求进行投料喂食，不能把它们饿跑了。

黑腹滨鹬是他的微信头像，相机和望远镜仿佛是长在他身上的器官，45 度角仰望是他的标配姿态，此时的他在我眼里，就像是一个"鸟儿保姆"。他每天会整理上报鸟类情况，也会提出建议，比如清淤、疏通河道、营造环境、保证食物链。这个个子不高、平时话很少的人，提起建议来滔滔不绝，甚至很执拗很急切。本来，他只是单纯做观鸟记录的"观鸟人"。如今，他还要做野生鸟类疫源疫病监测报告、鸟类研究、迁飞候鸟保护、候鸟栖息地管护并参与鸟类环志、全球鸟类同步调查，为生态环境建设出谋划策，他已然成了"护鸟人"。

走进漩门湾湿地这片广袤的空间，无尽的苍茫伴随着时时的惊喜。先民围海造田，近十年来玉环人持续开展退渔还湖、退塘还湿、疏浚清淤、水岸修复、生态绿化等一系列生态恢复工作，使这里变成了农耕文化和海洋文化相互交融、具有独特美质的生态空间。一个又一个春天，陈严雪一个人一次又一次呆呆地、长久地遥望着几千只反嘴鹬在蓝色天幕下如海浪般翻滚、起伏、翱翔，和它们在一起，他从不孤独。他也深知，在湿地深处，在玉环岛的无数个角落，有无数和他一样的年轻人，正在做着有意思且有意义的事。

三

　　跟随陈严雪的脚步走进漩门湾湿地一望无际的稻田时，一群白鹭在我身后腾空而起，我想起纪录片里看到的另一些鸟类。

　　西伯利亚的一百万只阿穆尔隼为了觅食，会一起跨越十四个国家、两块大陆、一个大洋，最后到达印度东面一个偏远山谷歇脚。生存对于它们，意味着每年飞行二点五万公里。落叶林里，雄性雀鹰从不休息，小小的身躯穿梭在森林中，每天要捕捉多达十只猎物……

　　人类视线之外，每一只鸟都在拼尽全力地活着。人类已渐渐懂得，善待它们就是善待自己。陈严雪说，留在漩门湾湿地不走的候鸟越来越多了，纯色山鹪莺、白头鹎等十几种候鸟已不再迁徙，成了"留鸟"。

　　孤悬于东海的玉环岛，曾长期处于交通末端。从台州、温州、闽南或更远的远方迁徙而来的玉环岛先民，在这里留了下来。祖祖辈辈玉环人开山筑塘，围海造田，硬是创造出八千万立方米淡水域、十多万亩发展空间以及大片工业和民宅用地。如今，乐清湾跨海大桥、高速国道建成，温玉高铁启动建设，结束了玉环无国道、无高铁、无高速的历史。

近年来，我如候鸟般在杭州和玉环之间频繁"迁徙"，也认识了越来越多年轻的玉环人，包括一些来自外地的新玉环人。

穿过立春后深夜的冷雨，"85 后"小潘带我走进她的工作室。

多年前，传媒专业毕业的她误打误撞来到玉环工作，迷上了玉环岛独特的气质，迷上了当地人勤劳豪爽热情幽默的性格，从此留了下来。她和小伙伴们，以年轻人独特的审美，用新颖的镜头表达，记录和呈现着玉环的日新月异和动人故事，拍摄了《红帆护渔》等视频作品。

镜头对于她而言，不仅是工具，更是她认识世界和新朋友的媒介。出现在她镜头里的那些玉环年轻人，常让她眼含热泪。比如阳光义务救援队的陈炫憬，他是救援分支里的水上力量，曾在台风中激流逆行，开启绝地救援；曾是一名军人的徐南亮，从一线工人起步，成长为高新技术公司骨干；还有专业知识丰富的民警姜义晨，在广场上向市民普及防诈骗知识；以及那些大学毕业选择回到家乡种植蔬果的"新农人"……

越来越多的年轻人留了下来，因为玉环独特的一方水土、优厚的人才政策，也因为激情和梦想，更因为这片土地上古老传统和崭新活力的交织。这些年轻人以梦想为羽翅，向着更光亮处飞翔。

雨水时节，站在漩门湾湿地观光农业园一望无际的农田里，一群又一群白鹭在我身后腾空而起，我想起苏轼的一句诗"万家游赏上春台，十里神仙迷海岛"。我深吸了一口气——玉环岛雨水的味道里有植物蓬勃的清香，又仿佛有淡淡的稻香，稻香里有淡淡的海腥味，是我熟悉的味道、睽违三十多年的故乡味道、丰收的味道。我想，也许有一天，我也会留下来，像那些"留鸟"一样。

原载《人民日报》2022 年 3 月 28 日

步行街

———

储劲松

有很长一段时间，我哼着歌曲《尘缘》在步行街上往返，貌似一个心事满腹的天涯失意人，或是被爱情抛弃的小青年，抑或郁达夫所写的零余者。其实我已在人世修炼四十余年，面目沉静如梧桐秋叶，早已不轻易表露悲喜。我的唱歌抑或歌唱是有口无心的，心中所想与口中所唱常常迥然不同。中年的心思都藏在阴暗的角落里，别人看不见，自己也不愿且不敢翻检出来查看。我撑着伞从梧桐树底下经过，回到家中或者赶赴一个饭局，脚步从容不迫。但是当我唱到"宛如挥手袖底风"，脚底还是会莫名其妙地硌一下，像踩到了一颗石子一般。

我平常在街市上没有特别在意别人，何况我唱歌的分贝很低，低到不影响自己的心思。步行街两侧的店主照常嘴巴抹着蜂蜜般殷勤地做着买卖，空闲时要么低头玩手机，要么围成一圈搓麻将，要么无聊地望天落雨，看形形色色的行人，倚着玻璃门慵懒地打着长长的哈欠。他们大多在这条街上做生意多年，见惯了市井人物，纷纷练就了火眼金睛，能轻松看透黄金铠甲。我想他们一眼就能判断路过者是顾客还是非顾客，口袋中有钱还是无钱，人生得意还是失意，内心充盈还是虚空，甚至家庭幸福还是不幸福，智慧堪比苏格拉底和老子。因而我上班下班走过街道两侧的店铺，每每觉得自己是一个透明的玻璃人，行止总是中规中矩，保持着一个公职人员的谨慎与小心。其实数年来的经验表明，我的谨小慎微完全是多余的，他们不是小区里爱管闲事、背后嚼舌头的老大妈，更不是居心叵测的偷窥者、告密者，他们只是辛苦的买卖人、谋生者，他们身在生意场，只关心市场和利润。他们是和气的，偶尔我与他们四目相对，彼此以微笑致意，客气而生分。有时候我到他们的店里买东西，不免谈及商品的质量和价格，除此之外，我和他们几乎天天见面，却几乎从不交流。在同一个空间里，我们隔着一层看不见但确实存在的膜，是两个世界的人。这很符合人际相处的刺猬理论，令我们至少是令我觉得心安。

　　这条七八百米长的合面街，坐落着两排粉墙黛瓦仿徽州黑白风格的建筑群，少则三层多则六层，至少有二百家店铺，有上千户人家，却只有一家单位，单位门前挂着一块文学艺术界联合会的门牌。我调到这家单位将近四年，包括我父母、亲戚甚至还有一些朋友，至今还有人问我，你们单位是做什么的？相较于林业局、农业农村局等的一目了然，文联对于一部分人来说的确是陌生的。这样的发问并不会让我难堪，就像有人问我写作有什么用一样，解释起来也是颇费劲的事情。以此推之，这条步行街上的生意人，也一定会对这块门牌有着或强或弱的好奇之心。就像我好奇于他们店中琳琅满目的商品来自何方，一年有多少进项。隔行如隔山，他人就是传奇。

事实上，这条街上有很多传奇。一次饭局，巧遇一位在步行街上经营灯具买卖的女子。我亲耳听她说，她有三十多套房产，分布在这个小城的各个角落和合肥、安庆、武汉等地，她每年都分别到东南亚和欧美旅行两次。一次理发时，我听一个理发师闲谈说，他用一把剃刀供两个子女到国外留学。对于一个依靠薪水生活的上班族来说，他们的财富让我意外得瞠目结舌。所有靠自己的努力谋求更好生活的人都是正当的，都值得敬重。我并不妒忌他们，甚至谈不上艳羡，我们各自有着不相交的人生轨迹，说得高大上一些，就是有各自的追求。但很显然，他们对于体制内的"公家人"是向往的。他们中的一些人奋斗数十年甚至两三代，累积了数目可观的财富，目的就是托起明天的太阳。步行街上一位我认识多年的女店主，和我说过这样一句话："生意人是在谋生，'公家人'是在工作。"我并不完全同意她的说法，体制之内的人自有甘苦冷暖悲欢，有些还不足为外人道。

店主们在街道两旁做他们的生意，热热闹闹、辛辛苦苦地买进卖出。我在一幢房子的二楼做我的工作，除了举办文艺活动和接待来访者，其余时间办公室里是安安静静的。这安安静静自然是加引号的。这条步行街和其他商业街一样，尽管网店兴起后门店生意远不如从前，但一年四季仍然十分喧嚣嘈杂。就在我写这些文字的时候，办公室对面服装店的高音喇叭一直在循环播放广告："好消息！好消息！夏娃之秀二店即将装修升级，全场商品大甩卖，全场商品大甩卖。走过路过，千万不要错过！"

滚烫如沸的熙攘市井，火热似燃的繁华人世，真真切切的谋生气息，从四面八方将我团团包围。我在办公室里办公事，空闲时读书写文章，多数时候并不觉得如何吵闹，反而觉得心安神定。在这里上班的人以及楼上的住户，自然也有抱怨环境过于复杂、市井声过于喧闹的时候，但这怪不得别人，因为这里的定位就是商业区，适者生存，不适者可以另谋佳处。步行街天经地义是店主们的天下，是物来货往、流动着金钱和混杂人体气味的地方。夹在其中的唯一的单位是有些尴尬的，像红叶里的竹子，或一堆瓢虫里的蚂蚱。初次到文联来办事的人，经常找不到门，我在电话里引导，微信里发定位，对方仍然稀里糊涂一脸茫然，于是我只好说，在夏娃之秀内衣店的正对面。"你怎么不早说？"他们常常恍然大悟。毋庸置疑，这些门店比文联有更高的辨识度。

我希望这些门店红红火火，像流传已久的一副对联"生意兴隆通四海，财源茂盛达三江"。庚子岁初新冠肺炎疫情暴发，有两个多月的时间，步行街店铺通通关门，只有卷闸门上贴的大红对联泛着幽冷的光，被寒风日夜撕扯。我一个人从街上走过，觉得自己就像一个游荡的幽魂。数十天过后，政府号召复工复业，楼下一家店铺着手装修，装修工人手中的电锤轰隆隆地响起，那高分贝的噪声不啻天上仙乐布散人间。步行街重新焕发生机，渡尽劫波市井在。陶朱公有三千三百三十三种幻化变身，凡人却只有一种，只有一件肉做的皮囊，因而我比肥头大耳的财神更热爱步行街，更深爱这尘世的苍茫烟火。

我想起一件往事。读初中时，为了挣学费，每年暑假，我每天骑着自行车走街串巷卖冰棍。那时尚无冰柜，沿街的商店也无冰棍可卖，升级版的汽水更是奢侈饮品。冰棍都是人背着木头箱子卖的，有车的人则把箱子捆在自行车的后座上卖。箱子里放着旧棉袄，冰棍用棉袄裹紧，三四个小时内不会融化。街上卖冰棍的绝大多数是成年人，像我这样的初中生很罕见。兴许正因如此，我比成人更容易招徕顾客。

步行街是我每日必到数十趟的地方，那些店主慷慨得很，往往一次买四五根冰棍。我个子小，车技也很一般，有一天上午我骑车经过步行街，前面拥堵住了，后面又有人不停地摁着车铃铛催促，慌忙之中车就倒了，我摔得四仰八叉。箱子里的冰棍自然滚落一地，我的手肘因擦破皮火辣辣地痛。这些对于一个城郊的农家少年都不算回事，要命的是后面有个骑自行车带几箱啤酒的人跟着摔倒了，只听见啤酒瓶摔落时乒乒乓乓、稀里哗啦的声音。那个人一骨碌爬起来，跳起来一顿恶毒的咒骂，末了气咻咻找我索赔。我哪里赔得起？又生性胆怯，我站在街上，眼泪汪汪，不敢争辩一声。那人拉着我要带我去派出所，我差不多吓出尿来。这个时候，街边一个旁观的中年店主说话了，他指着那个人质问，你要不要脸？明明是你拼命摁铃铛，把人家小孩子吓得摔了跟头，你还有脸找人家赔钱，你应该赔人家孩子的冰棍。接着好几个店主站出来把那个人围住，作势要打。趁着这个空当，有人帮我捡起地上的冰棍，让我赶快走。直到今天，我每次路过步行街的西段，还是会认真打量那些店铺，寻找当年有恩于我的人。

找不到的，人间的纯朴和善良以及狡黠和丑陋，都隐藏在市井里，并无明显的印记。正如歌曲《尘缘》的开头，"尘缘如梦，几番起伏总不平，到如今都成烟云"，词意简洁隽永，一种旋律，千种意味。

原载《红豆》2022 年第 7 期

臭酸过境（节选）

简　默

在黔南荔波，只有臭酸，才是人心人情和邻里关系的黏合剂。谁家煮了臭酸，臭味四溢，左邻右舍闻到了，狠狠地嗅嗅，仿佛要将这气息一股脑地吸入肚中方不觉浪费。他们不等主人邀请，风风火火地推开自家门，寻上对方门敲门蹭饭；也有主人主动邀请其他人一起来家里品尝，这片山清水秀的土地自由自在地生长幽默，天性诙谐的他有时在电话中故意埋颗"地雷"，来我家吃饭啊！受邀者答，不来了，吃过啦！他顿了顿，慢条斯理地说，我家今晚煮臭酸。这回轮到受邀者不淡定了，他攥着手机，急吼吼地说，等我两分钟。话音刚落，已经夺门冲出，仿佛一眨眼的工夫，便站在了主人家门前。好客的门总是虚掩着的，臭酸的味道顺着门缝儿，欢快地逃逸出来。推开门，更加浓郁的气息迎面撞了他个趔趄，他定定身，立住了。臭酸二字，像抛来一根绳子，牢牢地系在受邀者的腰间，不由分说又轻而易举地，将他拽到臭酸面前。无论受邀者还是不速之客（其实也没有客），进门都不拘束，都是一家人，添一只碗，加一双筷子，围桌坐下，信手拈着臭酸，有滋有味地吃着，谈笑风生之间，两三碗米饭下肚了。

三姨家的臭酸，来自她的婆婆陈奶。陈奶个儿矮，体胖，慈眉善目。她家住在向阳路的一个院落里。谁都说不清臭酸在荔波扎根流传有多少年了，老荔波人家中靠墙角处，都立着大大小小的酸坛，坛中盛着臭酸酵母（荔波人也叫母本），一勺勺酵母像一颗颗种子，被引种到千家万户，撒入他们生活的广阔原野。陈奶家的酸坛至少有上百年了，据说是荔波最老的酸坛。打陈奶嫁入陈家，它就已经在那个角落站了许多年了，她从自己的婆婆手中接过它，好像接过了一个家族最为神圣的香火，日常对它呵护有加。这种坛子肚大口小，口端一圈儿坛盘，合上盖子，往坛盘里加些清水，水会自然蒸发，渐渐地少了；隔上几天，便要往坛盘里添些水，一直保持着有水，这样能够以水隔绝空气，使坛内臭酸始终保鲜。陈奶一个人在家，与她的酸坛相依为命，她每个月都要将酸坛中的臭酸酵母悉数倒出来，重新煮一遍，待晾凉后再盛入坛内；她还时时记得往坛盘里添水，过上些日子，摸着坛盘有点儿滑溜了，便小心地略微倾斜着坛身，倒掉坛盘中剩余的水，轻轻地洗净坛盘，然后再加满清水……

向阳路是一条老街，青石板被来往脚步磨得光滑锃亮，住在这条街上的全是老荔波人，他们家家必备酸坛，每家味道却各不相同。陈奶家的臭酸最好吃，也最讲究，她家煮臭酸很早就不用剩菜，而坚持到自家菜园子摘各种新鲜蔬菜，像红薯尖、广菜、牛皮菜、空心菜、红米菜、茄子、滑滑菜、薄荷，等等，举凡土地里生长的东西，基本都可以采来煮臭酸；或去赶场买些必要的食材，譬如猪大肠、五花肉、豆腐、豆腐泡、魔芋豆腐、盐酸扣肉、平菇等，只要有陈奶坛中的臭酸酵母，人间任何东西都可以相互融合，轰轰烈烈地煮成一锅市井生活。陈奶每次煮臭酸，煮好临吃前总不忘舀出一小碗，冷却后倒入酸坛内。这样盛出一小碗陈酵母，倒入一小碗新臭酸继续做酵母，新与陈在时光的默默注视下，此消彼长，很快水乳交融到了一起，坛内风平浪静。

陈奶一家煮臭酸，熏倒一条向阳路，饱了街坊们的口福。他们本与陈奶交善，此刻闻到她家飘散出的臭酸味道，精神为之一振，肚子饿了，口水也流了出来，不等陈奶招呼，纷纷像赶在暴雨来临前搬家的蚂蚁，心急火燎地赶到陈奶家蹭饭，自己动手拿碗取筷，坐下一筷又一筷地夹着正中央的臭酸，臭酸永远在这个位置，这也是有臭酸的生活的中心。他们吃着臭酸，佐以米饭，请原谅他们主次颠倒，他们就是奔臭酸来的，吃一次陈奶家的臭酸，对他们每一个人来说都是舌尖上的盛宴或狂欢，他们无不吃了三碗米饭，临走留下的永远是只有荔波人才听得懂的那句话：陈奶煮的臭酸味道一颗绿！这句尾随在大拇指后头的话，大概是对陈奶和她的臭酸的最高评价。有了普普通通的臭酸，长此以往，陈奶与街坊们的感情像烤熟的糍粑，黏稠绵长，拉扯不断。

在陈奶的街坊中，"黄四娘"是个有意思的人。他人近中年，又瘦又高，面相白净，举止忸怩，仿佛被无形的绳索捆住了手脚，使他放不开。他本是七尺男儿身，在家中排行老四，唤作黄四郎，但大家都当他是女人，硬是面对面地叫他黄四娘。我理解这是对他的侮辱，他却似乎没觉得，别人叫他四郎他答应，喊他四娘他也不辩解，一来二去，几乎没人叫他四郎了，大家都改口喊他四娘，他似乎仍不计较。夏天太阳落山晚，等到太阳自斟自酌喝得酩酊大醉后，才想起降下夜幕与月亮交班的事儿，圆圆的脸儿羞得更红了，铺排得一条向阳路流金溢彩。向阳路是一条南北街，黄四娘家住南头，陈奶家在北头。仿佛是给太阳的盛大回家助兴似的，恰在此时，陈奶煮好了臭酸，街坊们熟悉的味道是尘世的光，搀着路上的阳光，温暖而熨帖地跑来跑去。黄四娘也闻到了，家中米饭上甑子蒸好了，但菜还没有炒。他面子薄，怕扎入人堆，看见生人还脸红，一个又一个街坊闻香去了陈奶家，他不好意思去，心头却像有无数馋虫在挠痒痒，齐声催促他快去，去晚了就空碗朝天了。他终于忍不住了，转身来到自家厨房，盛了一碗米饭，出门上了街。他一手捧碗，一手持筷，微仰着头，贪婪地吸吸鼻子，那味道冲决嗓子眼儿，汹涌地漫入肺腑，他有点儿不适应，压抑不住地打了个喷嚏，这喷嚏太响亮了，一条街上的人都听见了，他们不约而同地扭转目光，齐刷刷地投向黄四娘。黄四娘不认为是自己惊扰了大家，他沉浸在臭酸柔和美妙的味道中，继续若无其事地站在街口，夕阳将他的影子投映到青石板上，又瘦又长，黑如陈墨，像是谁拎了浇水壶，一路走一路浇了过去。他说不清身体最近哪儿出了问题，老是觉得恶心，不想吃饭。突然，他正视前方，抬腿走路，走上几步，扒一口饭，也不住脚，继续走几步，又扒口饭。他面朝陈奶家的方向，敞开鼻孔和肺腑，拼命地吸着源源不断飘送来的臭酸味道，就像一个重度高反的人在饥不择食地饕餮氧气，神情痴迷而沉醉。他走路的姿势看上去很美，袅袅娜娜，像一株拔起自己迈开步子的柳树，一道夕阳的光像一束追光灯，在他身后追赶着他，仿佛有风吹过，他摇摇摆摆起来。就这样，他从南头走到北头，站在陈奶家门前，也不停留，又折返回来，从北头到南头，回到自己家，一碗米饭恰好扒完。是陈奶家的臭酸味道让他胃口大开，他似乎要偿还最近亏欠的胃口，变得如饥似渴了，他本来一顿只能吃一碗米饭，但接下来他像这样又来回走了两圈，吃下了两碗米饭，整个人红光满面，心满意足。

那些陈奶煮臭酸的日子，黄四娘每每如此，风吹杨柳地走在向阳路上，走过大家面前，成为一景。起初，大家尚觉得新奇和好笑，慢慢地就适应了，黄四娘自有他自己的活法，就像街坊们蜂拥到陈奶家蹭饭，他当然也可以边走边嗅着陈奶家的臭酸味道扒饭，这是他一个人的方式，细细想来，其实挺有仪式感的。

那个大年初三的晚上，在三姨家，母亲、三姨和她的那帮姨妈（荔波对经常在一起的女性朋友的称呼），她们簇拥着一锅臭酸，爽朗地有说有笑，说笑归说笑，却丝毫不妨碍她们手中的筷子一齐探向臭酸，搛一筷臭酸，扒几口米饭，吃得满头大汗，浑身舒服。

我和弟弟可就惨了。吃前，三姨跟我俩说，别看臭酸闻着臭，吃起来却香，就像臭豆腐一样。我俩懵懂地听着，其实我俩谁都没吃过臭豆腐，因此无法未吃先知地体会臭酸吃起来的香味儿，但在来的路上，臭酸已经先入为主地伏击了我俩，留下了恶臭的深刻印象，一个劲儿地将我俩的联想往茅厕里引，这让我怀疑自己是否吃得下它。果然，臭酸端上桌子，之前这恶臭味儿飘然路过，尚未觉得咋样，现在就在面前，热气弥漫中，这臭味儿仿佛夹带着一万只老鹰，它们尖利的嘴巴，从我的鼻子开始，一眨眼到整个身体，狠狠地啄打着我。我一下子被臭晕了，一步一步地后退，被逼到了墙角，它仍不放过我，直至我退守到另一个房间，它的凌厉攻势才稍稍减弱。弟弟步我的后尘，也来到我身边。我俩眼巴巴地眺望着臭酸氤氲中的母亲，盼望着，盼望着，她早点起身领着我俩回外婆家。

外面漆黑一片，北风呼啸，三姨家在县城的最东头，外婆家在最西头。在黑夜中回旋曲折，穿过一间间面目一致的黑瓦木屋，对同为路痴的我和弟弟来说不是一件容易事。母亲仿佛无视我俩的存在，自顾自地和她们一起捸着臭酸，扒着米饭，溅起一桌笑声。我觉得今晚的母亲好奇怪哟，平常她总对我俩板着脸，在我们家，严父慈母的角色是倒置的，母亲以她的严厉纠正和规范着我俩的一言一行，可今晚她却"疯"了，完全释放着自己。这让我坚信臭酸天生有一种魔力，每一个女人身体内都隐匿着一个少女，是臭酸醋畅淋漓的臭与香，悄无声息地改变了她们，不可抗拒地放出了她们身体内的少女。面对着带走一切的时间，谁又舍得抗拒重新活成自己的少女模样呢？这不是镜花水月，而是这个冬夜，她们渴慕和憧憬的春天。

那个深夜，母亲领着我俩，迎着西北风，走在石板路上。路上没有灯光，我俩不敢离开母亲半步，母亲熟悉由外婆家通往三姨家的路，即使在黑夜，她也能领着我俩回到外婆家。偶尔三两行人迎面走来，远远地闻到我们身上随风飘散的臭酸味儿，陶醉地吸了吸鼻子，禁不住连声道，好香！好香！我们仨看不清他们是谁，看清了很可能也不认识，我们对于这座小县城是匆匆过客，候鸟似的飞来飞去，脚步从未像他们真正扎下根。他们也看不清我们仨长啥样，看不清没关系，只要能从我们身上闻到臭酸味儿，他们就确定我们与荔波有着不解之缘。我们仨刹住脚步，他们中的一位开口说话了，竟然问，捸（音译，读"qiǎ"）的是陈奶家的臭酸吧？我们仨惊愕不已，他肯定多次捸过陈奶家的臭酸，仅仅凭着我们身上随风飘散的臭酸味儿，便准确地认出了陈奶家的臭酸，就像寻到了某个记忆的入口。从此，幼小的我开始相信，味道是有记忆的，它会因为某个机缘，在你猝不及防时，轰然打开一扇记忆之门，伴随着灰尘飞舞，扑面涌来的一定是那个你熟悉的味道。另一位咂摸着嘴，充满无限神往地说，陈奶煮的臭酸一颗绿哟！听至此，不知咋的，我老是将他想成黄四娘，也许就是黄四娘也说不定，土生土长的他是不认识我的。

浓烈的西北风像我们一样，生来便有故乡。它带得走昨夜几乎所有的痕迹和秘密，譬如一些隐秘盛开的脂粉，某种果实酝酿的酒香，等等，却带不走我们身上的臭酸味儿，它陪伴着我们酣然入梦，第二天一早醒来，仍然浓重如昨。

除非洗澡后换衣服，这相当于脱胎换骨，在肉体上暂时消灭了它，一旦谁重新坐在它面前，痛快淋漓地沐浴在它的气息之下，它又像一只打不死的蟑螂，"死而复生"了，寄在他身体的每一个角落，每一条缝隙。

原载《雨花》2022 年第 8 期

那家小馆

——

袁海胜

长江路的剪子胡同在朝阳城很有名气，小小的一条街由北向南，或由南向北，像一条藤蔓，散开枝叶，沿街相邻的基督教堂、天主教堂、清真寺、关帝庙、城隍庙、佑顺寺、南塔、北塔，组成民间不同信仰的殿堂，信仰文化交融与平和凸显民生的和谐与鼎盛。车流缓慢、行人悠然，走在这样的小街，感觉时光慢下来，此时读木心的《从前慢》，别有一番滋味。街虽小，咸集商业民风，大至餐饮店铺，小到游商摊贩，林林总总。身为平民吃货，我对街上的小吃情有独钟。小四川、蒙古馅饼、平泉羊汤、新疆烧烤、重庆火锅、兰州拉面、北京炸酱面、四平大饼……南滋北味、天南海北。方言是乡愁的音标，人间冷暖烟火聚拢。这样好，一条街走下来，宛若行足八方，品遍神州方圆。快乐的是心情，享受的是味蕾。出单位左拐行至三百米处，四棵表现突出的大叶杨下，藏着"那家小馆"，杏黄色的酒旗上有满文"那家"（满文读音"曹纳喇"）两字。最初我以为是蒙古文，后来被店主肃正。小店的黄色门匾上书汉文"那家小馆"，颜体，出自朝阳城内一位很有名气的书法家之手，我和他是朋友，曾在小店里聚饮畅谈，碰巧认识了店主，乘机求得墨宝。店主老那五十八岁，细长脸庞，额宽细眉，唇上一抹淡淡短髭。他说话前先笑，眼睛眯成一条缝。在民间，微笑实为一种美德，像一杯水。他的老家在辽宁的岫岩，传说祖上是满族皇族贵戚，出身显赫。这个信息是老那酒至微醺后吐露的，蜻蜓点水，细辨无痕。他只身游走江湖，在朝阳地面扎下了根，开了这家满族特味的餐馆。老那心地善良，曾看到他在店内为一个流浪的人士赠馒头和小菜。善良的人，眼睛里的真诚像明朗的阳光。民间的善良是一种极难作假的品性。馒头能吃饱胃囊，同时也能照暖人性，包括旁观的人。那家小馆生意红火。

我喜欢到那家小馆用餐，这样的机会并不多，工作生活拥挤忙碌，但时间总会给机缘容身之处。那家小馆的美味，从大拇指屈数——苏子叶饽饽、菠萝叶饽饽、满族火锅、烀肘子（哈尔巴）、包饭、豆汁儿或酸汤……老那苦着脸说，他请的厨师不行，不是地道的满族厨师，有些菜做得不伦不类。他能亲手做的菜只有几样，还保持原有的味道。满族是融合性强大的民族，在与汉文化对接上出类拔萃，包括饮食。传统的宫廷满汉全席，流传至今，已经分不清哪一道菜是纯粹的满族特色，哪一道菜完全出自汉家。把一种滋味引领到另一种滋味，创造出脍炙人口的美味，这也是文化传承的一支流脉。老那笑盈盈地搬出亲手酿造的黄酒，酒的原料是大黄米，他说过酿酒过程，可惜我被酒的醇厚俘获，没记住。黄酒也是满家的特味儿，初饮绵软，后劲强大。老那烧一手好火锅，把自制的酸菜放入火锅，加上粉条虾仁等海陆佐料，铺上薄薄的猪肉片、羊肉片，在炭火中慢煨，形成滋味儿。汉族的火锅应该是从满族传承过来的，做法各有千秋，主要流程还是一致的，不一致的，只有味道。老那切的酸菜细如发丝，薄薄的肉片也是出自他的刀工。火锅里加上冻豆腐是汉族的做法，不妨试试，也成就了一种新滋味。锅料边吃边续，醒酒提神，寒冬里也能吃出满头大汗。老那家做大酱也不错，刚入腊月门，把黄豆煮熟，做成酱块，存放到第二年农历四月，放入缸中加盐发酵。一样的流程，不一样的手法和不一样的品质，做出的大酱有各种风味。满族人祖先喜欢把熟食放到酱里储存，酱的醇厚慢慢融到肉脂中，会有一种新鲜味道。我曾在那家小馆吃过一回酱猪头肉，味纯净，不浮躁。酸汤子是玉米发酵后用特殊的器皿做出的，酸爽醒酒、饱腹暖心，盛夏时节逢餐必食。每次来，老那会赠送一盘白肉，不挂一丝瘦肉，纯粹的水煮，肥而不腻，切成薄片覆在盘底，蘸白蒜泥，一种来自原始记忆的口感。可惜现在肉的质量越来越差，老那数次跑到偏远农村的集市上寻找土生土长的笨猪肉，收获甚微。丢失的味道，是一种民俗文化的流失，宛若一种民粹的失忆。做民族餐饮业，老那心疼地看着曾经原始的味道，慢慢消遁。喝过第二杯黄酒，老那的眼角开始渗出泪滴，想家（当然是家乡），想亲人，想或近或远的事情。思念是贯穿一生的乡愁。我尊重他的眼泪。酒能打开人性的秘境，心地善良的人才有真诚的眼泪。他说，离开家乡太久了，很想回去看看，不是路远，是俗事缠身。他太看重自己的餐馆，很想把民族特味挖掘出来，传承下去，给后人一个交代。这样的话，离家久的族人，会在这里找到回家的感觉。老那拿手的几样菜，成了餐馆的招牌，慕名而来者甚众。那家小馆面积不大，七十多平方米，方方正正，干干净净，三个小散台，两间小包间，常常座无虚席，用餐要提前预订。有那么两次，朋友来得急，赶到那家小馆时，已无餐位。老那忘了笑，嘴角咧了咧，搓手，摊手，一脸的尴尬，像是亏欠了朋友。他会在某一天特意留下一个包间，重新把朋友们召集过来。聚散间，人性情感在时光里修炼出真味。

那家小馆靠里边的散台，两米长一米宽，是我的专属。小小的方桌，暑来冬往，某一个季节的某一个时辰，会在这里摆上方阵。菜不需多，两盘两碗（满族有用碗盛菜的习俗），一壶老酒，两三友人，相逢开口笑，过后不思量。可谈天说地，可谈文学创作（小城里有几位知心的文友），可谈异性（异性是美好生活里的重要部分），可一醉方休。我还是喜欢在老那清闲时，拽过来一起坐坐。一杯小烧落肚，老那绘声绘色给我们讲一些族内的习俗，像满族婚俗。他这一讲，我才知道，汉族婚庆的一些做法，实际是出自满族的习俗。如换盅、交杯酒、掀盖头等仪式。如今盛行在酒店里举办土洋结合的婚礼仪式，真是一个民俗的硬伤。老那讲得细致，也很风趣。满汉文化融合，明显的是在语言上。东北地区的一些方言出自满语，像耶拉盖儿（脑门）、胳肢窝（腋窝）、忽悠（骗）、硌硬（讨厌），云云。一些地名也是出自满语，像哈尔滨（天鹅）、佳木斯（驻官屯）、岫岩（有穴的山）……文化的交流从语言出发。老那的满语掌握得不太全面，这是他最大的遗憾。他曾想过把孩子送回老家，接触完整的母语，因孩子的学业没能如愿。按满族习俗，他仍称父亲阿玛，称母亲额娘，他也要求孩子这样称呼他。现在的孩子太叛逆，他二十岁的小儿子一进门就爸爸地叫，老那直皱眉。老家的侄子来探亲，也喊他叔叔，不再称他"昌克赤"（满语，叔叔）。老那有点茫然，悄悄端出一盘白肉、一碟花生米，就着一坛黄酒，自斟自饮。喝了黄酒，就会实现往昔荣耀，就会回到故乡，那里的一草一木，一山一水真切地出现在酒意里。这是老那喝酒后所言。

剪子胡同的法国大叶杨是街树，西侧一排，东侧一排，挺拔俊朗。跟人手掌一样的叶子，在闲碎的日子里，不停地翻转，光阴的明暗，人间的日子在叶掌的翻转中明了。那家小馆门前的四棵大叶杨高出别人一头，格外雄伟。老那会在固定的时段里，用软塑料管接上自来水浇灌，白杨树没辜负老那的厚意，长成了那家小馆的代言人，惹人注目。老那喜欢拉二胡，跑调是生活常态，他毫不在乎。他大多数是在餐馆闲淡的早晨演奏。我上班早了，会跑去捧场。他坐在一个笨拙结实的梨木方凳上，拉《草原上升起不落的太阳》，拉《敖包相会》，拉腾格尔的《我是蒙古人》。他喜欢蒙古族歌曲，音域广阔。他曾经跟我说，他的祖先也许来自内蒙古草原。但让我意外的是，他竟然能拉出整曲的《知心爱人》，在杏黄色的那家酒旗下，陶醉地摇晃着身子。马路上人来人往，会有人慢下来，或者站下听几分钟。陌生人惊讶，以为是音乐家在体验生活。熟悉的人笑容丰富，围拢着，抱着膀听老那演奏，麻雀逃到远处的树冠里叽喳，高高的树冠在晨风中颔首，不为麻雀的远遁担忧。早晨，会有几只流浪狗跑到小馆门前，老那马上放下二胡，吆喝着把残羹剩饭倒在特制的狗槽里，几只小狗边吃边拼命地摇着尾巴。吃罢，小狗会在那家小馆门前玩一会儿，也会蹲在老那脚下听他拉二胡，客人一来，它们会懂事地消失。常有市场管理人员到那家小馆门前指手画脚，唾沫星儿在阳光中疾射。老那谦逊地笑着，老那的笑和管理人员的态度是来自两个不同的世界。一家普通的小馆，把人间的真伪喜怒调成滋味，客人偶尔会尝一点，朋友时而尝一尝，深入其味的，只有老那。所以他的脸上，异常平静，只剩笑容。"我给世界一个微笑，我还亏欠什么？"在平凡的人间，老那只做乐观的人。他名字叫那建国，很汉化，也很意外。就像他乐观的性格一样。

原载《北京文学》2022 年第 2 期

一地黄花

——

马慧娟

　　罗山巨大的身影遮挡着月亮，暗影笼罩着罗山脚下。凌晨四点的田地，被星星点点的灯光点亮了，和天上的星星相互辉映，田地顿时有了神采，像在表演一场灯光秀。时不时还传来几声嬉笑的玩闹，一天的光阴也拉开了序幕。

　　村上吆喝着让大家种黄花菜的时候，响应的人不多。尽管村上一再承诺，只要大家种，黄花菜苗子政府提供，一亩地给二百块钱的补贴，等到种成了，政府还回收，但村民们谁也不相信，就那么个黄花花，能让一亩地卖几千块钱？怕尽是哄人着呢。黄花菜谁还没见过，以前在老家的时候，院子边上长着那么几株黄花菜，摘下来稍微见点雨，就烂得和鼻涕一样。说是长了很多年，但真正吃上黄花菜的时候不多。所以更多的时候，大家都把黄花菜当个景一样看着，没想过把它变成个钱。

　　大家一边蹲在自家墙角晒太阳，一边听着村上的大喇叭喊着，一边议论着这个事情。搬迁到红寺堡十几年了，为了让村里人能有个稳定的收入，政府也一直在搞产业调整。村上尝试过牧草种植、高酸苹果、枸杞产业，但最终都没有成功。耽搁了收成不说，还浪费了几年土地。

最后大家总结出来的经验就是，谁说啥都白着呢，主意还要自己拿。管它节水灌溉还是产业调整，我就种我的玉米。哪怕今年缺水玉米旱死，那也是一把草料，割回家还喂牛呢。种玉米还有一个好处，种上女人在家就能照看。牛一喂，老人孩子一照看，男人出去工地上找个活，一年挣个三两万，日子就随便过了，折腾那些没用的干啥？

村上的大喇叭喊了几天也没个人回应，村委会的成员感叹一句："群众的思想工作难做啊。"

做不通群众的思想工作，村支书就做村委会班子成员的工作，鼓励大家都尝试种点。但响应的人也不多，毕竟那个东西要三年才能有收成。在没有收成的两年里，还要给锄草，上化肥，蹚水地各种伺候，这也是一笔不小的开支呢。再加上大家都在村委会忙工作，家里的劳力本来就不多，种上了谁打理呢？

村支书一看，班子成员工作也做不通，就回家做自己老婆的工作，希望能把自己的地腾出来十亩种黄花菜。老婆起初不同意，尽管她的娘家就叫黄花乡，但对黄花菜这个东西真是不了解。村支书苦口婆心地拿自己去观摩的事情和老婆说，人家在三年以后，一亩地最多要卖八千呢，种玉米才卖多少？老婆起先也不想听，村支书一直说一直说。听着听着，老婆就心动了，就算卖不了八千，卖个五千，十亩地也卖五万呢，种十亩玉米一年连一万都卖不了。

看着老婆犹豫，村支书又说，你怕啥嘛，就算种不成，我也不能饿着你不是，日子就是要各种折腾、尝试着过的。老婆勉强地点了点头，算是通过了村支书的想法。

大家听说村支书要种十亩黄花菜，也没觉得有啥稀奇，村支书嘛，总是有这样那样的门路的，就算种不成，也不会亏了自己。

在各种猜想中，村支书家的十亩黄花菜在深秋季节栽进了地里。村里好多人还去村支书地里挣钱去了，这一栽人工费就花掉了几千。栽完后，村支书的老婆看着地里东倒西歪的黄花菜苗，心里就有点后悔，这么蔫巴的苗子，又没给灌溉上水，这怕是白糟蹋钱呢。但村支书说，我们去参观的时候，人家说这个东西就和韭菜一样，好活，你就放心吧。老婆将信将疑地看着，总觉得上了自家男人的当。但已经栽上了也没办法。

冬去春来，地里的黄花菜蹿出了星星点点的新苗，稀疏得能卧下去牛。村支书老婆站在地头上一看心就凉了，回家忍不住地抱怨男人，直说上了男人的当。村里人路过看了，也觉得村支书怕是要荒这十亩地呢。一传十十传百的，大家都知道了这件事情，就更觉得自己选择不种黄花菜是对的。

等灌了春水，又过了一段时间，村支书的地里才看着没那么惨不忍睹了，能出苗的都出来了。可地里的草也跟着出来了。村支书整天忙着脱贫攻坚工作，地里一眼也顾不上瞅，只剩下老婆顶着太阳一边锄草，一边骂自己男人没事给自己找事。

第一年过去了，黄花菜在地里各自扎根，经营起了属于自己的小天地，一撮一撮地在秋风中枯萎。等到了第二年春天，地里就壮观起来了，一行行黄花菜冒出绿油油的新苗，在早春的田野里特别惹眼。村支书老婆总算不再骂村支书了，坐在地头看着一墩墩和油白菜一样的菜苗，心里也开始欢喜起来了。

六月底，水肥充足的黄花菜开枝散叶，在每一个苗苗中间都长出一根秸秆，秸秆的顶部顶着一撮花苞，在昼夜的交替下迅速生长，一天一个样子。最大个儿的花苞用了两三天就长得和食指差不多长。又过了一天，地里零零星星地开满了黄色的花，跟着晨风摇曳在初升的太阳底下，竟然有一种把田野装扮起来的感觉。很快，十亩田地就开成了一片花海，远远看着，金灿灿的一片。

村支书的老婆问村支书，就让菜这么开着花吗？村支书说当然不是，既然有菜就得去摘了，你明天一大早叫上两个女人去摘。

一大早，村支书的老婆领着两个女人去了地里，除过开花的，剩下的花苞依次生长着，像鸡冠一样，最长的有五厘米，最短的只是筷子头大小的花苞苞，簇成一团，在筷子般粗的枝干上随风摆动。

三个女人一人一个化肥袋子，在花丛中找能摘下来的菜。村支书叮嘱老婆，说是黄花菜，但这个菜一开花就算是废了，要的只是即将开化但没有开花的菜条。每天摘那个最长的菜条条就行。

三个女人一边摘一边讨论，说这么个嫩生生的东西，摘多少才能晒一斤嘛。村支书的老婆心里也在嘀咕，不知道自家男人搞的这个东西到底能不能挣钱。越想越心烦，摘起菜来也就心不在焉。本来应该从菜根上折，但她就随手那么折，扯得菜条里面的丝牵拉在其他花苞上，两个女人一看也见样学样，从菜根上掐费劲儿得很，还是这样扯比较省力。

村支书终究是不放心地里的采摘，毕竟谁都没见过，所以在村上忙活了一阵子，就开着车来地里了。到地头上一看摘出来的菜就连忙喊老婆："停停停，老婆子啊，你可不敢这么摘，把菜全糟蹋了，你要领着大家从根部摘呢。根不带上，里面的丝丝不带上，影响黄花菜的口感和重量呢。"

老婆没好气地远远剜了自家男人一眼，懒得张嘴说话，但又舍不得把菜糟蹋了，就又按男人说的采摘。稀稀拉拉的看着没多少，可三个人足足摘到下午两点才完事。村支书老婆又饿又渴，忍不住又在地头上骂了自家男人一场。两个女人劝道："算了，已经种上了，骂有啥用呢。如果明天再摘，咱们天不亮就来。不行就再喊一个女人。"

拉回来的时候，正是太阳晒的时候，村支书早已在家里的院子里铺好了塑料布，一等女人回来，就把摘来的黄花菜均匀地铺在塑料上，上面再盖一层塑料。靠着太阳的温度，把鲜嫩的黄花菜的水分蒸发掉，然后在第二天进行晾晒，直到完全晒干，黄花菜就算完成了蜕变，成了可以长期保存的干菜。

有了第一天的经验，第二天村支书老婆喊了几个女人早早出发。多了两个人，效率果然提高了，赶中午十一点就摘回来了。让大家感到神奇的是，昨天还位居第二的花苞一晚上就蹿了一大截，再不摘下午就开花了。

每天就这样一直摘，天天晒，一直到第四十天，地里的菜才没那么多了，渐渐地也就开始收尾。村支书老婆看着地上晒干的一大堆黄花菜，心里多少还是有点高兴的，这看着也好几百斤呢。要是能卖个好价钱，今年和去年的投资可就回来了。

没过几天，村支书领着收黄花菜的老板来收菜，给出的价格是一斤二十四元。等最后一秤过完，菜老板和村支书开始算账。这一算，竟然有将近两万块钱。村支书老婆眼角都是笑，哎呀呀，这才第二年，要是明年，怕是卖得更多。菜老板说："你们这儿适合种黄花菜，你好好种，这个东西看着不起眼，但收益真的很不错。"

女人连连点头，扭头看向自己男人的目光都柔和了起来。

村支书家的黄花菜卖了钱的消息在村里传开了。等到了秋天，村委会再动员大家做产业调整种黄花菜的时候，大家都去村委会报名，这家三亩，那家两亩，能种的差不多都种了。

　　从那以后，村里每到七月初就热闹起来。就连周边村子里的女人也一大早就来到田间地头，腰上绑扎着袋子，趁着晨曦的光芒，双手在黄花菜丛里上下翻飞，折出要折的那根菜。每向前一步，袋子里的菜就多一把，直到堆在盘子里，黄灿灿的。

原载《六盘山》2022 年第 2 期

小鸟的脖子酸了

习 习

一

　　我们几个人到达河西走廊民勤县内巴丹吉林沙漠边上的那个村子时，天已经黑透了。白天，我们探访了藏在戈壁深处的沙井子史前文化，还有戈壁滩上相呼应的连古城遗址和三角城遗址。车停在村委会一棵大树下时，一树夜宿的鸟儿扑棱棱飞了起来，一抬头，满天星斗。我们要借宿在一户村民家，驻村干部说男主人到沙漠放羊去了。问他，村子远吗？他手指一伸说，对面，二十几米。我们跟着他走，天硬生生地冷啊，村干部一只手高高撑着一纸盒鸡蛋，闲庭信步似的。太冷了，好像走不到头的样子，这哪里是二十米。村干部穿着单薄的西服，腰杆笔直，那盒鸡蛋在他手掌上始终撑得平平的。

　　门帘掀开，热气轰然扑来，烤箱的火烧得很旺，女主人一一打量过我们后，开始铺炕。炉子和炕连着。收拾停当，女主人退出门说去另一间屋睡。

我舍不得那一天的星斗，很多年前，我在嘉峪关外的戈壁上看过这样的星斗，又大又亮又密，远处的星斗好像落到了地上。屋外的羊圈是看星星的好地方，羊圈里的羊粪有几尺厚，踩到上面，晃晃悠悠。没有月亮，满满一天的星斗在沉寂黝黑里，夺目得让人心颤。

炕太烫，滚来滚去，把半拉被子铺着隔热。四周静得出奇，忽然木门一阵晃动，咚的一声，有东西从天窗跳了进来，吓得我一激灵。原来是猫，我们占了它的热炕。

一早到村子转。驻村干部说得不错，隔着水渠，对面就是村委会，二十来米，一抬腿就到，只是绕着村子的水渠正放水。水是从水库引过来的。多年前，我到民勤采访过一对几十年治沙防沙的老人，那时，公路上到处可见"决不能让民勤成为第二个罗布泊"的标语，而今，民勤的自然风貌已大有改观。五月了，枣树叶子还很稚嫩。村子很精巧，一眼能看到不远处的沙漠。那年在武威也看到过类似的情景。过了公路，不远的田里，一个老汉正带着孙子挖蔓菁，地那边就是白花花的沙漠。

村子和沙漠，迥异的两样事物就在面前，一个顽劣地保持着广袤和荒凉，一个拗着身边这个大事物的性子，被一代代人改造得完整而富有生机。说起来，这个已经活过十几辈人的村子，硬是和身边的巴丹吉林相安无事。当地人说，"巴丹吉林"四个字讲的是一个叫巴丹的放羊老汉在沙漠中发现了六十多个海子。巴丹老汉会不会就是从这个紧贴着巴丹吉林沙漠的村子出去的呢？

女主人歉疚地说，忘了把猫儿领进她睡的屋子。她麻利地打了一锅荷包蛋，蛋是驻村干部昨晚带来的。女主人舀出一个蛋放在炉子边，猫卧在一边，目不转睛地看着它变凉。女主人叫张莲存，是从青海嫁到甘肃民勤这个村子的。

我们只是这个村借宿一夜的过客，但那个夜晚叫人难忘。后来看到那位驻村干部的一篇驻村日记，写张莲存的丈夫放羊回家后喊他去喝酒，张莲存做青海的美食"山药疙瘩"，山药疙瘩蘸着蒜泥，再就着茴香茶，那叫一个好吃。吃饱了喝酒，张莲存性格爽快，也大杯地喝。几个人酒喝酣了，张莲存唱起青海的花儿：

> 大路上上来的挡羊娃
> 手拿了三尺的鞭杆
> 我把你心疼着擦一把汗
> 你给我漫上个少年

我看他写的这些文字，觉得那个星光下黄泥地上的小院更加生动了起来。与我隔着几千公里的距离，就在那个紧靠着沙漠的小村里，那样的欢乐似乎是成倍的。

二

唱歌的叫二毛，留个闪闪发亮的光头。

我们都有些微醺，请客的人赶在我们前面醉了。

是在哈巴河县一家农人的饭馆。

新疆哈巴河县，在中国地图大公鸡的尾巴尖儿上。同行的哈萨克族人说，哈巴河县境内有额尔齐斯河、哈巴河、别列孜河、阿拉克别克河，用哈萨克语说每条河时都带着唱歌的音调。

每条河的名字里都有美好的寓意。

哈巴是一种叫五道黑的小鱼，因为河里盛产这鱼，河就叫哈巴河，地方就叫哈巴河县。在哈萨克语里，哈巴的另一个意思是"森林繁密"。白天，我们去了茂密的白桦林，就在落满云朵的额尔齐斯河的近旁。

坐在藏着岩画的多尕特洞穴的岩石上鸟瞰，天地辽远，一个个巨大的怪石像被神的大手摆放，远处有成片的庄稼地，这是神人同在的地方，近在身旁的还有多尕特洞穴的岩壁上一万多年前的马鹿、山羊、骆驼、狼、虎、开弓的猎人、日月星辰……金色的欧洲杨树林上，绸缎般的云彩慵懒地耷拉下一半。野生枸杞树，细密艳红的果实结实地簇拥成箭一般的枝条，刺向天空。广袤啊，鸟群从头顶飞过，哈萨克人在吟唱：风吹着树叶沙沙响，好像对亲人诉衷肠。

桌上是哈巴河的鱼宴，大大小小各种鱼，还有一杯杯酒。窗外沉入邈远的黑色，沉静丰厚。弯月低垂。二毛沉浸在他的歌里。

......

　　爱人的毡房远了看不见了
　　一遍遍望你，看不见你
　　小鸟的脖子酸了，心里伤了

歌声让我们情不自禁地流泪了。几天的行走，我们一直恍若陌路，原来，一首短短的情歌就可以把我们一下子拉近。大家的面貌已经模糊，我们沉浸在几乎澄明的世界，正靠近一个叫灵魂的地方。或者还因为酒，这刚烈纯净又柔软的液体，拨开我们身上的雾障，让我们看见真的自己。

　　我还想起一次意外的出行，四个不熟悉的人，因为开会的机缘，一拍即合决定会后一起出游。那里是东海岸边，对我们四个人而言，陌生而新鲜。东西南北的四个人，带着四种长相、四种口音，坐渡轮，过外海，到一个小岛，或者快到傍晚时赶到一个仙境似的寺院，我们各自体会着远方的意义。吃饭时，我们看着彼此的面容，讲故事唱歌。故事的气味迥然，东西南北，那么奇妙。还有歌声，西北的藏族人，心里辽远得厉害，歌声再小，歌儿也远得九曲回肠。

　　　　夏天的河涨了
　　　　过河的木桥淹了
　　　　那又有什么关系呀
　　　　我绕过源头去见你

　　一句素白的结尾戛然而止，一下子震荡了五脏六腑。
　　清澈辽阔的远方，把我们拥抱成一个婴儿。
　　那个东海边江南的夜晚，暗香浮动，一朵朵栀子花在夜色里开得明艳。
　　那是中国最西北的哈巴河县，白桦大睁着一树干有故事的眼睛，望着尘世。
　　天地苍茫，小鸟的脖子酸了，这样的诚挚，配那样广袤的自由。

三

　　有四百多年历史的黄土夯筑的卯来泉堡，像戈壁上残存的牙根。

车一直在戈壁的缓坡上颠簸爬行，戈壁一望无际。突然，天空下，这个破损的金黄色堡子映入了眼帘，心里一动。车继续爬坡。惊叫。绵延无边的祁连雪山出现在面前，就像一幅万千笔法皴染的巨画，立在卯来泉堡的对面。薄雪像一张毯子从卯来泉堡铺到雪山脚下。我从未这样近切地靠近雪山，太阳藏在厚厚的云里——这神性的自然，叫人震撼，却无从言说。

这景象始终难忘，我后来时常回想卯来泉堡，捕捉记忆中的点滴，回想那个显得不够真实的远方。我忆起第一次到那里时，凛冽的寒风刀子一样刮得脸疼。无法言说，嘴巴张开时，你发现话语都冻结在胸腔里。一群土色的沙鸡在欢快奔跳。堡子外面卯来泉泉眼四周，结着一层睫毛似的冰花。从堡子一直到祁连雪山之间，空中拉着薄薄的雪雾。后来偶然看到了谷歌地图上的卯来泉堡，上天的视角，堡子像戈壁上的一个微渺的院落，拉远了，只剩影子。它的北面正对着嘉峪关长城的最西头，它的南面也就是它的正面，是祁连雪山的一个豁口，历史上匈奴人、吐蕃人、蒙古人闯关的唯一通道。

卯来泉堡是一个守护神。

这一次，穿越三百多公里的巴丹吉林沙漠，路途中是一望无际的干燥的戈壁沙漠，还穿过了大雪纷飞的阴山。继续靠近卯来泉堡，我想，它已是我的一个坐标。

依旧被震撼，那个巨大肃穆的神——祁连山——新雪覆盖旧雪。卯来泉堡又苍老了一岁。黄昏的太阳明亮地高挂，雪亮得耀眼。不同于前一次，一家牧人穿过祁连雪山，从夏牧场到冬牧场来了，雪山脚下这片平阔的戈壁上，羊群在雪里觅食，咩咩的声音混响出空灵的一片。

就这样，沧海一粟般落入这远古到当下的无边的时空，仿佛从家门口来到了世界的尽头。俗世的思虑被抖落一空，就做一粒微渺之物，让戈壁上亘古不息的荒寒寂寥的风打磨和修正吧。

雪山真大，牧人说，这算不了什么，下了新雪的这些近前的山只能叫小山，真正的大雪山站在它们后面，只有进到雪山里面才能知道雪山真正的大。

牧人说，雪山里当然会遇见熊、狼，还有别的家伙，它们是雪山养的孩子。你只知道怕它们，却没想到它们有多怕你。见着它们你只管静静躲开，千万不要和它们的眼神对上，只要对上眼神，它们的眼睛里会立刻烧出火苗子。牧人给我讲这些，我思忖着有一天也能穿过雪山。

坐在堡子脚下，等太阳落山。太阳落山是倏忽间的事情，似乎带着分量，一同落入那个未知世界的还有万千光束。一瞬间，四周的光景和气氛变了，万物要歇息了。

原载《西部》2022 年第 2 期

醒来的芦苇塘……

王雪茜

一

芦莺的外貌着实太普通了，棕褐色的背羽显得土里土气，如果和秋天的芦苇混在一起，便很难辨认。嘴巴也没有新鲜的亮色点缀，连最丑的野鸡的毛色和花纹都比它好看。苇莺以多为贱，个头小又飞得促急，引不起摄鸟人兴趣，我和同伴也很少拍它。但就其盎然生机、伶俐口齿以及高超的营巢能力而言，它无疑是活跃于北方芦苇塘中的鸟类佼佼者。

三四月，鸻鹬类鸟儿已在鸭绿江湿地掀起铺天盖地的鸟浪，而苇莺们还跋涉在迁徙的路上。五月，苇叶舒展成半剑长短，大街小巷漾着苇叶的清香，你会猛然惊觉，耳朵不知何时已被鸟声灌满了。主唱当然是苇莺。鸭绿江口湿地常见的大苇莺个头比麻雀稍大一点点，尾巴就比麻雀长多了，而苇茎已足够柔韧，恰可承担它小小的重量。它可以稳稳地站在苇茎或蒲棒草上，骄傲地亮起歌喉。那些野鸭子、白骨顶鸡、䴙䴘类鸟儿们，体形比苇莺大，在苇秆上完全站不住脚，更没有在苇茎间筑巢的能力，自然也就无法在苇塘内安家落户。它们会在周边的灌木丛、草丛、石堆、土坎处寻找相对平坦和隐蔽的地方砌巢。

䴙䴘类鸟儿举止稳重，不随意亮嗓，自带优雅派头。而苇莺是典型的话唠，不挑听众。苇莺的叫声有时像水田地里的青蛙，"嘎，嘎，嘎"，似乎腹部运着一股气，不吐不快；有时则是响亮而急促的"吉，吉，吉"，像鸡雏斗嘴，搬弄是非。故此，我们当地人都把苇莺叫作嘎吉。还有一种很聪明的苇莺，像一个天生的歌王，会模仿其他鸟类的声音，有时抑扬顿挫，有时铿锵奔放，时而简约，时而委婉，嘹亮又抒情，欢快又有耐性，像绵绵细雨，直将苇叶从鲜翠的浅绿洗成沉郁的深绿。令人刮耳。

苇莺到来不久，芦苇的叶子就变得宽厚而润泽，端午节恰在这个时节。我妈会在我上学时递给我一个布袋，喊一句，放学打一把苇叶回来。我妈说的一把，就是让我自己掂量着多少的意思。苇叶太多了，薄的窄的我都瞧不上，专打那些又大又宽的。只一会儿，布袋子就撑起来了。我妈包粽子的时候，会一边捋着煮得油亮的苇叶，一边夸赞说，多好的苇叶啊。粽子总是连夜包好，第二天早晨四五点钟，我妈就开始盖上大锅，烧起木柴，一直要煮到左邻右舍都闻到了粽子的香气，那是木柴香煮出的黏米混合着苇叶独有的香气。粽子是一定要分给邻居品尝的。每家每户都是如此。这些年我到过很多地方，尝过各种各样的粽子，芭蕉叶包的，箬竹叶包的，柊叶包的，箬叶包的，粽巴叶包的，槲叶包的……我一直偏执地认为只有我们这里用苇叶包的粽子才叫作粽子，吃起来也最香甜。现在，很少有人打苇叶了，我有一阵子不知道到哪里能打到又宽又亮的苇叶。

苇莺总是会找到芦苇塘，找到最坚韧的芦苇茎营巢。在我看来，苇莺身怀劳动者的技巧，它们先用干枯的苇叶或植物的茎叶将几支苇秆（有时是蒲草秆）绕扎起来，再用草茎、苇叶、花梗、植物的根茎及纤维编成一个水杯似的深巢，内用干草叶、细草茎、植物须根或鸟掉落的羽毛等做巢垫，将鸟巢悬挂在离地面一米左右的苇茎之间。被围扎起来的苇茎看起来并不稳固，但苇莺的巢却总能安然无恙。一个疑问伴随了我很久，为什么苇莺从不担心自己的卵掉下来呢？这是苇莺带给我的些许惊奇与神秘。

二

约翰·巴勒斯说，鸟的悬巢含有某种品味与深意。细想，巴勒斯此言也含有某种品味与深意。最显而易见的是，"巢"关乎爱，不然怎么会有"爱巢"一说，即便是最粗糙最简陋的巢也关乎爱。雏鸟甫一出生，感受到的便是带着亲鸟体温的巢的温暖，以及巢带给它们的安全感。回溯人类的建筑史，上古时期，始祖有巢氏便教人们构木为榛巢，抵御野兽的侵扰。前人早就发出"破巢之下，安有完卵"的慨叹，于今，莺巢令人艳羡，空巢令人感伤，窝巢令人不齿。巢之引申义，不胜枚举。不可否认，鸟类除了是天生的歌唱家、飞行家，也是天生的美学家、数学家，更是天生的哲学家。

不管怎么说，看着苇莺的寓所在苇茎间随风摇荡，不禁还是要感叹一句，苇莺真算得上鸟类中的建筑高手了，而芦苇有一种天生的母性力量，无比柔软又无比坚硬，为苇莺的爱巢提供了最优质的建筑材料和最适宜的居所。

　　苇莺主要以昆虫为食，比如苇虫、蚁类、甲虫、水生昆虫、蜘蛛、蚂蚱、蜻蜓以及蜗牛，有时也食草籽儿。大苇莺的分布范围极广，分布区域碎片化，适应能力也极强，种群数量趋势稳定，属于无生存危机的物种。我常常想，这小小的鸟儿，从哪里来到我们这儿？它是怎样抖动它那赭色的小翅膀，连续几天不眠不休，使出浑身解数，飞跃千山万水，战胜黑夜、雨雪与严寒，每年五月如期来到鸭绿江口湿地的？

　　五月末，一些苇莺经过休整和体能补充，会继续向西北飞至内蒙古、新疆和甘肃等地区，或者飞抵西藏和青海等高原草甸，有的可能会飞到俄罗斯南部和中部，繁殖后代。还有一些苇莺贪恋我家乡的美食和气候，会滞留到秋天，养足精神后原路返回它们的越冬地。当然，也有对鸭绿江口湿地情有独钟的苇莺，选择将这里作为它们的返真之地。这些既不返回也不北上的苇莺们，此时要开始孕育后代，殊不知，繁殖的过程异常艰辛而又凶险百出。

　　危险首先来自人类。在我家附近闲逛的那些男孩子们，听到苇莺清脆的歌声，便像得了某种号令一般，打着呼哨，成群结队地钻到苇塘中寻乐。处于繁殖期的亲鸟本就敏感多疑，伫立在苇茎顶端望风的雄苇莺很快就发现了这些入侵者，它不停地鸣叫，以提醒不远处正在孵卵的雌苇莺。苇莺通常每巢产三四枚卵，我见过最多的一巢有六枚卵，蓝绿色，比鹌鹑蛋大一点点，带有灰褐色的小斑点。雄苇莺声色俱厉又焦急恐惧的尖叫听在小孩子们的耳中，简直无异于"此地无银三百两"。苇莺的巢常常很快就被小孩子们寻到，苇莺蛋便成为这些小侵略者们的战利品，苇莺蛋不仅小，且味道土腥，并不好吃。小孩子拿回家不过是给父母炫耀一番，也有玩腻了随手丢在泥塘里的。

另一重危险来自杜鹃（又名布谷鸟、子规、杜宇）。少时，"杜鹃啼血猿哀鸣""又闻子规啼夜月"的诗句烂熟于心，对望帝杜宇失国身死，魂魄化为杜鹃的典故叹惋不已。华兹华斯也曾作诗《致杜鹃》："不是鸟 / 而是无形的精灵 / 是音波 / 是一团神秘。"在巴勒斯笔下，纽约州森林里的杜鹃出奇地温顺与安宁，鸣叫声超凡脱俗、深沉邃古。可我们这边湿地里的杜鹃全然是另一种样貌。望帝一片春心化成的杜鹃，成了一种诡计多端又懒惰无比的巢寄生鸟。这一度让我百思不得其解。难道地域差异改变了鸟的习性？后来查资料才知道，全球已知的一百四十种杜鹃中，只有百分之四十的杜鹃具有巢寄生行为。纽约州的杜鹃自己营巢并哺育后代，而我们这边的杜鹃却踏上了巢寄生的进化之路。杜鹃体形比苇莺大，无法在苇茎或蒲草上立足，只能活跃在芦苇塘周边，在碎石、土块或蓬蒿间腾跃，算是苇莺的伴生鸟。

有一个摄影家朋友，给我发了一组照片。他在一个繁殖季，持续跟拍了一只大杜鹃"鸠占鹊巢"的全过程。那是一只长相凶猛的雌杜鹃，比鸽子稍长，翅膀暗灰色，白色的腹部有明显的黑色"海军条纹"。在产寄生卵前，它隐蔽在芦苇塘周边的一片灌木丛中，密切监视着苇莺筑巢、产卵期间的一举一动。杜鹃的监视范围可覆盖二三十个苇莺家庭。每一个被它盯上的苇莺几乎都难逃魔爪。有一只苇莺产下了四枚卵，当天下午，杜鹃便瞅准苇莺短暂离巢的间隙，飞进苇莺巢中，将一枚苇莺卵推出巢外，在五秒之内将自己的卵排到了苇莺巢中，狡猾的杜鹃在每个寄主巢穴只排一枚卵，以便鱼目混珠。繁殖季的大杜鹃，最多可寄生二十多枚卵，产卵量是苇莺的四五倍。

大杜鹃有一门绝技，会运用视觉诡计，模仿寄主鸟卵的颜色与形状，产出与寄主卵外形十分相似，颜色、卵斑也都差不多的卵。以苇莺为寄主，大杜鹃就产出绿色的卵。英国境内的大杜鹃还有另一个寄主草地鹨，它会模仿草地鹨产下棕色的卵。但我从照片中一眼就看出，杜鹃的卵明显比苇莺的卵大一圈，卵斑也并不一致，颜色也比苇莺的略浅。不仅如此，大杜鹃的幼雏比苇莺的幼雏大出很多，毛色也完全不同，为什么苇莺就辨别不出来呢？我问朋友，他说，这得去问苇莺。

朋友拍到的这只大杜鹃的卵继承了母亲的谋略和残忍，它比寄主的卵早一步出壳，趁寄主鸟不注意，杜鹃幼雏用自己还未长出羽翼的身体，将苇莺巢中的三只卵拱至巢外，接着运用声音诡计，迷惑寄主鸟，它模仿苇莺幼雏饥饿时发出的"啾啾啾"的快节奏乞食声，使苇莺心甘情愿哺育这个"杀子仇人"。看着苇莺认贼作子，将辛苦衔来的小虫子，喂到比自己体型大得多的杜鹃幼雏嘴里，怎么说也觉得违和。在进化之路上，苇莺显然还需要进化出相应的防御力，增强识别外来卵和外来幼雏的能力。

三

苇塘里鸟类驳杂，也有很漂亮的鸟。我们曾经拍到过一只棕头鸦雀，比麻雀还小，头顶至背上呈棕红色，翅尖是深红棕色，尾巴长长的，体形短而瘦。还有一种鸟也十分常见，我们叫它油鹠（并不是鹠鸟），黑色的我们叫黑鹠，麻色的我们叫麻鹠，带褐灰色暗花纹的我们叫花鹠。东北有句歇后语专门说它的，"油拉鹠子卡前——全靠嘴支着"，形象地突出了这类鸟嘴长的特点。它们以昆虫、水生小动物等为食，河里的小鱼小虾、蝲蛄都是它们的盘中餐。现在知道，"油鹳"其实是老百姓对一些外形相似的鸟类，比如林鹬、滨鹬、斑尾塍鹬、大杓鹬等的统称。

我四姨姥爷有一杆猎枪，他喜欢去芦苇塘里打油鹳，用火烤着吃，油鹳名副其实，油多肉腥，一般人都不吃它。但在生活困难的年月，也就不计较好吃与否。男孩子们也有自己的打鸟武器，有的用弹弓，有的用夹子。

我表哥用缝衣针。他会在坝埂上放一条长线，在长线的一头穿一根缝衣针，把一只蚂蚱、蝲蛄或蜻蜓之类的小诱饵穿在缝衣针上，针要穿在昆虫的非关键部位，保证昆虫不会死去，如此，挣扎的小昆虫很容易引来觅食的油鹳。油鹳一口吞下猎物后，针就卡在它的嗓子眼里，疼痛难忍的油鹳只能束手就擒。这种计谋能得逞的缘由之一是油鹳比较懒，觅食相对被动，即便在海边，也很少逐浪掘食，大多等退潮后，发挥大长嘴优势，不费吹灰之力便可酒足饭饱。我们当地人给它起了个外号叫"穷等"，也算贴切。

我师范大学毕业后，分配在小城最西边的一所初中，紧邻学校操场的是小城唯一的造纸厂，绕着厂区的苇垛高大密集，成为小城的标志景观。每到秋冬季，芦苇进入成熟期，金黄色的芦苇被割下来，装上大车成捆成捆地拉到造纸厂去。芦苇被割完以后，剩下的小苇秆和苇叶就是县城百姓一年的烧柴。

有一年冬季十二月下旬，县里宣布开塘，我非闹着要跟父母一块儿去苇塘搂草。父母最终同意了，我们三个人带着玉米饼子，推着板车，拉着竹耙子，跟着大部队从最大的入口马车桥一股脑涌入一望无际的苇塘，大家在苇塘里抢划疆域，比谁搂草快。我年纪小，搂了一会儿就觉得又冷又饿。好不容易挨到傍晚，已经浑身冰冷，蜷成一团。从马车桥向西蔓延数里，排满了拉苇草的手推车，几天后，每家每户都迅疾堆起了或大或小的新草垛。那次之后，我再也不跟着父母去苇塘搂草了。20世纪90年代末，我从初中调离时，造纸厂也黄了铺，旧址上很快建起了一个超大的农贸市场，再也见不到有人到苇塘搂苇草了。

四

海鸥仍然可以见到，尤其是有苇塘的地方。就市内来说，只要有河汊的地方，就有海鸥。马车桥下，闻水河边，都可以看见海鸥展示自己飞翔的倩影，它们身形较大，远看像鸽子似的，但飞姿比鸽子舒缓优美得多。海鸥是很喜欢鸣唱的鸟儿，它们有自己多变的曲调。哺育幼鸟时，是温柔的轻唤，"吱——咯咯，咯咯，咯咯……咯——"，翻译过来，大约是"快——来吃，来吃，来吃，乖——"；打斗恐慌时，是粗哑的嘶鸣，"哇——""哇——"，像极了乌鸦的恶声；吵嘴时，三四种叫声交杂错叠，"咕咕""唧唧""去——"；发牢骚时，声音粗短，像母鸡下蛋后的亢奋声，"咯咯哒""咯咯哒"……如果想看海鸥翔集，可从黄土坎码头坐船去大鹿岛，开船以后会突然涌出大群海鸥跟在船尾，随着灰白色的浪花上下翻飞，场面蔚为壮观。

今年十月末，我和女友顺着家乡境内的沿海公路，一路驾车西行，拍摄海鸥。数年前，这里连绵着大约两百公顷的苇塘。现在，连这一片的苇塘也全部消失，数十公里海岸线变成了滩涂养殖基地，坝边的芦苇和荻草一小丛，一小丛，孤寂地挨挤在风里，艾蒿、红蓼、碱蓬草长得蓬头垢面，偶尔也会见到几株红柳、水曲柳或白榆。

映入我们眼帘的是一幅海边人习以为常的场景：一群耕海人沿着养蛏带呈一字形排列到视力不及处，他们用钢耙子刨开松软的泥土，采收一些蛤蜊贝类。他们穿着连体水裤，戴着五颜六色的胶皮手套，女的一律包着头巾，只露出眼睛。

五

这个春天，苏醒的其实不仅是苇塘，也有记忆。我想起我小时候，每天下午只要放学早，就要先钻到苇塘里玩闹一番。我同桌会用新鲜的芦苇叶子编成蟋蟀、小狗，她还会用芦苇叶做风车，让我们又羡慕又嫉妒。那时候，我们喜欢随意扯一棵芦苇，小心剥开外层的苇叶，抽出里层的苇芯，再把最外层苇叶卷成筒状，中间稍微留点空隙，放在嘴边吹。

我其实只想吹出一种曲调，但是不知是我技艺不熟，还是每片苇叶的形状不同，我每次只能让苇叶在我的唇边，使苇塘弥漫出不同的曲调。那种曲调似乎一律带有某种青春的忧伤。

我还想起小时候，我们经常传看的一本著名的小人书，叫《芦荡小英雄》。而今，情节完全记不住了，我只是记住了一种印象，原来，除了我的家乡，在我不知或未曾涉足的地方，也有无数的、大片大片的苇塘。

女友给我发来我们曾拍摄的苇塘照片：一群耕海人沿着养蛏带呈一字形排列到视力不及处，他们用钢耙子刨开松软的泥土，采收一些蛤蜊贝类。他们穿着连体水裤，戴着五颜六色的胶皮手套，女的一律包着头巾，只露出眼睛。

——只是，在他们头上不远处，一群群的海鸥飞来飞去，鸟与人群形成平行的两条活动带。鸟们已学会了随着环境变化调整自己的活动区域，而在我们的照片中，人与鸟看起来是一类物种。

原载《黄河》2022年第3期，

受选本容量所限，文章有删节

为了告别 "厄律西克"

——

沈　念

　　走在自然写作和生态文学书写之路上的写作者，必然要去直面欲望带来的责难，要去书写反思与自我拯救，要去告别 "厄律西克"，担负起生态共同体建设的使命，从而真正踏上人与自然的和谐之路。

　　年轻的时候，我在离洞庭湖很近的一所学校工作，周末，我常去水边找个荫处读书。那是一段如饥似渴的阅读岁月，读累了，就眺望一下水的远处，有一种奇异的感觉，那一刻，自己也像流水一样，身体或精神去到了很远的地方。

　　记得第一次读奥维德的《变形记》就是在湖边，初夏的风吹卷着水浪，也吹卷着书页。我读到忒萨利亚王子厄律西克的那则神话，突然就怔住了。后来在很长时间里，我会因想起神话包含的预见而无端地战栗。厄律西克在希腊文中的意思是 "掘地者"。他拼命地不停歇地砍伐森林，盖成片的房屋，扩大自己的耕地。似乎这是人类演进史上的自然常态——与水争地，与山争林，与自然争人所需要的一切。神对这位掘地者自有惩罚，就是让他永远有一种吃不饱的感觉，让他有着无穷无尽的欲望。他生活唯一的目的就是要满足吃的欲望。他白天吃，晚上吃，说话在吃，做事在吃，梦里在吃，但吃得越多，肚子越感到饥饿。仿佛他的肚子是个无底洞，是一片看不到尽头的汪洋与荒漠。这位吃光了祖先储存的所有粮食和所有家产，连女儿也卖了换来吃的掘地者的命运结局怎样呢？我们势必会想到死亡，其实最残酷的惩罚不是死亡，而是当他找不到任何可吃之物时，让他用锋利的牙齿咬啮自己，让他用自己的身体来喂养自己。

我在冬天洞庭湖空旷寂冷的湖洲上，把故事讲述给几位同行的保护区工作者听。我们想到曾经覆盖脚下土地的水，过去更广袤无边，更风景优美，更物产丰富，这个时代里的"人们"是不是现实版的"厄律西克"？这不是矫情的发问，而是只有当你置身那片被"占有"和"掠夺"过的土地，听知情者讲述被破坏的事实和影响，才会感同身受地战栗。

我在洞庭湖的水边生活了很多年，水，给了这片土地灵性、厚重、声名，也给了人刁难、悲痛、漂泊。那些被某种利益驱使的发展，比如挖沙、种植欧美黑杨、造纸污染、水体破坏、竭泽而渔（电打鱼、迷魂阵等），这些行为走向不可逆的境地，就是挽回和拯救的代价要难上千百倍。"我"是围观者中的一员，破坏者的同党，也是利益的分羹者。往往就是经年累月守在你身边的事物，最容易被忽视，这种忽视像落入水中的砂石，不是外在力量的介入，就永远保持一种沉寂的姿态。2019年，其时我离开洞庭湖的视线已经有五年，离开湖区的我似乎比过去更懂得这片土地，也更眷恋这一出生地、出发地。某天深夜，我决定写一本与湖有关的书，继而开始不断有意识地返回。或者说，从离开那一天起，我的每一次回乡都是返回。我的新作《大湖消息》就是我与洞庭湖之间的"归去来"。

"天之所覆，地之所载"，属于自然文学的表达，说的还是写人在天地间的存在，写对一切自然生命的感知。我记不得有多少次和当地的朋友（湿地工作者、媒体记者、生态保护志愿者、水生动植物研究者、作家、摄影家、画家等）深入到洞庭湖腹地、长江孤岛，去经历今天的变迁，也经历过去的光阴。那里有许多的小村庄，七星、红旗、春风、采桑、六门闸，只是其中的地名代表；有认识或不认识的草木、虫鱼、鸟兽，是探查荒野的指南；遇到很多命运各异的渔民、胸怀壮志的保护区工作者、天南海北的外来者，在水面照见自己的模样；我在渔民家中借住，也在冬天空旷无人的湖上坐船夜宿过。那些日子，我见到了与过去认知中不一样的湖，在人身上看到比湖更广阔的性情、心灵。那些经历过风浪的人，也正是在水流之中获得生命的力量。

我不敢妄言或者自诩，这是一种最佳的生态文学视角书写。但它所涉及的内容、主题以及书写的对象、探讨的问题，至少是对湖区自然生态的一种素描。水的内涵远比我们见到的模样要复杂。在与水的对视中，我看清人，也看清自己。我带着敬畏、悲悯、体恤的"偏见"，沿着水的足迹寻访。我选择将行走的笔墨放在湖区许多既普通又不寻常的人身上，试图在打捞他们的人生往事时将属于江河、湖泊的时光挽留，学习承受艰难、困阻与死亡，尝试以超越单一的人类视角，去书写从城市奔赴偏僻之地的"我"对生活、生命与自然的领悟。我像是撒下对人的生存状态共情与关怀的种子，也愈加敬重那些历经艰难的开拓、生生不息的勇毅。因为有那些纷纭、繁杂，也就有了澄明、肃穆的镜像。我心中流淌感伤、悲情，也流淌感动、豪迈。可以说，我是以一种直面、剖问、溯源的方式写下我的"水边书"。

我还在家乡的报社做记者时，有一年参加全市项目建设流动现场会报道，到了一个工业基础弱的县区。这片区域是从洞庭湖围垦农场改扩建的，它的发展受到湖区规划的很大制约，工业用地审批难度大，在当时唯有工业项目"投资大、落地快、见效显"的大形势下，区领导为了工业园建设用地急得团团转，一路上请求上级帮着到省里跑批地。一位副市长意味深长地说了一句：保护就是一种发展。多少年过去，这句话一直深深地烙在心中。事实上，当年短视者不顾环境生态所引进的企业，后来无一例外地半途夭折。

我又一次想起"厄律西克"，在我的阅读视野里，他应该是出现在西方文学作品里第一个毁林造田的人、为了增产增收而践踏自然的人。千百年来，人们也带着相同的欲望，沿着人类物质生产开辟者走过的同一条道路前行。欲望是个怪物，人们都知道也都想逃离它抛弃它，但又不可避免、心甘情愿地背负着沉重的欲望前行。我后来在英国诺奖作家多丽丝·莱辛《幸存者的回忆录》里，读到"厄律西克"的欲望所带来的未来灾难："食物、水、氧气即将耗尽，地球变得越来越冷，人们靠吃腐烂的东西、尸体直至人吃人而苟延残喘，最后是人和所有生物的大灭绝。"

以人为中心的一切生产、经济活动，都与自然生态休戚相关。那我们的一切写作，不都是在进行着一种生态书写？又该持有怎样的书写理念呢？千百年来，作家从来都没有中断过对自然的思考与书写。"贪婪攫取的长期习惯使他的手指变成钩状的、骨节突出的鹰爪……他榨干了湖边的土地，如果愿意他还可以抽光湖水，出售湖底的淤泥……农场里的一切都是有价的，如果可以获利，他可以把风景，甚至把上帝都拿到市场出卖。"这是梭罗笔下对欲望恶性膨胀者的描写，他也庆幸，"谢天谢地，人还不会飞，还不能使天空像大地一样荒芜！"

梭罗的反思，其实是我们需要共同进行的反思，而在许多描写风景风情的自然文学中，我们被那些漂亮的语言语式隔断了与真正的自然的密接，劫走了应该深入其中的沉思。

又回到我所走过的湖洲之上，"人给水出路，水给人活路"，屋墙上诸如此类的标语早已布满灰尘。人们开始琢磨与水的相处之道。这些年来的退田还湖，生态修复，十年禁渔，守护一江碧水，成了人的自觉与自省。沿堤看水，停留之处，都变成了观赏最美水风景的理想之地。水是有魔法的，水涵盖着无尽的旷野和路径，隐蔽着所有的过往与魂灵，我们对水喊着过去，也喊着被顿悟的未来。

万物是一体的，天地本是一个有机整体，再偏远的角落，也不能遗忘或丢弃。写下生态文学经典之作《沙乡年鉴》的奥尔多·利奥波德说："我们蹂躏土地，是因为我们把它看成是一种属于我们的物品。当我们把土地看成是一个我们隶属于它的共同体时，我们可能就会带着热爱与尊敬来使用它。"因此，我们是生态共同体公民，是自然的公民，不分国籍地域民族。每一个写作者都承担着保护、回馈自然的责任。

山可平心，水可涤妄。山水自然教诲我们学会做简单的人。简单的关系，才是和谐关系。在简单和谐中恢复和重建生态平衡，也只有当所有物种健康、安全、持续地存在着，人类才能长久地生存在大地上。从这个意义上出发，走在自然写作和生态文学书写之路上的写作者，必然要去直面欲望带来的责难，要去书写反思与自我拯救，要去告别"厄律西克"，担负起生态共同体建设的使命，从而真正踏上人与自然的和谐之路。于是乎，我想，我们是要从水流、森林、草原、山野以及大地所有事物之中"创作"一个未来，那里有对大地上、人世间最坦诚的信任和依赖。

原载《文学报》2022 年 6 月 16 日

闯　海

吴景娅

（一）四五月

深夜，神思恍惚间，大脑里总会有一架飞机轰然升起，像二十八年前那样，向着北海四月闪着幽蓝光芒的那片海和白晃晃的沙滩，俯冲。

那是清明前的北海，仍刮着回南天的风。风携着千军万马的水分，弄湿了一座城，这座城的道路、楼面、树木和屋舍里的地面、墙、窗户、家具、衣物，甚至是放在床头柜上的一只小闹钟都爬满湿漉漉的东西。潮，水淋淋的世界，空气里鱼虾的咸腥气更是铺天盖地，浓郁、坚定，又羞怯。但一下子就能抓住你肺的记忆，令它终生难忘。哦，离海相当近啊。

其实，仅仅等上一个月，这里的空气完全会被另一种气味占领。五月，北海高大的玉兰树都会开满洁白的花朵。它们密密匝匝地挤在枝叶间，让树开怀大笑的时候，可以露出洁白的牙齿。玉兰花香像圣女一样行走在这座城的每个角落，带着某种特殊使命，纯真又庄严。那时的北部湾大道上还没有红绿灯，我们可花上四元钱坐一辆人力三轮车从路这头的华联商场一路飘进南珠路。那真个飘哇：戴着斗笠蹬三轮车的女子让纤细却结实的腿不停地转动，令人眼花缭乱。而她用以遮阳的白袖套，随风鼓起，像展开薄薄翼翅的蝴蝶轻盈又强悍。也就是在那样的时候，我会解开自己的发辫，让玉兰的芬芳能毫无阻挡地覆盖我、洗涤我，从头到脚。然后，让披头散发的我可以貌似有些醉意，步履踉跄地走下车，举起手来，在陌生人的大红门上一阵乱敲乱嚷……半晌，才笑出了声：走错了？走错了！

北海的海水是个高级别的魔术师，一年的不同季，甚至一天的不同时辰，甚至几秒钟以内，都可以把自己的面孔弄得花样百出：纯良、羞涩、静谧、跛扈、暴戾，烈士般的昂扬，史诗般的浩然……世间善变的脸，谁能比得过海洋？它会是你的铁血兄弟，黏你的爱人，也会是你的叛徒、仇敌，毫不相干的陌生人……在北海五年，我一直对海洋保持警惕、充满恐惧。但又克制不住好奇心喜欢与它们耳鬓厮磨。我得承认，我们对强大、凶猛的事物有着无法言状的天生敬仰——

1993年的中秋夜，我们一群人在侨港的沙滩上野炊。酒过几巡，我的头颅像见风长的圆萝卜，愈来愈巨大，愈来愈沉甸甸，小身子快支撑不住了……我离开喧闹的人群，走到海边，走向海，走进海的身体里……海水嗖地一下抱紧了我，湿漉漉地贴上来，久别重逢似的急切。水竟是暖洋洋的，白天的阳光还没有收回它的好心肠。满月已在高天悬挂，举头去望，上面的图案似乎纤毫毕现。于是便给你极大的错觉，以为一抬脚就可以跑到那上面去……海上的月亮的确是个异数，它不像你常常以为的那个月亮——一座遥远的、属于科考范围的星球。它就像从你内心生出来的姐妹，与你有相同的血缘，你安静的时候，她也安静地候着你；你想哭泣，她就全心全意地注视……我已感受到它的注视，因为月光的流淌是有声响的，甚至盖过了海水荡漾所发出的喧闹。又给你错觉，以为，海已沉沉入睡，至少紧闭住了嘴，静水深流。我巨大的头，开始变小，变成了手心里捧住的那些米粒大小的浮游生物。我把它们撒出去，千万颗因停止思考而纯粹，而喜悦的大脑，成为一道道亮晶晶的白光，刷地飞跃于幽冥的海水上，然后如一刹那的春宵，消失。

清晨的海边也令我刻骨铭心。应该是在高德村那一带吧，晨光把海水变成了另一种物质：厚实的绛橘色，或者更暗一些。对，晨光把大水变成了土地，把日落的色彩腾挪到日出……除了绚烂的光线，海滩单纯得可爱，几只雄性招潮蟹举着艳丽硕大的一支大螯，已在沙砾中为生计和爱情忙碌。一对如火柴棒的突出的眼睛，目光炯炯，战士般的亢奋。远处有一艘废弃的渔船，我不能确定它是不是某场海难中留下的孤儿。但它的身姿仍让人感到它的壮心不已，仍是一个生命的存在；近处，也有一艘高大的船，新崭崭的，似乎还能嗅到才刷上去的桐油气味。一位年轻的渔民站在船下的角落里举着红塑料桶冲凉。他裸着上身，着蓝色的短球裤，身姿挺拔得像亚热带的枫香，青春的肌肉、肤质没有任何的赘余与瑕疵。他犹如神的存在，被新鲜的海洋和陆地一同供奉在那里。

（二）七八月

当年我在北海，并非度假，而是去闯海。闯海这个如今听起来可能有些奇怪滑稽的词，快消亡的词，在二十世纪九十年代初的中国却如日中天，铁骨铮铮，代表着先进、敢打敢拼，挑战与创造。那时有千百万的人离开故土，向着陌生的沿海城市涌去，这对世世代代习惯被乡土家园固定捆绑的中国人而言，是从来没有发生过的主动而自由的大移民。

那些时候，或许在许多城市人们间的问候语再不是：吃了吗？而变成：你还没走？至于走去哪里，人们其实是茫然的。似乎，哪里离海近就奔向哪里，海南、北海、厦门、大连、威海……人们相信深圳奇迹会在中国一而再、再而三地发生，大海的文明将是这片古老农耕文明土地上最新的款式，全新的机遇……闯海人要改命啊，故乡成了必须一跺脚，狠心丢下的地方——那是一朵带刺的玫瑰，挨着碰着都会弄疼自己……

我也觉得重庆处处在弄疼自己：气候暴躁、山高坡陡……我恨透了重庆的七八月。我想，太阳可能也是满怀一股子怒气吧，否则，就不会动辄便恶狠狠地把这里的旮旮旯旯烤成个40摄氏度以上……而北海的七八月，稍一闷热，老天就会体恤地下一场雨，即下即停。有时，太阳还顶头火红，雨滴却随风飘飞。阳光穿行在密实的雨丝间，把其切分为许多神奇迷蒙的幻景，像一座座精灵的婚房……

离海近的地方，你容易看到人生的一幕幕海市蜃楼。这座城有那么多的不确定，有些人和事突然就在你的视野里出现，与你的人生轨迹撞个满怀，猝不及防，而后又转瞬即逝，无迹可寻。

我在北海乡情报工作时，租住的房舍背后有幢大别墅，驻扎着一家东北来的房地产公司。他们的人看上去个个鲜衣靓容，谈吐不俗。几辆豪车像被喂饱的马儿，长长一溜排在他们的后院子里，蔚为壮观。

他们的会计邓大姐是个典型的东北美妇人，高个儿，丰满，圆盘脸子白皙又水嫩，一对眸子会说最美最动听的语言。她见到我的第一眼就一把揽我入怀，几乎是沸腾着地叫道：老妹啊，你咋长得给个天仙似的啊！……

　　没有什么比一个美人来赞美你更要你命了，在她一声声老妹的呼叫中，我们成了无话不说的闺蜜。身在异乡，孤独、缺乏安全感是比感冒更易得的毛病。我太需要一个身形宽阔、肉墩墩，大山一样的姐姐来组成心灵联盟，相濡以沫，抵挡朝夕间可能会遭遇的各种窘况。

　　一天，邓大姐又用令人肝肠寸断的热乎劲儿叫着我说：老妹啊，你姐我遇着点事了，得整个万把块的来周转周转。老妹啊，你说这事给整得多臊人哟，我也只敢向自家的妹开个口。一周，姐就还！……

　　当然，我会借。她是谁？我姐啊！

　　一周过去，姐没来找我；两周过去，仍不见影子……我也不好转过去找她，仿佛是去追债似的，我丢不起那个脸。一个月过去了，偶然从他们的大别墅经过，竟看到院子外的大门上横着一把冷冰冰的大铁锁。问旁人，才知两三周前已搬空了东西，走了人。唯一留下来是两只叫阿青、阿水的狗。它们显然成了被丢弃的不值钱的遗产。可是，它们却不肯承认自己已是流浪狗的事实，饿成了皮包骨还顶着大太阳坚定不移地趴在别墅的大门前，宣示主权。见着我，便面容戚戚地呜呜哀叫。它们认得我。它们在向我要答案！

　　而我目瞪口呆！

　　以后的时光，上天入地，都再无半点"我姐"和这个公司的消息！他们插翅飞上了天？！

北海不相信眼泪，只相信打掉牙齿和血吞的坚韧，以及对人性良善死不悔改的迷信。否则，你怎么可能在这座一无亲二无戚的海滨之城待下去？

我在一种微笑中找到了自己北海生存的定海神针。它来自我的顶头上司——《北海日报》副刊部的主任韦照斌。

回到重庆后的二十多年来，我一直在寻找词语来形容第一次见到他的笑容时，心情的愉悦。终于，在聂鲁达那里找到了。他在形容一位肤色黝黑闪亮、脸子如同美丽的阿劳科陶罐的美女时，说她爽朗地笑着，亮晶晶的牙齿，把整个房间都照亮了……韦主任的笑也把刚刚上当受骗的我照亮了——我从没见过笑得如此晴空万里的人，对谁都无遮无挡，难道，他就没被人骗过、害过？！

韦主任是壮族人，肤色也如同阿劳科陶罐似的闪耀着黝黑质朴的光芒。他个子不高，精力充沛，走路小碎步翻得飞快。他是广西颇有名气的老一辈作家，诗文皆写得漂亮，也一如阿劳科陶罐，厚重，古拙，是泥土、水与火三个母亲共生的赤子，诗如人，人也如诗。

我要在陋巷里造个窝，除了床，怎么也得有点客人来了可坐可倚的家私啊。却是囊中羞涩！他说，这还不好办？！不一会儿便从家里弄来一条长条木沙发。那真是个大家伙，真正的实木，坐起来凉爽，打开便是床……那时，可以说，我们副刊部几位从外地去的闯海者，都得到过韦主任的各种关照、帮助、呵护，甚至是"娇宠"。每天早晨报社是要打卡上班的，但我和武汉来的许大姐迟到时，会发现，有人已悄悄帮我们签到了……好奇地问，韦主任就像搞了恶作剧的小顽童得意又害羞地嘿嘿笑起来："知道你们两个晚上爱失眠，早上起不来……以后就别管了，能多睡一下算一下……"我完全不敢相信自己的耳朵！我的感动中有很大部分来自受宠若惊！因为在我不短的职业生涯里，都因天性叛逆而成为领导眼中的坏儿童，要收拾惩罚的对象。而这个好老头儿，却能看透我浑身上下貌似张牙舞爪的乖戾间，藏着的清白无辜。他轻意便可以把这些无辜拎到阳光下——以美好来提炼美好。

这个好老头儿影响了我后来的岁月，滴水穿石！好人是多么结实的种子，任你带到千山万壑里去播散，随处都可落脚谋生，长大成树，长成郁郁葱葱的森林，让世间有着无法摧毁的良善生态环境……

在北海，我还幸运地遇上了一生难遇的一群人——来自东西南北的同事。同为闯海人，我们各有各闯海的缘由，却共有一种忧愁：都是冒冒失失地来到北海，不少人还拖家带口，安身成为最大的问题。好在那时《北海日报》的领导还真把这帮人当成了人才来宝贝，先在一条小巷建起了干打垒式的临时住房，后又帮我们十户人租了当地人私家修的一幢楼暂且栖身：两户一层，共五层，每家根据人口多少或一房、或二房，过道煮饭，共用厕所。

十户人离得如此之近，岂止是鸡犬相闻，哪家夫妻的私房话声音稍大点，满楼皆知。而家家户户干脆就豪放起来，很少正南巴北地关门闭户，仅仅以一条布帘子遮遮而已。要上哪家，只管抬脚去，在门口咳两声，掀帘便可……我常常是端着一碗饭，从一楼吃到五楼，把大中华的各个菜系尝遍。而逢上元旦、春节、中秋这些思念老家的敏感日子，我们"移民部落"每家每户的锅灶前就会嘹亮起欢快的进行曲……俄顷，一盘盘来自东南西北的佳肴便会摆满楼顶晒台的几个大圆桌。各家呼儿唤女围桌开宴，就着明月清风和远远近近的渔火饕餮着亲人般的浓情。

我便是那时学会喝酒的。我喝酒很老实，一口一口地闷下肚，绝不偷奸耍滑，总把自己醉成个傻瓜，心里的底货滔滔不绝地往外拽！其实，我是醒着的，最透亮的醒，我会拿眼睛专注地去看夜空——幽蓝的色彩里种植着太多白棉花似的云朵，或许，它们更像洁白的雏菊开得满山遍野。我嗅到了它们的芬芳，属于最纯真事物的体香。

北海的白夜，把我灌醉了五年，甚至更久。

（三）一二月

与北海的告别是猝不及防的。为何，我的人生中总是埋伏着这么多的猝不及防！

1998年，北海的一月底，回南天又在这座城蠢蠢欲动，风开始沉重。

我骑着红单车从富丽华那条路的某个陡坡，冲到了海边，气喘吁吁的，我在作死！我真不知该如何来与这座城告别。

我刚路过一家理发店，不期遇见了当初在我们北海乡情报打工的凌仔。他是涠洲岛上的仔，1993年才十八九岁，浓密的长睫毛下，眼睛像云南香格里拉原生状态时的碧塔海，盛满了对外界一切事物好奇又热忱的琼浆。他让刚到北海的我用白话叫他，一不留神就被我叫成了"郎仔"。他好高兴，占了天大便宜似的得意；带我去珍珠夜市溜达，见了熟人便满是诡谲地一笑。人问，这是你女朋友？也笑着点头。人骂：怎么找个番鬼婆（当时北海人对外地女子的称呼）？！我也骂：小狗崽子，占起大姐姐的便宜了……他常常在海堤上教我骑单车。总会是在冲凉后，带着一身茉莉沐浴露香味而来。

干净的本白色衬衫、配藏青的西装裤，窄皮带把细腰扎得紧绷绷的，如同要去赴一场宴。他打扮得如此正式，却更让我感到自己的罪孽深重：教我骑车不但要考验人的体力，更要挑战人的耐心——他一次次地扶着我的车后座，一次次被我带得趔趔趄趄，累得汗流浃背，差点还掉进了海里。我真想他骂几句：笨鬼婆！可人家就是不骂，咧着嘴笑，眼里流光溢彩……

整个海堤也是流光溢彩的，落日像壮志已酬的勇士，豪迈地一步一步走向深海，随手把衣兜里的黄金撒给将进入黑暗的一切。那真是千金散尽的慷慨！被金色笼罩的海堤几乎没人。北海那么多的人都上哪去了？他们怎能辜负此刻大海落日的好模样……

报社老总炒凌仔鱿鱼的那一夜我心如刀割，无地自容。仿佛，我也是老总的同谋……那是我第一次被市场经济的聪明与残忍扇了个火辣辣的耳光……我不敢去看他，虽然那天报社停电，房间里漆黑一片。凌仔的笑声在别处，比如在涠洲岛岩崖伸下来的那一簇簇仙人掌的鹅黄花朵中。它们真是些没心没肺的姑娘，只要有大太阳晒，天塌下来，与它们何干？！

再见到的凌仔，除了老了几岁，仍是大陆上漂泊的仔，在这家理发店也只是打个杂工而已。他再见到我，眼里已满是冷冷的疏离意味。他打着大哈欠，一边给顾客吹头，一边懒懒的有一搭无一搭与我说着话，黑色工作服的后背被汗渍勾画出了淡褐色的纹路。我说我要离开北海了。他声音疲惫地答：走呗，该走就走呗……那种感觉就像催促一位吃得酒足饭饱的食客该下席了……哎，关键的是，我并没有吃饱啊！……

于是，我才有点气呼呼，作死，魂不守舍地来到海边。

一二月的半下午，海水的色彩是皮蛋外壳包的那层土浆似的灰扑扑，拙朴又冷峻。一渔人站在两人长的机动船上，一网下去，捞起来几条鱼，看一看，竟扯开网，尽数放回去。然后又下网，捞，看，放……哎，搞了半天，竟是一无所获。我却看得了迷，他要干什么啊？打耍耍鱼？难道只想当个现实版的西西里弗？！

我曾跟着一个绰号叫"光头四"的渔民驾船至涠洲与斜阳岛间的那片水域打过鱼。扶着船舷，一眼便可看到海底的旖旎世界——水底的爱丽丝仙境。那些被上帝之梦吻过的山冈奇石，森林或迷雾，如此摄人魂魄。各种鱼类在那里跋涉、奋斗，恩恩爱爱，尽展笑靥或偷着哭，玩权力的游戏……它们的世界自有一种坦率的残酷和温柔，比起水上世界似乎更顺应了造物主的安排。

"光头四"也是把打上来的几网鱼，又放回海中。我就奇了怪了。他叹一声说：今天倒霉啊……看看嘛，这些鱼肚子鼓鼓的，怀着仔呢……那倒是，鱼的世界也要讲生生不息，千秋万代，我们可不是上帝，怎能去任性干扰另一个世界的兴衰……也就是在那个时候，"光头四"皱着眉忧心忡忡地对我说：姐，你说我打鱼也不能打一辈吧。我很想去你们重庆闯一闯，看能否干点别的事情。我就不信，你们能来我们这里，我们就不能去你们那里……

我惊讶，语凝，终于想起了重庆，那个住在水雾与烈日、冰与火中的故乡。我拿来离开的故乡，现在竟有人心心恋恋打算投奔而去！

故乡究竟是个什么东西啊——注定要离开，注定要回望，精神的启蒙地，能够重新诞生你，把你变成另一个人的地方？

……

走了，火车迟迟复逞逞从北海出发，愁容满面地穿行在二月的南中国，向着重庆踟蹰驶去。二月的南中国，田野里的花朵们刚刚起床，睡眼惺忪，天色阴晴不定。

离开的前一晚，凌仔打了电话来：喂，吴老师……他似乎是终于从牙齿缝里挤出了那个"师"字，并把它拖得有些夸张得长……他说，你如果写信来，就寄涠洲岛我爸妈那里吧。我总是要回去的……

在北海站台，韦照斌主任和一群同事朋友来送行。我在车上，他在车下，把着绿皮火车窗口的木框，父亲般地问我，好久回来嘛？我泪眼婆娑，不知如何作答……

不觉离开北海竟二十多年，经常也竖起耳朵听那边的一切动静：有人发达了，有人升迁了，有人住进海边大别墅，有人突然离世……韦照斌主任的身体已很不好了，走路困难！我也在渐渐老去，白头发愈来愈理直气壮地长出来，像鸠占鹊巢的鸠……时不时，已看到死神就在不远处晃头晃脑，也是愈来愈理直气壮！便想，有一天，死亡其实才是我们的终极故乡。那时，若站在死神的高度来望故乡，会不会成为长有两支洁白羽翅的天使，嘴角泛起笑的涟漪……

夜深人静，北海红树林的许多果实里，正噼噼啪啪长出胎儿的肉球、小胳膊小腿……长成一个棒状的飞镖。它们脱离母树，扑进海滩的淤泥中，几小时后便可成为新的植株……它们也呼呼地飞向我头顶的天穹，一头插进去，如此而已……

原载《散文》2022 年第 3 期

广昌路上

高洪波

　　这篇散文如果更准确地命名，叫《走抚州》好像更适合。

　　走抚州，幸亏有南丰，还有广昌。

　　南丰产名闻天下的蜜橘，同时还盛产甲鱼和乌龟。在南丰的太和镇，我们看到了巨大的甲鱼养殖场，这是我平生第一次见到小甲鱼的诞生。小甲鱼们从高高的产卵房上无畏地爬到地上，然后迅速地游到水沟里。太和镇的甲鱼一亩可以养三四百只，甲鱼两岁后产蛋，一次交配可以产卵七窝，而别处的甲鱼只能产五窝，每窝也比别处多，至少十五至二十只。小甲鱼出壳四十五天之后就可以作为优良品种向世界各地输送了。为什么说世界各地呢？因为我知道世界每年需要八亿只小甲鱼，仅太和镇就供应四亿多只，它是主导甲鱼市场价格的一处所在。

　　旁边还有一个养龟的大棚，二十二岁的小伙子小谢热情地接待我们。这大棚里专养变异乌龟，池子里的乌龟有的红眉毛，有的金甲壳，有的七彩。小谢顺手捞起一只大龟，约略有小脸盆大小，他说这只龟由于背上七彩，所以名叫"孔雀"，值十万元。然后他笑着说："我们这几十万元的龟很多。"看到这只乌龟这么有身份，我们纷纷抱起合影，大家的童心都被这变异龟唤起。小谢说乌龟也会生病，他曾经有只贵重的龟得了肠梗阻，快递到南宁的宠物医院去开刀，切龟板时取出一坨粪便。龟虽然被救活，但是好像不再产蛋了。救助乌龟这个细节说明当地养龟产业化一条龙服务已经很成熟了。

乌龟在中国文化中是长寿的象征，甲鱼，尤其是中华鳖，一度名声很大，但是在太和镇，在养殖场，这样规模的集约化养殖还是使我感到几分震惊、开眼。

上面这些都是序篇，我要说的是本文的题目《广昌路上》。

广昌是南宋绍兴八年（1138年）建的县，由"道通闽广，郡属建昌"得名。目前有二十三万人，它脱贫摘帽的时间是2018年7月，他们给自己制定的口号是：美丽莲乡，幸福广昌。我非常认可这个口号。

为什么熟悉广昌呢？说来话长。因为家中藏有一本我夫人的姥爷（一个民间书法家）手抄的《毛主席诗词三十七首》，字体与印刷体几乎一模一样，抄录时间是1966年6月。老爷子认真地用宣纸抄好，装订成线装书的模样，这里边就有《减字木兰花·广昌路上》。当年我们的前辈抄写这份《毛主席诗词三十七首》时是以一种多么虔敬肃穆的心情，我不得而知，但是"广昌路上"这四个字常常显现在我眼前，因为是这样几句话：

> 漫天皆白，雪里行军情更迫。
> 头上高山，风卷红旗过大关。

此行何去？赣江风雪迷漫处。

命令昨颁，十万工农下吉安。

广昌在记忆中沉淀这么多年，所以听说此次抚州之行包括广昌这一站，我便一直期盼着。在广昌，首先相逢的是伍广昌。伍广昌是谁？是一位资深的中学老师、义务解说员。他为我们讲起了莲，讲起了莲乡，讲起了驿前镇的千亩莲和船屋。我们跟随着这位广昌最好的解说员和导游，正是"广昌路上广昌说"。广昌说什么？他告诉我们，这千亩的莲池是一叶一菩提，一花一世界，一片叶子一朵花，然后下面才有莲蓬，而且此地的白莲产量特别好。他还告诉我们，每个莲蓬的莲子不少于十七粒。后来我把屋里的莲子细数了一下，居然有二十七粒。

在广昌的叙述中，我们走在荷香阵阵的莲田里，这是十七万亩莲田中最著名的一块，被吉尼斯世界纪录认定为"世界最大莲池"。在南昌和抚州的平原地带，风力最高可达到七八级，而且夏天有时候七到十五天就有一次台风，平原因此无法大面积种莲。广昌的莲恰恰由于高山的呵护，台风和热带风无法袭击，所以山区人民种莲的收入远远高于种稻谷。

通过广昌的讲解，我们了解到儒释道文化都推崇莲花。莲花"出淤泥而不染"，文人欣赏。莲花向阳开，晚上闭合，一如向日葵，是道家很注重的阴阳和谐。而佛家文化又推出它普度众生的使命感，观世音座下就是莲台，哪吒三太子曾经以莲藕化为自己的身子。听伍广昌老师讲广昌的莲花，大家仿佛品到了莲子的清香，闻到了莲花、莲风的特殊韵味。

广昌不仅仅是白莲之乡、生态靓城，还是一个人文厚重的品质名城，很多历史文化名人诞生于这里：明朝的"父子尚书"何文渊、何乔新，明末清初著名的天文学家、数学家、军事家揭暄，他的《揭子兵法》是兵学瑰宝。

另外更重要的，广昌还是红色故土、活力新城。1934 年 7 月至 8 月，彭德怀和杨尚昆指挥红三军团在这里与国民党军队展开激烈战斗，红军将士们用自己的血肉之躯顽强抵抗，赢得了中央红军主力撤退、突围的宝贵时间，这就是高虎脑战役。这场战役是红军在第五次反"围剿"中唯一取得全面胜利的战役。毛主席五次转战广昌，他的《减字木兰花·广昌路上》是对这五次转战广昌心情的一次诗意概括和提炼。我们站在高虎脑战役高大的纪念碑下，看 20 世纪 80 年代一群革命前辈的郑重题词，肃然起敬。

岁月就这样一页页翻过，莲花们静静地、快乐地生长着。它们吸吮日月精华和泥土中的养分，默默地攒足了劲，然后开出美丽的白莲或者红莲，又转换成硕大的碧绿莲蓬，带给人们从眼睛到胃直到心灵的一种特殊的品味。

我曾经在苏州的拙政园看过一次荷展，从此知道莲荷有三百多个品种，而且分塘荷、盆荷和碗莲。塘荷就是我们所见到的白莲，种在水塘中，高大粗壮；盆荷种植在水缸中，较塘荷略小，但可随意搬动；碗莲是我看到的最小的品种，一碗清水，两朵白莲花，可助谈兴，可佐茶趣，属于荷花中的"迷你型"，是人们精心培育的品种。

宋代人范成大暮年归隐苏州石湖，专门写过荷花，最有名的一首是《立秋后二日泛舟越来溪》，诗曰：

西风初入小溪帆，

旋织波纹绉浅蓝。

行到闹荷无水面,

红莲沉醉白莲酣。

好一个"红莲沉醉白莲酣"！这不正是对广昌莲花节的一次最生动而遥远的祝福和注释吗?

原载《人民政协报》2022 年 8 月 29 日

搬　家

云　德

　　家是人们身心的栖息地，住房是中国百姓最重要的家庭资产，仅此而言，搬家对每个家庭都应算作特大的好事喜事。以《诗经》"出自幽谷，迁于乔木"为证，说明鸟儿脱离深谷、飞往大树有飞黄腾达之意，所以后人总以乔迁之喜向迁居者道贺。

　　然而，具体到每个家庭搬迁的过程，当事人遇到的诸多喜忧参半的烦恼，有时甚至不亚于乔迁的喜悦。

　　民间有句谚语，说：让谁一天不痛快，同他吵架；让谁一年不痛快，劝他盖房。足见盖房与迁徙是件十分辛苦的事。尽管现代社会除了农村和偏远城镇之外，住房自建的情况已基本绝迹，但统建或商建住房的搬迁，同样是普通家庭耗神费力的宏大工程。个中的琐碎、苦恼与艰辛，如若不是亲身经历，旁观者绝对难以体会。

　　相对说来，物资匮乏年代的搬家最为轻松。那时节房子统一分配，通常需要排队若干年才可分到房，一家三代望穿双眼若能得个两居室，早就谢天谢地、喜不自胜了。当年的房子四白落地，水泥地面，讲究的最多在厨房、厕所安个排风扇，一般家庭拿到钥匙稍作清扫便直接搬迁入住。搬家也十分简单，找个板车或三轮，拉上旧有的生活用具、桌椅板凳和床铺，富裕些的再买个大衣柜，往新房四角一摆，乔迁之喜基本齐活。如果新房不是筒子楼，有个独立卫生间，那简直就算烧了高香，全家人可以心满意足地兴奋好长一阵子。这样的状况，一直延续到二十世纪八九十年代，唯一的变化是有些住户多了个组合柜，或者增添了个小冰箱或黑白电视机，那肯定已是当时百姓居家的顶级配置。

伴随改革开放的深入和经济社会的进步，百姓的住房条件得以快节奏、大幅度改善。搬迁的烦恼也就随着物质的丰富而渐次增长。当年的福利分房虽然依旧排队，但锦上添花的喜庆很快超过了雪中送炭的救急。新建房源迅速增加，过去只有单位领导掌握着少量且急需的房源分配权，由此逐步被络绎不绝的登门求情与说情蜕化成沉重的权力负担。分配的难度与平衡的压力，让领导们望而生畏，促使各类分房委员会纷纷建立起来。把分房支配权交给大伙推选的分房委员，把细化的分数置于阳光之下，矛盾得以彻底化解。房屋分配的分数，大致按职级、工龄、进单位年限、独生子女、户籍人口等条件逐一核算，以求分差的相对公正。但由于房源的差别与分数级差极不成比例，因而，相似的条件可能得到的住房相去甚远。本人为数不多的几次分房，就碰到过两次分值与结果大为背离的传奇性经历。一次因比同事晚两个月到岗，零点二个积分对应的却是大小不同的两套房源，最终分到的房子比对方少了三十多平方米。类似的情况绝非偶然，因为任何细微的差距，都有可能遇到平房与楼房、筒子楼与单元房、合住与单间、市区与远郊之类的巨大差异。

因为房源与申请者的比例以及新建房与腾退旧房之间的较大落差，决定了程序性的公正有时也会遭遇令人哭笑不得的戏剧效果。

另一次是与别人分数相同，恰巧碰上同分值的同事患有严重脊椎病，行走困难，只能礼让对方优先选房，结果自己只能搬进同一规格、同一单元的六楼顶层。未曾料，顶楼一住故事多。混砖楼的顶楼属于管道层，推门进屋第一眼，纵横交错的管道让人有种误入工厂车间的错觉。先不说管道的包装既费钞票又不美观，仅就每年的冬季供暖，家里的阀门就要随时向锅炉房检验师傅开放，每次升温都须放气，不然，楼下的邻居屋内温度上不来。所以每年冬天，家门口经常能看到邻居贴上的恳请放气的小纸条。到了夏天更加难过。早年的楼房房顶只在牛毛毡上铺一层沥青，没有任何隔热设施，顶楼的温度比楼下至少高出五摄氏度。每天下班回家一过五层，立刻就会感到一股热浪滚滚袭来，因而，整个夏天空调必须全天候开动。屋里炎热一点尚且可以忍受，漏雨却是真正无可逃避的灾难。搬进新居头两年相安无事，过了第三个年头的某个夜晚，楼外风雨交加、大雨滂沱，忽闻屋内滴水之声清晰入耳，开始没往漏水上想，待床头出现滴水之后方才惊醒。起床一看，室内三处漏雨，客厅已经汪洋一片。于是，家里的脸盆、水盆统统派上用场，一夜流水不断线。第二天，到物业报修，维修师傅过来看了一眼，双手一摆，无可奈何地表示毫无办法，只能等到雨季过后再揭顶重做防水。这样的事情持续遭遇了许多年。总是今年这里修好，明年另一处又漏，室内听雨、观雨、接雨，成了一家人每年夏季绝无诗意的必备景观。后来有了小外孙，刚刚学会走路的小家伙，看到屋顶有水滴滴答答落到盆里，感觉十分好玩，兴奋地围着水盆转来转去，一会儿用手、一会儿拿个瓷碗接水，再一会儿干脆直接把脚放到盆里。隔天，雨停了，小家伙好奇地看着房顶斑驳花哨的水迹图形，依然故我地拿个水盆放在下面，对于房顶无水滴落感到困惑不已，嚷嚷着非要接雨不可，生生把全家人房屋漏雨的苦恼演变成一场极具娱乐性的游戏。

21世纪前后，国家推行住房制度改革，各种房地产公司雨后春笋般冒出来，福利分房也逐渐被商品房和经适房所替代。抑或整体核算，抑或纯粹为成本计，毛坯房成了新建住宅千篇一律的基本标配。地产商的成本固然降低了，但住户的麻烦与苦恼也就接踵而来。从新房交钥匙的那天开始，新住户就要满世界寻找装修队，不厌其烦地逛遍全市各个家具城和家装市场。面对一个全新的陌生领域，入住者必须迅速学会诸如沙灰指标、水管及阀门尺寸、瓷砖硬度与防滑指数、板料材质和家具甲醛含量等建材常识，还必须学会货比三家、学会与不同的商家娓娓砍价，不然的话，你家的装修就可能既贵又次，且充满有害物质，而且一时半会儿还没有让你改正的机会。记得自己方庄换房时，给孩子买过一个复合板书桌，最初觉得刺鼻的气味当属新家具共性，后来从报上看见有关甲醛超标的报道，方才大梦初醒，知晓经久不散的气味来自超标的甲醛。想着近些年身边不时出现的因新居甲醛超标导致的白血病案例，着实把自己吓得不轻，尽管立刻给孩子更换了书桌，但直到今天仍心有余悸，十分庆幸且感恩孩子没有因为那可恶的书桌落下什么不适症状。

毛坯房的供给，美其名曰为满足每个顾客的家装个性，实质上一股脑把建筑商理应提供的个性化服务的义务，毫不负责任地甩手转嫁给了客户。谁也不去管这种转嫁，带来的巨大资源浪费和严重环境污染。即使不计每家每户投入的大量人力、物力、财力成本，仅就每个住户分散投放的装修垃圾，以及新迁楼房持续数年、此起彼伏、令人神经战栗的装修噪声而言，它们对于住户生活安宁和邻里关系的影响，及其由此造成的环境与噪声污染，无形中给现代城市生态和居民幸福指数带来了极大的负面效应。

搬家或许只是人们日常生活中的一个细枝末节，但若由此联想到其他相关饮食卫生、公共安全等领域的类似问题，深感生活在变革时代的普通百姓过得的确不易。因为大家必须懂得辨别各类真假商品和货币，必须懂得食品和生活用具的各种参数，必须靠一副火眼金睛、掌握十八般武艺来保障自己的饮食安全与权益……单从搬迁连带的苦恼这一个案出发，如果能够换个思路，注重并强化源头治理，压实主管部门责任，不用叠床架屋，只需在法制和规范上做透文章，岂不就可以把公民从那些烦琐的生活纠缠中解放出来，以期有效舒缓他们的身心负荷，进而心情舒畅地从容地享受经济社会发展带来的实惠与幸福？！

原载《中国社会报》2022 年 8 月 21 日

祖父曾是地下党

——

刘　琼

　　记忆中的祖父，基本上已是一个每到饭点喝点儿小酒的脾气好极了的小老头，一个每早要看一摞报纸、每晚从半导体里（后来换成电视）听《新闻联播》的离休老干部。其时，离休和退休的区别是，退位后一个继续拿百分之百的工资，一个只能拿百分之七十五的工资。判定离退休的标准也很简单，是中华人民共和国成立之前还是成立之后参加的革命工作。1949 年 10 月 1 日前在芜湖这样的"国统区"参加革命工作，基本上就是地下党，是提着脑袋干革命。

　　祖父这个地下党，是怎么干的革命？小的时候，祖父有一群战友——彼时也都是老头了，常来家里聚聊，一定说过什么，但我是基本忘了。现如今，只记住一个细节。祖父说他那时候在一家店里当伙计——后来这家店主的儿子娶了祖父最小的妹妹，每天打打酱油、包包糖纸包。突然有一天，闯进来几个黑头鬼子，后面还跟着端着刺刀的日本鬼子，问柜台后直打哆嗦的小伙计是不是八路。

在南京和芜湖的方言里，黑头鬼子就是汉奸。"黑头鬼子最坏！"这是祖母生前最爱说的话之一。你想，南京到芜湖满打满算一百零七公里，二十万侵华日军1937年分六路进逼南京城时，"第十军所属之第一一四、第十八及第六师团自杭州湾登陆后即西向，经太湖之南，其中第一一四师团绕太湖南岸北上取宜兴，经溧水而攻南京城西之花神庙、雨花台，而中华门。第六及第十八两师团西进，于11月30日陷广德后，第十八师团及伪满于芒山旅继续西进，于12月8日陷江南重镇芜湖"。伪满于芒山旅这类汉奸势力，是侵华日军能够"势如破竹""直取腹地"的重要依靠力量。英国《曼彻斯特卫报》驻中国记者田伯烈在其1938年初写的《外人目睹中之日军暴行》中记述："在占领芜湖后的第一个星期内，日军对于平民滥施虐待屠杀，对于住宅肆意抢劫破坏，超过我旅华二十年中所经历的任何事变。"芜湖破城当日就被屠杀两千七百多人。

本质上，祖父是一个胆小的人。在鬼子的屠刀阴影下，他当年参加地下党，坚持，并活到解放，还真是个奇迹。当年的现实是，青春热血消退后，许多人中途由于各种原因退出了地下党组织，也有人重新加入了国民党，坚持下来的人一部分在渡江等重大战役中失去了生命。

也曾提着脑袋干革命，但是，祖父的离休可不是一件容易的事。

祖父六十岁那年，父亲已是一家单位的负责人，作为家中长子，又是唯一的男孩，为祖父办离休的事儿，自然落在他的身上。事情起初似乎很不顺利，镶着退休证书的镜框都已经送进家门，百分之七十五的工资也拿了一年多。祖父好说话，按照他的本性，大概也就不去争了。祖母不干了。祖母不识字，九岁的时候，就成为祖父的养媳妇。祖母娘家是开豆腐店的，家境也还过得去，豆腐店小姐成为养媳妇后，脾气依然很大。脾气急躁的祖母生前总是感叹，说祖父是被别人打了右脸还会把左脸伸过去的老好人。祖母的终身职业，就是伺候祖父、保护祖父。父亲早年的性格特别像祖母，好强，不服输。我们皖南人重视教育，但凡家里有点底儿，一定会让子弟外出求学。父亲作为家中独子，十一二岁就在祖母的眼泪中，独自一人到皖南教育重镇歙县中学读书。父亲也宽厚，但少年负笈求学的经历，使得他特别有主意，不轻言放弃。离休，在当时不仅意味着每个月多拿几十块钱工资、生病可以住干部病房，关键，我想，关键还有个政治身份问题。因此，为祖父办离休，成为家中相当长时间里的主要话题。祖父和父亲为此经常言语不合，祖父的意思大概是算了，父亲不愿意半途而废，他像一头徽州驴，总是给自己加压。办得不顺利的时候，父亲也会呲得祖父"都是因为你自己——"每逢这个时候，一向温和的祖父都会急红了脸。祖父不善于辩论。记忆中，祖父在世的时候，父亲和祖父的关系一直很微妙，在外人眼里是恭敬对象的祖父，在父亲的嘴里往往是批评对象。父亲总说祖父年轻时"不顾家"，祖母不容易，独自把他们兄妹仨抚养成人。祖父怎么个不顾家？因为工作忙？心智简单如我，曾笑父亲是俄狄浦斯情结作怪。

也真是不爱想事，当时和其后都不懂得问祖父，为什么他这样出生入死的资历却不能够顺顺当当地离休？

祖父离休的事总算办妥了。事情的转机是，与祖父一同出生入死的战友在新中国成立后做了地方上的第一任书记，这位德高望重的战友亲自过问了这件事。结果，祖父镶在镜框里的退休证书换成了离休证书——这也很像许多电视剧里的桥段，"大人物出场，矛盾迅速解决"。证书送达之日，祖父是怎样地高兴，已经忘了。只记得，若干年后我到兰州上大学，祖父认为西北太苦了，瞒着我的父母，每个月都要从离休金里给我额外再寄十五块零花钱，同时附上一封信，蝇头小楷，末尾一定会署上"祖父、祖母字"。芜湖方言管祖父叫"爹爹"，祖父的信却总是自称"祖父""祖母"。现在想想，祖父虽然拿过枪，打过仗，骨子里终归还是一个旧式小文人，与世间的一些事总还是存有疏离感。

1992年端午节前两天，祖父脑溢血突然去世。由外地回芜湖奔丧，坐在车上，看着慢慢接近的阳台，空空荡荡，没有人，也没有声音。打开家门，一客厅的人都扭头看着我，至今清晰地记得父亲对我说的第一句话："丫头啊！你从此没有了爹爹！"一路干涩的眼睛此时如决堤之水。这是我人生中经历的第一个至亲的离去，失去的疼痛是慢慢复苏的。五年后，祖母离去时，我正在一个偏远的地方出公差。父亲将这个消息悄悄地瞒住了。那年春节，我回祖居之地去祭拜祖父和祖母骨灰合葬的墓地。江南的水土如此丰饶，墓地已草木欣荣，正午的阳光亮得有点儿刺眼。

祖父弥留之际，告诉父亲，镶着离休证书的镜框后面有自己的遗嘱。祖父的遗嘱，是一页纸、"八条规定"。如今，只能记住四条了，第一不要土葬，要火化；第二不开追悼会，不搞告别仪式；第三不收丧仪；第四一定要孝顺你们的妈妈、你们的奶奶。落款日期：1990年。这是祖父去世前两年写下的。这页遗嘱和那张离休证书，被父亲仔细地收藏起来。这四条，除了第二条有所妥协，其余几条父亲都执行得很好，特别是第四条。一向泼辣能干的祖母，于祖父去世后不久就得了老年痴呆症。父亲原本就特别孝敬祖母，祖父去世后，他便把年迈有病的祖母接到身边生活。

奇怪的是，父亲在祖父去世后越来越像祖父了，比如喜欢独自喝点儿酒，比如好脾气，比如对儿孙的溺爱。他在用自己的方式怀念祖父。

　　岁月已远逝，记忆中的祖父，从来都是乐呵呵的，不曾有什么抱怨，也未见其忧伤。是我没有发现？还是在祖父的心里，白狗与云都已千载悠悠？

原载《北京晚报》2022 年 4 月 16 日

萝 卜

徐 可

　　曾经写过一篇随笔《白菜》，现在谈谈它的"难兄难弟"萝卜。

　　在正式开谈之前，我要郑重向萝卜道个歉：对不起萝卜先生，误会你了！

　　此话怎讲？

　　长期以来，我对萝卜的印象并不好。不好的原因，是因为我一直把"胡萝卜"当成"萝卜"。胡萝卜，无论生吃还是熟食，都不好吃。生吃还好点，有点甜味，可当水果，可是吃多了烧心反胃。煮熟了吃呢，有一股说不出的难闻的味道。虽然明知道胡萝卜营养很丰富，可是那股味道还是让我难以忍受，所以我一直都不喜欢它。直到写这篇文章之前，我查了一下相关资料才发现：原来胡萝卜不是萝卜！这是什么道理？难道"白马不是马"？可是千真万确，胡萝卜不是萝卜。我竟然误会它几十年！

　　好吧，现在说萝卜。

与白菜一样，萝卜的档次也不高，属于蔬菜中的"下里巴人"。老百姓喜欢把"萝卜"和"白菜"相提并论，有句俗话说："萝卜白菜，各有所爱。"这是说各人喜好不同，不可强求。在现实中，有人喜欢萝卜，有人喜欢白菜，有人既喜欢萝卜又喜欢白菜，有人既不喜欢萝卜又不喜欢白菜。

　　"十月萝卜赛人参。""冬吃萝卜夏吃姜，不用医生开药方。"这都是说萝卜的好。虽然是民间谚语，但是有科学依据。萝卜主要有白萝卜、红萝卜、青萝卜、水萝卜，各有各的功能。现代营养学研究表明，萝卜营养丰富，含有丰富的碳水化合物和多种维生素，其中维生素 C 的含量比梨高八至十倍。再说药用价值。从中医上讲，白萝卜可以止咳化痰，促进消化，适合"老慢支"；胡萝卜可以清热解毒，生津止渴，适合心脑血管病患者；青萝卜消积祛痰，清热舒肝；水萝卜滋阴降火，消肿解毒。小儿食积也可煮萝卜水，消积理气。明代著名的医学家李时珍对萝卜也极力推崇，主张每餐必食，他在《本草纲目》中提到，萝卜能"大下气、消谷和中、去邪热气"。

　　萝卜的做法很多。著名作家汪曾祺曾经写过一篇《萝卜》。汪曾祺先生是美食家，他喜欢吃萝卜，也会做萝卜。他在文章中介绍了各地的多种萝卜，也介绍了萝卜的种种做法。他说，用杨花萝卜（即北京的小水萝卜）斜切的薄片，再切为细丝，加酱油、醋、香油略拌，撒一点青蒜，极开胃。若与细切的海蜇皮同拌则尤佳，在他的家乡是上酒席的。我对萝卜的感情还没有那么深，不过也还不反感。我的厨艺也不佳，做不出那么多花样来。做得最多的，是牛腩炖萝卜，据说可以去腥。有时也凉拌吃。

　　萝卜身份卑微，但也能做出名菜。著名的"牡丹燕菜"就是用萝卜烹制的。牡丹燕菜是洛阳水席二十四道名菜的首席菜，犹如盛唐时期艳装而出的妇人，甫一出场便吸引所有人的目光。一朵洁白如玉、色泽夺目的牡丹花浮于汤面之上，花艳、菜香，汤鲜味美，酸辣香郁，爽滑适口。据传，一千三百多年以前，武周年间，女皇武则天为视察龙门卢舍那大佛的凿刻，而驾临洛阳仙居宫。适逢城东关下园村长出一棵特大白萝卜，长有三尺，上青下白，重三十多斤，菜农视为奇物，敬献进宫。女皇见了，圣心大悦，传旨厨师做菜。厨师深知，用萝卜做不出什么好菜。经过一番苦思，使出百般技艺，对萝卜进行了多道精细加工，切成均匀细丝，并配以山珍海味，制成羹汤。女皇品尝之后，赞其清醇爽口，沁人心脾，因观其形态酷似燕窝丝，当即赐名为"假燕菜"。从此，王公大臣、皇亲国戚设宴均用萝卜为料，"假燕菜"登上了大雅之堂，成为洛阳传统名菜，流传至今。1973 年，周恩来总理陪同加拿大总理特鲁多到洛阳访问。厨师在烹调此菜时，取牡丹花入肴，使之浮于汤面，使"洛阳燕菜"更加鲜艳夺目，深得贵宾们的称赞。周总理见菜后说道："洛阳牡丹甲天下，菜中也能生出牡丹花。应该叫'牡丹燕菜'。"可见，只要用心，平凡也能化为神奇。

　　我吃过印象最深的是一道萝卜红烧五花肉，那味道香极了。这道菜里面，萝卜的好吃程度超过了肉食，萝卜是主角，肉反而成了配菜。我们请教厨师，他给我们介绍了制作过程。一个白萝卜切滚刀块备用；五花肉切块，凉水下锅；水煮沸，把肉煮出沫，捞出用凉水洗去沫，沥干水。凉锅凉油放冰糖，把冰糖炒化，炒出糖色；放入肉，翻炒均匀，放入生抽、老抽、花雕酒调味；放入萝卜，各种香料。把肉与萝卜从炒锅中倒入高压锅，加水，没过食材即可。高压锅大火煮二十分钟，转小火煮十五分钟即可。说起来很简单，真要做出这个味道谈何容易。肉烂，萝卜香，肉味都进萝卜里了。萝卜咬开，外红内白，味道超好。最后萝卜都被挑光了，剩下来的都是肉。

我的家乡盛产萝卜，至今已有千年种植历史。清乾隆庚午年（1750 年）编修的《如皋县志》载："萝卜，一名莱菔，有红白二种，四时皆可栽，唯末伏初为善，破甲即可供食，生沙壤者甘而脆，生瘠土者坚而辣。"如皋萝卜皮薄、肉嫩、多汁，味甘不辣，木质素少，远近闻名。"熟食甘似芋，生荐脆如梨。"有这么一句谚语："萝卜响，嘎嘣脆，吃了能活百来岁。"清初大戏曲家李渔就出生于如皋，他也特别喜食萝卜，他认为萝卜"初见似小人，而卒为君子"。他喜欢把萝卜切丝作小菜，拌以醋及他物，用之下粥。家乡特产腌制萝卜皮至今仍是我喜爱的下粥小菜。

萝卜、白菜，似乎都代表了一种平民生活的烟火气和简单的幸福。清代著名植物学家吴其濬在《植物名实图考》中，极其生动地描绘过北京人争购水萝卜的情景："冬飙撼壁，围炉永夜，煤焰烛窗，口鼻炱黑。忽闻门外有卖水萝卜赛如梨者，无论贫富耄稚，奔走购之，唯恐其过街越巷也。"他对水萝卜的评价是："琼瑶一片，嚼如冰雪，齿鸣未已，众热俱平。"

别看萝卜不上档次，您可千万别怠慢了它。为什么？"萝卜不大背（辈）儿大"呗！

原载《广州文艺》2022 年第 5 期

乡村的表情

贾梦玮

　　乡村，我童年时的那个乡村，在我的印象里，虽然没有准确的"年龄"和"性别"，但因他或她的日常表情是愁苦的，所以一定是我的"长辈"。长大后，我知道，那是"乡村中国"，是我的爷爷奶奶、父亲母亲。要看一个国家的实力与精神风貌，得看它的乡村。无论是农业国还是工业国，如果乡村破败，一定有着深层次的问题，乡村折射了一个国家的实力与政治、精神与气度，是一个国家的征候。中国农村确实在发生变化，有人用"新"和"美"来界定，新农村、美丽乡村。"新"在何处，何为乡村的"美丽"？我想，"新农村"和"美丽乡村"，其"新"和"美"应该是内在的，因为，内在的"新"和"美"，才能外化为动人的表情。新农村之"新"，首先应是农民劳动的姿态之新。中国传统农民最典型的姿态是"面朝黄土背朝天"。这姿态可供审美之用，但其实一点都不"美"，太苦了！没人愿意做农民，面朝黄土背朝天的农民。背对着的青天，面对着的黄土，这是农民的"天"和"地"；在天和地之间，农民佝偻着腰，他们很少有时间仰望天空甚至星空——即使是在星空之下，劳累了一天的乡下人也没有了看星星的兴致，天空有啥好看的？只有两种情况下，乡下人会仰望天空：旱时仰望天上是否有雨云聚集，涝时盼望乌云尽快散去。康德说："有两样东西，人们越是经常持久地对之凝视思索，它们就越是使内心充满常新而日增的惊奇和敬畏：我头上的星空和我心中的道德律。"西方哲学家的话似乎和中国农民没什么关系。如今的农民，可以开着轿车、骑着摩托车去农业产业园上班，借助于机械去"耕种"。做农民也可以很体面，这是以劳动姿势的改变为基础的：做农民完全可以不"面朝黄土背朝天"。农民大多数时间是被动地面对着大地。农民与土地的亲密关系，如今可以是多角度的，也可以有新的内容，但永远也不应该彻底丢了"有机"两个字，特别是"土地"。土地为农民、为人类持续奉献，地里长出来的东西是人类食物的主要来源，还有所谓经济作物，比如棉花，也是农民的重要经济来源。农业一旦成为"经济"，成本就成为一个重要问题，种子、农药、化肥、人工……随着成本的增加，土地产生的效益减少，甚至可能是负数，农民对土地牢不可破的感情也可能发生变化——就不再那么爱自己的土地了。土地没人爱了，不仅会荒芜，而且会被糟蹋——土地污染已经是由隐而显的大问题。贫瘠而被污染的土地不仅出产减少，长出来的东西也必然是"有毒物质"。土地养育了我们，土地也需要我们"养育"。瘦天损种，不仅生产的粮食、果蔬不再是原来的味道，而且物种会因为土壤污染而变异，"原味"可能永远失去。童年在乡下时，种地用的还是农家肥、有机肥，需要沤肥、埋青，甚至捡粪。跟我爷爷同辈的一位黄姓爷爷当年留下两句诗，彼时彼地，可能在一定的人群中流传，我父亲至今仍清晰记得。前些时候应我的要求，父亲把这两句诗写给了我：

> 寒风刺骨知禾贵
> 霜晓寻肥觉粪香

　　文学是生活的折射，这位黄爷爷冬日农闲还是会去捡拾牲畜的粪便，因为那是有机肥，为了养育土地，为了对土地的爱。禾的金贵，粪的芬芳，这两句诗所表达的感受，是彼时农民的日常情感，只不过一般农民不能用这样的文字表达罢了。

　　最近两年，乡村诗人黄爷爷的儿子与我父亲联系频繁，或者邀我父亲回乡话旧，或者要来看望父亲。都是八十几岁的人了，大概是怀旧吧。父亲说，是"念旧"，因为当年斗地主、批富农，贾家不但没有昧着良心批斗黄家，而且暗中回护过他们。父亲说，这大概就是中国传统所讲的情义吧。情义历久弥香。我父亲，也算是乡村知识分子。父亲没读过私塾，后来有机会读到初小，他的同学中后来有成了大学校长的，据说专门研究中国农民问题。

　　土地和情义，是传统乡村的两大伦理，也是中国农民的道德律，只不过不是通过仰望天空得来的。

　　"天空"，在中国农民这里有着别样的含义，相当于农民所说的"老天爷"。对这位老天爷，更多的是"畏"而不是"敬"，乡下人看够了它的脸色。旧农村之苦，最苦苦在这个"望天收"。辛苦不是最"苦"的，面朝黄土背朝天也罢，只要有个好收成，老婆孩子有口饭吃。但是，有好的土地，有农民的辛勤劳作，却不一定有好的收成，因为要看老天的脸色。反常的气候，雨水多了或者少了，冰雹、蝗灾……都可以让你减产甚至颗粒无收。辛苦白费了，那才是真正的苦。农民对天爱恨交加，主要是恨，恨得咬牙切齿而又无可奈何，于是小声地骂"狗日的天"，骂完了还要赶紧捂上嘴，怕天听见，知道得罪不起……

现代农业的灌溉技术、无土栽培技术、大棚技术，甚至人工降雨等，一定程度上改变了农民"望天收"的命运，农民可以把自己的命运更好地掌握在自己手里。新农村之"新"，新在农民可以不再"望天收"。

新农村之"新"还新在：农民有了好的收成后基本可以做到有个好的收入。过去因为农村闭塞，信息不对称，市场调节遭遇瓶颈，"谷贱伤农"是套在所有农民头上的魔咒。如今的信息社会可以把每家农户和国内、国际市场连在一起，加上政府的调节，可以解除"谷贱伤农"这个魔咒。

我是苏中乡村成长起来的典型的乡下人。童年乡村生活的感受以及后来种种乡村生活的印象正在被颠覆。如今走在如诗如画的苏南乡村，我就情不自禁地想起我童年生活的乡村——20世纪70年代苏中地区的那个大队、那个村。大自然的凄风苦雨，大人们的愁眉苦脸，以及为了口粮和钱的无尽的争吵……太多太多的苦涩记忆。刚长出的新苗被一场冰雹打了个稀巴烂，大人们忍不住在小孩子面前痛哭失声。不知稼穑的孩子，有的惶然地看着满面泪水的父母，有的受了大人的感染，竟也不明就里地跟着哇哇地哭起来……缺衣少食，夏秋两季还有苍蝇、蚊子大军，时时处处骚扰你，找你的麻烦。一场台风将我家茅草屋的屋顶全部掀去……我父亲至今见雨愁，愁那雨停不住；听风怕，怕那风的嗓门越来越大！

童年总是有无限的向往。因为物质贫乏，渴望物质方面的东西多一些也是正常的，比如一个馒头、一块肉、一个鸡蛋、一双鞋……但父母们不知道，我童年最为渴望的却是：爸爸妈妈舒展的笑容！但是，彼时的孩子们也不能明白：不能让自己的孩子吃饱、穿暖的父母，哪里还能笑得出来？父母难得的笑容也是带着苦涩的。父母是孩子最后的依靠，小时候虽然说不出这样的语句，但确实感受最深。长辈们希望晚辈快乐，小孩子们又何尝不希望长辈开心？

在父母的愁眉苦脸之下，怎么可能有幸福的童年？愁苦的父母，怎么可能有快乐的孩子？父母的憔悴是孩子最大的隐痛！

美丽乡村之美首先在它的物质外形：青山绿水、蓝天白云，以及整洁雅致的房舍。但乡村最美一定是美在它的表情，是乡村的主人——农民、乡下人的精神气质。乡下人的表情如果是安适、从容的，较少见到愁苦、焦虑等负面的表情，我才觉得它真的是美。

真的，中国乡村表情的改变，才是中国最根本的改变。

原载《人民文学》2022 年第 7 期

芦苇秀

刘江滨

有水的地方就有芦苇。池塘、河岸、湖边，不用刻意寻找，它都会不经意地出现在你的视野中。一丛丛，一片片，天然一派野趣。

我最早见到芦苇是在村西的池塘。我们当地将池塘唤作大坑，那时坑里常年有水，夏天水多些，冬天水浅些。南北岸皆有一眼甜水井，也从不干涸。我们这个平原小村，无山峦之高峻，无河流之汤汤，平淡无奇，了无风景。然而，大坑里的芦苇丛却长得葳蕤茂盛，给单调乏味的村野平添了一份怡人的景致。

春暖时分，"蒌蒿满地芦芽短"，芦芽从湿润的泥土里拱出来，状似竹笋，只是更加尖细。及长，远远望去，仿佛地上插满了箭矢。倏忽数日间，芦苇蓦地满坑葱绿，蓬蓬勃勃，犹如长成的少女，舒展高挑曼妙的身姿。芦苇与竹子有几分相像，都属禾本科，高大，有节，茎中空，但竹子硬挺，芦苇柔脆。叶子长而尖，茎秆细而高，芦花在顶端飘散，一阵风吹来，芦苇集体随风起舞，摇曳多姿，令人赏心悦目。"蒹葭苍苍，白露为霜"，待到秋末，芦苇丛一片金黄，芦花白茫茫，好像下了一场小雪。正如唐代诗人雍裕之所写："夹岸复连沙，枝枝摇浪花。月明浑似雪，无处认渔家。"

村西这大坑，呈椭圆形，东深西浅，东半部是水面，西半部是芦苇丛。芦苇丛又一半在水里，一半在陆地。每到暑天，大坑就麇集了村里不少男人尤其是男孩。炎炎烈日下，水面温烫，水下却沁凉，跳入水中泡一泡，暑气全消，打打扑腾，更是畅美。这情景，令有些路过的、挑水的或在大坑边洗衣的女人，汗湿衣衫，不免眼馋。不过不要紧，芦苇派上了用场。及晚，或星斗满天，或皓月当空，可听见西侧浅水的苇丛中传来哗啦哗啦的撩水声、喁喁私语声，只闻语响，不见人影，芦苇充当了护花的卫兵。

到了枯水季节，大坑的水完全退到东侧，芦苇丛只是呼吸着水汽的潮润，地面如同庄稼地。苇丛有繁密处，也有稀疏处，我有时会跑到里边去玩，享受隐没其中外面绝对看不见的乐趣。没想到，这一玩竟然鸿运当头，偶遇意外的惊喜。那天，我又钻进苇丛，却见一只母鸡摇摇摆摆往出走，我好奇心顿起，顺着母鸡出来的方向，往深处一走，天啊，一堆柔软发黄的苇叶上竟然卧有四五个鸡蛋，白灿灿晃眼！原来母鸡丢蛋丢到这里来了！在农村，母鸡下蛋不下到自家鸡窝，却下到别处，叫"丢蛋"。这样的事常有，因丢蛋产生邻里纠纷也常见。主家女人疑心母鸡将蛋丢到谁家，而不见还回，便会在院里甚至站到房顶指桑骂槐。也别怪人们吝啬小气，为一枚鸡蛋撕破脸皮，要知道，在生活困难时期，养鸡有"鸡屁股银行"之称，家里收入全靠几只母鸡哩。如此一说，你便知我是多么高兴，恍惚间似乎闻到了蒸鸡蛋的清甜和炒鸡蛋的香味，有多久没吃过鸡蛋了？都不记得了。这芦苇丛与农舍并没有挨着，不知这只母鸡为何跑这么远丢蛋，恐怕主人家都不会想到。尝到这次甜头，我就不时去苇丛踅摸，但可惜再也没有遇上这种好事，以至于在苇丛玩都意兴阑珊了。

小时候我一度痴迷吹笛子，一支竹笛，口吹指按，很是神气。笛子有一孔叫膜孔，贴的膜就是苇膜。选几根品相好的芦苇，用刀削断茎秆，取出一个拇指大小的薄膜，在膜孔周边涂上胶水，粘上即可。这个膜是必需的，声音的清亮婉转由其震动而发出，没膜虽也能吹响，却聒噪刺耳。然而，苇膜取之极难，稍不留神就破了，而且合适的苇秆不好寻觅，久之就失去耐心。我常撕一片白纸甚至报纸代替苇膜，倒也马马虎虎。记得常吹的歌曲是《东方红》《北风那个吹》《洪湖水浪打浪》，痴迷之深，以至于握住有把儿的东西，手指就不由自主地起伏翻飞，好似在按笛孔。后来读书看到一则逸事：唐玄宗一次上朝，神情恍惚，手指不住地在肚子上按来按去，散朝后，高力士问皇上是否龙体欠安，唐玄宗说，昨夜梦见吹奏玉笛，嘹亮清越，所以我一直在回味寻找呢。读此，不禁会心一笑。只是不知道，皇帝的玉笛用的也是苇膜吗？

芦苇天然生长，年年绿了黄，黄了绿。掰一把苇叶可包粽子，轻柔的芦花可作枕芯，绑一束芦花（穗）可作扫帚，苇秆编成箔，可当帘子、苫屋顶用。家里铺的炕席和凉席，差不多都是苇子编成的，躺在上面，一股清新的苇子气息依稀尚闻。说起编席，不禁想起孙犁小说《荷花淀》中的一段描写："月亮升起来，院子里凉爽得很，干净得很，白天破好的苇眉子潮润润的，正好编席。女人坐在小院当中，手指上缠绞着柔滑修长的苇眉子。苇眉子又薄又细，在她怀里跳跃着……这女人编着席。不久在她的身子下面，就编成了一大片。她像坐在一片洁白的雪地上，也像坐在一片洁白的云彩上。"在孙犁笔下,女人夜晚编苇席的劳作被赋予优美的诗意。

2003年夏天,白洋淀孙犁纪念馆举行落成典礼,我躬逢其盛,第一次见识了芦苇荡的浩渺与广袤。相比我们村那小片苇丛,这里才是芦苇的世界。乘一叶轻舟在芦苇丛中穿梭,水道沟沟汊汊,七纵八横,浓密繁茂的芦苇仿佛凝碧的绿云,又像一道道绿色的屏障。高挺尖细的芦苇与圆润阔大的荷叶相映成趣,朵朵艳红的荷花绽放其间,亮人眼目。一群水鸟在空中飞翔,在水面掠过,啾啾鸣叫,给这偌大的芦苇荡增添了勃勃生气。遥想当年,雁翎队在芦苇荡伏击日寇,战士们头顶荷叶,嘴衔苇秆,神出鬼没,打得鬼子晕头转向。这在孙犁小说和徐光耀《小兵张嘎》等作品中都有鲜活的描述。京剧《沙家浜》中那个新四军隐藏战斗的芦苇荡,也铭刻了一个时代的红色记忆。芦苇荡和平原上的青纱帐一样,书写了人民战争不朽的传奇。

芦苇是生在水边的寻常植物,却也被文人赋予了精神的意蕴。《诗经》有云:"谁谓河广,一苇杭之。"谁说黄河宽阔啊,凭一根芦苇就可渡过去。这当然是夸张之词,极言游子思归的急迫。有学者胶柱鼓瑟,说"一苇"不是指一根,而是一束,如同桴筏(唐·孔颖达),真是大煞风景。禅宗始祖达摩"一苇渡江"的故事,也源于此。达摩被人追至江边,无船可渡,遂信手折一根芦苇,立在上面飘然而过。这才是令人惊叹的神奇。古代二十四孝中有一个"芦衣顺母",一件轻飘飘的芦花冬衣,无法承受人性之重。法国思想家帕斯卡尔有一句名言"人是会思想的芦苇",他说:"人只不过是一根芦苇,是自然界最脆弱的东西;但他是一根能思想的芦苇。"我想,帕斯卡尔之所以拿芦苇说事,想必是他经常在河畔徘徊,目睹芦苇由春及秋,从葱郁到枯萎,想到人亦不过如此,但他找到了二者的不同之处，人的尊严与高贵在于有思想，思想可以使人永生。

　　我喜欢芦苇，或许因为它和我的名字有一种天然的缘分。每到一处公园或河边湖畔，看到芦苇即顿生快意，总是要驻足流连一番。芦苇和草一样多为野生，一块湿地即可滋生蔓延，生命力勃郁强韧，无须像那些名花佳木要人精心侍弄。然而，即便它不被注目，无人理会，仍自由自在地存乎天地间，有风既作飘摇之态，无风则呈玉立之姿，默默地展露出别样的风致，别样的美。

原载《天津日报》2022 年 9 月 26 日

现在这房子是我的了

——

阿微木依萝

现在这房子是我的了，再有二十分钟她便从这个房间里搬走（我估摸着，她最后那点儿行李再有二十分钟可以打理好）。她很不舍，望了望四周，包括光秃秃的墙壁——不，墙壁上有光，不算光秃秃，这个时候是晚上，那些光斑像秋天的稻穗。

她是个离了婚的老女人，大概快七十岁了，带着孙女住在这间建筑面积只有六十四平方米的小房子里，她很孤独，不用问我也知道，浑身上下的黑色装扮已经透出来那种凉水一样的孤寂——生活早就浸湿了她的一生。可是我也同样感受到，她那孤寂中的体面和尊严，她喜欢化精致的妆容，口红色调恰好将她的面容衬托得年轻了好几分，时尚的皮制高跟凉鞋，脚指甲涂了颜色，头发干干净净，烫成了这个年纪最适合的小卷发。在她身上，除了难免的孤寂的气味儿，以及偶尔从她脸上一闪不见的疲惫，看不出被孤独和生活的困境击溃的样子。

当然，可能眼下这一刻，她内心有点溃散，生活的重力撕扯了她。我不敢上去打扰这种"离别"，这是她与这套房子……不，是她与自己的生活作别的时刻；她之前有多想离开这儿，此刻就有多舍不得，这是很矛盾的心理，也许到了一定的年纪才会理解和参透她这种心境。

我站在一旁，搓着双手，像个屠夫，像是来宰杀她好不容易喂胖的日子。

她叹了一口气。小心翼翼地叹了一口气，生怕自己一个莽撞的行为给别人造成不好的印象或麻烦。我当时下决心买这所房子，正是因为她给我的这种感觉：小心翼翼。可我没办法安慰她，我沉醉在自己新生活的喜悦之中呢！人生就是这样，过于同情一个人的时候，心窝子会痛，这种感觉我曾体验得过久，导致心情抑郁，患了胆结石（当然这更像是患病后找不到别的借口）。我是这儿的房主了，这六十四平方米的钱，分文不少地划到了她的银行卡上，她得抱着这一大笔钱，像是抱着一大堆打包好的生活，从四楼405号房间乘电梯下去，走出小区大门，她的生活就在外面重新开始了。我打定了主意不再同情她，不再观察她的心里想些什么，内心十分坚定地警告自己：让她走，越快越好，她在这儿驻留的时间越久，对我越不利，会使我想起过去那些难熬的苦日子。

我已经不打算回忆往事了，买了房子哪怕是旧房子，再去回味过去的生活恐怕是可耻的，这就跟一遍一遍地蹲在墙根下，老狗似的"呜呜"告诉别人，你过去的日子多么凄惨，让人与你一同分担……这种举止令人厌倦。我不要这么回想了，已经很厌倦去蹚过去那些苦水。只要我稍微催促一下，她就得早一些离开这儿——"走吧！"只要我狠心这么一说，问题就解决了。

可我啥也说不出口。

都怪我跟她是一类，都是小心翼翼。虽然想在生活里充当一匹冷酷无情的狼，实际上，只不过是一只温顺的狗子，对任何事与人，仅仅龇了龇牙。

我突然担心，"继承"她的房子，会不会还继承一些别的，比方说，一个人在一套房子里住得太久了，总会遗留很多东西——当然也说不清遗留了什么，可是作为一所房子，它其实是会"吃"掉很多东西的，比方说我们总是做梦，可是一早醒来谁也记不清做了什么，这些都是被房子吞掉了。它本身就是空荡荡地被人从地上垒起来的，必须吞咽一些东西才能让自己饱满——这些无形的东西将会在往后的生活里，与我的气息相融；就比如此刻，我也带着女儿住了进来，花了一笔不小的钱，是我全部的积蓄，来继承这套房子未来的所有时光。我们的一些生活习惯，可能会受到她们祖孙二人的影响，没准儿，从今天开始，我又会格外喜欢黑色的衣服。说我过于神经质也好，别的什么毛病也罢，总之我在想，人与人之间，相互传染的不只是疾病，习性和命运都有可能相似。我从前一直喜欢黑色的衣服，刚结婚的第一年，我还喜欢浅色衣服，婚后一年之后，我竟然一直在买黑色新衣，仿佛生活从某个时刻黑了下去。去年的下半年，我才告别了黑衣服，决定从黯淡的颜色里脱身。我可不想再重蹈她的覆辙——不，是我自己的覆辙——在这套房子里黑漆漆地生活。

我今天穿着喜庆的颜色，淡粉色，像一个十足的年轻人，心里装着过去某个时候最新鲜的梦想。我希望以后，生命的鲜活可以从着装里渗透出来，再也不要像从前，让女儿指着我曾经那顶黑色的帽子说：总是黑色的帽子，总是黑色，就不能买别的颜色吗？

我招呼着孩子坐在窗前最明亮的位置，让她感受一下，从今天开始，哪怕我们买的是一所旧居，可生活从此以后是个新的篇章了。我给她扎了可爱的冲天鬏，看上去像一头独角兽，她坐在那儿，抱着她要用来买别墅的有着一千多块压岁钱的存钱罐，像个小小的土财主，架着二郎腿。窗户外面的天空上云彩洁净，风把她头顶一小撮头发吹得飘来飘去。

　　老房主在伸手摸她的墙壁，我就知道她要这么做。

　　"我是个很念旧的人。"她有点抱歉的意思，"如果不是很缺钱，我不会把它卖了。"

　　"是的，我看出来，您是个很感性的人。"我说。

　　她很满意我的回答。不过，她说话的语速还是有点快了。

　　"人在这个时候卖房子，就像一只老鸟在快死的时候把窝掀翻了，而她还没有力气重新盖一个新窝。"

　　她的话让我内心震动。"我可以理解您的心情，放心吧，一切都会好起来。"我说。

　　她问我做什么工作。我不能说我在写作，如果这样回答，她可能就不会跟我说话了。我只能说，我是个自由职业者。她点了点头。

　　随后，她坐在旧沙发上，那是她自己的沙发，本来打算搬走，后来又说不必了，送给我了。

　　我倒是希望她搬走，沙发旧得都快看到"骨头"了。

　　她拍了拍墙壁："看，多结实。"就像在拍一个人结实的臂膀，差不多可以理解成她要对你说："看，多靠得住。"

　　我想对她说，走吧，拍也拍了，住也住过了，该腾地儿了。

　　她还是不走。由于一身黑衣，贴着墙壁站在那儿像根烟囱。

　　我坐了下来，在内置阳台跟前，对着强烈的阳光。我没有给她倒水，我觉得恍惚，到底谁才是这个房子的主人，我俩都是，又好像都不是。我们干脆谁也不管谁了。

她丢给我几把钥匙，突然精神一振，脸色有点骄傲、不屑，再也没有不舍的味道了。

"现在这房子是你的了！"她说，说得那么潇洒，像个黑色的女王。

之后她踩着那双时尚的高跟凉鞋从木地板上走到门边，在那儿，含着笑，无比温柔，毫无半分不舍的意思，对我和我的女儿说：再见，祝你们母女生活每一天都开开心心。

然后她开开心心地走了。

我跟女儿一脸茫然地互相看了看，然后，我忍不住哈哈大笑，女儿也哈哈大笑，但是她不知道我为什么要笑，她是因为我笑而跟着笑。她问我，你笑什么呢妈妈，还笑出眼泪花花了？

我停下来，说，那个奶奶今天结束了她过去的一大段生活，她祝我们在这里的生活每一天都开开心心，所以，笑一笑吧，总是要礼貌一点的。你不希望她搬出去的生活也开开心心吗？

"她会像我们一样哈哈大笑吗？"

"会啊，她会的，她会每一天都挂着一张笑脸。"

"她疯了吗？"

"没有，为什么要这样说？你觉得我们这样笑，是疯子吗？"

"有点像。"

"人在生活里觉得疲倦的时候就会这么笑一笑。"

"什么是疲倦？"

"就是有点累的时候。"

"你们常觉得累吗？"

“是呀，差不多是。”

“那为什么还要笑，累不是应该躺下来休息？”

“就是因为没办法躺下来休息，才觉得累。”

“别人也这样笑吗？”

“是。”

“可我没看见别人这样笑呀。”

“他们不会在人多的地方，他们只会在人少的地方，一个人，或者像我跟你，两个人躲起来傻笑。”

女儿对我的回答不满意，她说她觉得也没什么可笑，有什么可笑呢，挺无聊的。

现在这房子是我的了，我带着女儿到楼下搬东西，都是旧的，过去生活里用旧的物品——锅碗瓢盆、衣物、书籍、花花草草，大包小包捆扎起来，从海边的租房里打包运过来的。我们干得很热闹，看上去像是在搬一些土壤、种子，包括风、阳光和雨水，好天气或坏天气，好像都被我们扛在了肩膀上。

原载《草原》2022年第2期

立秋看秋

二十四节气之立秋

——

李建永

    唐代诗人司空曙《立秋日》诗云:"律变新秋至,萧条自此初。"东晋诗人陶渊明《酬刘柴桑》诗亦云:"榈庭多落叶,慨然知已秋。"

    何谓秋?一为成熟、成就之义。譬如,《说文》云:"秋,禾谷熟也。"《文选》录潘岳《秋兴赋》,李善注曰:"秋,就也。言万物就成也。"二为愁缩、揪敛、收割之义。譬如,《广雅·释诂四》云:"秋,愁也。"《白虎通义·五行》亦云:"秋之言愁也。"《通纬·孝经援神契》又曰:"大暑后十五日斗指坤,为立秋。秋者,揪也,万物于此揪敛也。"三为怒气、肃杀之义。譬如,《尸子》云:"秋,肃也,万物莫不肃敬。"《春秋繁露·阴阳义》亦云:"秋,怒气也,故杀。"所以古代之赏罚,亦顺应自然之道,春夏行赏,秋冬行刑,"先德而后刑""秋后而问斩",诚如《礼记·月令》所谓"孟秋之月……凉风至,白露降,寒蝉鸣,鹰乃祭鸟,用始行戮……是月也,以立秋……决狱,讼必端平……戮有罪,严断刑。天地始肃,不可以赢"，"不可以赢"即不可宽大、严惩不贷。——这也正好印证了一句俗谚，"人生一世，草木一秋"。因而秋天亦称金秋、清秋、寒秋、商秋，既有百谷丰稔之收获，亦有万木凋零之萧瑟！

立秋，一般在每年阳历的8月7日或8日，今年是阳历8月7日（农历七月初十）20时28分57秒交节。据《逸周书·时训解》讲："立秋之日凉风至，又五日白露降，又五日寒蝉鸣。"这三句话的意思很明白：从立秋之日开始吹来的风是凉风，过五天之后庄稼及草木的叶子上就会出现白色的露珠，再过五天之后寒蝉开始鸣叫。这里需要分辨一下"寒蝉鸣"与"蜩始鸣"。《逸周书·时训解》在解释"夏至三候"时，讲到过"蜩始鸣"。明代药王李时珍在《本草纲目·虫部·蚱蝉》中对各种蝉做了简要辨析："蝉，诸蜩总名也。皆自蛴螬、腹蜟变而为蝉（亦有转丸化成者），皆三十日而死……夏月始鸣，大而色黑者，蚱蝉也，又曰蝒，曰马蜩，《豳》诗'五月鸣蜩'者是也。头上有花冠，曰蟪蜩，曰螗，曰胡蝉，《荡》诗'如蜩如螗'者是也……秋月鸣而色青紫者，曰蟪蛄……小而色青赤者，曰寒蝉，曰寒蜩，曰寒蛰；未得秋风，则喑不能鸣，谓之哑蝉，亦曰喑蝉。"由于蝉（蜩）的寿命只有短短一个月，所以夏至时的"蜩始鸣"，与"立秋之日寒蝉鸣"，不是同一种蝉在叫。《诗经·豳风·七月》诗中"四月秀葽，五月鸣蜩"，乃夏至时的"蜩始鸣"。而宋代词人柳永《雨霖铃》词中之"寒蝉凄切，对长亭晚，骤雨初歇"，则是立秋后的"寒蝉鸣"。由于秋天是怀人的季节，故唐代诗人白居易在立秋日想念诗友元稹的时候，高吟"故人千万里，新蝉两三声"；在又一个立秋日惦念老友刘禹锡的时候，亦低唱"一与故人别，再见新蝉鸣"。可见，蝉在古诗里是一个很重要的意象。

立秋分早晚。俗话说："立秋立凉哩，数九数暖哩。"又说："早上立了秋，晚上凉悠悠。"立秋的时间每年不同，有早有晚，凉热迥异。早晨立秋，天气比较凉爽；晚上立秋，天气比较燠热。俗话说："早立秋，凉飕飕；晚立秋，热死牛。"又说："早起秋，凉悠悠；黄昏秋，热愁愁。"还说："早立秋，暮飕飕；夜立秋，热到头。"今年是晚上八点半左右起秋，应该是个"热愁愁"的秋天。

秋来伏，热得哭。若想搞清楚立秋后是热是凉，还要看立秋的时候是"伏包秋"还是"秋包伏"。谚云："伏包秋，凉悠悠；秋包伏，热得哭。"所谓"伏包秋"，就是在立秋那天正好起末伏，也就是说立秋和末伏是同一天。由于末伏规定在立秋后的第一个庚日里，因而只有立秋逢庚日才叫"伏包秋"；一般情况都是末伏在立秋之后，俗称"秋包伏"。由于末伏共有十日，也就是说，"伏包秋"在立秋后只有十日是伏天，即"秋里十日伏，伏里十日秋"，热的时间较短，所以说"伏来秋，凉悠悠"；而"秋包伏"在立秋后尚有十多天甚至十七八天在伏里，热的时间自然就长，所以说"秋来伏，热得哭"。一般来说，"伏包秋"的情况并不多见。我查了一下《万年历》，从1991年到2031年的四十年里，仅有五次"伏包秋"：1991年8月8日即农历辛未（羊）年六月廿八（庚戌日）立秋，这天正好起末伏；1993年8月7日即农历癸酉（鸡）年六月二十（庚申日）立秋，这天正好起末伏；2012年8月7日即农历壬辰（龙）年六月二十（庚子日）立秋，这天正好起末伏；2014年8月7日即农历甲午（马）年七月十二（庚戌日）立秋，这天正好起末伏；2031年8月8日即农历辛亥（猪）年六月廿一（庚辰日）立秋，这天正好起末伏。由于"伏包秋"较为少见，所以一般以早上立秋或晚上立秋，来判断秋后天气的凉热。今年立秋是阳历8月7日即农历七月初十，末伏是8月15日即农历七月十八（庚子日），从立秋到处暑后第一天出伏，共有十八个伏天——"秋老虎回头十八天"，正好应了"立秋熬热十八天"之俗谚。更兼今年立秋在傍晚八点半左右，几个"充分""必要"条件已然齐全，"秋后一伏，热死老牛"，能不热乎！

立秋看年景。俗话说："立夏看夏，立秋看秋。"从立夏时庄稼的出苗情况，可以大致看到整个夏季庄稼的长势如何；同样，从立秋时大田庄稼的长势，亦可以大体判断出整个秋天庄稼的收成如何。20世纪七八十年代，我常听村干部用高音大喇叭广播"长势喜人，丰收在望"，说的就是这种情况吧。前两天，我打电话询问大哥，今年年景如何？大哥说，"秋是百日田"，就现在来看，咱们这里今年是个好年景，现在玉米长得有三米多高——我插话，能长那么高？大哥说，这么高很平常，现在玉米亩产都在一千公斤左右，玉米棒子立秋就能掰下来煮着吃了。说到谷子，大哥说，"头伏见谷穗"，立秋谷穗已经出齐了，谷子足有一米半高。说到黍子，大哥说，黍子刚出穗，也是一米多高，"白露放大黍"，收割得到白露前后。我感叹道，难怪说"秋到满山多秀色，春来无处不花红"！大哥说，"立秋天渐凉，处暑谷渐黄""秋后十天满田黄"，一立秋，白天黑夜，一冷一热，温差很大，庄稼正在猛长哩！大哥还特地吩咐，今年八月十五中秋节在白露后第三天，你回来吧，能赶上吃新黍子做的油炸糕！

秋不收，锄不丢。俗话说："立了秋，把锄丢。"又说："立了夏，大躺下；立了秋，一圪蹴。"立夏之后日长天热，可以躺下来歇晌；立秋以后，天也凉了，日也短了，吃过午饭小蹲（圪蹴）一会儿，就得下地锄田。尽管此时大田庄稼已经"冒"起来了，不必再像整个夏天那样"锄禾日当午，汗滴禾下土"，庄稼汉子们甚至打趣说，

"立了秋，挂锄钩，吃瓜看戏街上游""立了秋，挂锄钩，赶会看戏串亲友""立了秋，挂锄钩，摔跤看戏放牲口"，但却并不说"把锄丢"，而说"挂锄钩"，他们只是想稍微歇息一下，喘一口气儿。老庄户都明白，"秋锄一株草，春少十日忙""秋里一根草，赛过毒蛇咬""秋草留籽，明年忙死"，因而他们深知"秋不收，锄不丢"之重要性。

立秋雨，秋收喜。立秋后天气的凉热程度，还与下雨的情形有关。俗话说："立秋一场雨，夏衣高挂起。"还说："一场秋雨一场凉。"立秋下雨，对正在猛长的大田庄稼来说，可谓"及时雨"。俗话常说，"立秋有雨万物荣""立秋有雨，秋收有喜""立秋下雨万物收，处暑下雨万物丢"。在我的家乡晋北，立秋前后，收了庄稼腾出地，就开始了秋耕。老人们常说，"小暑吃大麦，大暑吃小麦"。小暑、大暑把大麦、小麦收了，一开秋即丌犁耕地。莜麦和胡麻，也是立秋后第二个节气处暑开镰收割。随后，谷子和黍子，到白露、秋分也要收割。这样，从立秋开始"腾地即耕"，贯穿于整个秋天。当年常听父亲和大哥、二哥念叨，"秋耕一篓油，春耕累死牛""秋天深耕无害虫""秋后不深耕，来年虫子生""秋天深耕田，丰收在来年"，等等。

立秋到，贴秋膘。"一叶落而知天下秋。"立秋以后，天气渐凉，加之人们刚刚度过"苦夏"，身体需要摄养进补，于是纷纷胃口大开，啖肉饮酒，称之为"贴秋膘"。由于秋天"味宜辛"，故人们多以吃麻辣涮锅子来"贴秋膘"。然而秋季进补，也要讲究宜与不宜。宜的方面：比如，"秋冬萝卜小人参"，多吃萝卜好啊。比如，"秋豆夏疙瘩，入伏吃糊嘟"，这是晋中晋北的吃法，立秋吃炒豆（炒黑豆、黄豆、蚕豆均可），立夏吃面食，入伏以后吃糊状饭食——"糊嘟"之美味、妙处难与君说。不宜的方面：比如，"秋不食姜，令人泄气"。比如，"秋瓜坏肚"，立秋后不宜多吃西瓜。总之，秋季养生，应如《黄帝内经·素问·四气调神大论》所讲："秋三月，此谓容平。天气以急，地气以明，早卧早起，与鸡俱兴，使志安宁，以缓秋刑，收敛神气，使秋气平，无外其志，使肺气清，此秋气之应，养收之道也。"

原载《中国社会报》2022 年 8 月 7 日

荠菜赋

项丽敏

菜地里的荠菜

野菜王国里，荠菜算是明星了，没有不知道荠菜的，也很少有人不喜欢荠菜的味道，尤其是文人，比如汪曾祺、周作人、张洁，对荠菜的喜爱几乎成了一种情结，隐藏着童年的味觉与经历，这种喜爱渗透到他们的文章里，就成了发酵剂，读到文章的人毫无抵抗，皆被荠菜的味道诱惑。

生活在城里的人，大多是先通过文章的阅读认识荠菜，之后才品尝到荠菜的味道，这样就容易生出误解，以为荠菜是春天的野菜，只有春暖花开时才能吃上。也难怪，通常说到野菜，人们都会想到春天——野菜就是能吃的草啊，冬天万物萧瑟，田野的草都枯了，怎么会有野菜。

可荠菜偏偏就是个愣头青，小雪的节气还没过完，就等不及地长出来，长在菜地，和青菜、萝卜、菠菜、蒜苗挤在一起，可谓心无城府，广结善缘。

这时节，菜地到处都能见着荠菜，走在地沟里，脚下踩的也是荠菜。地沟里的荠菜很有智慧，将叶子紧贴地面（村里人也叫它地菜），仿佛要隐身于泥土，人踩着荠菜走来走去也没关系，不会伤害到它们。

没有人能伤害紧贴地面的东西，除非把它连根挖起。

长在地沟和向阳处的荠菜茎叶锈红，和泥土的颜色颇为接近，看起来苍老，憔悴，味道却鲜美，大概是吸足了阳光的缘故吧。

和菠菜蒜苗挤在一起的荠菜，就是另一种样子了，肥壮，翠绿，简直不像是野菜。主人在播撒菜种之前，给菜地下足了底肥，那不知从何处飞来的荠菜种子，一旦落进菜地，也就获得了和菜种一样的待遇。

种子是大自然的秘密，在时间里等待生长。对泥土来说，所有的种子都是种子，没有区别，没有家生和野生之分。所谓家菜野菜，不过是人对它们有所分别而已。

父亲的菜地

我已经听到荠菜在菜地里呼唤，仿佛童年的时候，隔着很远的路，听到小伙伴们一声声的呼唤：丽敏，出来玩啊，出来玩……只要听到这声音，就没有办法待在家里，趁着大人不注意，便溜出门去。

菜地边有一棵银杏树，午后的日头照在未落尽的叶子上，光灿灿，是季节拽在手心的最后一把金币。

刚到菜地一会儿，父亲就跟过来叮嘱："在自己家地里挑，不要走到别人家地里去。"

虽说荠菜是野菜，可在别人家菜地里蹲着，用剪刀挑挖，在父亲看来终归不妥。

村里有一半人家的菜地在村口，一畦畦挨着，没有明显的分界，很容易弄错。我就弄错过，把别人家菜地当成我家的。

奇怪，小时候天天来地里摘菜，却从没弄错过。

"昨天宝玉来挑过了。"父亲说，"宝玉见我家地里荠菜多，说她儿子喜欢吃荠菜饺子，就拿了篮子过来挑，我也不好说什么，其实这些荠菜是我撒的种子，留着等你们回来挑的。"

宝玉家就在村口，我和嫂子进菜地时，她特意走过来，招呼我们去她家地里挑荠菜。

父亲就是这样，面子薄，换作母亲，肯定会照实说，荠菜是自己种的，留着等孩子们回来挑。

母亲说话不会绕弯，不晓得给人留情面，很得罪人。父亲就跟在后面打圆场，给人家赔不是。

母亲呢，根本不买父亲的账，说父亲向着别人，胳膊肘往外拐。

每次回家，我都要听一番母亲对父亲的控诉，当然是背着父亲，父亲一出现，母亲就停了话头，佯装什么也没说。

起初我还替父亲分辩，劝母亲不要计较，这更加激怒母亲，觉得我也跟她作对。后来我就只是听着，不加是非评断。

母亲需要一个听她说话的人，她需要我的耳朵，不需要我的声音。

母亲反反复复说的话，归结起来就是：父亲一生与她为敌。但她又离不开父亲——只有这个敌人能留在她身边，照顾她。她的孩子们，不过是这个家里的客人，短期停留，不能也无法朝夕相伴。

只要天不下雨，父亲就待在菜地里，既可以躲避母亲的唠叨，又可以活动筋骨。因为这菜地，父亲的日子过得倒也踏实，这种踏实感是土地给予他的，是他种下的庄稼，一天天如期的生长给予他的。

父亲是个寡趣的人，没有什么爱好，对父亲来说，只要每天早晨做好饭，吃罢，如常地到菜地里干活，在太阳下除除草，种下一点什么，采摘一点什么，就很知足了。

荠菜的味道

作为野菜界的明星，荠菜的吃法是多样的，切碎了调馅包饺子、包馄饨、炸春卷，掺入米粉肉末蒸圆子，加豆腐香菇煮成羹汤。

如果要上酒席，就做成一道凉菜，拌豆腐丁或花生碎，或整棵地捋进火锅烫着吃。

荠菜挑得多了，还可以晒干，吃的时候泡一泡，垫在腊肉下，放入蒸笼，在沸腾的水蒸气里缓缓吸入腊肉油脂丰厚的咸香……烹调方式没有定规，全凭人的口味和兴致，或粗犷，或精细，或简约，或奢靡，浓妆淡抹，胜在出其不意。

我有一位朋友，每到冬至那天，便会去菜市买来新鲜的荠菜，择掉黄叶，洗净，焯水，切碎，拌入剁好的肉泥，少量姜末，盐，此外再不放别的调料。她说调料放多了，会破坏荠菜原本的鲜香。接下来就是包饺子，饺子皮是在菜市买来，省了手擀的烦琐——她也不会擀皮，她是皖南人，自小以米饭为主食。

一口气包了上百个荠菜饺子，保鲜袋装好，放进冰箱冷冻，此后的每个周末，这荠菜饺子就是她的晚餐。

有次在她那儿蹭饭，问她为什么这么喜欢吃荠菜饺子，再好吃的东西，吃多了也会腻。她顿了一下，说我也不知道为什么，人对于一种味道的喜欢，很难说清缘由。

"也可能，跟早年的一段经历有关吧。"过了好一会儿，她缓缓说道。

年轻的时候，她有过一段异地恋情，到了周末，会乘火车去另一个城市与恋人相聚。那时还是绿皮火车，早上上车，下车时已是黄昏。她的恋人在站台，背对着夕阳，等她，两个人手挽手，出站，穿过三条街，去一家手工饺子铺，买上两人份的荠菜饺子，再手挽手，穿过两条街，到达住处。

他们的恋情并不长，只有半年。她记得最后一次去他的城市，是樱花盛开的时候，他们去看樱花，那天风很大，每一阵风里都裹着樱花碎片，大把大把抛向他们。

"这么好，为什么结束？"听着她宁静的叙说，颇为遗憾。

"看过樱花之后，他就没了。"她说。一场事故带走了他。

她说后来再也没有去过那座城市，但她保留了这个习惯，直到后来结婚，有了孩子，离婚，孩子长大外出读书，差不多过去二十年，仍然如此——在冬天的周末吃荠菜饺子。

我也喜欢吃荠菜饺子，但我不会包，我的手太笨了，无论如何也学不会那巧妙的一握。调制馅料的事也做不好，不知道哪里不对，无法调出荠菜馅料特有的鲜美。

我能做的就是去野地里挑荠菜——这是我喜欢的事情，超过了对荠菜味道的喜欢。当我走进少有人至的野地，蹲下，面对贴地而生的荠菜，世界立刻安静下来。

荠菜之美

荠菜的种子是美的，小而扁，心形，风一摇就落进泥土，落进泥土的种子就是泥土的颜色。黝黑的泥土里藏了多少荠菜种子，没有人知道。

荠菜的花是美的，民间有"三月三，荠菜赛牡丹"之说。这种说法，实则有些夸张，荠花的美，与娇艳毫无关联，而在素朴可亲，一派天真的野趣。

荠菜的味道当然就更美了，怎么夸都不为过。"谁谓荼苦，其甘如荠。"这句出自《诗经》的句子，就是对荠菜味道最为经典的赞美。

苏东坡也曾说荠菜"虽不甘于五味，而有味外之美"。贬官外放时，东坡先生发明了一款菜肴，名曰东坡羹，从早春的园子里采来荠菜、萝卜，加粳米煮成菜粥，食罢提笔，给友人写信，"今日食荠极美……"

说到东坡羹，就想到日本的七草粥。七草粥里也有荠菜和萝卜，此外还有宝盖草、繁缕、鼠曲草、野水芹和菘（白菜）。

日本作家柳宗民在《杂草记》里写到七草粥："这七草在秋天发芽，身披绿叶越过寒冬，是坚韧品格的象征。"因此日本的习俗里，在一月七日这天会采来七草，切碎了，加米煮成粥。一月七日是人日，人日就是人的生日，这天食七草粥，一整年无病无灾。

柳先生说七草粥又叫七草荠，因荠菜是七草之冠："七草粥那种特有的味道，就是荠的味道……在青黄不接的冬天里，锯齿状的绿叶总能勾起人的食欲。"

我没吃过东坡羹，也没吃过七草粥，要么开春时煮上一锅吧。

七草粥里的七种植物我都认得，老相识了，去菜地和小河边打一转就能采来。

开春后的荠菜大多已打花苞，打花苞的荠菜也能吃，去除中间的茎，留下它的叶子和根。就算荠菜的叶子看起来焦枯，也没关系，开水一焯就绿了，很神奇。

在皖南，如今的冬天很少下大雪，似乎在路上被什么拦住，耽搁了行程。往往到了开春，大雪才现身，从天而降，而此时，正是荠菜、繁缕、宝盖草……还有婆婆纳，一个劲儿地将花朵端出来的时候。

开花的时候遇到大雪，也没关系，不用害怕，就在雪里站着，把雪像帽子一样戴在头上。春天的雪很温柔，不会变成冰块，变成刀剑，伤害它们。

春天再怎么大的雪，过一夜就化了，花朵的雪帽了没有了，变成水，流走，流进小溪，流进河流。只剩下最后一滴，亮晶晶，舍不得离开，挂在花瓣上，太阳出来了也还挂在那里。

原载《黄山日报》2022 年 10 月 1 日

仙境里藏着一个梦（节选）

王兆胜

一

老辈说，我的祖上一直务农，识字不多。到王芝、王荣那一代，出了个唱戏的，还是男扮女装，曾到济南府演出，只是不知道是哪一位，估计是王荣。到爷爷这辈，他不好好务农，也不务正业，不过，爷爷心灵手巧，木工、瓦工、铁匠的手艺样样精通，还有一身好武功，是个天不怕、地不怕的狠角色。

伯父与父亲老实得不能再老实，他们诚实、善良、勤劳，更多继承了他们母亲的品质。我兄弟五人加一个姐姐，只有我一人靠读书出来。我在济南读完大学、硕士研究生，工作四年后，于1993年考入中国社会科学院文学系攻读博士学位，开始了长达三十年的北京生活。

在农村生活，特别是与土地打交道，我一直有一颗不安分的心。

像梦一样从土地里生根、发芽、开放，我长出翅膀，飞向山外以及更广阔的世界。这是一场苦旅，也是不断超越自我的过程，其间充满着说不出的欢愉。

小时候，我到山里干活，往往对干活本身不感兴趣，总爱寻新奇和做白日梦。春天，当鸟儿歌唱，土地被耕耘一新，我喜欢玩细腻如粉的沙土，观察那些被翻出土的虫子，蠕动的蚯蚓吸引我的注意。有时，我会循着小虫子一直往土里挖下去，寻找它们的家，看与我的有什么不一样。但有一点，我从不伤害虫子，与它们和平相处。我对草木变化很好奇，有时会问自己：土地里怎么能长出各种新鲜，有不同的颜色的生物？柳树发芽，折一枝下来，皮与骨分开，将柳枝皮剪成口哨，放在嘴里吹响，吹亮一个春天。躺在地上看天，眼睛追着云朵移动，就会浮想联翩，越过远处的高山，飞到外面的世界。

家乡有很多传说。最吸引我的是"八仙过海，各显神通"的故事。当"八仙"坐上钟汉离的芭蕉扇子、何仙姑的荷叶，或坐在联结的大葫芦上，到大海深处寻找仙山，那是何等的潇洒与气派？还有，汉武帝寻仙来到蓬莱，不遇，建蓬莱阁，被称为"望仙"。从小开始，我一直在心里想，那个"望仙楼"是什么样子？直到十九岁那年，我才得以目睹。那天，我站在蓬莱阁上，向北向西望去，又做起新的梦——到更广阔的世界探求。

向四周望去，我村被远处的群山环绕，像筑起铜墙铁壁，特别是南面的艾山和西面的崮山较高，如战士般护卫我的家园。仔细看去，高八百一十四米的艾山，像一尊大佛静静地躺在那里，宁静而安详。崮山海拔五百多米，有双峰，山势挺拔陡峭，怪石林立，被称为"胶东小华山"。艾山和崮山合称"艾崮山"，它南边是栖霞，西边是龙口，东边是蓬莱，村里集镇正处于艾崮山的最好观光位置。

据说，古时的艾崮山上有个大洞，它深不见底，有两条大蛇住在里面。洞口被出入的大蛇磨得光滑如镜。大蛇非常厉害，远隔数里的牛羊都能被其吸入口中。后来，一条蛇被人打死，另一条不知所终。我总觉得，"龙口"这个名字与这个巨大的蛇洞传说有关。当地，"蛇"被称作"小龙"，蛇与龙是一家。还传说，李世民曾带兵到此，与高句丽大将渊盖苏文在崮山激战。另外，这里有金代建筑和各种刻石。抗日战争在此设兵工厂。至今，崮山上还留有插旗顶、校场、龙墩、绣墩以及屯兵遗迹。

不能小瞧村里集镇。这个地方有不少村都与古城有关，像古城李家村、站马村、古城东村、古城苗家村。村里集墓群的历史可追溯到西周与春秋时期。南崮山上的龙兴寺是金代的，是山东省重点保护文物。

二

我十九岁离开家乡，到外面的世界闯荡。家乡的面目逐渐变得模糊，不过，那方土地和生活在其间的人我从来没有忘记。在闲暇和夜晚以及梦境，我总会想念家乡，也会有缕缕云烟和家乡的味道款款飘来。

小时候，我常去与我村相隔五里的温石汤村。这个村庄的名字一听就感到温暖，是的，那是我们每年年底都要去沐浴的地方，洗去一年的泥土与尘埃，还有灰垢与晦气。

至今，我还记得，被古老的石条围成的汤泉让整个房室变得水汽缭绕，赤身裸体的人们像一条条大鱼沐浴其中，那种舒泰一下子消除了所有的烦恼与苦难，令人销魂。

多年来，不管我走到哪里，都一直忘不了这个温泉。

现在，它装修一新，宽敞、舒服、方便，以现代的新面目呈现，只是不知，小时候的原汁原味还有没有？

这个小山村与我的命运相连，那是我的中学老师刘有兴的家，那里还有刘老师的儿子，也是我的大学同学与挚友——刘同光。

同光兄从烟台美术博物馆书记、馆长的位置退休，在温石汤村建起他的"汤庐"，里面有"砺斋"。这是个"泉上书屋"，一下子将山村照亮了。

在两层楼的"汤庐"庭院中，自种的四季花草繁盛，同光兄蘸着不灭的生命激情，用笔在其间写生，赋诗作画，充分享受一派田园风光。

室内，图书与书画作品琳琅满目，书卷气与艺术气息荡漾于胸。刘同光用笔墨点染万物生灵，于是所有的人与事都活过来，即使在严冬也不断升腾起泉上的温情。

在村口矗立着一块巨石，上面是书法家刘同光题写的村名。书法在笔力遒劲中尽显潇洒与飞扬。

在渤海之滨的龙口，作家张炜创办了万松浦书院，人未至即可闻到书香。在蓬莱村里集镇的温石汤村，有刘同光建起的"泉上书屋"，也是很有特色的一景。这是在海边山乡开出的文化艺术的美丽花朵。

三

我在家乡各学校读书，基本都是步行前往。先是邻村，后到村里集中学，再到大辛店即蓬莱二中，后再转到大柳行乡，最后又回到蓬莱二中。

多年来，崎岖的山路和漫长的行走迟滞了我们的归期。

记得，有一年放寒假，我与同学从大柳行中学回家，八十里山路走得精疲力竭，天很晚才回家。

有些路很难走，长长的山坡陡过四十五度，上下都非常困难。

有个叫卧龙的地方。当走上高坡，回头再看脚下的村庄，居高临下和难于上青天的感觉便油然而生。

从大柳行乡到我爱人家所在的水沟村有道坡，不长，但陡得可怕，常有人骑自行车不小心翻到沟里。

我岳父在这条路上走了多年，每天要在家与单位之间走两个来回。他有时步行，条件好了骑自行车。他说，每次向坡下放车，都不寒而栗。我走过那个陡坡多次，确实险峻，令人感到害怕。

那年，我们夫妻俩回家，费力走上那个陡峭的高坡，在"会当凌绝顶"时，长长舒了口气。在四面远望中，有一览无余的赏心悦目之感。突然，我发现路旁的土坡上，有一朵十分娇艳的小黄花正迎风绽放，这让我有一种非常美好的感受。

现在回家，原来的山路一律变成一马平川的公路。从烟台到村里集，车程大大缩短。岳父母村的那个高坡也变成了平路，车能直接进村，在方便之余又失去了难得的风景。

是的，当乘车行驶在宽广平坦的家乡公路上，青少年走山路的艰辛滋味却再也找不到了，在幸福感中总有一种失落感悄然袭来。

这让我想起行者。他们穿上便衣，扎起裤腿，以坚定勇毅的步伐在山路上行进。脚下是脚与地面接触的轻微震动，心里装着的是对脚下万物的悲悯，所有的精气神都灌注于双脚与心中，这是一种修行的脚步，也是一种生命之旅。

如今，我每次回到故乡，车轮无声地向前，心里仍以行者的脚步连缀起年轻时的艰辛行旅。彼时，总有一种说不出的力量像泉水般从心中涌动而出。

四

在全国各地农民都纷纷出外打工的当下，我的家乡人多数还待在村里，至多是离村不离乡，离乡不离土，过一种相对安稳、自在、自由的生活。这与蓬莱、胶东是风水宝地有关，也与家乡父老的生活态度有关。

胶东三面靠海，资源丰富，气候宜人，也少有自然灾害。

蓬莱地处烟台半岛内的渤海湾，我家又在蓬莱市南部的内地，像睡在小摇篮中的婴儿。

有一年，弟弟给我打电话，焦虑甚至绝望地说："小哥，现在麻烦了。"

我让他别慌，先说说什么事。

他表示："天气预报说，明后天有台风到达烟台，经过蓬莱。现在正是果树开花时节，一场狂风下来，我的果树怎么办？还指望秋天结果呢！"

在弟弟的叹息中，我安慰他："凡事不要总是往坏处想，说不准台风会绕道走，烟台、蓬莱没事呢！"

弟弟说不可能，并让我给他说明道理。我就分析说："第一，我们那个地方历年风调雨顺。第二，台风北上，到了渤海湾，就会变弱，也会被旋转出去，因为渤海湾本身就像个太极图，也是一个旋转轮。第三，蓬莱特别是村里集镇的位置比较靠近内陆，周围有艾崮群山阻挡，一定会降低风力。"最后，我还加了一条，"你心态好，有好的精神面貌，台风自然就会变得胆怯。"

我的解释有点牵强附会，但弟弟好像有些信了，他给了我句赞语："说得有点道理，看来，小哥，你读了一肚子书，还真没白读。"

接连两三天，我的心都为弟弟和家乡悬着。

这天，突然接到弟弟电话，他说台风还真的没从蓬莱过，虚惊一场，果树花朵安然无恙。他还补充说，看来，秋后的丰收有指望了。

我的家乡以烟台苹果闻名。只这么说说，一般人都不会怎么在意。可是，一旦在果树开花季节，你有幸来到胶东、烟台、蓬莱，满树的粉白、漫山遍野的雪白，就会让你的眼睛和心灵明亮起来。此时，你一定认为，这才是真正的仙境，其实，这是最现实的人间。各式各样的花朵，将家乡装扮得无比美丽，也像用诗意点燃了人生，还如醉人的波涛让人心旌荡漾。特别是果树花香阵阵袭来，蜜蜂在果树花间忙碌，每个人心中都像是灌了蜂蜜。

那年秋天，我回家到弟弟的果园观光。红艳艳的果实缀满枝头，有的实在承受不住，只得用杆子支撑。下到筐子的果实，饱满硕大、色泽艳丽、喜气洋洋，弟弟指着苹果对我说："那都是钱啊！"

村里、村头、村外到处都是果实。型号不同，价值有高低。你或许可以看到粮食成堆，但很难看到苹果成山的气势，用一个字概括，就是"爽"。有一个丰收季，一斤特等苹果的收购价竟达到三块多，一个大苹果有时候几乎有一斤重。你想一想，漫山遍野的果实能卖多少钱？

这时，最让我高兴的是大哥、弟弟和全家人满脸的喜庆，那上面写满了"知足"两个字。虽然从剪枝、开花、挂果、套袋、打药、下果，亲人们付出很多很多，但，不辛苦耕耘，哪能有好的收成？这道理再简单不过了。

有一天，我收到大侄子发来的照片，是关于我大哥欢乐劳动的场面。在照片上，大哥双手抱着一棵大花生，是刚从地里刨出来的，还带着泥土与绿叶。茎叶仿佛是一棵树，结的花生果实有百十个，饱满、结实、晶莹的花生就像一个个白嫩的胖孩子，谁看了都禁不住喜欢。大哥笑容可掬，脸上洋溢着丰收的喜悦。

晚上，我给大哥打电话，祝贺他的丰收，特别提到那棵巨大的花生。

大哥高兴地说："我也从没见过这么大的一棵花生，真是奇迹！"

我劝他少干活，让儿子们多干。

大哥说："没事，我就帮他们掌掌眼。干了一辈子活，不干活，浑身不舒服。再说了，不干活了，对身体不好。"他还说："现在政策好了，日子过得活泛了，干活心里来劲儿，挺好的，确实挺好的。"

大哥连用了两个"挺好的"，我心里也跟着敞亮起来，感到"确实挺好的"。

互联网大大方便了人们的相互交流，我常接到家乡的亲人、老师、同学、朋友发来的信息，那是我小时候做梦也梦不到的。

有朋友问我，哪个地方好，介绍介绍，想出去走走看看。我推荐我的家乡。

他们在归途中，往往忍不住给我打电话："兆胜，真神了。"

我问，怎么回事？

他们就说："一进山东，视野就开阔了。来到胶东，一马平川，只坐在车里看，就有进了仙境的感觉，仿佛自己也成了仙。"

朋友的话，还没说到蓬莱仙境呢，更没说到我那个处于南山中的小村子。

原载《广西文学》2022 年第 8 期

水流花开

——

沙　爽

小确幸

临近十二点，我正准备回家吃午饭，陶发来微信，问我近况如何。嘘寒问暖只是一记虚招，家人们已然入睡，陶只能向地球对面的人类倾倒他的怒火。

陶说他刚刚开完视频会议，气得睡不着——这个时辰，多伦多正值午夜。

陶是我的初中同学。我们的同窗时间仅有三个月，之后上的又是不同的学校，自此再未见过。身为插班生，加上适值中考临近的非常时期，我与班里的多数男生甚至连话也不曾说过半句。但我记得陶，因为他是珊珊暗中倾慕的对象，每当她提起陶的名字，那张并不出众的鹅蛋脸，霎时光芒闪耀。在她日复一日的碎碎念里，我知道了陶的故事——他与班里一位姓卢的女生，从初二开始恋爱，成为同学间公开的秘密。卢相貌平平，和我一样略嫌矮胖；陶则戴着一副黑框近视镜，瓦刀脸看上去严肃又紧张。除了成绩总是名列班级前三，我看不出他身上到底埋伏着什么样的小磁铁，将珊珊的指北针牢牢吸引。

大约是在三年前的岁末，我被拉进了同学群。很快有几个当年相熟的同窗发来验证申请，真是意外，陶竟然也在其中。聊了没几句，陶提出要看看我的照片，这让我更加吃惊。但随即我明白了：陶的记忆里翻找不出那个名叫沙爽的同学，而这样的盲点，对一位学霸的自信心构成了严重威胁。

我入群的当儿，在营口老家的一家酒店里，我们班毕业三十年同学会正进行到高潮时分。留在老家的二十多名同学悉数到场，群里喧哗着各个角度的现场照片和短视频，我们这些身在外地的，则负责点赞兼插科打诨。陶在美国。卢在丹麦。这青梅竹马的一对儿竟然不约而同地跑向了天边。自此之后，卢偶尔会在群里晒一晒她帅气的混血儿子，陶也时常发表一下他在美国的工作和旅行见闻。珊珊则很少发言，营口的同学们组织的各种郊游和打球活动，她也只是偶尔报名参与。我忍不住猜想，看到彼此中年的照片，他们是否会心有微澜？

然而陶说，当年他和卢并不曾恋爱。上高中后两人没有分到一个班，接触就此中断。至于珊珊，直到很多年以后，经别的同学点拨，他才意识到她对自己怀有好感。

陶说他从小就晕车，无论坐汽车、火车、飞机还是地铁，一切移动的物体都让他晕眩。于是他刻意地多坐车，到大学毕业时，竟然克服了这个天生弱点。他热爱远足、爬山、游泳、滑雪，有一阵子还特意跑到常州，花了一个多星期，向专业教练学习桨板。有一次他晒出几张越野照片，有同学问他身后的那辆车是什么牌子，陶说他不懂美国车的牌子，况且车是租来的。一位女生问：为什么不买车，反倒要租？

陶在美国的工作只是短期借调。几个月后，他回到日本东京分公司，此后数次回国，还参加了一场特地为他举行的同学聚会。新冠肺炎疫情刚暴发的那段时间，陶问我有没有口罩用，那时国内已是一罩难求。陶认识的一位在东京做医疗采购的同胞，买到了一万余只平价口罩，准备寄往国内，陶拜托她从中匀出一点儿。这三十只口罩从东京到大连，之后再转寄天津，邮路上走了整整一个月。

也因为疫情，陶移居加拿大的计划推迟了两个月才得以实现。陶供职的那家咨询公司，位列世界五百强。我问他是不是打算调到多伦多的分公司，陶说不太可能——如果公司同意这种申请，势必会有其他同事效仿。在度过了最初一段晨昏颠倒的日子后，陶正式辞职，成为一名自由项目顾问。

陶说，做了自由人，才知道以前拿的薪水实在太少。但收入增加的代价是，除了依旧经常要晨昏颠倒，还多了些以往未曾接触过的人际考量——眼下接的这个项目，甲方是阿尔及利亚最大的国企，乙方是中国某大型企业的子公司。陶受雇于乙方，同时需要不断与甲方沟通协商。很快陶就发现，甲乙双方互不信任，都指责对方没有履约。一连数月，项目毫无进展。以往接手项目，签的合同都是"人天"，顾问团每工作一天，雇主方就必须支付一天的费用，同时负责交通及住宿支出；然而这次的项目，签的却是任务完成后付款。如今进程胶着，最焦急的竟然是顾问团队，这让陶时而火冒三丈，时而啼笑皆非。

我妹妹沙琳一家也曾考虑移居加拿大——妹夫的大姐二十年前

移居多伦多，如今已安居乐业。但是夫妻俩犹豫再三，终是无法放弃眼前既有的一切：在香港，他们过的是典型中产的舒适生活，无法想象如何将自己连根拔起，种植到全然陌生的异国。而陶似乎并无这样的顾虑，即使女儿尚未成年，太太多年来只负责照顾家庭，作为家中唯一的经济支柱，陶仍不惜从零开始，只为"想要尝试一下另一种生活"。

当年珊珊是否预想到，陶会拥有与我们完全不一样的人生？吸引她的，是一个人从年少时起就展露的追梦天分？

隔了几天，陶告诉我，多伦多阳光煦暖，春风醉人。他正坐在草坪边，一边晒太阳，一边喝啤酒，就着一根香肠，整个人感觉满足极了。

我这样是不是太容易满足了？他问我。

我想起一位朋友曾经说，这是一个提起小确幸会让人心生鄙视的时代。但是奇怪，此刻我的大脑屏幕上跳出的，偏偏就是这个字眼。

时间乌托邦

时间就是金钱——没有比这更滥俗的比喻了。但如果这是真的，我是说，如果时间真的替代了货币，它可以用于购物、乘车、支付房租，也可以赠予、抵押和借贷……使用起来如同手机支付一样便捷。而相应的，时间也将作为劳动报酬和商品销售所得，被及时充入我们的个人账户——那会是一个怎样的世界？

显然，比之现世流通的所有货币，时间更具备无可挑剔的恒定性质。它没有国别，也不需要汇率。换言之，它拥有某种肉眼可见的公平。而且，纵使黄金，也不可能比时间更深入地切合进我们的生命——当时间清零，意味着个体生命的真正终结。

时间本来就存在于生命之中，只不过，在有生之年，我们并不能明确地知晓它的余额。但是，假如这余额以数字的形式镶嵌入我们的血肉，就像一块电子表那样清晰展现，只要握住彼此的手，或者用仪器扫上一扫，就可以完成时间的交换与传输——这数额不再只代表着财富，而是直接关乎我们的寿命。然而问题随之而来：即使坐拥时间无数，但肉体衰老病痛缠身，又有何愉悦可言？而且，这样的世界对孩子们显然过于不利，如果不幸出生在贫民窟，他们可能无法活到成年；而如果没有穷人们的正常迭代与辛勤劳作，富人们能享受到的利益和服务也将不复存在。

那么我们不妨假设，至此时，人类青春永驻的终极美梦也已实现——婴儿们长大到二十五岁便不再老去，所有人都有可能以年轻的容颜和体魄获得永生。二十五岁，构成一个最重要的分水岭：在此之前的时间财富，完全与生俱来；而从年满二十五岁的那一秒钟开始，生命的秒表在手臂内侧出现，其余额仅有一年。仿佛可以听得见它嘀嗒作响，其数字每一秒钟都在递减。成年后的世界瞬间逼迫到眼前，每一项生存必要的支出，面包、蔬菜、水电、服务……都要扣除数额不等的时间。穷人的余生是一场与时间的真正竞争——当"手表"上的数字只剩下几天，甚至几个小时、几十秒钟，他将时刻被死亡所鞭策，在既定的轨道上一路狂奔——穷人怎样才能摆脱他们疲于奔命的生活？

而离开了衰老这一自然天成的淘汰机制，人类将以什么作为砝码，让生命的天平保持必要的平衡？时间守护者扮演了执法者的角色，他们拥有绝对的权力，以维持时间的秩序，对发生在时间乌托邦的抢劫和谋杀予以裁夺。

在这个建立于时间之上的乌托邦中，表面上的公允背后，隐藏着残酷的规则：城市被划分为若干个时区，时区之间设有关卡，从贫民区到富人区，中间所通过的每一道关卡，都需要缴纳高昂的时间费用。这意味着，对多数人而言，逃离出身的阶层绝非易事。一旦判定某人所拥有的时间财富并非他应该拥有的，时间守护者可以对其执行没收。尽管守护者本人可能恰恰出身于贫民区，但他要做的，是让每一个时区都如同一座水库，在各自的堤坝中保持固有的安宁。而富人们——无论是拥有海量时间还是海量的金钱——都将比穷人拥有更多流动的自由。

时区划定了不同的经济规则，随着物价上涨和工作业绩标准的一再提升，穷困的人将越发穷困，最终耗尽生命的最后一秒钟。通过操纵各时区的通胀系数，顶层设计者可以人为控制每个区域的人口数量。向银行借贷来的时间要支付高额利息，使原本负重的生命在不幸的渊薮中越陷越深。其结果必然是，尽管年轻貌美、身强体健，有的人仍然无法活过三十岁。

作为现实社会的真切隐喻，时间乌托邦展现了现代社会的种种难题。关于通货膨胀、财政危机、贫富分化、阶层壁垒、社会偏见以及种种不公，在电影《时间规划局》中，安德鲁·尼科尔并没有找到真正的解决方案，因而不得不依赖于一连串的狗血剧情：银行家的独生女爱上了贫民窟长大的男主角，二人合作将从银行里抢夺来的一百万年分给穷人们，让他们得以离开贫民区，去尝试另一种生活——类似于金融系统的小范围崩盘。

或许，尼科尔试图戳破时间公正与恒定的假象——正如同各个时区的时间贬值的速度可以人为操控一样。这与卡洛·罗韦利在

《时间的秩序》中所提示的案例异曲同工:"不仅不同的地点没有一个单一的时间——甚至对同一个地点而言,单一的时间都不存在。时间长短只与拥有既定轨迹的物体的运动有关。"

显然,少年时代在公园的甬路上跑步度过的半个小时,与一个中年人在健身房的跑步机上对着苍茫暮色所奔跑过的同样时段,存在着不同的质地和刻度。

原载《鸭绿江》2022 年第 4 期

在僻巷小馆，把酒言欢

淡巴菰

从石景山的鲁谷大街某国营厂宿舍，到游客熙熙攘攘的前门西大街，再到当时仍荒凉的南城玉泉营，最后落脚在毗邻百亩森林公园的奥运村。常听人赞叹首都的日新月异，于我，倒也体会得到，但远没"北京土著"那么强烈。直到那天，为赴饭局，到前门一带故地重游，徜徉于那古韵新风相间的建筑群，不由感叹当代的北京正在努力把传统和现代相融合：老字号与现代商铺比肩而立，青砖灰瓦的小巷里随时出现的抽象摩登艺术雕塑，没有几个汉字的欧式店铺，民国风格的雕栏小楼，都让人恍惚迷惘，似乎坠入时间的迷宫，不知今夕何夕！

前来小聚的，一位是我当年读书时的恩师，一位是后来在京结识的文友、谙熟旧京的小说家。疫情所致，我们已有两年多没见。稍有缓解，幽闭多时的心便蠢蠢欲动，遂相约喝酒。此前我曾赴过几次聚会，有趣地发现无论主客，人人都比从前赴约更准时，我欲见老友和恩师的急切，亦复如此。

那个暮春的傍晚夕阳绚丽，空气也极佳。天色渐暗，星星似乎与灯盏约好了一般同时亮起，天上地下遥相呼应，令人想起前人"天上的街市"的诗句。我沿路标走走停停，寻找那个早就耳闻过大名的小胡同，那家被文坛老友吹嘘过多次的爆肚店就坐落其中。一路上老字号饭馆儿不少，洋味儿十足的西餐厅更多。很快，我发现娉娉婷婷、妆容精致的女子和发色鲜亮的时尚少年渐渐稀少了，来往经过的多是衣着普通面貌庸常的市井百姓，我知道我离老北京的地气儿更近了。作为一位擅长写京味儿小说的作家，老文友胡同里间三教九流无所不知，对诸家爆肚老店更是稔熟，甚至对各家肚仁、肚领儿、葫芦头之类的火候口味如数家珍。他选择聚会地点的前提当然是菜品。但这次穿过大半座城扎进深巷里的一聚，是不是也透着对传统的留恋？他没说，我亦没问。

窄巷里的这家饭馆略有些江南风格，是所谓"一颗印"式的小楼。大堂不大，与厨房相连。顺着陡立的木梯走上去，发现这楼上更紧凑，仅摆放着五六张窄小的桌子，桌与桌之间，逼仄得只能侧身而过。我们进来时，已有八位一水儿平头的大汉占据了这楼上一小半地盘，看架势既像是一个班组的工友，又可能是胡同里一起长大变老的发小。他们严严实实围坐在拼起的两张桌子旁，酒酣耳热，聊得也尽兴，不像在饭馆，倒像在谁家里似的自在。我想这就是台湾人所说的"苍蝇小馆"了，连上厕所也要走几十米到胡同居民区的公厕解决。洋人对外表简陋、吃食地道的小馆子也有个形象的叫法——A hole in the wall，开在墙上的一个洞。

这家爆肚店显然比墙上的洞大得多。饭馆老板也兼掌勺，看到我老友这熟客领着朋友前来，他上前连声道歉，说自己的店面小，让大家挤在小桌上用餐实在不好意思。这年过六旬的汉子浓眉细眼，朴实而略显木讷，白衣白帽都如老店的招牌一样褪色发旧，丝毫不像在这皇城根儿已混得颇有名气的老北京，介绍拿手菜品时眼神也毫无半点嘚瑟，反而十分谦卑，像个北方小县城里的家常菜馆掌勺。老文友声称自己三十几年前从老板的父辈起就频频光顾，虽几易其址却仍不离不弃，还曾专程采访撰文为这老字号呼号。

久违小聚，三个人都显然很兴奋。围坐的四方桌子比麻将桌还小，彼此隔得很近，无奈与邻桌离得也近。我们须大声嚷嚷、竖起耳朵，才能做到交流无阻。但听不清也无妨，大家眉眼间舒坦开心的笑，是最妥帖最自然的交心话。

"山有木兮木有枝，心悦君兮君不知。看到你们二位，我就忘了疫情啊！"恩师是桃李满天下的古典文学教授，听我赞他心情愉悦，眯着眼睛微笑着调侃。

邻桌的嘈杂聒噪，初听似乎不适，渐渐竟觉得有趣了。许是触景生情，小说家喝一口热茶，面容沉静而朗声接口道："街谈巷说，必有可采。击辕而歌，有应风雅。匹夫之思，未易轻弃也。"恩师立刻为他引述的曹子建之句击节而赞，说你邀我们到这儿聚，原来是为了看人下菜对酒，发慷慨豪放之声啊！

"那几个爷们儿坐那儿一个小时，就喝了四瓶白酒。还只有四人喝。"一个模样斯文的年轻店员给我们添茶时轻声道，话虽如此，脸上的神色却很平淡，似见怪不怪。话音未落，只听咕咚一声，我们闻声扭头望去，其中一位爷们儿已经仰面躺在了地上。其同桌酒友似乎并不慌张，反倒微笑着七手八脚将其扶起，安顿在硬木板凳上，继续吃喝谈笑。从车间主任儿子的婚礼，到延长退休的传言，从先前的"大酒缸"，说到猪肉价的起落。出溜桌子的那位则面色潮红地坐着一声不吭，不知是因为羞愧，还是真的喝高了。

这喜感十足的一幕，像在黑白老电影中一般不真实，可是我们似乎不由自主也就跟着入了戏。

小说家悄声对恩师说："读小说您都读不到这精彩！"恩师则微笑道："喝酒也可以悟道呢。"小说家豪爽地给自己斟满，举起来说："什么荣辱得失，人这一辈子有几个掏心掏肺的好哥们儿就够了。"

"来，咱们也干一杯，我敬老兄！我当年陷入困顿，老兄是第一个穿了大半个城跑去请我喝酒、安慰我之人。那情分，我一辈子忘不了。"恩师举杯跟我们碰了一下，带头干了。明明是提起旧日伤疤，脸上却是释然淡然的笑意，一双研究李杜的眼睛弯弯的，像两只小蝌蚪。

小说家则继续逗他："还提那事？教授，丢人啊！那次打车送你回家，车绕家门三次而不得入，你愣是不认得楼门儿了。最后还是你儿子接到电话出来，立在楼外当地标，才把你接了进去。"老友以文风诙谐著称，不肯放过调侃之乐。

"君子有道，也怕醉倒。醉倒就便宜了小说家啦。"恩师说罢，自己又笑了，这次把两只小蝌蚪都笑跑了。

小说家则说，教授啥都要升华，本人境界太低，捎带手儿记点故事骗钱罢了。

……

我们聊人生，叙家常，无须设定题目，谈话如花开水流，自然恬然。酒杯和茶杯一样，都是不大的玻璃杯。因酒量有限，我得不停地让酒杯茶杯在手中切换，一口五粮液，一杯高末儿，再来一箸羊肉或爆肚。我这晚辈除了斟酒，看身边哥儿俩互相调侃斗嘴，实属有滋有味的人生一景。

我们三个人其实都是外来者。老友居京最久，随父母从南方海边迁来时不过垂髫幼童，如今他是但凡读过当代中国文学作品的人都知晓喜爱的名家，目光和蔼笑容可亲，标志性的浓密白发立在头顶像燃烧的银色火苗。最初相识缘于我当年主持的一个报纸专栏，他新作问世，我前往采访对话。文章刊出前发给他审读，再转回我那儿，白纸黑字已是一片红色海洋——他勾勾抹抹几乎重新润色一遍。后来我们同坐火车去某沿海小城参加一个文学活动，由于主办方疏忽，把他与我们记者安排在了普通卧铺车厢，他亦不恼不惧，对惊慌的接待者宽厚地一笑了之。凌晨时分我去上厕所，惊讶地看到坐在窄小过道里的他，就着昏暗的灯光在修改第二天的文学讲座稿，"那小伙儿打鼾我睡不着，怕打扰大家我就出来坐会儿。你明天千万别提他打鼾这事儿！"

　　恩师来北京时还不到五十岁，正是运筹帷幄天降大任之际，如今退回书斋读书赋诗为乐。记得刚到京城漂泊的我，坐地铁倒公交，穿越了整个城市就我当时的硕士论文去请教导师。悉心指点完毕，已是午饭时分，他微笑着起身说要请他这学生去"吃点好的"。餐毕分手道别，叫住正往公交车站走的我，他已经拦了一辆出租车，看我坐进去，麻利又自然地塞给司机一张百元大钞，挥一挥手，他转身微笑着大步离开。望着他的背影，那一瞬间，我不禁泪目——北京这陌生巨大的钢筋水泥丛林，这亦师亦父的温暖似乎足以抵御冰冷的冬天。

　　我如盲龟浮木，漂荡西东，工作换了几茬，住所搬了多次，爱情来了又去，只有这二位忘年挚友像静谧奔流的清泉，让我在最困顿无助的时候都会鼓起最后的勇气。他们又似不远不近的灯火，让我在时常迷路的世间有方向可辨。在我眼里，他们不仅是睿智的文人，还是大隐于市的士人，嬉笑哂嗔，人间炎凉，通透的心底总留有一份高洁的真性情。

邻桌陡然间安静了下来，一下倒让我们有些不适。三个人不约而同地望过去，却见一位面容干瘦者正双手掩面无声地哭呢。同桌另外七位都一脸说不得急不得的样子，火锅里蒸腾舞动的热气似乎具有魔法，让每个人都愣在那儿呆坐无语。

再过了片刻，出溜桌子的那位忽然发声了："算……算了，家家，都有……难念的经。"

一位红脸儿矮壮的汉子立起来，拿起椅背上的外衣说："今儿散了吧，各回各家。"他径自离桌下楼，经过我们这桌时居然向我们拱手作了个揖："您三位担待。打搅啦！"也不待我们回话，他边掏钱包边下了楼。

我拿起酒瓶，发现早空了，老师自带的五粮液已经被我们喝得涓滴不剩。

"今天我结账啊。我挣得比你们俩多。"回过头来，恩师开始显摆，有几丝白发从染过的鬓角叛徒一般钻出来。

"你有钱？还真不一定比我有。"老友也不甘示弱，一头白发根根直立，像无数倔强的银针。

听着看着眼前这二位，我宁愿相信自己是在陪两个纯真的孩童过家家，好不容易摆脱家长的束缚，他们要自由尽兴地玩儿敞开心扉地逗。

我再扭脸看隔壁那桌，不知何时已经空无一人，只有那桌椅板凳和残羹剩茶，像还未燃尽的篝火，证明刚才确实有一帮人在此扎堆儿取暖。

"人生不过如此。"有此感叹者何止林语堂？另一位我喜欢的老人汪曾祺更高明："人生中的美好，大多不动声色。"与知己者坐于深巷小馆，无牵无挂，不遮不掩，把酒叙旧，岂非活着之真趣？

老友从披挂在椅背上的夹克口袋里摸出钱包，利索地起身下楼去结账，脚步之轻快，似不知病痛衰老为何物的小伙儿。中途停下，折回来，他又摸索那个随身带来的布袋，取出一个颜色绯红做工精致的瓷制柿子（喻为事事如意），说送给饭馆主人以表达谢意。

"吾兄为人之周到敦厚，鲜有人可比。"恩师由衷感叹道。

夜色阑珊。回程路上依然车流如织。我睁大眼睛，想再次欣赏一下来时二环路上不期然所见的几树粉白桃花。无奈，那令人惊艳的初绽春色，已经隐没在黑暗中。

原载《人民文学》2022 年第 9 期

起　舞

钱红莉

孩子每周去跳一次舞。

鉴于他内省的性格，给他选择了街舞。一开始，他非常抵触，每去上课，简直堪比上刑。久之，慢慢克服。他胳膊长腿长，跳起舞来，非常有律动感。每次我接到他，都夸：你是班里跳得最好的！他不屑：每个妈妈都认为自家孩子棒。

他的性格随我，总是紧张而局促，我期望他在音乐中尽情释放自己，慢慢克服羞怯的毛病。秋游回来，一向内敛的他抨击某些同学欠缺教养，集体午餐时，一旦看见自己喜欢的菜，立即搬到自己面前，抢得菜撒了一桌……我则担心，他过分的教养束缚住自己，连肚子也填不饱。作为妈妈，我不忘提醒，你也不要过分斯文，该吃还是要吃。他则白我一眼。

舞校离家十余分钟路程，可以步行来去。但每周，我坚持去接。实则，我只是喜欢看着那些孩子们跳舞。我家孩子性格古怪，他可以在家跳给我们看，但，在学校，但凡瞥见我站在门外隔着玻璃看，他便放不开。迅速冲过来，示意我离开。

所以，每次去，我只偷窥他一眼，便去观摩别的班级了。

最喜欢拉丁舞种。三四个班级，有的班跳伦巴，有的班则是跳恰恰。

一次，低年级班或许要考级，气氛非常紧张。女孩们皆化了妆，头发扎成鬏鬏竖在头顶；一个个饱满的额，闪闪发亮，统一穿着浅粉色系芭蕾鞋，走起路来一片云。

可能是教室不够，有一批孩子在走廊练舞：一二三，二二三，三哒哒，四哒哒——停！老师忽然抬高声调，那些孩子们像突然被施了定型大法，双脚交叉，右手高高定格于头顶……一个高难度的动作。有些孩子重心不稳，风摆柳枝一样地摇晃。老师大声呵斥着，我看见孩子脸上扑的闪光粉簌簌往下落，乌溜溜的大眼睛扑闪扑闪，终于定住了，好惊险。

我是在走廊边缘看她们的，心里替孩子们捏把汗。大约两分钟之久，老师又开始调换别的动作练起来，转而再是一个高八度，又一个高难度动作被定格于静止的时间中，与我近在咫尺的一对孩子，特别专注，每一个动作都那么协调，小手指，兰花一样跷过头顶，始终面带微笑。

开始放音乐，老师一声"起"，她们瞬间进入角色，露出八颗牙齿，将自己融入一段段旋律中，起舞，旋转，花一样绽开，融入，融入，再融入，慢慢把头低下，双脚收拢，昙花一样收敛身体，腾出右手，护在胸前，弯腰谢幕。真的好美。一群六七岁的孩子自律而自如。

末了，两位评委被校长请来，在走廊上看她们集体起舞录一段视频，接着还要去教室一个一个地跳。当日，大约所有科目的孩子都到了，尖叫声、匆忙的脚步声，沸反盈天，可是，这一群孩子却如此静定，留在走廊继续练习，不停地被定格于一个高难度动作之中……末了，老师提醒时间到，可以去教室准备了，别的孩子一下放松下来，小鹿一样蹿向自己的教室，唯有两个女孩一直沉浸在自己的动作中而浑然不觉，老师跑过来分别在她们稚嫩的肩上拍一下，才恍然大悟。这两位女孩的定力深深将我打动，她们可能是班级里最刻苦的孩子，小小年纪，于喧嚣中已然达到忘我之境，真是好苗子。

常常，我不自觉地伫立于拉丁舞教室门前，纯粹因喜欢看那一班女孩的身姿——当音乐起，她们的腰部瞬间有了律动感，两个一组边跳边旋转向前，一直跳到大镜子前，再匆匆跑回，接着跳，汗湿衣襟。那些漂亮的舞衣，连体的，上身布满豹纹，露出右肩，下身连体裤，纯黑，至脚踝处，开成一朵朵喇叭花，一个个小腰，盈盈一握。有的女孩，一根黑辫子拖至腰部，一齐随着音乐起舞……无比惊艳。一个动作重复无数次，大家不曾偷懒，半小时浑然不觉便过去了。偶尔，个别女孩动作不到位，教练无情地点名批评，只见她双手将脸捂住，不让别人看见自己的尴尬，维护着小小自尊。学校校长亲自上阵示范动作，见孩子们不甚到位，便让她们集体停下，静静观摩老师的动作。随着节律，老师不停地旋转，自教室这头到那头，再从那头到这头……校长说，看见了吧，这才是最标准的动作，你们就练吧。

另一间教室，一群大一些的女孩，她们在跳伦巴。一个个十二三岁，小荷才露尖尖角的年纪。舞蹈间隙，出来喝水、上洗手间，她们的背影，袅娜而美，如若一片云，也似一泓溪流，随时可与周边的人区别开来。她们不会含胸驼背，永远春风透迤的模样。

跳舞的女孩，注定卓尔不群，有一种不羁的自由美，自信美。

孩子每周需要复习上周的舞蹈动作，传视频给老师。有时，没有音乐，他也可以跳出来，行云流水一样的身姿左右腾挪，真的好美。一个人自小学会与自己的身体相处，并很好地调动它的灵性，如此快乐地与音乐融合在一起，何其有幸。

腾讯连续录播了四五届街舞大赛。儿子每个暑期皆看得津津有味。我偶尔瞄几眼，大开眼界。近期有张艺兴——此人同样性格内敛，话不多，录《向往的生活》时还紧张，一味低头做饭。但一旦上了舞台，整个人就完成了蜕变，偏偏选择奔放的"狂派"，简直将身体燃烧起来了，与平素判若两人。

每周，我几乎提前去观赏孩子们跳拉丁。如果我的孩子是一名女孩，也许五六岁，便送去学拉丁了。我希望她通过跳舞，自小懂得自律的重要，懂得若要拥有什么，一定得千万倍地付出努力。跳舞的孩子都是非常自律的，从饮食这一点上便可看出。这所学校所有的舞蹈老师，一个个燕子一样轻盈，没有一丝赘肉，胸骨都看得见。

舞蹈真的可以重塑一个人的气质，僵硬的身体被唤醒，举手投足，一颦一笑，皆不同，不庸俗，仿佛体内有一个精灵被唤醒，随时提醒你，挺胸，收腹，亮出天鹅般的脖颈，展现着自信又曼妙的身体。

一个舞台上风光的人，曾于人后付出多少汗水艰辛？

楼上邻居家的独生女，也是舞蹈出身。早年，每当黄昏，女孩便背上一只巨大的包离开家，身后是她母亲抱于怀的哭得撕心裂肺的孩子。她这是去上午夜场的班吧。她是一位非常有气质的女子，黑发束起，随意绾一个髻，耳后毛茸茸的碎发迎着夕阳微风，宛如晃动的水晶珠链。我与她父亲属同一系统，并非同一单位，故，我从未与她对过话，但每次相遇，我都对她挤出笑意。慢慢地，她孩子上幼儿园了。偶尔在楼梯口或者小区遇见她母亲，我们会交谈几句，于是慢慢了解到：女孩嫁的是一个香港商人，一直两地分居着。后来，孩子到了入学年龄，他们全家四口搬去了深圳，为的是孩子读小学方便。每年腊月，男邻居都回合肥一趟。做什么呢？不过是贪恋合肥这边的香肠。说是，深圳香肠是甜口，吃不惯。千里迢迢回老家，就为了灌几十斤香肠带去深圳。

去年疫情期间，男邻居留下老伴帮女儿照顾外孙，自己独自回合肥过起逍遥日子。邻居也是个热情的人，每每在楼梯口见着我的孩子，都要彬彬有礼地招呼一声。大半年来，也是黄昏了，我总见他收拾得整整齐齐外出，见面相互点个头，虽然特别好奇他去哪里，但也不便多问。纵使酷夏，他也一身绅士打扮，黑皮鞋、黑裤子、黑 T 恤，且带一只巨大保温杯。

一直好奇了大半年。终于，在盛夏带孩子吃必胜客时，揭开了谜底。

夜色下，距家不远的必胜客门前，一片开阔的广场，各色人群，各自为阵，一圈广场舞，一圈街舞，另一圈则是交谊舞了。我与孩子几乎同时发现了我们的男邻居——他比较搞怪地戴着口罩，正与一位女士跳着恰恰……别的男伴着装非常随意，还有穿大裤衩的，唯有他一身正装打扮，特别有仪式感。让人好生感慨，他可真会享受晚年生活啊。只是，他总戴着口罩，不憋闷吗？

我的邻居热爱舞蹈，这在老年人中是极少数的。许多像他如此年纪的人，大多热衷于坐在麻将桌上，或者被迫含饴弄孙，唯有他自深圳的外孙那儿挣脱回来，一夜一夜地跳舞。

每周，我按时伫立于舞蹈教室前，欣赏着女孩们那富于韵味的身体，名画一样次第展开，流动的，绢质的，永不褪色，让人的灵魂得到了洗礼。原来，我们的身体是如此的美，宛如诗歌、散文，有内在的节奏，也有独特的语感，在音符中高开低走，一气呵成，眼前的一切似都变得圆满。

原载《湖南文学》2022 年第 1 期

再见了，卡瓦

辛 茜

卡瓦死了，他的死来得太过突然。

卡瓦是一位藏族青年，生活在青海湖南岸的江西沟乡大仓村。走出家门，穿过村人简陋的房舍，沿着冬天黄草夏天绿茵的小路向北，就来到了青海湖边。这里，可以一览无余地看见湖水，大海一样宽广明亮的天空，听渔鸥、鸬鹚、斑头雁不停鸣叫。

金色的马先蒿在阳光下闪烁，夏季的傍晚如此亲切，卡瓦的心脏宛如湖水轻轻颤动。每当这个时候，他都会觉得自己已经远离了这个世界，正摆动着翅膀，在金色的光线下飞舞。他钟情于这片湖水，喜欢夏日晴空下，湖水的娇艳明朗带给他的兴奋与欢乐，也忘不了冬天银灰的、迷雾一样的湖面，让他感到的寂寞与孤独。

卡瓦原名娘吉本，毕业于西北民族大学少语系。他喜欢写诗、写散文、写童话。喜欢作家托尔斯泰、黑塞、加缪、毛姆、马尔克斯、王尔德，喜欢留言博客，渴望每一种擦肩而过的缘分，更期待爱情降临。卡瓦这个笔名是他给自己起的，藏语意为"雪"。因为，他出生的那天，山沟里下了一场大雪。

卡瓦的诗《我不是罪人》获得过第二届"岗尖梅朵"杯藏族大学生新创诗歌朗诵大奖。卡瓦的散文《假如我死去了》《我的憧憬》《回乡笔记》，文字优美而悲伤。2014年，卡瓦与朋友拍摄完成了微型纪录片《雅砻江边的孩子》。同年，又出版了童话绘本《飞蛾》。他心地善良，敏感易伤悲。他相信，爱会改变一切。

他曾梦见一个春天的黄昏，太阳刚要落山，他牵着爱人的手，在大西洋最西边的海岸奔跑。他的幸福，如海浪般拍打着海岸线。他曾梦见有一个冬天，白雪飘落，村子里的人早已沉沉入睡，他不出一丝声音地哭泣，然后静静离去。

可是，卡瓦真的死了。死得悄无声息。那一天，青海湖的阳光没有那么强烈，没有拍打着云朵的边襟，也没有流淌出金汁般的酥油。那场景历历在目，叫人心碎。人们簇拥在他早已冰凉的遗体旁，惆怅、无助、悲伤……

土地是这样的沉重，青海湖的美艳、沉寂、荒凉，让他学会了独自承受。他留恋大地上诗意栖居的人们，也向往那些离开家乡、四处流浪的人。为了父母的期待，他曾离家追逐远方。可最终，他还是回来了。伴着秋日的黎明，无尽的憧憬、思虑与乡愁，与村民一起收割，一起喝青稞酒，一起唱老掉牙的牧歌。

除了放牧、写作、画画，卡瓦还是一位保护青海湖裸鲤的志愿者。他读过七百年前一位女作家的书，那书本里写满了青海湖，写满了女作家对青海湖的一片深情。他觉得自己是青海湖人，从小在青海湖边长大，保护青海湖是分内的事，所谓"分内"就是他应该做的。他尊重自然、敬畏自然，骨子里有着天地与我共生，万物与我为一的天性。

当然，他也很喜欢放牧。如果可以，他宁愿选择和父母一样的游牧生活，在草原上娶妻，生子，慢慢老去。

夜深了，卡瓦还在写诗。一个字一个字地写，写在漆黑的夜的脸颊上，写在寒冷的风的翅膀上。

> 心的翅膀伸展到天空尽头，
> 天边的暴风却猛烈地刮着，
> 在岸边形只影单地站立着，
> 手高高地举起示意着分别，
> 有一天我不再回来的时候，
> 在此岸边永远地沉沉睡去，
> 让血与肉化作天然的肥料，
> 献于花朵草木滋生的养分。

8月的一个周末，我来到青海湖畔的大仓村。多杰扎西帮我找到了卡瓦的家，他们是远亲，对他来说这是一件容易的事。卡瓦的父亲和母亲都在，这不免让我有些紧张，不知该如何面对这对失去儿子的老人。

落座后，多杰与卡瓦的父亲在轻声交谈，我观察着屋内的陈设。这是一个普通的藏族家庭，没有过多的装饰。温柔的奶香中，阳光洒满连着灶台的大炕，灶膛里跳动着火焰。雾气蒸腾，我看见穿着红色上衣、蓝色牛仔裤的卡瓦，悄无声息地穿过长长的阳台，走进屋子，面对墙柜里擦得亮闪闪的碗盏，舒舒服服地坐在我端坐的这张沙发上，与父母交谈。

卡瓦的父亲知道我为卡瓦而来。他目光凝重，没有我想象中的悲切神情。他用藏语平静地诉说着八岁开始上学，聪慧、善良、腼腆的儿子；假期里揣着一包青稞炒面、一壶热水，把羊群赶到湖边，一边照看，一边趴在草滩上写作业的儿子；长大后，成为村里唯一的大学生的儿子。以及再后来，县政府对他们家每年一次的探望。除此，他再无多言。

卡瓦的母亲是勤劳的女人，身着紫色藏装，体态健硕，长发浓密，黑红的圆脸饱经风霜。她为我们烧好奶茶、端上馍馍，不动声色地打量着我。我很希望她能坐下来和我聊聊，可她却一刻不停地忙碌，来来回回走动。不一会儿，她一声不响地端来了一碗饺子。先给了我，接着又端来一碗给了多杰扎西。最后，依然十分恭敬地用双手端给了卡瓦的父亲。

屋子里静悄悄的，没有人打破沉寂。我们一边安静地吃着，一边想着各自的心事。一位中等个头、皮肤黝黑的年轻人走了进来。他是卡瓦的哥哥，会说汉语，却也沉默着。我端详着他，情不自禁地对他说，卡瓦和你长得很像。不过他比你长得高，好像比你更加强壮。他听了一怔，然后露出一丝微笑。过了一会儿，一个眉眼十分俊俏，眼睛又黑又亮的小伙子走进来，看了看我，又出去了。他是卡瓦姐姐的儿子，身后跟着一个调皮的男孩，也是卡瓦姐姐的儿子。卡瓦有两个姐姐，一个哥哥，他是家中老四。

饭后，我提出为卡瓦的父母亲拍照。卡瓦的母亲颔首答应，快步走进卧室，拿出来两顶礼帽。一顶给了卡瓦的父亲，一顶端端正正地戴在自己头上。随后，我被邀请到卡瓦住过的屋子。屋子里的陈设原封不动，如卡瓦生前一样，电视柜上有他的两张照片。一张是在雪山下，一张是在青海湖边。照片上的卡瓦，凝目注视，心无旁骛。桌子上整整齐齐地摆着他的毕业证书、获奖证书、诗集和童话绘本。原来，在我吃饺子的时候，卡瓦的母亲和哥哥，已经为我准备好了一切。

有人说，青海湖是大地上的一滴眼泪。有人说，青海湖的水下是鱼，风上是鹰。鹰是另一个世界的居民，灵魂部落的首领；鱼是湖中精灵，主宰着环湖流域芸芸众生的命运。而卡瓦，是草原的天使，牧人的英雄，父母心头的肉，哥哥姐姐永远的遗恨和伤痛。

一群群斑头雁，掠过青海湖上空；一匹又一匹赤红色的马像流浪的歌手，在草原上徘徊，相互问候。已经没有多少人记得，青海湖唯一的水生物种，国家二级保护动物青海湖裸鲤，民间称作湟鱼的，原来竟也是有鳞的，只因青海湖流域海拔越来越高，湖水越来越咸，营养越来越少，它们有鳞的身体无法适应严酷的生存条件，才忍痛褪鳞，以增厚皮下脂肪，抵御寒冷。它们在湖水中艰难觅食，与清洁的滩地、瘦弱的芦苇、低矮密集的苔草、成千上万的候鸟，构成纯粹简单、强大又无比脆弱的生态链，维系着雄踞青藏高原东北部，拥有巨大湖泊水体的高原湿地。

20世纪50年代到80年代末，捕鱼者在青海湖畔扎下的帐篷白茫茫一片。疯狂的捕捞，让裸鲤数量由1958年总量三十二万吨，下降到两千七百多吨，那鱼翔浅底、万鸟沸腾的景象不复重现。之后，政府虽连续四十年封湖育鱼、严厉打击、禁止捕捞，但因低温干燥，营养贫乏，加之裸鲤本就生长缓慢，青海湖裸鲤资源恢复困难。

2015年6月26日晚上7点30分，两名鱼贩子正在大仓村湖岸偷捕青海湖裸鲤。卡瓦和村里的四个年轻人闻讯赶到湖边。看到他们匆匆赶来，狡猾的鱼贩子急忙把布下的渔网投入湖中，面对卡瓦的指责劝诫，拒不承认。卡瓦又气又急，为了当面取证，更为了阻止他们夜间偷捕，他毫不犹豫地独自向湖中走去，准备拆卸渔网。

卡瓦下了水，岸上的其他几个人顿觉心神不安，刚要劝他赶快上来，没想到，话还没说出口，往湖里走了不到二十米的卡瓦就陷入了湖水中。

同去的四个年轻人和两名鱼贩立即下水施救。可是谁都不会游泳，他们找不到他。从卡瓦下水到陷入湖中，整个过程仅一分钟，没有挣扎，没有声响，施了魔法般的湖水，就这样让一个活生生的，只有二十六岁，还来不及与心上人见面的年轻人消失了。

夜深了，6月的青海湖气温骤降，冰冷的空气无奈地咀嚼着咸涩的湖水。只有受惊的几只普氏原羚窃窃私语，忧郁的音调格外凄凉。

许多人赶来，眼里含着泪水，手里捧着松香，为卡瓦年轻的生命点燃酥油灯，祭献食品，诵经超度……

如果生命有颜色，卡瓦应该是蓝色的。他为湖水而生，又消融于湖水。像凡·高的《星空》，深邃、绚丽。如果生命是音乐，卡瓦应该是贝多芬的《英雄交响曲》，激越、灿烂，闪耀着浪漫与激情。

一年又一年过去，大仓村的村民可能已经忘记，往年这会儿，卡瓦正站在湖岸，面对湖水凝神静思，让欢悦的情绪溢满心房。

午后的草原寂静无声，宽阔的原野在白云下凝固不动，卡瓦的父亲和哥哥带着我来到他遇难的地方。

湖水上涨，卡瓦下水的地方离湖岸又远了二十多米。我默默肃立、心中怅然。古老的湖水与8月的蓝天一样缥缈不定，不可逆料。湖水在风中激荡，勾起了我压抑的悲伤。我感到一种巨大的力量，莫名的恐惧，恰似心叶颤动，危立于悬崖。卡瓦是一个最接近自然的人，也是最坚强的人，无论活着还是死去。他用自己年轻的生命，融入了一场几乎没有人看见的巅峰决战，令盗猎者望而生畏。

　　草原静谧，静谧得令人窒息，又无所依傍。我踮起脚尖，和卡瓦的哥哥一起，把我带来的哈达举过头顶，系在石碑上。那石碑素朴简约，只镌刻着一行字：

　　您无畏的精神永存于我们心中

　　浪花层出不穷地涌现，湖水在天边曼舞，我一步一回头。卡瓦的呼吸荡漾在湖水里，面容时隐时现。微风中，嵩草弯腰俯视苍莽大地，起起伏伏。阳光不再灼热，远望中，金色的马先蒿、紫色的野葱排列成行，头戴金冠，身披如意，将一座石碑、一个草垛般的白塔高高举起，又轻轻放下，安放在看得见湖水、听得见涛声、嗅得到湖水气息的沙地上。

　　再见了，卡瓦。

原载《散文》2022 年第 3 期

书的背影

金宏达

一

　　书是人的好友，人有行有止，书也有行有止，书的背影，有时让人看着伤怀。

　　若干年前，我在某大学图书馆供职，有一位日本数学教授，到了晚年，将他一辈子搜集、珍藏的数理书籍捐赠给我们。他一生清寒，为买这些书，省吃俭用，不知费了多少心血，在捐赠仪式上，他动情地称此为"嫁爱女"，听的人亦无不为之动容。这些书无论就其来历，就其价值，皆理应优遇，然而接手之后，我们只能委屈它们暂时在书库的一个旮旯栖身。馆方既无人通晓专业日语，能将它们分类、上架，而且书架上也早已壅塞，几无余地。曾联系过数学系资料室，想请他们收留，但来了几位学科带头人，都摇摇头，说在自己教学和科研范围之内还用不上。一年又一年过去了，这位日本友人的"爱女"仍被遗弃在那里，真是"玉颜不及寒鸦色，犹带昭阳日影来"。

这确实很无奈，换作那位捐书人，也许会为之很伤怀。我当然能理解，书有生命，有它自身的故事，特别能牵动人的情怀。

很多年以前，我求学时，常常是身无分文，偶尔得到一点零用钱，便积攒下来，钻进书店，买下一本自己渴求已久的书。那时书价便宜，居然也购置了几套线装书——《诗经集传》《古文辞类纂》之类，也都不是什么珍稀版本，但对一个爱好古典文学的学子而言，却值得当作一笔财富，上大学时，我把它们珍藏在自己的衣箱里。20世纪六七十年代我受到"文革"的冲击生怕祸及这些书，便找个机会回到江苏老家，随身带上它们，托付给一位好友。

几年之后，我去找这位友人取书，他告诉我，因为用钱困难，连同他自己的书一起卖了。虽然这些书的归宿也许还不太坏，但仍有未能完璧归赵的遗憾和些许带有时代色彩的悲情，使我久久难以释怀。

二

书，生来就是为用的。据说，群居的智人很早就有了记载信息的需要，他们为协调、管理内部关系做出许多规定，为交换、储存各种物品留下备查记录，进而，还为向后代传递经验和技巧，表达愿望与情绪，产生出文字符号。最初，也许像苏美尔人一样，刻写在泥板上；继而，或像华夏祖先一样，刻写在龟甲上、竹简上，把它们分类，打捆在一起，就有了书。书，确是最早承载和传承人类文明的神器，也有人称其为"人类进步的阶梯"，这一点，它当之无愧。

人类社会在近几百年里骤然加快了前行的步伐，结下了无数文明的硕果。有一个细节，人们不应忘记：1453 年的一天晚上，黑海和地中海交汇处的海面上，随着奥斯曼大军攻城炮火一阵紧似一阵，逃难的船只如乱蜂般飞离，其中就有船先于载人而满载了书——正是这些书，保存了希腊文化的种子，而后播入欧洲大陆的土壤，滋荣出人类近代文明的春天。那些不辞万险完成这一鸿业的人，无疑是最爱书、最懂书的人，他们完满诠释了书对于人类文明的伟大意义。

毫无疑问，书的收藏，最终是为了用，一旦归于不用，或沦于无用，它的生命即告终结。现实中，人们会纠结于藏与用之间。有的地方，往往重藏，限用。也是因为曾在图书馆供职过，我知道有许多不良于用的情形。在重藏方面，又往往陷入量的迷思，不但以大量的复本充数，还不肯认真地进行甄选，让许多低质、劣质的出版物占据有限的空间，造成好书的窒息。巡视一下一个个庞大的书库，你能看到，确有不少书是在"尸位"，它们随带的读者借阅卡表明，从来就没有被人"尝鲜"过。还有些书则是被人为地刻意封存，或特别保护，不让人靠近，它们都成了地道的"死囚"。有一次，我愤激地想说点什么，写下了一个题目：《万丈书冢平地起》。我在校园里散步，望见夜幕下的图书馆书库大楼，一个黑乎乎的庞然巨影，想到一些图书不良于用的痛心的事，就首先想到这两个字：书冢。

我们当然要创造条件使书利于用，使它活力四射，而不要让人看到它被无端地幽禁和湮没。

三

时光荏苒，我也一把年纪了，一次次搬家，搬来搬去，净是书，真苦不堪言。其实，我的书和我的一些朋友比起来不算多，更不能与酷好藏书的人或藏书家去比。“藏书”全盛之时，也或有几千上万吧，固然“多乎哉，不多也”，堆在室内，也要占去很大的空间。早自十多年前起，我就到远郊农村赁屋，以存放一时用不上的书，使人、书各得其所。书们的新居顿时恢廓、堂皇起来，书架环列，气宇轩昂，颇为可观。此策千好万好，唯有一条不好，便是租赁之事不得久长，于是数年之后，又要另觅他处，好让我的书们安身。

搬家时，一堵堵墙似的书，很令人头疼，也正是此时，让我不得不认真端详起来，它们果真是个个都值得端然高踞那里，并值得为之费力搬迁吗？我先从自己平生疏懒，自己现今的年岁、时间、精力和专业范围、方向盘算：一些书，我还会与之有缘交接吗？

有人曾告诉我，对书不可太有功利心，想一想，这也是有道理的。年轻时功利心重，划定研究方向，学以致用，购书、藏书、读书，都与一定的目标相关。上了年纪，不免淡泊起来，读书少了许多功利性，此时也会读些所谓“闲书”，或读书以消闲。而消闲之后，此类“闲书”是否一定要存呢？这就犹如报刊，除非有特殊收藏的目标，许多人都会将看过的报刊交给收废品者，一些“闲书”，除却包装之外，其实亦与报刊无二，报刊可弃，为何就不可与这些书道别呢？

爱书的人总归不忍心将自己手上有模有样的书抛弃，吾国的古圣贤早就教导我们要“敬惜字纸”，更何况还是“开卷有益”，那就“红粉送佳人，宝剑赠壮士”吧。我也曾恭请年轻的朋友来舍下挑选所需要的书,其眼光独具者,将若干坊间已难以见到的旧书收入囊中,后来者则未必有此幸运。有时这种对象找起来也难。还曾经联系过几家图书馆,馆方答应了,又敦促数次,终于来人了,老大不情愿的,像是倒欠了他们的债款,此种经历并不愉快。有一次,中学的母校召集校友开会,号召捐助,乃挑选一批书邮去,冀有所助益,结果泥牛入海,杳无回音,人家或是希望收到钞票一类,书之类非其所欲,不对路也。边远地区学校对书或更有需求吧,然而一来,管道不通,运费、运力,都大费周章;二来,所送之书,亦未必是他们所需。

最省事的途径,莫过于交给收废品的人了,我尝悬揣,书交到他们的手里,无非有两个出路:一是他们会分类,将有可能卖得出去的,转到书贩那里,换个好价钱,书也得到生路;另一便是按重量卖出,化成纸浆,给这些书一个投胎再生的机会。前一条,我未做过调查,但就所见市面书店、书摊很少而言,恐怕也很难行。我曾将一些较大的画册之类拿到中国书店去卖——那里有专司收购旧书的部门,经手收书者皆是对选书很有眼光的人。那天我面对的店员就紧皱着眉头,好不容易开出了一个极低价格,我倒不介意,只是和他攀谈几句,听他大念苦经。原来,他们也为收来的许多书堆积如山、没有出路而苦恼至极,不得不选书从严,收价压低。

我知道,许多书的最后归宿,只是化浆的场所,这说来似乎有点罪过,但实情就是如此。作为读书人,曾经的藏书者,我们所能做的最好的事,无非是一边自己用着,一边适时地处置,如前面所言,"红粉送佳人,宝剑赠壮士",让手中的书得其所哉,尽其所用,此事诚然行来不易,也还是要努力去做。曾有人倡议一种让书自己漂流的活动,就是将书放在公共区域,任人取阅,阅毕,再"漂"

至下一个读者，想法很是不错，不妨乐观其成。

　　无论如何，书籍总是人类的好友，迄今为止，也仍是我们最亲密的伙伴。电子书横空出世时，曾一度引起过一些人疑虑传统的书籍会不会消亡，现在看来，书籍的身影依然活跃。图书满架，一卷在手，在理想的生活中，仍是一个非常享受的经典场景。祈愿在未来人类向外太空的迁徙之旅中，马斯克们一定不忘带上地球最贵重的珍宝——助成人类文明辉煌历程的图书，这是我们最想看到的书的背影。

原载《散文》2022 年第 6 期

感念乔羽老师

尧山壁

　　6月20日10时，突接石祥电话，乔老爷凌晨走了。语声低沉哽咽，却像巨雷震蒙了我，怎么可能？近一个月来往不断，二三十分钟视频犹在眼前，亲笔题词还在我手里，这个乐天娱人的乔老爷，怎么说走就走，就像一只蝴蝶飞出窗口，给我们留下无限思念。

　　从手里这幅题词说起。去年冬天家乡县委、县政府决定设立"尧山壁文学馆"，请谁题名？首先想到的是乔羽老师，我文学之路的引路人。乔羽老师与我有"三同"之谊。1946年他在邢台北方大学读书三年，大学搬走，原址成为邢台一中，我也读了三年，可谓"同校"。1962年我大学毕业，到邢台县山区石槽大队劳动锻炼，住同一家，先后睡同一张床，戏称"同槽"。回到县委大院，他是宣传部副部长，我是文化馆员，"同一个锅里抢马勺"。三干会开饭，他和我们一样，当院一蹲，一手窝头，一手大锅菜，边吃边说笑，他的笑话比红烧肉还馋人。乔羽老师的青春都献给了邢台，三年北方大学，三年沙河县体验生活，五年邢台县任职，可惜我只赶上一个尾巴，仅四个月。可老师言传身教，三言两语，足够我享用一生。比如：歌词是人们心里和口头上的诗，是唱给别人听的，要让人一听就懂，回味无穷；容易写，写好难；应该寓深刻于浅显，寓隐约于直白，寓文于野，寓雅于俗；看似信手拈来，实则腹稿良久，字字苦吟。记下来就是"乔羽词话"。

1962年最后一个夜晚，乔羽回京工作了，可是邢台人都觉得他还在邢台，到处可见他的"身影"。石槽大队林业劳模孙清贵家有他一幅中堂："有土之处皆种树，有山之处皆成林。春蚕已超江南盛，夭桃独立江北春。"东川口水库有他一个条幅："一带山色明镜里，几叶扁舟彩云间。天惊犹记石如雨，又见鸳鸯自在眠。"送给县长王永淮的是："王永淮，像春蚕，年年月月不离山。春蚕吐丝只几日，永淮辛苦几十年。"送给县委书记何耀明的乃他游历桂林的得意之作："桂林山无脉，拔地恣意出。宛如雨后春笋，畏巧不成竹。"有人看中的是诗，有人看中的是字，书是形，诗是神，形神兼备，正是乔羽老师自己的形象。

乔羽老师出生于山东济宁，大运河边，抬眼就是太白楼。当年李白寓家任城（济宁古称任城），二十余年漫游，留下许多传奇故事。乔羽自幼爱李白，身上有太多的太白遗风。其诗歌豪放率真，雍容和缓，口语入诗，明白如话，正是李白的"清水出芙蓉，天然去雕饰"。听他创作的歌词，常常会联想起李白的"床前明月光""云想衣裳花想容"。

乔羽老师是首任邢台地区文联主席，也是邢台的形象大使，常常招来一些文化名人，导演苏里、武兆堤，演员付长生等，"朋友来了有好酒"，本来就是他挂在嘴边上的话。我参加过的唯一一次酒场，付长生请乔羽，要我作陪。付长生是个有故事的人物，原来是河北省话剧团名演员，和乔夫人一样是满族人，乔羽常用满语喊他大舅兄。1958年何耀明写了歌舞剧《天上人间齐歌唱》，乔羽出任总指挥，请付长生来做导演，下放干部齐啸云主演。戏演完了，获得河北省文艺汇演一等奖。因为崇拜乔羽，何耀明、付长生不走了，留在邢台县文化馆工作。如今乔羽要走，他们有些惆怅。乔羽老师喝酒爱吃猪耳朵，多喝了几杯，翻来覆去讲他的酒经，一提神，二品味，三两醉，四两睡。我本来不喝酒，替乔羽老师喝了几杯。看我面不改色，他兴致来了，指着我说："这小子饮途无量，必成大器。器者皿也，大酒壶。"后来果然应验了，乔羽是我酒功的开发者。

让乔羽老师时常挂在心上的还有邢台县丝弦剧团，是他一手打造的娃娃班，都是十几岁的孩子，他们开始叫乔部长，后来喊乔老爷，看见就搂脖子抱腿。有时下去演出碰上，乔老爷就买些瓜果梨桃犒赏一下。看他们排戏，唱念做打，也能指点一二。1960年他为"小丝弦"量身打造，写了一出海瑞戏《铡徐猛》，还请作曲家修改唱腔，使南路丝弦的唱腔大有提高。他对我说一个剧种一个剧团，有了自己独创的剧目才会立起来，我记在心里。参加了三年"四清"，为"小丝弦"写了个小戏《轰鸡》，参加了省里汇演，又进京汇报演出，受到周总理好评。乔羽老师提了两瓶汾酒祝贺，这是他平时最爱喝的酒，有诗为证："劝君莫到杏花村，此地有酒能醉人。我今来此偶夸量，入口三杯已销魂。"

乔羽在京，是中国文艺舞台最活跃的大家之一，百忙之中不忘邢台。1985年我组织编写了一本《作家笔下的邢台县》，乔羽老师题词说："邢台是我的第二故乡，整个解放战争时期，我都是在这一带生活、学习、战斗。新中国成立以后，作为一个文学工作者，又长期在这里体验生活，担任基层工作。我爱这里的山水草木，更爱这里的父老乡亲。我愿这里更富裕，更美丽，日新月异，精进不已。"漂亮的行楷，满纸烟云，一阵春风从大家手上心上掠过。

此后，握手不多，见面不少，我们的乔老爷经常在电视上露面，发福了，也更有风度了。还是一口不改的鲁西话，谈笑风生，幽默风趣。每当看到他健步登台，侃侃而谈时，我心里也替他高兴，八十八岁了，八十九，九十，九十一，九十二……盼望他健康长寿，只要有乔羽，大地上就有动人的歌声。近几年让疫情闹得心情不好，电视也看得少了。直到题词问题出现，才发现乔老爷不好见了，家搬了，电话断了，托了好多亲朋好友，打听不到下落。

失望至极时，今年5月14日，终于有一位朋友得知一个座机号码，密不示人的，打过去，果然是乔老的女儿乔国子接的。通报一声，乔老愿意视频一见。次日下午等到了铃声。打开手机，乔老坐在轮椅上，显得很弱，好让人心疼。往日相见，总是乔老先开口，滔滔不绝。今天只得我先说了，说邢台，说渡口，说何耀明，说"小丝弦"，说邢台人都惦念他，唱他的歌。乔老似乎都听见了，嘴唇颤动，眼含泪花。视频二三十分钟，没说多少话，又好像都说了，面对这种情况，题词的事反而难以开口。事后对国子说，乔老好书法，方便时毛笔题个馆名，不方便圆珠笔写句鼓励的话就行了。5月31日，国子发来信息，任务完成了，并说老爷心里有你，闭门谢客久了，对外视频这是唯一一次。封笔也很久了，他重拾笔墨，轮椅移到案前，铺开宣纸，饱蘸墨汁，平心静气，一气呵成，手也没抖。写完看了看，自己也很满意。听得我泪流满面，向北京方向深深一躬，捧在手上，沉甸甸，热乎乎，湿漉漉，好重啊！

多年来，我像喜欢乔老的歌词一样喜欢他的书法，收集研究，受益匪浅。乔老三岁练字，学欧楷，临汉碑，"天下汉碑半济宁"，功力深厚。他为人低调平和，表现在书法上也是沉稳中和，轻松自然，毫无剑拔弩张的浮躁之气，字体清晰舒朗，用笔干净，起讫分明，结构上毫无拘谨，收放自如，字的态势不求规正，而在用笔之中蕴含着动感。更为难得的是，他的书法充满书卷气和文人逸趣，这种文气并非书写的艺术、技术表现出来的，而是内在人格、学养、品行、阅历的自然流露。乔老从不自称书法家，甚至不以写字为艺术，只是思想交流的一种工具，但是其书法所表现出来的精气神韵，不是一个书法家所能比拟的。

六字题词，乔老书法绝笔，将会是我们的镇馆之宝。

原载《散文百家》2022 年第 10 期

东北电影院

张瑞田

一

　　从松花江边，到炮台山下，两三公里的距离。站在北京路与珲春街的交会处，往南行，就到了松花江边，手抚江堤栏杆，可以看到滔滔江水和在江边钓鱼的人。顺着台阶下到江边，是三道码头，有木船停泊，白天，载客的木船在江上往来。木船长约三十米，宽不足两米，依靠水流，以桨调动。一条高达五十米的钢丝绳索，横跨松花江，固定在北岸和南岸的铁塔。一根缆绳把木船和钢丝绳索拉住，防止木船过江时被水流冲走。松花江南岸有江南公园，豢养动物，是儿童的乐园。我经常坐这条油漆斑驳、散发水腥气味的木船去松花江南岸嬉戏。

　　松花江边是珲春街南边的终点，从这里往北行进，穿过北京路与珲春街的十字路口，就会到达珲春街与河南街的交会处。河南街与珲春街的十字路口，向东，是绵延两公里的商业街，路两侧密布商店、百货大楼、新华书店、福源馆、兴兴园饺子馆、实习饭店、民生商店、五金机电化工商店、服装店、理发店等，一直到大东门。据说，河南街从清末年间开市，街市之长，人员之众，店铺之多，名满东北。河南街与珲春街的西北角，是邮政局，这是一栋伪满洲国时期的老楼，墙厚，门宽，房间举架高，几部老式电话置于大厅一隅。小时候，每一次到邮政局，都会拿起电话听筒，摇动转铃，模仿电影里国民党军官的姿态，装模作样说一番无厘头的话。邮政局南门的不远处，是报刊零售亭，全国各地的报刊应有尽有。我是这里的常客，也可以这样说，我的阅读兴趣，就是这家报刊零售亭培养起来的。从少年到青年，买了无数种报刊，爱不释手的报刊揣在蓝色涤卡布料做成的中山装口袋里，利用电影放映前的十几分钟，看完一篇文章，然后把报纸叠起来，重新揣到上衣的口袋里。看完电影，回到家里继续看。报刊零售亭，是我成长的加油站，庆幸的是，那个时间节点的加油站没有假货。

以零售亭为坐标，向西，是清真烧卖部、同芳照相馆、药店、松花江副食品商店、茶叶店，路的尽处，就是河南街的西端。南侧，一座"个"字形的建筑赫然而立，四扇大门，有台阶，建筑的上端是一颗凸显出来的红五星，紧贴红五星是"东北电影院"五个行草大字。

从北京路80号到东北电影院，十五分钟的步行时间。离家近，是看电影的首选之地。想看电影的时候，翻阅《江城日报》的电影专栏，首先看东北电影院上映什么电影。吉林市曾是吉林省省会，城市规模不小，有很多电影院。那是电影时代，城市人流量最大的地方一定是电影院，开演前和结束后，人头攒动的场面令人感慨。

二

当时只知道看电影，对东北电影院知之甚少。这座电影院建于1938 年，当时的名字叫"国泰影院"，1949 年改成东北电影院。至于上映过什么电影，什么人来看过电影，它与观众的关系，是政府投资，还是民间资本兴建，一概不知。

第一次看电影，当然是在东北电影院。依稀记得，那是国产影片《南征北战》，是大哥带我看的。小孩子喜欢看打仗的电影，敌我冲突，生生死死，机枪刺刀，飞机大炮，战争的场面生动真实。最后首长要登高讲话，电影里的人激动地听，看电影的人也是一脸严肃地听。首长的话音落下，在一片欢呼声中，放映结束。不知为什么，那个时期的电影，总会有这样雷同的结尾。

我们住在一个大院里，小孩多，我们就三五成群地去看电影，不再与家人一同去了。电影票不贵，学生票一毛钱，但电影票紧俏，需要提前到电影院购买，常常是把钱凑到一起，由一位身强力壮的人拥挤着靠近售票口，付钱买票。至今，我的眼前还经常浮现买电影票的场面，开始时有序排队，但当开始售票时，队伍便乱成一锅粥，人们蜂拥而上，吵骂、喊叫声此起彼伏。

东北电影院分上下两层，有六七百个座位。我们喜欢买二楼座位的电影票，因为在二楼，有恶作剧的机会。电影放映结束前，我们几个人就到二楼的最后一排，用手挡住放电影的窗口，让我们单薄的晃动的手臂出现在银幕上。第一次没有人干预，第二次就被电影院的工作人员带走了，一位四十多岁的人斥骂我们，你们这帮兔崽子，怎么能接无产阶级革命事业的班。

每年五月，东北电影院门前的人明显少了。五月，是八个样板戏的放映月，记不清持续了几年，总觉得在我们的少年时代，一到五月，每一家电影院都是轮番放映这些看了无数遍的电影。

五月过后，我们的身影就会经常出现在东北电影院的大门前了。买到电影票，时间充裕，就去河南街喝一碗油茶面，吃一块油炸糕，再买一袋瓜子和一根冰棍，入场找座，期待电影放映。那个时候电影院不干预观众嗑瓜子，电影放映时，银幕上的光影、对话，与嗑瓜子的声音交织在一起，噼里啪啦，喜气洋洋。

五月以外的电影是致命的诱惑。阿尔巴尼亚摄制的《第八个是铜像》《海岸风雷》，罗马尼亚摄制的《多瑙河之波》，越南电影《森林之火》，苏联电影《列宁在1918》《斯大林格勒》，朝鲜电影《无名英雄》等，是少年观影的最爱。从电影院出来后，去松花江边的大柳树下模仿电影里的人物走路、说话。许多电影里的台词，我们可以大段背诵。《多瑙河之波》的那个接吻的镜头，如日初升一样美，如落霞满天一样温暖。

三

那是一个思考的年代，电影人也像思想家一样，不去追求浅显的感官刺激，以文学、光影、音乐、表演等手段，思考历史问题、社会问题、人生问题。而这些问题与彼时的社会思潮关系紧密。我学习写影评，看到好的电影就写一篇，或者想写影评，就去东北电影院看一部电影。从北京路80号到东北电影院的十五分钟路程，又变成了我构思影评的过程。那是真正的电影时代，国产电影《生活的颤音》《小街》《一个和八个》《庐山恋》《黄土地》《沙鸥》《猎场札撒》《巴山夜雨》《海滩》《青春祭》《人生》《老井》《黑炮事件》

《红高粱》《本命年》《顽主》等上映，都会引起若干社会话题。与此同时，日本电影以斑驳的色调、冷静的叙述、曲折的情节、内敛的表演，震撼了一代观影人。我还记得《追捕》《望乡》《人证》《金环蚀》《幸福的黄手帕》《远山的呼唤》上映时万人空巷的场面。还有印度电影《流浪者》《大篷车》，让我们认识了一个陌生的国家，看到一群苦难的人民。那个年代很难买到电影票，电影院门前的黄牛党，一副趾高气扬的样子，与电影中生动的人物形象一样，嵌入我们的记忆。

20世纪90年代初，电影业萧条，各个电影院放映老电影，我得以反复观看一些经典影片，《两个人的车站》《办公室的故事》《兆治的酒馆》《远山的呼唤》等，还有南斯拉夫电影《瓦尔特保卫萨拉热窝》《桥》，墨西哥电影《叶塞尼亚》《冷酷的心》，美国电影《克莱默夫妇》《爱情故事》《随风而逝》《沉默的羔羊》，等等。后来，电影业有了复苏的迹象。这个时期，港台电影、好莱坞电影长驱直入，国内电影人也开始拍摄商业电影，中国银幕姹紫嫣红，满目皆是繁荣的景象。电影市场热闹了，影评人左右为难了。很快，对商业电影的批评成为影评的主流。我发表了一系列影评作品，都是批评性的，从对电影本身的批评，直到对电影人的批评。有时，话题不着边际了，责编会善意提醒，离题太远了不好。现在，20世纪90年代中期的黑帮片、情爱片，已经成为遥远的话题。一度有点红的申军谊、贾宏声，所塑造的反面人物印象深刻，遗憾的是前者沉寂了，而后者，已经去了另外的世界。

20世纪90年代电视连续剧崛起，彩色电视机普及，去电影院看电影被视为落伍的表现。电影业萧条了，各大电影制片厂没有资金拍片，也发不出工资，电影人去电视剧摄制组打工，我也停止了影评的写作。不过，东北电影院上映电影，如果是我喜爱的，我还要去观看。法国贝尔蒙多主演的《恐怖笼罩城市》，我看了七遍之多，对故事和贝尔蒙多的表演啧啧称奇。电影萧条，电影院首当其冲。再去东北电影院，发现电影院的功能有了变化，新建了录像厅，一条长长的走廊，并排摆放二十余台游戏机，在游戏机上厮杀的人，远远多于在电影院里看电影的人。电影院的外面，有一面长二十余米的电影画廊，这是张贴电影海报的地方，电影院美工精心画出即将上映的电影海报，标出摄制单位和编剧、导演、主演的名字，起到广而告之的作用。那时候很重视电影编剧，电影字幕首先推出编剧的名字，然后才是导演、演员什么的。电影少了，电影画廊的辉煌烟消云散，电影海报被二人转演出广告替代。晚上，电影院成了二人转的演出剧场。我到录像厅看了半场录像，始有所悟。告示板标出的放映片名，名不副实，说是放映这个，其实是放映"那个"。我还到电影院看了一场二人转，几位涂脂抹粉的演员，演完折子戏，学赵本山、潘长江，与台下的观众互动，表演脱口秀。显然，这不是我们愿意看、喜欢看的演出，但这是有市场、有票房的演出。电影院员工、演员，与这个行业相关的人，都和这里休戚与共，这里的灯火不能熄灭。

四

1995 年，《阳光灿烂的日子》上映，东北电影院在第一时间放映，我也是在第一时间看了，觉得很好，接着，又看了一次。我觉得姜文的导演才华了得。后来看了他导演的《鬼子来了》和《让子弹飞》，敬佩之情无以言表，也希望他拍出更好的电影。

《阳光灿烂的日子》是我在东北电影院看的最后一部电影。此后，我到北京，找到电影导演谢飞，一同合作拍摄电视连续剧。谢飞是中国的第四代导演，他的电影《本命年》《湘女潇潇》《黑骏马》也是不同凡响的。他坦率地讲，自己不想导电视连续剧，但可以当制片人、艺术总监，于是，我们共同策划、拍摄了二十集电视连续剧《梨园生死情》。谢飞请韩刚当导演，巫刚、王海燕主演，陈宝国、斯琴高娃、牛犇、黄宗洛、张金玲等人参演。我负责制片工作，从影评人到制片人，亲历了一部影视作品的生产过程。

谢飞还是想拍电影，便买了藏族作家扎西达娃的小说《益西卓玛》的电影版权，很快改成电影剧本，投入拍摄。谢飞是艺术电影的导演，敬业精神十足，一个镜头接着一个镜头拍完《益西卓玛》，却在审片等环节让他伤心。记得他与一家媒体讲，电影不立法，电影就没法拍。《益西卓玛》的上座率不高，我想，东北电影院肯定没有放映过。此后，谢飞屈就拍电视连续剧，处女作是根据曹禺话剧剧本《日出》改编的三十集电视连续剧《日出》，主演徐帆，她演的陈白露我很喜欢。

离开吉林市二十六年了，回去看望家人时，朋友们经常陪我去东北电影院对面的一家台球厅打球，打出一个好球的时候，会情不自禁地站在南侧的落地窗前向外眺望。"东北电影院"五个字，就像五颗球，从不同的方向向我聚集，我像一个落球的布袋，需要把这五颗球一一接住。

东北电影院，我还有机会坐在里面看一部自己喜欢的电影吗？

原载《散文》2022 年第 1 期

柴达木石油勘探手记

——

马　行

1233 戈壁

柴达木腹地有一片低山。低山之上草木不生，只有密布的小石头。低山无名无姓，为了施工的需要，我们勘探队把低山所在的测线名"1233"当作了它的名字。只是，我们不叫它 1233 低山，而是叫它 1233 戈壁。

刚进 1233 戈壁，我就发现那儿的石头特别好看，特别有意思，密密麻麻的，且全是橘黄色。至于石头的块头，都不是很大，大的有拳头般大小，小的只有火柴盒那么大。不过，当我从远处看，却看不到橘黄色的彩石，看到的只是一片片土黄色的茫茫戈壁。每次，只有当我走近了、停下脚步甚至弯下腰时，才会发现它们。它们，就那样安静又低调，在闪烁着太阳光泽的同时，也闪烁着自身的光泽。它们的左邻右舍，往往并不是彩石，而多是干硬的黄土，或寻常至极的黑灰色小石头。在如此彩石面前，我不仅心动，还贪婪起来：要是看到特别中意的，必定会捡起来放在包中。

真是想不到啊，在以盐沼地貌为主的柴达木，不经意间，我居然发现了一个满是橘黄色彩石的戈壁。当然了，这也许是柴达木特意向我、向我们勘探队的兄弟姐妹，打开的一扇彩色的窗。

翌日，我再次来到1233戈壁，再看，身边的石头换了一个颜色，全是海蓝色。无论我怎么寻找，就是找不到橘黄色的彩石。不过，尽管颜色不同，这海蓝色彩石却与橘黄色彩石一样精美。正当我把一块海蓝色彩石高举在阳光中仔细端详时，排列班的一辆卡车停了下来。驾驶员跳下卡车，走上前，看了看我手上的海蓝色石头，很不以为然地说，又是海蓝色石头，这条浅谷里也真是怪了，全是这样的海蓝色石头。驾驶员把我说蒙了，我问他咋回事儿。他说，在这1233戈壁，共有六条并行的浅谷，而每条浅谷中，石头的颜色都不一样，从这儿向右，也就走几百米，就会发现那边的石头全是草绿色。见他这么说，我特意俯下身看了看脚下的勘探桩号旗，才知我所在的位置距离昨天的位置还有好几百米呢。

驾驶员走后，我就向右走，还真如他所说，走着走着，真就遇到了一条布满草绿色石头的浅谷。匪夷所思的是，这有着草绿色彩石的浅谷与那有着橘黄色彩石的浅谷，除了彩石的颜色有别，其余方面，比如地形地貌、彩石大小，彩石密度等几近完全一样。走在浅谷之中，我随手捡起一块彩石，看一看，不想放下。再捡一块，还是不想放下。可我总不能把这浅谷中的彩石全捡起吧？……想了想，我还是把捡起的彩石一次次地又放回了原地。以至于离开这条浅谷的时候，我只拿走了一块形似冬不拉琴的长条形草绿色彩石。

几天下来，我要么乘坐勘探队的施工卡车，要么就一个人徒步，踏遍了 1233 戈壁的腹地以及边缘地带，终于搞清了 1233 戈壁所有彩石的分布情况：六条浅谷的宽度与长度十分相近，宽约五百米，长约一千五百米。从左往右，彩石以并排的浅谷为单元，颜色分别是深褐、橘黄、海蓝、草绿、紫红、银灰。

收工回到驻地，我把彩石用水冲洗干净，拿毛巾擦干，再一个个地摆在桌子上。先是按大小摆了一排，觉得不妥，就推倒重来，按照颜色重新摆放——深褐、橘黄、海蓝、草绿、紫红、银灰……那一刻，它们不再是一个个独立的彩石个体，而是一个多彩的彩石团体，一个来自 1233 戈壁的彩石代表队。它们，开始与我面对面。它们可能在想，为什么偏偏遇到了我，还跟着我来到了勘探队的这铁皮房子里。而我盘算的是，怎样好好地认识一下它们。

它们最显著的特征是：皮面光洁滑润，像涂了油漆一样。从某些彩石的断面看，又发现它们的皮面并不是特别厚，与鸡蛋壳的厚度差不多。借助放大镜反复观察，发现所有彩石的质地，均是火成岩。彩石们看上去千差万别，实则并无多少不同，所谓的区别，也主要在颜色上。

为什么会如此涂颜色，又是谁给这些彩石涂的颜色？再就是，1233 戈壁的彩石，为什么要按照颜色依次分布？我在勘探队三十年了，见过不少彩石分布区，如克拉玛依彩石滩、塔城彩石滩、阿勒泰彩石谷，但在柴达木，别说见过彩石滩，就是听，也从没听说过。可如今，我居然在柴达木、在 1233 戈壁见到了这密度极大的彩石滩。并且，这彩石滩与克拉玛依等地的彩石滩完全不同。

我甚至会想，难道这 1233 戈壁是一个彩石王国？难道这六条浅谷，是六个不同的彩石村落？如果是彩石王国和彩石村落的话，那么，哪一块彩石是国王，哪一块彩石是王后，哪些又是村长？我拿起一块彩石，轻轻地敲打着自己的脑袋，我敲啊敲，可就是敲不明白、想不明白，也找不到答案。我感慨的是，一排彩石列队完毕，就在身边，然而，我的世界也包括整个人类的世界，却只能与石头的世界平行，根本无法真正兼容或相通。毕竟，相比于人类历史，石头的历史其实更久远。而石头的世界，看似简单，却无比丰富，无比深奥。比如在1233戈壁，石头们只是摆了一个彩石阵，我就迷惑了，勘探队的所有人也都迷惑了。

六条浅谷，万千彩石……难道这是一盘棋，一盘正在运行的棋？倘若是一盘棋，那执棋子者又是谁？是上帝，是伟大的佛陀，还是柴达木之神？我越是迷惑，就越是喜欢、越是想知道这些彩石的前世今生以及生存密码。接下来的那些天，我很少再捡拾彩石，我只要有空闲了，就模仿众彩石的样子，认真又荒诞地席地而坐——我的想法很简单：把自己当作一块彩石，试着以彩石的坐姿与视角，感受彩石的世界。

先哲贝克莱有言，一切外部世界的事物都是感觉或观念的集合。这柴达木，也许本无什么1233戈壁。假如我们勘探队没有来此施工，没有发现它看到它，它肯定不会名叫1233戈壁。可现在，正因为我们勘探队有幸命名1233戈壁，并发现了六条浅谷的彩石，我才觉得我依然有可能向着石头的世界走近、再走近一点儿。

可是，当我静静地坐着，像彩石一样坐着，奇迹却一直没有发生，我也没能参透彩石的真相。可尽管如此，我依然坚信：假若我在1233戈壁生活得久了，我肯定能感受到这些彩石的命运、智慧，以及它们的淡淡愁绪。

蚊子之洲

青海西柴达木山下环绕着一块块沼泽地，而沼泽地之间，藏着一块半干旱的沙洲。那沙洲寂寞高远，且无名无姓，似乎是被宇宙之神藏在那儿的。

宇宙之神把一块沙洲藏在这儿，必定是别有用意，只是我身为凡夫俗子，一时并不能得知。

正值七月，勘探队临近收工，副队长吴庆恩带领上百名员工，想来沙洲上捡拾清理遗漏的桩号旗。可是，吴庆恩等人还没等靠近沙洲，就推进不动了。整个沙洲，远看蓝天白云黄沙碧草，美得一如仙境，可靠近了，才发现沙洲上的能见度并不高，铺天盖地、密密麻麻的，全是蚊子。

蚊子啊，蚊子，占领了整个沙洲。这可真是蹊跷，按照常理，沼泽地的蚊子应该更多，可事实上，沼泽地的蚊子并不多，而这半干旱的沙洲却成了蚊子重兵驻扎的基地。并且，蚊子的胆子极大，可谓是胆大包天，连火毒的太阳也不怕。

刚开始，有几个不信邪的员工还不把蚊子当回事儿，大大咧咧地上了沙洲，可不到十几分钟，就抱头逃了回来。蚊敌当前，勘探队不得不调整运行方案：暂且避开沙洲，马上派后勤采购人员紧急购置防蚊帽、防蚊手套、防蚊液。

两天后，勘探队再上沙洲。这次，上百名员工均被防蚊帽、围巾、高筒皮靴等装扮得严严实实。行进还不到半小时，在沙洲的一条水沟旁，我防蚊帽上的一截裸露铁丝与衣领挂在了一起。正当我停住脚步，摘下防蚊帽，又摘下手套，想摆弄裸露的铁丝时，突然间，蚊子扑过来了，并将我彻底包围。一时间，额头上、脖子上、耳朵上、手背上，全是蚊子。往脸上拍一巴掌，掌上能有十几只蚊子。再拍，还是十几只。当即，也顾不上把裸露的铁丝摆弄好，匆忙又戴上了防蚊帽和防蚊手套。

尽管把蚊子隔离在了防蚊帽和防蚊手套外，可那短短的几十秒内，众蚊子不管不顾、六亲不认的猛烈攻击，已让我落下了几十个红肿的蚊子包。那个奇痒啊，让我无比难受，隔着防蚊帽的纱网，连用了两瓶风油精，还是不能止痒。

到了沙洲腹地，副队长吴庆恩看了我的蚊子伤，叹着气说："你这还是轻的，不算啥，刚才有个员工被叮咬得眼睛都睁不开了，已被送回驻地养伤了。"

过了一个多小时，才稍稍好些，不再那么奇痒难受了。停下脚步，定了定神，看看身边一个个员工武林大侠一样的夸张装束，再望一望蚊子弥漫的天空，居然有一种混沌蒙昧、天地洪荒之感。直感慨天下之大，无奇不有，如此沙洲简直不是沙洲，而是蚊子之洲。青海西常见的野兔黄羊之类，根本不见踪影。很有可能，野兔和黄羊早就被这儿的蚊子叮咬跑了。

傍晚时分，蚊子更多更重了。还好，这时的勘探队也该收工了。就在收工回撤的途中沙坡上，一块白色小石头，就像一只迷路的小兽，吸引了我的视线。我走上前，把它拾起，甚是惊喜，原来是一块月亮形状的奇异小石头。小石头比重大，犹如陨石，且质地细密坚硬、陶瓷般的皮面上还有凹凸不平的纹理以及黄棕色图案。有两个员工走过来，看了看，也说特别像月亮。我把小石头握在手中，那沉甸甸的圆润与温热之感，给了我一个错觉，仿佛真的是握住了一个月亮。——境随心转，此时再望那铺天盖地的蚊子，居然觉得它们不那么可怕、不那么讨厌了，居然想对它们说一声谢谢，谢谢它们天兵天将一样、为我把守着这么好的一块月亮石。

我笑着对身旁的员工说："现在，这月亮石我已拿到，众蚊子的把守职责已完成，所以众蚊子也该鸣金收兵、撤离沙洲了。"

接下来，众蚊子是不是撤离了沙洲，我并不知道。我知道的是，回到勘探队驻地，我尽管用酒精、碘伏涂擦了被蚊子叮咬的一个个包，可蚊子的毒性太大，大约用了八九天，所有的毒包才渐渐消失。尽管如此，我还是倍感欣慰，从某些方面来说，众蚊子还是好样的，它们毕竟在蚊子之洲上把守了千百年，并将一块可通天接地、又朴素至简的月亮石给了我。

原载《石油文学》2022 年第 3 期

欲言又止的我们

卓　美

在那个叫九弯的地方，他的父亲去世于一场车祸。不足一个月，他的母亲因病停止了呼吸。他们三兄妹成了孤儿。那年，他十二岁。此后的好几个假期，总有个背着背篓的身影在荒原上走，从天麻麻亮走到天煞黑。他挖草药，背石头，背沙子，挣三兄妹的学费，挣生活的盐巴。某次，荒原上的雪正在给大地织围巾，横一把竖一把地乱织。他从雪地上直起腰杆来的时候，背篓里的一块石头滚下来，砸伤了他的头。血，淅淅沥沥地往下淌，雪地上的艳红，像谁遗落的梅花。那次，他差点丢掉一条命。考进县城读高中，他中途休学一年，挣得几枚碎银子后，重返课堂。高中毕业，他考上了省城的大学。我初中毕业，报考了技校。我们，成功逃离了那片可以叫荒原也可以叫草原的地方。

我还在读技校的时候，他大学毕业参加了工作，被单位选派到北京学习。他给我邮寄书，给我写信。可惜的是，在那些冗长的书信里，他只字不提喜欢我。他写信给我的目的，就只为给我普及北京的古建筑知识——故宫的防涝系统、颐和园的桥、王府井的狮子……最多是，他顺便写上那么一句：还是故乡好，故乡山清水秀，满眼翠绿。我左一遍右一遍地读信，读到心凉，读到我们之间的距离感，他人在天涯，心也在。我读不懂他要表达的是什么，我倒是读懂了我自己。我，一个技校生，一个怯生生的脸色蜡黄的瘦丫头。而他，大学生，时代的骄子。在他身边，一定围着比蝴蝶还美丽的女子。那些比蝴蝶还美丽的女子，说着动听婉转的普通话。你看，他落笔如此谨慎，话语如此委婉，只不过是为了给自己留有退出的余地。也谈不上退出，他压根儿也没进来过，几封寡淡的信，能说明什么？他是一个有善变眼神的人，这样的人不可能胸无谋略，因此，我写的信，自然也要绕开那些敏感的字句。我跟他说的也全是些无关紧要的话，比如气候、交通、书籍和某些作家。

秋寒渐浓。宿舍窗外，那棵高大的泡桐树一天比一天单薄。曾经繁密的大叶子一片片地跌下去，像我们往来的书信，逐渐凋零。我挺知趣的，一个待在首都车水马龙深处的人，厌倦了给大山里的姑娘写信，是再正常不过的事。

他第一次来我们厂，是从北京回来之后。我内心欢喜，窃想，我们很有可能成为两个相依为命的人了。可他跟我说，他来看他的大学同学，那个戴着眼镜、走路内八字的男生。明明有一盆冷水从我脑壳顶上泼下来，我却装作不动声色。他跟我聊得最多的是他的妹妹，他含在嘴里都怕化掉的妹妹。我读得懂他的怜惜，读得懂在一个父母双亡的家庭里，他肩负的是父母的责任。我想听到他家任何一个人的消息，可我也希望听到一句关于我的话，比如，他其实是特意来看我之类的话。但，他没说，半句没说。

我在他同学的宿舍楼下等他，送他去岔路口搭车。漫天的响雨下着，下得人心凄凉。到了路口，我们面对面站着。雨把满世界的眼睛都隔开了，把大好的机会让给了我们。我不知道该说点什么，先说哪句话。我抬眼看他，他将眼珠往上翻，翻白眼一样，然后看细细的伞骨。好几次，他欲言又止。他咬嘴唇，咬出血珠子来。我不知道他说不出口的到底是哪句话，是相好的话还是离别的话。到底是哪句话，让他为难成那个样子？车来了，从山弯那头露出蓝色的车脑壳来。他把伞合上塞给我，迎头走进雨帘。如果不是我喊出哭声来，他不可能折回头来拿伞。我站在车边，很多雨水，从我脸上滑过。

　　他第二次来的时候，身穿黑风衣，帅得老火。这次，他说，他是来还我雨伞的，顺便来看看他的大学同学，那个戴着蛤蟆镜、盘着腿走路的男生。这次，某个男同事坐在我们宿舍里，手里拿把小锉刀锉钥匙。我给他介绍，我说，这是我们同事，来帮我们配钥匙的。事实也是这样。他没理我，像没听见。当我和他站在走廊上的时候，他也没有问我那个在我们宿舍久坐的家伙是否仅仅是来帮我们配钥匙。他没问，他不在乎。他但凡有一点点在乎，我就是一个幸福的人。他跟我聊的依然是他妹妹，含在嘴里都怕化掉的妹妹。有他这样的哥哥，我替他妹妹荣幸。我多希望，我也是他含在嘴里都怕化掉的妹妹，可惜我不是。我充其量只是他的粉丝，是他谦卑的同乡。

　　他回去的时候，我依旧送他到岔路口搭车。我们面对面站着，我想问他的话，一句没问。我抬眼看他的时候，他依旧翻白眼看高处，看一无所有的天。是的，我有什么可看的呢。他没有再来。我时常去那条小路上走，在那里找我失散的魂。我送他去搭车走过的那条小路，荒草疯长，鸟声难觅。

　　我上了一辆小客车，客车上的人插苞谷一样拥挤。挤在我旁边的人让我心头一惊，那么像他。个头跟他一样，举止也一样。尤其是，我看他眼睛的时候，他也一样将目光躲开，向上看，看车顶。我想，如果真的是他，这该是我们离得最近的一次了。如果真的是他，我们离得如此之近，他还会不会话到嘴边又咽下？如果真的是他，我们碰巧同挤一趟车，这得要多大的缘分。我甚至有一种臆想，贴着我站的人就是他。他温热的身体，如人间四月天。

下车后，我依然沉浸在凭空想象的幸福意境里，直到我发现，我的小背包豁着难看的口子。钱包连同我一个月的工资，从捉弄人的意境里蒸发。我坐在路边，心比石头凉。长风浩荡，野树呼呼直响，我心头，有一种断崖般的裂缝出现，深沉的痛一下一下袭来。偷心的人跟偷钱的人没有本质上的区别。活该，哪个让你老是去想他，想一个连句哄人的话都舍不得对你讲的人。慢慢地，我甚至觉得，这种钱财上的失窃是一种暗示。暗示我，魂不守舍要遭报应。

我想，是时候忘记该忘记的人了。

我流着泪，烧掉了那沓从北京寄来的信——关于北京的说明书。我相信，他也一定烧掉了我所有的去信。在我邮寄给他的信件里，我想对他说的话，也一句没写进去。仿佛达成了某种默契：我们都不想把话说给不愿意归还的人。我们都相信，谁先说谁输，说出的话有去无回。

后来，我们各自有家。他跟的人，是一个说一口普通话的漂亮女子。郎才女貌，他们，那么般配。我跟的人，是一个我背个巴掌大的小包，他都担心会闪着我腰杆的极度讨好分子。

在苍茫的人世，我们各自安好。

数十年后的某个下午，我领奖回来，手里拿本奖状甩打甩打地走。在热闹的十字路口，我遇见了他。惊喜过后，我们的目光归于黯淡。他接过奖状读上面的字。我看他鬓角的霜雪。读完那些字，他讲："我巴不得你一个字也不写，巴不得你天天去打麻将，去到处玩乐。写文章是世上最累人的事情，你越写，身体只会越差。"说这些话的时候，他神情凄然。

他是这世上唯一希望我放下笔、别做苦行僧的人。

我没有跟他解释，我写文字比打麻将快乐；我没有跟他解释，我能在满天繁星般的文字里，找见属于自己的微弱光芒；我没有跟他解释，写细碎的文字是我仅有的热爱，这点热爱，是为我白骨嶙峋的精神添加的薄薄衣衫。我没有解释，因为没有必要。有两汪泪在我眼睛里荡漾，我抬头，两行泪淌进我的鱼尾纹。仿佛在那一刻，这该死的、不听话的泪突然想明白，流淌，是泪的宿命。我说不清楚那些决堤的泪是源于他说的这几句话，还是源于那一刻的滚滚红尘带给我们的渺小感，更或者，源于我们都不再年轻。

互加了微信，我们分头走路，蝼蚁一般淹没在辽阔的人间。即使加了微信，也等同于没加，他没说一个字，我也是。我们心照不宣，我们比从前更懂得惜字如金——光阴都老了，那些早就错过的句子，现在说出口的意义，又在哪里？

五年前，某次我回娘家，姐弟们聊起了那片荒原上的人，也聊起了他。我兄弟给我讲了个故事：二姐，那年你还在读技校的时候，他去我们家提亲，穿套黑西装，一本正经的样子。妈妈跟他讲，你还在读书，还不到谈婚论嫁的时候……

他去我家提亲的事，三十年后，被提亲的人才听闻。

"你都如何回忆我，带着笑或是很沉默……"刘若英唱《后来》的时候哭成泪人，那些眼泪的含义，我懂。

原载《散文百家》2022 年第 7 期

草林形色

周　文

　　登上天子嵊，往前往远往四下里看，草林像一只碗——一只用翡翠剜出、盛了五颜六色珠宝的大海碗。南边的峨峰、北边的天子嵊、东边的叶屏风、西边的分水岭以及它们串联起来的山，是厚厚的碗壁和锯齿状的碗沿；多姿多色的镇街、村落，是碗里的珍珠玛瑙；铺陈在那十余平方公里土地上的道路和哗哗作响款款东流的左溪河，是碗底的金丝银链。

　　这种地形，有的地方叫"井"，有的地方叫"坝"，有的地方叫"坪"。草林就叫草林。

　　草林的草不稀罕，树木出色。山坡山顶山旮旯，全是茂林修竹，覆盖严实，林相壮美。山腰山脚多果园，金红蜜柚基地连绵成片，达数千亩，柚子果现在和树叶浑然一色，中秋以后会转黄。金橘是遂川名产，草林种得也多，高标准橘园随处可见。夏至了，青皮果子一串串，银白的春花在枝叶间闪烁，展露清纯，挥洒芬芳。村庄遑论大小，无不绿树掩映，桃李争妍。桃还青涩着，李子早已熟透，粒粒玛瑙红，客过树下，主人摘来送给你吃，很甜。草林不缺古树，原乡聚落里正对戏台的同心樟，活过了五百年。

唐虞村是"草林东大门"，很有典型性。这个村乘脱贫攻坚、新农村建设和绿色生态发展的东风，以"村子美、产业强、百姓富"为追求，创建"贤礼千秋"的文明新村，乡村面貌日新月异，家家住"豪宅"，处处是亮点，绿意最抢眼。城里人看了羡慕不已，说真是隐在"草林"的明珠！

草林的绿铺天盖地，成就它的不只是高高低低的树，还有蓬蓬勃勃的禾稻、婀娜多姿的莲叶、青翠欲滴的果蔬、迎风摇曳的苇丛……绿到最浓处，有深海的颜色，那是靛蓝。绿与蓝，彰显着草林的丰润与生动、苍翠与深厚。

草林以圩名。"一唐江、二营前、三草林、四大汾"，说的是湘赣边界古来四大圩场。世事沧桑，草林风华依旧。凡农历"一四七"，草林街摩肩接踵，人声鼎沸，一派喧腾。外地人到草林"逢圩"（赶集），想开眼开心，最好看"土产"：粗篾的猪笼鸡笼、细篾的菜篮礼篮、大孔的谷筛、小孔的米筛、方桌圆凳、锅盖饭甑、镬头镐头、柴刀火钳，一律原产原色。白鹅、麻鸭、红毛鸡，南瓜花鲜黄、苋菜紫红、辣椒碧青、葫芦奶白，黄澄澄的是生烟丝、褐了的是熟烟丝……守摊人或蹲或坐，有老妪穿红褂子、系蓝布裙，有老翁脸膛油亮、牙齿微黄。他们说方言，你打普通话，言来语去，妙趣横生。

草林以茶名。让草林声名远播的不是种茶制茶，是"唉（喝）茶"。草林人说"宁可冷了圩，不可凉了茶"。现如今长住草林街的也就万把人，却开着一百多家茶馆。店堂分大小，名号见个性。红圩茶庄、红井茶肆、映山红茶楼，庄重；将军茶饮、土豪茶厅、洪运茶店，霸气；梁氏茶、肖氏茶、吴家兄弟茶，实诚；嘿茶、茶遇、沫言茶语，时尚。一缸茶，一碟点心，续水不续费，一喝大半天，只取五元钱。没有几千号茶客，养不了这么多茶馆！草林的茶市，遂川第一、吉安无二、赣都绝无仅有。它没有北京"大碗茶"响亮，没有川渝茶馆排场，没有粤闽"早茶"丰盛，没有江浙茶考究，但论起"文化"来，同样有讲头。

草林人钟爱的是绿茶，就是那种汤色清明、香气馥郁、滋味醇厚、后劲十足的狗牯脑。在草林"唆茶"，佐茶的"果子"不可敷衍，得有几十个品种。最具特色者二：一为豆饼，一为浸坛。草林豆饼不是豆制品，是用草林产的大米加工成粉和面，调入芝麻粒花生碎辣椒末葱花蒜泥等，用草林的菜籽油或木梓油（茶油）炸出来，圆圆的、薄薄的，形似"马蹄金"，色泽通黄，质地坚脆，咬起来嘎吱响，嚼烂了满口香，和着茶水下咽，其饱满酣畅，胜过如意糕。遂川浸坛好，草林最地道。外地人不识货，说啥子浸坛？不就是泡菜吗？草林人说"洋拌"！泡菜是泡菜，浸坛是浸坛！草林浸坛，必定以草林糯米甜酒酿做底料，调入炒熟的精盐，选草林的青椒红椒、紫蒜白蒜、黄姜绿瓜、豆角萝卜等，"浸"三月五月、半年一年。正宗的草林浸坛，开坛满室香，依旧是本色，让人垂涎欲滴，欲罢不能。

茶成就了草林的亮丽，也张扬着草林的个性，得之于天，更得之于人。在草林，人茶一味，是千年磨合而成的默契，透出的是天然、凸显的是坚韧。多少人生况味，尽在一杯之中。

草林的绿惹眼，红更诱人。

电影《红色圩场》是在草林拍的，讲的也是草林的故事。草林红色圩场是毛主席亲手开辟的第一个红军圩场，是红色经济的发源地和试验场。当年，它维系了地方经济的活跃，更为井冈山革命根据地的生存提供了弥足珍贵不可或缺的物质保障，对红色政权的巩固与壮大进行了探索和实践，积累了宝贵的经验，其中蕴含的正义、开放、包容、公平、有序等元素，具有深厚的历史意义和广泛的现实意义。

我在草林听到一件很感人的事：1949 年 8 月的一个清晨，攻取遂川县城之后的解放军 42 师挥师南下，途经草林悠富村，尖兵部队与国民党残余力量遭遇。为了掩护当向导的袁姓村民，河南籍战士张兆贵、李喜芝冲锋在前，用身体挡住罪恶的子弹，当场光荣牺牲。悠富村民按本地风俗将年轻的战士安埋在村子后山，四时祭奠。去年，民政部门修缮烈士墓，在原址扩建，拓路盖亭，要征用一些山场和竹林。村民说："用得去就是，该用多少用多少，莫谈钱！他们就是我悠富人的祖先！"红旗招展处，军民心连心，青山处处埋忠骨，何须马革裹尸还！

草林的红，是旗帜上门楣上匾额上的红，更是渗入土地肌理和百姓血脉中的红，是血红、深红。这种红无处不在、历久弥新。她是洋溢的，也是规整的；是充盈的，也是纯净的；是张扬的，也是端庄的；是润物无声的，也是立竿见影的。

红、绿、蓝，三原色，草林染得深，占得全，幻化出无穷美妙，演绎出缤纷五彩、气象万千。这样的形色，浮光掠影、浅尝辄止是体悟不到位的，要像草林人"唆茶"那样，静下心来，悠悠地品、细细地嚼。

为着彰显草林的大形大色，具有大情怀的机构和地方政府齐心协力，打造红圩小镇。他们不赶时髦不弄噱头，而是本着赓续红色血脉、传承红色基因，做大区域经济、促进绿色发展的初心和理念，咬定"井冈山下草林镇、红色圩场第一村，特色文化原生态、一天一夜总关情"，立足当下，面向未来，不遗余力地做德政工程。所要建设的，正是新时代的新草林，是神奇赣鄱的典范、美丽中国的样板。

去草林，逛红圩，喝绿茶，寄身自然怀抱，仰望白云蓝天，一定收获满满。学生娃子到草林，住上几晚听上几课，那是接受心灵洗礼，能得到有益终身的正气；甜蜜爱侣到草林，会多一分神圣与坚贞；南来北往的客人，左溪河畔走一走，石板路上遛遛弯，喝几缸狗牯脑，吃一钵斋公鸭，饮几杯封浆酒，心境会更澄澈，眼睛会更明亮，腿脚会更劲健。不失浪漫的女士相邀成群，每人打一把黄坑油纸伞，袅袅婷婷转草林，发抖音可圈粉无数；阳光少年，穿红衫，骑黄闪闪的观光车在草林前街后街老街新街丁零零驶过，肯定拉风。

我喜爱草林。我喜爱她的五颜六色。我喜爱她的紧凑也喜爱她的敞亮，喜爱她的沉静也喜爱她的奔放。我景仰她的过去，珍重她的当下，看好她的未来。

清晨，到左溪河朱红色的浮桥上去站一会儿。水是多么洁净，风是多么清甜。放眼张望，薄雾从山尖、山腰或山根处生成，腾起来、漾开去，淡淡的，成为衬在蔚蓝天幕下和苍翠山体上的柔曼轻纱。太阳从东面的山尖上喷薄而出、缓缓升起，由嫩红到鲜红到火红，渲染广大，辉耀万物。

天地有大美，草林在其中！

原载《江西日报》2022年6月27日

卡哇掌的冬牧场

刘梅花

大雪路过人间。雪落在马牙雪山，落在卡哇掌，落在乌鞘岭——我们雪域高原，果然是雪的老窝，老天一个劲儿地塞给多得不能再多的雪。

羊群怕冷，不会在风雪里乱跑，只愿意待在圈窝里，咀嚼黄草，青稞草，麦草，披碱草，青燕麦，各种杂七杂八的干草。而老牦牛性子野，才不想回到圈窝呢。白牦牛，黑牦牛，花牦牛，一个比一个凶悍，顶着风雪找草吃。

极冷的三九寒天，大风卷雪，毛藏深山的老牦牛从卡哇掌山顶往下撤，一路狂奔到山脚，找个避风的地方蹲着。老牦牛不回圈窝，天大地大，浪逛着，逍遥着。饿了，几蹄子刨开被雪埋住的马莲草。枯黄的马莲草柔韧，草窠蓬松，大雪里也能找到。如果把老牦牛圈养起来，没准会把它给愁死——它不想让人类喂草，只想在大自然里撒开蹄子狂奔。

老牦牛身体里涌动着野性基因，没有完全驯服。而且有的牦牛，本身就是野牦牛的后代。每年春天，总有野公牛，悄无声息地混入牦牛群里，繁衍自己的后代。而后不辞而别，影踪不见。

野牦牛的后代很难看，仿佛粗糙的模型里做出来的，除了脾气暴躁很野气之外，体型小，长得慢，对牧人收入那是相当打折扣。当然就牦牛群来说，才不管牧人有钱没钱呢，一起撒野就好。

要不是一群老牦牛在山野里瞎逛，深山就不知道如何打发雪天。山野过于空寂，有种天地白茫茫的模糊感，卡哇掌也觉得自己活在世界尽头。老牦牛喜欢在风雪中溜达，消磨漫长的冬季，也没有牧人来烦它们。作为牧场的主角，它们是山野的守护者。

虽然长得凶猛，角叉也够尖利，动不动发怒咆哮，但是老牦牛是素食主义者，小动物们不害怕。蓝马鸡一蹦一跳地跟着老牦牛，狐狸踩着牛蹄印去串门，喜鹊蹲在牦牛背上，睡眼蒙胧地打盹。牧场是老牦牛的小世界，比别的动物更受山神的喜爱，给了它厚厚的绒毛，强壮的体魄——虽然笨重，但跑起来也蛮快的。

天大地大，老牦牛活得透彻。它们在山谷里生长，像风一样自由奔跑。老牦牛喜欢冒险，喜欢体验，充满了生命的活力。它们谢绝任何束缚，就算温暖的圈窝，也别想召唤它，这些唐突的家伙就喜欢顶着一头大雪闲逛。

牧人只操心懦弱的羊群，不用管老牦牛。老牦牛是一种昵称，不是岁数大的牦牛，而是说牦牛皮实，老练，所向披靡。说起来羊的毛也不是薄薄一层，但是羊怕冷，动不动会冻死。它们害怕荒凉寂寞，害怕狼，不肯去很远的地方觅食。

牧民们早在秋天就开始晒干草，给羊群储藏深冬的口粮。木头架子上搭着半干的青草，一捆一捆，斜斜披垂着，渐渐变枯。如果把干草一根一根接起来，估计能爬到月亮上去。

草籽多极了，秋天的牧草比人还要忙。所有的野草都晃动草梢子，等待风，等待路过的小兽。漫山遍野，一场巨大的草籽迁徙正在拔剑出鞘。

菟丝子伸出带刺的触手，把草籽粘在胡跑的野兔子身上。羊群路过一大片披碱草，草籽抓紧羊毛，离开草甸。老牦牛撒开蹄子狂奔，蓼莪草籽们齐齐呼喊，快一点，缠住牛蹄腕里的毛，看看外面的世界。

赶在一场大雪到来之前，草籽最原始的迁徙已经完成。

山谷里白茫茫的，雪一层又一层，大野里空旷又寂静。你以为所有的小动物都蛰伏起来了吗？才不是呢。

雪地上留下奇奇怪怪的踪迹。鸟儿的爪印像树杈子，干瘦，就那么几枝。小兽和大兽的蹄印像花瓣，扑朔迷离地拓在闪着微光的雪地里。也不知道是谁留下的。狐狸？狼？雪豹？反正就是它们不停地兜圈子。

海拔三千多米的毛藏深山，曾经是西夏人养马的地方，朋友是牧人，正在冬窝子照看他的牛羊。雪厚得羊群已经找不到枯草，天天躲在圈窝里吃干草。老牦牛当然还在山野里游荡，一头都没回来。那些鸟儿和小兽的踪迹，牧人一打眼，就知道谁来过。旷野里没有人，他是个独孤的思考者。天地很静，雪白草枯，他坐在石头屋子里抽烟读书。

疫情不会卷到深山，红尘聒噪亦不会抵达牧场。他是个老牧人，不会比一场雪更孤独。如果大雪封山，我猜他有一个地窖，储存着苹果白菜和土豆。在毛藏山深处度过一辈子，陪伴草木牛羊，清风明月，他比谁都单纯自然。深山给人包容，给人豁达，让人忘却贪婪。

雪地里的踪迹很有意思，有的小兽很老实，直直来，直直去。有的小兽就喜欢绕弯子，东绕西绕，大概能把它自己都绕晕。有的小兽很诡异，走一截路，突然消失不见，不知哪里，又会左跳右跳出现踪迹。大兽们没有必要这么躲闪，大摇大摆留下爪印，还要打上记号，以示领地。

有的小兽饿极了，拿爪子刨开雪，掘草根或者蛰伏在草根下冻僵的甲壳虫。大兽也饿啊，偷偷摸摸从大树后躲闪到石头后，在山林里兜圈子，逮个地上跑的塞牙缝。那些雪鸡子就很傻，有个风吹草动，便一头扎进雪地里，尾巴翘在外面。大兽于是跑过去，将它们从雪里拔起来拎走。

石羊和野兔子怕狼，常常光顾山下的冬窝子，吃草，聊天，奔窜。狼不敢到牧人的冬窝子来。

寒风呼号，老牧人戴着棉帽，屋子里生了火，煮一壶砖茶。羊在窗外叫，老牦牛在卡哇掌山脚下奔跑，牧羊犬披着一身雪打外边回来，世界多么澄澈干净。牧场的日子淳朴真诚，带有古典哲学的意味。

如果你觉得山野空旷寂静，啥也没有，那简直就是错觉。各种动物都在挖空心思捕食。草窠后面可能躲着狐狸，岩石后面可能躲着野狼，石洞里免不了藏着黑鹰。老树上一群乌鸦窃贼，像拿自己的东西一样，大咧咧地把啄木鸟深藏的坚果偷光。一群灰雀子揪头拔毛打架，用爪子按住彼此的脑袋，狠啄。而深深的土层里，藏着冬眠的蛇、旱獭、瞎老鼠……数不清的嗜睡者打鼾，沉沉入梦，多大风雪都惊不醒。

大雪稍微一停，尤其是深夜，整个山谷全是声音。冰冻的岩石发出断裂声，大河里冰块膨胀破碎，树木冻折，露出白生生的茬口。老鸹鬼叫，野狐狸奔窜，狼嚎叫，牧羊犬几声尖厉的吠声，山猫一忽儿吱吱叫，一忽儿不见踪影。深山藏着各种未知，也藏着各种怜悯。

这样的深夜，大群的马鹿从森林里钻出来，悄悄跑到牧人的冬窝子，找草吃。马鹿和牧人是老熟人，根本不怕他，大模大样吃他牧场里的草，用无辜的眼神瞅他。如果牧人耍滑，做个麦草人吓唬马鹿，也不行。马鹿认得牧人的衣裳，嘴巴伸进衣裳底下，把干草吃掉。

天一亮，马鹿撤回森林。一群狼埋伏在半途，偷袭马鹿。然而马鹿相当厉害，战斗力比老牦牛都强大。狼只有扑到马鹿身边，才能下口撕咬。马鹿深谙此理，弹跳极高，蹄子像匕首，哪一匹倒霉的狼躲闪不及，挨马鹿一蹄子，非死即伤。狼和马鹿都不恋战，速战速决，大多数时候，狼溃败，马鹿胜。

雪豹也会拦截马鹿，然而你想不到的是，马鹿跑得和雪豹一样快，而且它跳得比雪豹高，飞似的逃走。沮丧的狼和雪豹只好合伙打劫狍鹿。狍鹿个儿小体弱，打不过大兽，只好被吃掉。

牧人洞悉山谷里的一切，太阳升起又落下，万物周而复始。古代的西夏人曾经在这样的天空下牧马，在某个山洞里，翻开碎石，还有西夏的灰烬，石头上还有他们留下的字符——那些曾经的勇猛或者怯懦。一群牦牛走进山洞避风雪，哞哞叫着。千年时空，在深山野林里，也不过是几声牛叫——老牦牛的吼叫是和天地说话，山谷听得懂。

若是没有老牦牛，牧场算不得真正的牧场。若是没有飞禽和野兽，山谷就没有灵魂。所有的草木和动物，土生土长，繁衍生息，山谷才成为山谷，才成为有尊严的牧场。

原载《文学报》2022年1月27日

腊 肉

——

任芙康

记忆里，老家进入腊月，便是腊货熏制旺季。岁尾三十团圆饭，桌上不摆出几盘腊制食品，纵有鲜肉亮相，仍属"糊口"，无非比平日多道荤菜而已。这般将就，是对春节的敷衍，往往会惹人轻看。

正月的光阴，跑得飞快。元宵节过罢，大人换上工装，学童摊开课本，心思转移，拜年话渐行渐远。唯有殷实人家，嘴角尚未退尽喜气，案板上依旧时有腊货出没。

斯文些的一家之主，能将偶尔上桌的美味，享用得有板有眼。往往一改节中随意，端起酒盅，浅抿一口，伸箸夹起亮闪闪的一块肉，或一片肠，并不顺势入口，而是暂停推进，似有不舍的端详，惜别的踌躇，甚而凭吊的怅惘。心下满是明白，所有的美妙，万勿好戏连台。口腹之欲的重逢，同样须有间隔，讲究的是应季循环。

正月下半段，仍有人家操办宴请。这些绝非拾遗补阙的应酬，多邀"稀客"，日子早经谈妥，故而，万不可视作寻常吃喝。此刻上席的腊肉，皆为遴选的臻品，乃"黑爷"身上最优秀的"五花"（边角部位，早就充任过年初期大快朵颐的先遣）。主菜四周，聚拢各色煎炒蒸炖。东家一再自谦的"便饭"，不断收获客人的饱嗝：安逸，巴适，今天嘛，才算伸伸展展过了个年——老家的习俗，便是这样，过年的压台戏，往往在门庭若市消停之后。

天气一天天暖和，到了旧历二三月，又有三朋四友谋划打牙祭。开卷有益未必人人肯信，开饭有益一定个个爱听。杯盘碗盏数十天的素净，让人开始追思春节的铺张。饕餮之徒的肠胃，早无气节可言，压抑到对个暗号就上钩。甲说上句"苞谷酒"，乙接下句"老腊肉"。这两样到位，余下的配菜，全成枝节，随便兼搭就是了。耳闻上海人下馆子，点菜亦有类似默契，只是沪语柔媚，带着善解人意的体贴。某人刚诉苦"一天不见青"，随即有应和"两眼冒金星"。这就等同知交，瞌睡来了递枕头，会心一笑，携手入席。有青青绿绿的"鸡毛菜"坐镇，草草添几种海味、山珍，便成盛筵。

其实，在冰箱缺席的年头，只有到了乡下，方可窥见"老腊肉"的尊容。那般黑黢黢、油乎乎，堪属不同凡响的色彩。你越是肤浅，越容易痴迷，越不舍失之交臂。远虑深谋的庄户，年节里会时时眷注腊肉的存量，不搞大手大脚，反会挑选若干，悬挂于火塘上方。如此天天烟熏火烤，正是山民妥帖的储存。从水稻挠秧的六月，到开镰挞谷的八月（均为旧历），预期的盖屋建房，意外的人来客往，老腊肉都是鞭策或救急的功臣。

暑天的溽热中，腊肉命长，搁放越久，煮出来味道越均匀、厚实。那年夏天，有同学提议，我等三人，凑了几斤肉票，在城里买上鲜肉，搭车下乡，去找他表哥以物易物。新婚的表哥，爽气外露，将肉递给老婆，吩咐割下一截，下厨收拾。表哥说完，跑着来去，从菜地拔回一把蒜苗。中午白米干饭，一盘清炒嫩南瓜丝，一钵回锅肉，叫人忘掉客套，个个热汗淋漓。酒足饭饱，表哥取出"置换"的腊肉。我接过手，明显重于带去的鲜肉（一斤鲜肉，应获腊肉八两）。不忍表哥吃亏，我们表示补偿一元（当时鲜肉市价五角八分一斤）。他连连摆手："不亏，不亏。早想尝口鲜肉，没的肉票，这一顿正好过瘾。"我们听罢，不再坚持，索性拜托表嫂，趁炭火方便，帮忙一把。表嫂动作麻利，又有章法，将腊肉烧皮、泡胀，刮洗一净后，切成三份，再用草纸包得方方正正。告辞时，表哥家的小黄狗尾随着，发出莫名呻吟。我们走上一里开外的公路，它才怏怏而回，好像认定这几位贪心不足，吃过喝过，还骗走了主人的东西。

1976年底，我在部队当干事。所干之事，从早到晚，手握秃笔，填充稿纸。某一天，新稿完工，伸罢懒腰，突发奇想，何不再找点事干？便与驻地附近朋友联系。对方是农场当家，听完我的打算，哈哈大笑，答应帮忙。隔了两天，我如约到得场部。两小时前，食堂为改善职工伙食，刚让几头肥猪谢世。此刻，闲人早已散去，给我的预留，正是事先说好的数量（二十斤），亦是事先说好的质量（不要净瘦，不要净肥，不带骨头）。一位师傅结完账，又照我的请求，将肉分割成巴掌宽、一尺长的条状。

回到营房，原本只是写字、翻书、睡觉的空间，因如今桌上堆放着猪肉，外加一应调料，平添世俗的家常，让人再难正襟危坐。贪嘴的人，都会有可笑的耐性，就如我眼下，无师自通，细心侍候每块猪肉。抹盐、敷酒（沙城大曲）、撒花椒及敲碎的八角，外加蒜末、姜末，之后使暗劲揉搓。耗费半个时辰，估摸味已入肉，紧实地码放盆内，腌上一夜。

宿舍皆平房。由房间推窗翻出，六尺开外，是院子围墙，与住房间隔成一道无人行走的空当，其格局隐蔽，被我一眼相中。满地废砖，捡来搭成简易灶洞，中间平穿铁棍数根，再找一块锌板，盖住顶部。又骑车去木工房，驮回两麻袋锯末。

翌日上午，将腌好的肉块横陈于铁棍上，让它们开始洗心革面地演变。锯末漫燃开来，我的稿子再也写不下去，只顾透过窗户，观赏乳白色的炊烟，袅袅升起。

接连几个白昼，我"专注"于一心二用。每每伏案个把小时便越窗而出，朝灶洞火堆添撒锯末，如此便有不息的烟，熏染着华贵的肉。如是三日，大功告成。气色纯正的杰作，被赏心悦目地悬挂起来。又过数日，将晾得干干爽爽的腊肉，用报纸打包，装入一个大小恰好的纸箱。

北京南口邮电局，一位女职工开箱检查，年岁轻，所以好奇：您这腊肉，就是"辣肉"吗？我正解释，柜台内过来一眼熟的大姐。她则另有纳闷：腊肉属南货，只见过四川邮发北京，从无京城返寄蜀地，是您自己加工的？加工费事儿吗？诸如此类，让交谈进入我的"强项"，吸引了十来位顾客。

付邮之后，心里七上八下，生怕包裹闪失。过了一周，赶去邮电局，排队拨打长途电话。轮到我时，运气不错，两三分钟便听见了亲人的声音。父亲恰巧在单位，告诉我航空信早到，而腊肉搭乘火车，应该会慢上几日，劝我不要着急。谁知转天下午，就喜读电报：肉到味好。

我家位于老城中心，是昔年教会的育婴堂。三幢西式平房，组合成一座院落。各幢结构类似，宽敞的过道两侧，房间大小相同，屋顶高挑，纯木地板，每户一室。单位办事周全，为各家另辟一扇后门，通向"厨房"。屋宇飞檐伸展，遮蔽出宽宽阶沿，安顿着家家的锅灶，这便天天都有人间烟火，谁家做了好菜，众皆美味扑鼻。据说，"北京腊肉"寄回那天，引起满院新鲜、围观。我妈顿生与芳邻分享的念头，当即打整两块下锅。肉熟切片，按各家人头奉送品尝。众人都不曾推让，都真心叫香，都夸奖芙康。

后来探家，同院叔叔、阿姨，当面继续嘉许我的手艺。有位资深"五香嘴"，索性端坐我家，不仅点评腌熏考究，甚而断言燃料纯粹，全系柏木锯末。我妈眉欢眼笑，只是静听，背后用句句细节，对我摆谈那日"盛况"。这让我真切豁然，直见母爱，晓得老人家为儿子的雕虫小技，喜悦至极，且暗自骄傲无边。

原载《文学自由谈》2022 年第 5 期

廊桥边的旧日时光

周华诚

一

暮春时候，泰顺的乡野花事繁盛，除了大片的油菜花田，遍布村庄四野与流水沿岸的是各色野花。开车在乡道上，随着峰回路转，便有一树一树花开，入眼都是明媚。

在花与花的间奏里，我与同窗老包一起去寻访廊桥。老包是浙江泰顺人，二十年前，我们一起学医，毕业后他一直战斗在医疗工作一线。我们要去的地方三魁镇，就是他曾工作过的地方。大概有十几年的时光吧，老包穿一件白大褂，白天在小镇的卫生院工作，晚上踏着老街的夕阳回家，一日一日，在廊桥边度过清晨和黄昏。

小镇有条老街，叫"营岗店街"。这一条街，是从明朝开始热闹起来的，彼时海盐走私严重，甚至发生动乱，朝廷采纳刘基的建议，在三魁驻兵，由此，山岗称为营岗，山脚的店铺，就称为"营岗店"。

这么一条营岗店街，说大是真的不大，从明清一直到民国时期都只是一条狭长的街道，只容两三人并排通行。街道两边，是老旧的木房子，底层的屋檐下，老店门是活动木板门，木板门里面做着针头线脑的小生意。下雨的时候，两边的屋檐水落下来，会落到同一个行人的左右肩上，再从肩膀滴落，在石头铺就的街路上汇聚，小心翼翼地淌进老街旁边的锦溪。

三魁镇，是泰顺有名的工匠之乡，出外做工的石匠、瓦匠、泥水匠、木匠都多，他们大多前往邻省福建的福鼎、福安、霞浦各县。一些山民在农闲时，也去外地做小买卖，一般是挑着本地的货物到邻县贩卖，箩筐里装满笋干、香菇等山货。所以，三魁就是古道上的重要节点。三魁镇上的营岗店街，也是古道上的重要商业驿站。说起来，泰顺历史上有"两条半"商业街，营岗店街就是那半条街。

走在营岗店街上，看到那种临街的板门，可以想象到从前的商业街的样子。南货铺、豆腐坊、理发店、饮食店、铁铺、裁缝店、中药铺子、牙科诊所，卖山货的、卖百货的、卖洋油的，都在这街上摆开。挑担的人、卖山货的人、行色匆匆的人、浓妆艳抹的人、臂弯里夹着公文包的人、饥肠辘辘的人，都在这条街上走过。附近的村庄，雪溪、东溪、西洋、大安、夏炉、戬州、垟溪，人们都喜欢到营岗店街来，这条街的每一天，都是那样的热闹。

不过，营岗店这半条街，最有特点的还是相伴着一座廊桥。一座古老的廊桥，让这条老街有了灵魂。廊桥叫薛宅桥，架在锦溪上，你从营岗店街走着走着，一个转身，就能看见廊桥，那雄伟的样子，乍一在密集的房屋中间出现，倒是能把人震得一愣。若是在半个世纪以前，在江南，也许每一座小城都有这样的老街巷，也有这样的老桥吧？也就是在这几十年里，老街拆的拆，改的改，都变了模样。

老桥呢？大多没有了。不要说老桥，连河都没有了。这条河那条河都填掉了，只留下一个什么河什么桥的地名，让不了解历史的人听了摸不着头脑。

其实，着什么急呢？

快和慢都是相对的，要看跟谁比。慢就慢一点，很多事情并不是跑步比赛那样有一条终点线的，你以为是个终点线，其实不过是一条痕迹，不，很多时候连一条痕迹都不是。跟锦溪上的这座薛宅桥比比看，有什么可以着急的呢？风吹雨打，鸟儿飞过，春夏秋冬，树叶绿了又飘零，没有人跟它比，它也不屑于跟谁去比。它只要做它自己就好了。所以我总是隐隐觉得，泰顺的那么多廊桥，对于泰顺人的心性是有一种潜移默化的功用。它们是见惯了世事风雨的老人，守护着人们，默默地影响着周围的人。

二

薛宅桥有一点老了，它最近一次的变故发生在 2016 年。"莫兰蒂"台风的降临，把一座古老的廊桥完全给摧毁了。薛宅桥始建于明正德七年（1512 年），重建于清咸丰七年（1857 年）。这座宏伟的木拱桥全长五十一米，宽五米有余，净跨二十八米，离水面十点五米，巍峨挺拔，雄伟壮观，是泰顺现存为数不多的大跨径木拱桥之一，也是泰顺县内桥面坡度最大的木拱廊桥。薛宅桥所在的锦溪河道，两岸都是民房，民房建得越来越高，河道成为一个狭窄险峻的通道。中秋节那天，超强台风"莫兰蒂"带来巨量降水，洪水来临时，气势汹汹，把薛宅桥抬了起来，木构件顺水飘零。短短的两个小时内，薛宅桥、文重桥、文兴桥，三座廊桥被洪水冲走。

一座桥，生于水，毁于水，几乎是宿命。一座桥建成之时，就注定了有一天可能会在风雨中消失。对此，人们内心是坦然的。

薛宅桥的故事，可谓跌宕起伏。明正德七年之后，该桥多次毁于水患，屡建屡毁，屡毁屡建。薛氏村民的族谱里，就有《重建锦溪桥记》一文。

此文作于道光三年（1823年），岁在癸未四月。锦溪静静流淌，见证了两岸家族在建桥一事上的纠纷。1579年，锦溪桥在山洪中被摧毁，两岸行人过往受阻。薛氏族人在宗祠前一个叫小坑的位置建了一座小桥，以作临时之需。原桥旧址东畔的地面，为龟岩的张氏购得，成为张家之地，而这为日后重新建桥埋下了隐患。

160年后，到了清乾隆年间，薛氏族人准备在原桥旧址建造木拱桥，张家人坚持阻止，主要原因，出于"青囊之说"——因为风水师都以黑袋子装着风水书，所以民间把风水学叫作"青囊"。

相传当年此桥附近尚是荒山野岭，薛氏族人祖公从平阳来此，在锦溪西岸定居。张氏族人祖公来到东岸，发现一处"龟蛇相会"的风水宝地，遂也定居下来。张氏族人认为，张宅的风水就靠着"龟蛇相会"的地形，此二物是怕蜈蚣的，现在薛宅人却要在这里建蜈蚣桥，桥头正对蛇的七寸。不得已之下，薛宅人将桥建在别处，但是该处风强水急，材木难固，不是长久之计。

后来，张宅人将老桥旧址东畔转卖与林氏。薛氏又从林氏手中将地买了回来。到了咸丰六年（1856年），薛氏家族再次准备兴建蜈蚣桥，并得到当地多家大户的出资捐助和大力支持。八月十五这天吉时起工，龟岩张氏族人又出来横加阻拦。张氏以薛氏越界建桥为由，把薛氏告到官府。县令收了好处，差人把建桥现场的木石材料封了，不许建桥。

这一来，薛氏族人不干了。薛氏族人造桥得到附近很多家族的支持，毕竟建桥是惠及周边十里八乡的事。这锦溪年年发大水，屡建屡毁，这次下了大决心，要在坚实的地方造个永固之桥。张氏族人也成骑虎之势，遂聚众族人要查抄此桥。薛氏族人一看不妙，也聚众防守。

八月二十九日辰时，桥梁拱架完工。不料到了巳时拆木架出了事故，整座桥坍塌，长桥顿时化作长龙卧波。桥上五十余人随桥一起倾落入水，所幸只有一人伤及左腿，后恢复无恙。这次事故的发生，对造桥一方无疑是重大打击。起先大家把原因归结于主持建造的吴工匠，是他在施工中规矩失度。后来，为首人细细想来，觉得此事的根本原因，还是在张氏族人的横加阻挠，以至于急切赶工，忙中失误，这才免去吴工匠的罪责。

此桥未成，更加激发了薛氏族人的奋起之心，族人捐建之心愈加坚定，遂另请工匠再次建桥。而张氏族人一方，也不遗余力继续阻挠。对于双方来说，谁先言放弃，都将前功尽弃。这场持久战，不得不打下去。

又过不久，新县令杨炳春到任。杨县令作风务实，他莅任后听说了锦溪桥的纠纷，亲自到锦溪勘定后，也认为在锦溪桥旧址建造蜈蚣桥最为适宜，随即下令"即日兴上，毋缓毋怠"，如再有强横出头妄加阻拦的必严办不贷。

咸丰六年腊月初九，拱架初成。第二年四月，廊屋上梁。至五月，薛宅桥终于全面竣工。

为了张家的风水，张氏族人又想了法子来破解，在龟岩水尾造了一座水碓。薛宅桥像蜈蚣，蜈蚣最怕啥，大公鸡。张宅水尾的这座水碓，就像一只勇猛的公鸡，公鸡头正对薛宅桥，可谓一物降一物。

三

从 1997 年秋天开始，我的同学老包就在小镇日常生活场景里出现了。他在街上租了一间房子，每天清晨走过热闹的营岗店街，爬过高高的薛宅桥，穿过几条曲里拐弯的小巷去卫生院上班。营岗店街一如既往，烟火弥漫，早餐店里坐满了早起的上班族。中心小学的夏老师，住公家宿舍的乡里王干部，供销社的老陈，理发店的武老板，大家打着招呼，吃完早餐，路过肉铺、豆腐坊、理发店……各自上班去了。

三魁镇的卫生院规模不小，仅次于县城的大医院，又因为离县城远，这边十里八乡的农民，有个头疼脑热跌跌撞撞什么的，都到三魁卫生院来找医生看。那年头三轮车刚兴起，路上交通事故不少，半夜里经常叫急诊，车在路上翻了，驾车坐车的人胳膊折了骨头断了，医生们从宿舍床上被叫起来，一路小跑着，穿过黑漆漆的夜晚，去处理伤情。老包所在的科室是化验室，病人情势危急要输血，他一个一个打电话，把备急用的输血员连夜叫来，采血、化验、配型，一晚上忙下来，天也就亮了。

包医生也是在那几年里，认识了陈医生。陈医生做妇幼保健工作，一天到晚往村庄里跑。谁家新媳妇肚子大了得建卡、谁家郎团儿刚满月要体检、谁家妇女有些不好启齿的话欲言又止，过几天顺路得去看看她。陈医生能吃苦，心细，记性又好，这个村的那个村的，路上遇到了，她张口都能叫得上名字。有一次，记得是医院组织的下村义诊，到了薛宅村，廊桥上村民可真多。医生们把摊子摆开，血压计、听诊器什么的打开，村民们就一个个来了。陈医生可好，村里的妇女同志一个个都叫得出名字，谁家的孩子几岁了，都说得上来。到了中午，还有妇女给陈医生偷偷捧来几颗鸡蛋。这让包医生惊讶极了，都是进医院不久的年轻人，陈医生这么能干呢。包医生就是从那时候开始，偷偷在心里存了好感。后来包医生知道，陈医生做妇幼保健工作，练就了很多好本事，比如她下村去，看见谁家门锁着，一家人都外出干活去了，门口却晾晒着个郎囝的小衣服，看看衣服花色、大小，便能猜出娃的性别和月份，这样下一次来，她都心里有数呢。

陈医生后来就跟包医生谈起了恋爱。谈恋爱的时候，他们也经常从营岗店街走来走去，在廊桥上走来走去，跟在廊桥下坐着聊天的很多村民成了熟人。他们几乎是在人们的目光里恋爱的，这些质朴的目光热忱地追随着两位医生的背影，直到他们俩消失在营岗店街的拐角处。

营岗店街地面上的鹅卵石，早已被行人的鞋打磨得光溜溜的。老包工作认真负责，技术也好，后来就调到县城的大医院去了。老包很久没有来营岗店街走走了，街上的面孔，也早就换了一拨又一拨。但是这地方依然如此熟悉，小街拐角处的廊桥依然雄伟地矗立着；桥下流水悄无声息，就像时光在不动声色地流逝。

四

"莫兰蒂"台风把薛宅桥摧毁的那天是中秋节，包医生本来是要下乡回老家过节的，狂风暴雨把他堵在了路上。山洪已将道路淹没，他只得改变行程，好在对道路熟悉，他重新回到了县城的家中。

几乎是在同时，他听到新闻说暴涨的洪水把薛宅桥冲倒了。短短两小时内，泰顺境内三座国宝廊桥被洪水冲走。后来他还听说，目睹薛宅桥倒掉的那一刻，很多村民都掉了泪。

很快，人们自发加入抢救古桥的行动中，雨还没有停，洪水稍退，人们就从下游溪流里搜寻被冲走的木桥构件。一根一根，一块一块，人们寻回了百分之九十的原构件。

人在，桥在。

薛宅桥修复工程启动之前，村民们为这座桥举行了隆重的重建仪式。半年后，薛宅桥畔，又举行了廊桥上梁仪式。仪式由负责修复薛宅桥的木工主事郑师傅主持。现场摆满一桌牺牲，敲锣打鼓放鞭炮，郑师傅口中念念有词。

那一天，锦溪两岸来了许多村民，其中有些老人在三十多年前修缮过薛宅桥，有些老人在五十多年前修缮过薛宅桥。如今，他们每隔几天就来一次，根据脑子里的记忆帮助现时木匠修桥。文物专家也来了，他们借助完整翔实的档案，尽力让古桥重新回到原来的样子。

2017年12月，薛宅桥重修完成，举行圆桥仪式。

薛宅桥的雄姿又重新回到了锦溪上，两畔村民空落落的心又盈满了。圆桥时鞭炮声响起，男女老少纷纷走上廊桥，去踩一踩桥。踩一踩桥啊，好运就伴随着这两岸的村庄与人们，踩一踩桥，脚下踏踏实实的，心里也安安稳稳的了。

营岗店街的人们几乎全都来了，开百货超市的，卖豆腐的，开理发店、饮食店、打铁铺、中药店和牙科诊所的，都要上桥来踩一踩。桥头两畔的薛氏族人、张氏族人，还有赵钱孙李百家姓的人们，也都来了，也都要上桥来踩一踩。更远村庄的人，也都来了，都要上桥来踩一踩。这个时候，哪里是想到什么风水呀，青囊呀，就是想，今天是个好日子，要沾一沾这廊桥的喜气呢。也许，还能想到人在世间走一遭，谁还没有一点风风雨雨呢？看看这廊桥就知道了，心里也就有谱了。

老包带我去薛宅桥的这个暮春时节，桥头的樟树在开花，送出一阵一阵的馨香。薛宅桥的河运埠头边上有两棵古树，一棵是树龄四百五十年的枫香树，一棵是树龄一千年的樟树。可以想象，原先这里的老街和河埠头有多繁华。

在三魁这座古老的小镇，还有一些底蕴深厚的非物质文化遗产，比如药发木偶戏、提线木偶戏，还有龙凤狮子灯，等等，对了，还有百家宴——每年元宵节，族人在街上摆开长桌宴饮，这一习俗，是从宋朝开始延续至今的。

我们在营岗店街上走了走，这老街，又让我想起苏童小说中的香椿树街来，还想起电影《芙蓉镇》里的老街来，每一条老街上，都有拼尽全力生活的人物，他们且歌且行，有笑有泪，把一个一个细密瓷实的日子过成一首诗。也许，廊桥就是他们的远方，廊桥像大鸟一样在河上振翼起飞，把人们的目光，也带离到很远的地方。

我们一起登上修复好的薛宅桥。桥上有人闲坐聊天，还有人在下象棋。老包走过来走过去，来回走了两趟。我就一直站在桥上，透过花窗望出去，那里能看到长长的锦溪，也仿佛能看到那遥远的过去的时光。

原载《光明日报》2021 年 12 月 3 日

肇事者

刘云芳

一

叔叔打过电话来，问他家房子有没有被雨水冲坏，杂草有没有把院子完全吃掉，我顺着两扇大门的缝隙往里瞧，看见白蒿、臭蒿都已经长到半人多高了，屋檐上的一根管子正哗哗地往下流着浑浊的积水。我让他放心，房子看上去没什么问题。电话还没挂断，就看见爷爷从前面的小坡上走了过来，他嘴里嘟囔着，不管我也就算了，连地也荒了……等他听出是叔叔正跟我通话时，立刻就换了神色，冲着电话喊道，没事，都好着呢，棒子种上了，南瓜也长芽了，等秋天回来摘吧。和村里其他留守老人一样，爷爷平时跟别人坐在一起聊天，总会埋怨孩子们出山后不回家，而在电话里，却又是一副无所谓的样子。

放在以前，这座院子我们都是躲着走的。

且不说，房子后边，几棵高大茂密的柏树相连，遮盖着那片古老的坟地，光是这房子本身就够让人疑心的。它先后死过两个主人。村里人传说这房子是凶宅。可叔叔、婶婶硬是要买下它，又找来村里的老杨，让他帮着装修一番。还专门贴着房檐搭了蓝色的遮阳彩钢，围起了院墙，再把大门一装，房子变得气派起来。

但事情似乎真的像村里传说的那样，没过多久，叔叔忽然出了车祸。就在山里的一个拐弯处，一辆三轮车把骑摩托车的叔叔撞飞出去老远，叔叔痛苦地躺在众人围观的地上。肇事者竟然是给他装修房子的老杨。据说，老杨一直强调，当时，叔叔趴在地上苦苦哀求，只要能把他送到医院，什么责任都不用负。而叔叔说的却是另外一个版本，说他只是提醒老杨赶紧送自己去医院，至于留证据什么的，他压根儿就没想过。后来，律师询问，他直说，村里哪兴这个？老杨把叔叔送到了骨科医院，丢下二百块钱，还没等大夫交代什么，就急忙溜了。但令人诧异的是，只过了半天，叔叔和婶婶竟然也离开了那家医院。

事故发生几个月后，就在这座院子里，叔叔向我描述如何听说那里治疗费用高，又如何拖着那条膝盖处骨折的腿连蹦带跳地下了二楼，上了私立医院的汽车。说完，他拿镊子夹了一团药棉，在伤口里蘸蘸，疼得他直皱眉。镊子被提起来的时候，药棉上浸满了红黄混杂的血和脓水。他又说，那伤口总也不愈合，真是没办法。也是在那时，我们才知道，这个在煤窑起早贪黑上班的男人，竟然没有任何保险。

后来，听姑姑们说，在私立医院，每天睡地铺的婶婶焦躁不安，叔叔腿上的伤，村里独自生活的女儿，以及病友晚上传出的惊人的呼噜声，都让她辗转难眠。她时不时就要给姑姑们打电话，让她们来病房换换班，轮流看护叔叔。我从未上过学的二姑，坐着公交车从山里辗转来到城市，在医院一住就是几个星期。要不是晚辈们来接，她甚至不敢走出医院的大门，生怕因为不识字，给走丢了。再说，住院也太费钱了，她下了狠心从家里拿来的一千块，不几天，就花得一干二净。

叔叔擅长修理电器。村里人来叫，他又抹不开面子，拄着拐就跟着去了。来找他的人帮忙拎着工具箱走在前边，他在后边跟着。

他手里还攥着一团卫生纸，不时就要弯腰擦拭一番。在膝盖的部位，一股脓水从大片伤疤中间流出来，泉眼似的，不时往外冒着。你看看，那里边就是骨头，叔叔又说。我瞅了一眼，看到糜烂的肉里显出一丝的白，感觉浑身不自在。他轻信私立医院大夫的话，说，还需要等，仿佛唯一能让这伤口愈合的只有时间。

让他更为烦心的是撞伤他的老杨迟迟不现身。老杨一开始躲着，后来偶尔三更半夜回村看他老妈，像个贼一样，骑着摩托车一闪就从门前过去了。他一向在村里以仁义标榜自己，这个时候却要起无赖，说，反正儿子们成家了，在外地打工，自己又死了老婆，一个人吃饱全家不饿。要坐牢就坐牢吧。他甚至还把责任往别人身上推，比如，说那天他开的不是自家的三轮车，而是老李家的，并且，他奔跑在那条路上，也是为了给老李家拉修房子用的沙子。就算赔钱，也得是老李赔。老李战战兢兢，跟村里人商量，要不赔叔叔两千，哪怕三千也行。但叔叔那房子正是从老李手里买的，他短短几年痛失两个儿子，单靠着低保金过日子，叔叔不忍心让他出钱。

老杨大言不惭地放出话来：只要法院让他出钱，他马上就拿钱出来。叔叔听到之后，咬着牙说，这官司，咱们跟他打，我就争这口气！说完，他又拿着卫生纸擦了擦腿上冒出的脓水。婶婶急忙把棉签递给他。我连夜联系了一位之前认识的律师，第二天就带着婶婶进城，把上诉的事儿定了下来。一大家子人暗地里祈祷，盼着法律能给老杨来个下马威。

村里人解读灾难有他们的一套方法，有人说，叔叔出事完全是因为那套房子，谁住在那儿也好不了；也有人说，我父母和叔叔都是腿出了状况，那或许就是我们家遗传的问题；还有人说，没准有截树根因为四处伸展，正好压住了我某位先祖的腿骨，所以，他要以这样的方式提醒后人，就像一种怨咒。他们把风水、我们的祖先，甚至是一棵安静生长的树拉进来，当作一切苦难的肇事者，好像突如其来的疾病以及把车开得飞快的老杨都是无辜的。

那年春天，白蒿满地，山风呜咽着，从一棵柏树上绕过去，一直冲进山坳里。我从风里找不到任何暗示。叔叔始终也没有想到，当年那样用心装饰的房子如今会成了遗弃在故乡的空壳。我再抬起头看，房檐上那管子里的水流已经变小，像一个人终于哭累了似的。

二

那是距离叔叔出车祸大半年后的秋天，父亲要做静脉曲张手术，我不得不回到故乡所在的小城照顾他。刚在医院办完住院手续，几项检查还没有完成，便接到了叔叔的电话，他火急火燎地说，他就在之前治伤的那家私立医院门前，要我马上过去。原来，他是事先打听好了我归来的日期，专程选择这一天进城的。

他挂着拐，站在一棵龙爪槐的旁边，那张脸瘦得像被刀削过似的，旁边的婶婶挎着个小包对我微笑，给他治病的那家私立医院就在斜后方。如果不是因为我回来，叔叔找医院解决问题的日子还会往后拖。那段时间里，他辗转于各个小医院，吃了不少奇奇怪怪的中西药和补品，没有任何明显的效果。问他们为什么不赶紧去正规医院，他们不好意思地笑，这来回折腾已经花光了所有积蓄，还借了不少外债。要不是被逼到没办法，他们也不会来找这家医院理论。

叔叔站在那棵树下的阴影里，等着我为他出面。这让我忽然想起，若干年前，奶奶用土坷垃追着他打的情景。那时他只有十几岁，不愿上学，却喜欢将各种电器拆拆装装。他跑到小山坡上，又停下来，看着奶奶。奶奶却忽然哭了。她总是担心他惹祸，这个只大我八岁的叔叔，不知道让她流了多少泪水。她总是渴求所有人都能保护她最小的孩子。后来，奶奶去世，但那份对叔叔的怜惜却留了下来，像基因一样融进了我们的血液里、习惯里。

叔叔盼着我为他出头，其实这样的事情我并不擅长，但又不得不硬着头皮往上冲。我扶着他爬上二楼。语言的锯子来回拉扯着，叔叔终于忍不住，大声诉起了委屈。他的表情那么无助，几乎要哭出来。那一刻，我感觉自己的脑袋里好像长满了密密麻麻的刺，不断往外扎。

经过漫长的谈判，终于和院方敲定一个解决方案：由他们负责请本地大医院的专家给叔叔完成治疗。至于医疗费，院方不松口，只是说，有钱，你们就给，没有，以后再说。

手术很快定了下来，但专家们发现，叔叔的骨头有一小块已经坏死，不得不刮掉。他的膝盖关节已经完全锁死，几个月没有活动，导致关节整个粘连在一起，大夫们合力都拉不开。这次手术之后，伤口倒是愈合了，不幸的是，那条腿再也不会打弯，它直戳戳地架着叔叔瘦弱的身体。同时，这条腿还变成了晴雨报告仪，每遇天气即将降温、下雨、下雪，关节便开始疼痛难忍。而每次一疼痛，叔叔都会想起老杨来。

有时候，亲人们也会怼叔叔两句，谁叫你们不在正规医院治，非要逃跑的？叔叔压低头颅，小声说着，我怎么知道……

快到年底，叔叔来了电话，欣喜地说，跟老杨的官司赢了，判了六万多。这些钱大多是他的医药费，还有一点误工补贴。叔叔虽然在煤窑上班，挣得也不算少，但他是临时工，按照规定，这一年的误工费只能按他农民的身份来算。赔偿多少不重要，重要的是法院还了他公道。在电话里，他扬眉吐气，说话的音色也亮堂了很多。

然而，老杨却不见了踪影。听人说，他在邻县一座大山里帮某个煤老板喂鸡，叔叔和法院的人赶紧就去了。只见老杨在一座简陋的房子前，正拿着一截棍子给鸡拌食。看见车上下来穿制服的人，他立马就把棍子扔远了，说话也支支吾吾。他说自己不是不给钱，而是太穷。但他却又跟村里人在电话里说，有的是钱，就是不往外拿，看我叔叔能把他怎么办。什么不让坐飞机，他这一辈子也不可能去坐那玩意儿。不让高消费，他老杨最高的消费无非是去医院治病。想从他身上薅毛，等下辈子吧。

叔叔隔段时间就给法院的人打电话，唯唯诺诺地询问。每次打电话都要跟一家人先商量好了怎么开口，反复练习几遍，才敢把电话打出去。又问我，是不是该送送礼？是不是因为自己是个农民，人家看不起，所以不给好好办案？叔叔还说，有次，他去法院，老杨也正好在那儿。他问法院的工作人员，他不给我钱，为什么不抓他？他们讲的那一堆条款，在叔叔看来都是搪塞。我只能劝说他一顿。

几个月后，法院让叔叔签订了一份协议，说是同意老杨一个月打给他三百块钱。村里人人都能帮他算这笔账，六万多，一年还三千六，那就得将近二十年，那个时候，老杨也要八十多岁了。他能活到那么大岁数吗？但叔叔却一脸苦笑，不作答。等人散了，他才说，我能有什么办法呢，能要多少算多少吧。说完，他低着头发呆。我就不再忍心说他什么了。

后来我们才知道，即使那三百块钱，老杨也就打过一个月。叔叔把这耻辱的苦果子强咽下去，好像再把这些讲给人听，就显得自己太窝囊了。他也想不明白，在这件事情上，理亏的明明是老杨，可最终丢钱又丢人的却是自己，见谁都抬不起头来。

原来的煤窑，他是回不去了，他再也无法靠力气干活挣钱。跟婶婶谋划半天，把家搬到了几十里地外的村子。那里有一所中学，可以一边开店，一边给女儿陪读。

他们租住的房子正对着学校的大门。那是一面高高的土崖下挖的两孔窑洞，叔叔、婶婶把它收拾干净了，又在门口挂了"修理部"的牌子。土崖顶上布满了酸枣树、椿树和野草。我去探望他们时，正是秋天，风一吹，酸枣簌簌地往下落，同时落下来的还有红的、黄的、绿的树叶，分外惹眼。婶婶爱干净，不时拿起笤帚扫上一遍。

窑洞里阴冷的寒气直往脸上扑。靠墙的一面竖着个货架，上边摆满了各种零件和线圈。他说这些零件都是从网上订购的，一个个地向我介绍着它们的故乡。叔叔一边挪动它们，腿一边在地上画着圈。婶婶在一旁嗔怪：知道的说你是干修理，不知道的，以为你卖零件呢。叔叔像没有听到一样，默不作声。

他那条能预知天气变化的腿，却预知不了生活的变化。修理电器的生意并不好，他不得不向远在南方打工的儿子求助，时不时要几百或者几千块钱救急。原本好好的生活变成这副样子，婶婶的脸色时常不好看。老杨给他带来的伤害如同腿疾一样，总是停放在某处，一旦生活里有什么不顺，这伤害便会浮现出来。

最终，他们决定去山下投奔我大姑一家，在城边那个小镇上租了门面，有表弟、表妹们帮忙张罗着，生意也不会太差。叔叔连夜让我给他的店铺取名，又来回奔忙着搬家。

三

在"之"字形的山道上，远远就能看到一个瘦小的身影，他左手端在胸前，右胳膊甩来甩去。离近了看，正是老杨。

听说，他半年前得了脑血栓，孩子们侍候了一阵子，又外出打工了。他一个人过活，吃喝都凑合着，原本就清瘦的人，风一吹过来，衣服直晃荡，好像那衣服不是被他穿在身上，而是直接挂在了一副骨架上似的。他脸上满是皱纹，眼睛挤在其中。算起来，他比我父亲还年长，也是六十多岁的人了。

因为叔叔的关系，他看见我们家人多少都会有些不自在。这不自在让我们觉得他似乎还有那么一点良知。我和他都在岔路口愣了片刻，才互相问了好，之后，他便转身从槐树旁边拐过去，奔向别人家。

听说，患脑血栓之后的老杨能恢复到如今的样子，也是吃了不少苦头的。原本好好的人忽然失去了行动力，重新学习行走，自然是极其胆怯的。再者，得了这种病的人多少都会有些惰性，锻炼上便不那么积极。可孩子们都有一家人要养，哪能一直守在老家，于是，想尽了办法逼他锻炼。他们说，最有效的莫过于把老杨扶到院子边上，又将做好的饭放到门口，让他自己想办法往前挪动步子，若能回来，才有饭吃。

那虽是冬天，阳光还是穿过老杨稀疏的发丝，在头顶上晒出了油光、汗水。他紧攥着拳头，用足力气往前挪动脚步，这办法是严苛到有些残忍的。在这件事情上，村里人的态度分成两派，一派认为这么做是对的，不狠下心，怎么能练好。一派认为，这简直是胡闹，折腾人。

叔叔听说这件事后，以往一提起老杨便发狠的话反而没有说出口。老杨欠他的钱几乎没有归还的可能。他已经不想再去纠缠，有那点儿时间，还不如干点别的什么。但老杨却成了他心里的阴影和隐痛。他总觉得老杨赖账的事最终会变成他软弱无能的把柄，被许多人握在手里。为此，他很少回老家，任院子里的空间被野草一点点挤满，任田地荒芜。

有时候，他也开着三轮车奔走于附近的各个乡镇与街道。婶婶在家里看门，她开始热衷于直播、发视频，用各种网络上传诵的鸡汤文吐槽命运的不济。那因为美颜过度表现出的我们未曾见过的姿态，显出一种陌生感，然而叔叔却从未察觉，他能将一件件电器无师自通地修好，却不知道世界上很多东西是一旦坏了就无法修复的。他整天忙碌，却似乎总是入不敷出。

去年秋天，店铺房租忽然涨价，他们权衡半天，打算搬家。他独自转移空调外挂机时，那条受伤的腿没能支撑住，整个人从梯子上重重摔了下去，导致手腕粉碎性骨折，腰部也受了重创。

医院好像一个魔咒，让婶婶看到就想逃避。两天之后，叔叔被扔在医院，无人问津。我们表兄弟姐妹几个赶紧凑够手术所需的钱，又帮着找好了护工。就在那段时间里，婶婶在视频网站上记录着自己的生活，任亲戚朋友们怎么劝说，她都无动于衷。而他们的儿子再也不愿接听叔叔的电话，也不再接我们的，他像暴风中的风筝一般，被干脆地扯断了与家族的联系。

等叔叔出院回家的时候，发现婶婶将原来的家分裂出两个来，她想跟叔叔分开过。几经折腾，婶婶还是卷着铺盖走了。户口本里，剩下叔叔孤零零的那一页。

亲人们经常想，假如叔叔的腿没有被老杨撞伤，他还像那些年一样在煤窑辛苦上班，一家人在那套新买的房子里安心过活，他们的生活会不会是另外一种样子？我苦想了半天，也说不出什么来。在复杂的生活大网里，谁又能说得清造成今天面目的肇事者究竟是什么人，或者是怎样一件事情。

听说，老杨在去年又病了一次，还做了回手术。叔叔没能从他身上讨要到的钱，一次次分期送到了医院。这让他们家也常过着火上熬油的日子。但叔叔似乎不太怨恨老杨了，至少很少再提起。他在那座小镇上一个人生活着，自己做饭，自己修理家申，生意竟比原来好了很多。甚至在去年秋天，还破天荒地把爷爷接到山下住了好长一段时间。

他偶尔会跟我联系，一看到他的号码，我心里还是会忽然一紧，琢磨着，他是否又出了什么事，或者是否要借钱。视频那头儿，那张瘦削的脸上绽放着微笑，问我最近忙啥呢，然后看着我的孩子们，脸上是长辈看到晚辈才有的慈爱。我每次都要对他说，你照顾好自己。说完，便忍不住哽咽了。我明显感觉到，奶奶给后辈们的泪水遗产在我身体里汹涌着。

关于婶婶，人们说，在城市里的火锅店见过她，也在川菜馆里见过她。叔叔听了，沉默了一会儿，说，可是，她不能吃辣。我们让叔叔去把她找回来，他却说，算了，一个人也挺好。但他依旧不断给儿子打电话，一次次发去信息说，我不朝你要钱，只是想知道你过得好不好，却始终没有得到回信。

原载《满族文学》2022 年第 4 期

桥墩下的生意人

刘星元

我喜欢骑着单车巡游县城。借助那辆单车，我知道了哪道斜坡上的哪树桃花开得最艳，知道了哪条小巷里的哪家面馆面条做得最劲道，知道了几个已经消失的老建筑究竟曾位于哪个位置……那些牛胃般褶皱的空间里，那些羊肠般狭窄的空间里，藏着更为细碎的人间烟火、喜乐悲欢，藏着更多我们以浮光掠影的心思触摸生活却永无法窥见的画面。护城河与建设路交会处的桥墩下，那方与喧嚣世界近在咫尺的静谧空间，就是这样与我不期而遇的。

那一日周末，忽然对县城里的护城河有了兴趣，便骑单车沿着滨河小道自北向南前行，驶过两处跨河大桥后，我在第三处跨河大桥的桥墩前停了下来。正值夏日，热量在半空中暗暗发酵，却无任何一缕风过境稀释此间的燥闷。我抬头遥望，桥墩支撑着的马路低处，铁索与石柱联袂打造出的护栏半遮半掩着，护栏背后，马路上隐隐有层层热浪在扭转晃动，行人踏足其间匆匆而行，车辆则需避开路障缓缓穿过。因为炙烤，路上的行人和路边的景观树木全都蔫头耷脑的，只有洒水车还在欢快地唱着永不更变的单调歌曲。视线所及，正是我最为熟悉的生活——与桥墩撑举着的马路上的行人一样，我无数次走在他们走着的地方，与他们动作一致、表情相同。而如今，我不过是换了一个位置和角度来窥探自己。

护城河河面并不阔，桥面却很长，中间的二分之一隔空铺在水面之上，剩下的二分之一，被两岸的河堤以及河堤外侧的空地共同霸占着。空地之上是桥，桥面以下是空地，中间则是几个平行排列着的臃肿而坚实的大桥墩。右岸的空地上，一共蹲着三个桥墩，在靠近护城河的两个桥墩之间，是一处从事套圈生意的所在，空地上画了一道标准线，线内摆放了四五排倒扣的塑料盆，每个盆子上都放置着一件物品，第一排多是钥匙链之类的小挂件，越往后物品的价值越高，到了最后一排，便是大件的陶瓷、石膏或金属摆件了。旁边竖着一块木板，上面竖写着两行红漆大字，一行是"二十块"，另一行则是"一百个圈"。一群人正站在标准线外，向着不同的物件抛出塑料圈，不时发出"套到了、套到了"的兴奋喊声。

与套圈生意的热闹相比，旁边的台球生意便差了些。在靠近马路这侧的那两个桥墩之间，平行摆放着两张台球桌，桌腿和桌沿上的漆皮有些已经脱落，有些地方则鼓起了几个大小不一的圆包，早晚也将剥落。靠西侧桥墩的那张台球桌，其中的一条桌腿从上到下裂开了一道长长的缝隙，桌腿被绳子紧束着，防止裂纹继续扩张；靠东侧桥墩的那张台球桌，绿色桌布上贴着几条或黄或透明的胶带，透过透明的胶带可看到，桌布已经损毁，上面的缝隙正被胶带勉强拼合着。两个十六七岁的少年站在东侧的台球桌前，有一搭没一搭地捣着台球，小球偶尔会弹出台面，滚到东侧的桥墩下或西侧的草丛里，这时候，其中一个少年就会不紧不慢地走过去，将球捡回来。偶尔会有路人停下，看着他们打一会儿再离开。我比那几个停下又离开的人坚持的时间更久一些，但并不是为了观赏少年的球技。对于台球规则，除了知道需要捣球入洞之外，我几乎一窍不通。我只是想以观看比赛的合理名义，在这不狭窄但也远说不上开阔的阴凉之地休憩一下，以此躲避烈日的烘烤。

自那个夏天开始，沿河骑行成了我的新爱好，而顺流而下的第三处跨河大桥的右侧桥墩之下，则成了我的半程歇脚之地。歇脚的次数多了，便认识了那两张台球桌的所有人老郑。

我并不知道他具体叫什么名字，但听别人都喊他老郑，便也跟着这样称呼他。老郑七十多岁，家住在距此仅百十米的城中村，早晨散完步，在早餐店吃完早点，就会溜溜达达来到桥墩下照看他的台球生意。其实算不上什么生意，没有明码标价，顾客给他一两块钱玩一场他收着，顾客给他一两块钱玩半天他也收着，甚至顾客不给钱，他也不会硬向人讨要，一天下来，根本就挣不了几块钱。更多的时候，老郑是自娱自乐——桥墩下的那张摇椅是他的专座，他躺在摇椅里，一只手摇着蒲扇，另一只手则搂着一个老式收音机。与别处看到的老人类似，老郑喜欢听京剧、豫剧、评书以及本地的柳琴戏，有时候收音机播放出的声音刺刺啦啦的，一句唱词常被刺啦劫掠走数个字词，但老郑却不恼，不仅不恼，还很期待这样的干扰来袭——收音机唱不上去的地方，摇头晃脑的他便用自己的嗓子兜住，然后抛起来、扬起来、飘起来，让收音机里的唱腔得以平稳过渡。我那时恰好对被本地人称为"拉魂腔"的柳琴戏颇感兴趣，听见老郑唱，就多停了一会儿，多嘴问了几个关于柳琴戏的知识，一来二去的，就与他熟络起来了。

老郑健谈，与他熟络了之后，便了解了他更多的爱好。他喜欢聊《周易》，从风水命理到阴阳八卦，从文王演易食子到鬼怪野狐故事，这些典籍所叙和无稽之谈，全被他网罗到了肚腹，又凭借一张能说会道的嘴巴吐了出来。他喜欢翻历史，无论开头说起哪个人、聊到哪个地方，他都能七拐八拐地绕到历史人物和事件之中去，一旦绕进去，又不免生发出诸多感慨，这些感慨多是从"倘若""假设""如果"这些词开始铺排，临到铺排兴尽，方才以一句"可是历史没有如果"之类的句子，以及配合这类句子发出的一声叹息结束。老郑是有理全说透、无理占七分，与他辩论，我从未占过上风。

　　与老郑更熟络一些之后，他在自己的摇椅旁给我安了一张小木椅。其实也并不是单独为我一个人安的，而是预备着给与他相熟的几个老人路过时坐一坐，我只是恰好得到了老郑这样的礼遇而已。老郑的椅子是躺椅，使用权仅限他一人；我的椅子则是座椅，且是流水椅子，几个人谁来谁坐。

　　有时候，躺在摇椅中的老郑也会讲讲自己的故事。他有一搭没一搭地讲着，这次讲一段，下次再讲一段，时间相邻的两段故事，往往在逻辑上并没有多少联系，讲的人想到哪里就讲哪里，听的人则需要进行梳理，为各段故事重新排列顺序，剔除一些与主体故事本身并不相干的杂质。

　　经过我的整理排列之后，老郑的经历大致如此——年轻的时候走过南闯过北，因为爱搗台球，回到县城后，就在当初还是主城区的老城区里租了几间房子，开了一家台球馆。凭借台球馆的盈利，他买下了大小两套房产，后来因台球生意不景气，他关了台球馆，改作小生意，骑着三轮车到十几里外的农村收菜，再载到县城的农贸市场售卖，以此来应付全家的花销。儿子考上了南京的某所名牌大学，毕业后留在了南京，于是老郑将那套大一些的房子卖了，给儿子凑足了在南京买房的首付。老伴患了病，为了治病，老郑又将那套小一些的房子卖了，等到老伴过世时，卖房的钱已花得七七八八。老伴去世后，儿子怕他孤单，便接他去南京过了几个月，玄武湖、中山陵、总统府、明孝陵、鸡鸣寺……等该看的都看过之后，老郑就觉得没有意思了，不顾儿子恳求，背着包裹就坐上了回家的列车。儿在远方妻已逝，回到老房子过了一段时间后，他终于还是感到了孤单，但又不愿意与其他老人一样去钓鱼、下象棋、跳广场舞，便想起院子里还有两张被搁置多年的台球桌，于是把它们从杂物堆里清理出来，自己在家里修修补补之后，招呼上几个老伙计，将之摆在了距离他家最近的桥墩下，算是重拾旧业。

有时候，正与老郑聊着天，他的手机铃声就响了起来。他的老式手机隔音效果差一些，不用按免提，也能听得清声音。那头若是儿子的声音，刚刚还在兴头上的他，便立刻换上一副不见喜怒的面孔，语气也变得不咸不淡，似是在保持着父亲的威严，只是可惜，他儿子观赏不到这样滑稽的变脸表演。那头若是小孙女的声音，他便立刻又堆出一张笑脸，语气也开始软声细语，开始发甜发嗲，作为旁观者和旁听者，我全身便会立刻鼓出一层鸡皮疙瘩。偶尔还会有另外一个电话打来，是个女声，从音色上判断，似乎并不算年轻，说的都是有一搭没一搭的闲话，老郑却直点头，数次从躺椅上下来，又数次重新躺回到躺椅里。我可能见过电话那头的那个女人——那日骑车路过老郑那里，看见老郑坐在我常坐的那张木椅上，而在他那从未允许他人躺卧的专属摇椅里，则躺着一个女人。女人六十岁左右的样子，穿着紫色长裙，化着浓妆，但妆容未能彻底掩盖衰容，尽管如此，在这个年纪里，她依然不失是一位散发着青春气息的老阿姨。她微闭着双眼，正在与旁边的老郑聊着什么，老郑脸上挂着笑，起身站了站，又重新坐了下去，就连我向他挥手，他都没有看见。所以我猜测，她就是那个让老郑枯木回春的女人，也是搅动得老郑心神不安的女人。

与老郑认识了三年。三年时间里，每到冬天，老郑都会将两张台球桌搬到偏僻处摞起来，用篷布盖上，再用一些绳子捆起来，以防风吹日晒。至于其余三季，老郑总是雷打不动地坐在桥墩下，坐在躺椅里。时代在变，我们都在身不由己地做着加速运动。三年里，我们身边发生了太多的变化——跨过护城河的第四架大桥已经竣工，很快就要投入使用了；老郑摆放台球桌的对岸，一条双向分流车道也即将建成；我结了婚、生了子，继而又换了一份相对稳定但需要投入更多精力的工作，身材早就开始以月入一斤的速度迅速发福了。有时候，还是会偶尔路过老郑那里，每次都是打个招呼就过去了。那段时间，来去总是急匆匆的，我已经很难抽出时间听老郑说《周易》讲历史了。

第四年春末的一天，我又一次从那处桥墩下穿行而过。冬天里捆束好的两张台球桌依然堆在偏僻处，篷布上落满灰尘和草屑。老郑呢？是与儿子一家团圆去了？是与那位老阿姨一起周游四方去了？是住进医院或躲入土中了？一连串轻淡的不足以称之为疑问的心思，只是闪念想了想，就飘了过去。之后，我也再未见过老郑。直到如今，也只有被他用篷布和绳索包裹与捆束起来的台球桌，还一直占据着桥墩下的一隅，证明着老郑这个人确实曾在这里摆过球桌，做过生意，而我却已记不起他的确切长相了。

有时候我会想，一座再小的县城，也会有褶有皱，那诸多的褶皱里，藏匿着数以万计甚至更多的生灵，这些微小的生灵，是他，是你，是我，当然也是老郑，他们复制着彼此的人生轨迹，除了姓名各异，除了工作不同，一个人所经历的，大致也是另一个人所经历的。既然如此，那么，想起这个小人物与忘掉那个小人物，其实也并没有什么区别，因为"这个"往往就是"那个"。

可是，我还是偶尔会想起老郑。

原载《湖南文学》2022 年第 8 期

绿茶，弱德之美

董晓奎

我喜欢喝茶，茶令我安静、从容和理性，赋予我不可思议的耐性。茶还可以洗濯心间的烦恼。在唐朝，茶有一个别称叫"涤烦子"，世间烦恼如影随形，多一些耐性，便多了峰回路转的可能。

中国文人对茶极度偏爱，给茶起了很多动听的昵称：嘉木、瑞草、佳人、清友、叶嘉、灵芽、雀舌、龙团、清人树、冷面草、琼蕊浆、草中英，等等，这就有点像徐志摩称陆小曼为"我最甜的龙儿"、梁实秋称韩菁清为"我的小娃"，那都是从心尖上发出的一声唤。这些好听的名字多数是形容绿茶的。而眼下正是喝绿茶的时节，这一口鲜不可错过啊。

在中国人的茶饮生活中，绿茶稳居霸主地位。绿茶是中国历史上出现最早的茶类。在茶文化史上，有文字记载，最早的工艺完善的茶就是绿茶。绿茶最初的工艺是蒸青，陆羽《茶经》对蒸青工艺有记载："蒸之、捣之、拍之、焙之、穿之、封之、茶之干矣。"之后，炒青绿茶诞生了。这是中国茶业史上的一个里程碑。当炒锅里飘出幽幽茶香，中国的制茶工艺才真正上马了。炒青工艺也促进了其他茶类的诞生，从此，中国茶人便有了一双硬茧铮铮的手。这双手，炒出了多少香滋气韵各不相同的人间佳茗。

南方遍布绿茶种植园，就像咱东北的苞米地似的，延绵不绝，随处可见。绿茶的产量最高，消耗量也极大。绿茶家族有一百多个品种，我们北方人常喝的绿茶有这几种：西湖龙井、洞庭碧螺春、竹叶青、信阳毛尖、太平猴魁、六安瓜片、安吉白片等。有一些绿茶，我们北方人不曾听说过，如老竹大方、桐城小花、小岘春、屯绿、斜背茶、震雷春、浮来青、狗牯脑等。这些茶因为陌生，殊堪玩味，令人憧憬。

我在一家有六十多年创刊历史的老牌文学期刊工作。编辑部的同事都爱喝茶，20 世纪 80 年代，他们的编辑工作是按地域划分的，负责南方片儿的编辑，在春天总会收到作者寄来的当地绿茶。茶为雅物，是文人间的伴手礼，不费多少钱的土特产，大家轻松笑纳，为今天留下了"君子淡以亲"的美好回忆。

编辑部在 20 世纪 90 年代曾去杭州龙井村采风。那时的龙井村确实是个村子，房子没有门牌号，家禽在乡间小道上发呆或嬉耍，没有车水马龙的惊扰，没有商业气息的浸淫，一派安详宁静、古朴自然的田园气息。同事们都买了龙井茶，如今已记不清多少钱，大概五六块钱就能买上一斤茶。那可是地地道道的龙井茶，据说如今在龙井村买茶是要擦亮眼睛的。

我很羡慕同事在那个年代去过龙井村。那个年代很多事物都令人无限怀想，除了茶，还有文学、粮食、空气，以及人与人之间的现实交往与精神托付，都很少失脚落空。

时光战车滚滚向前，经年之后，当我们坐在夕阳里回顾往事，会对眼下所经历的一切深情缅怀吗？

疫情发生之前的那年3月末，我去了一趟杭州。下了飞机，我们就敞开了衣襟，南方彼时已经铺天弥地地绿透了，暖透了。

杭州之行并不自由，紧锣密鼓地开了几天会，我这个借调人员总是心不在焉，心里惦记着那个名叫龙井的村子。我们所下榻的五星级酒店大堂，摆了一只炒茶锅。虽为摆设，却分分钟提醒着人们此季龙井村开始炒茶了，若不去看看多遗憾啊。

绿茶，人间四月天的妙曼佳人。来杭州，怎能不找寻佳人的芳踪呢？我无法按捺内心涌动着的情愫，看似漫不经心、实则蓄谋已久地跟领导说，这个时节喝绿茶最好了！经过一个漫长的冬季，茶树体内的养分积累充沛，茶多酚和氨基酸含量可高了，氨基酸可是好东西啊！最难得的是，明前茶受虫害侵扰少，不喷农药，绝对安全可靠。来杭州得买点龙井茶，不能空手回家啊。

领导同意了。杭州方面说，落实中央八项规定不便派公车，由我们自行安排。人是受环境左右的动物，我们居然连出租车也不坐，倒了两趟公交车抵达龙井村。

前一晚，我做好了探访龙井村的攻略，通过新浪微博联系了一位"龙井哥"。我的新浪微博关注了很多"且读且饮"的茶友文友，他们爱读书，爱饮茶，都过着自己喜欢的生活。有一位茶友骄傲地宣称"且读且饮，不过满腹"，看上去生活幸福指数不低。我还关注了一些像"龙井哥"这样有品质的茶商。"龙井哥"非常热情地将他家的门牌号告诉了我。

哪还有村子的模样？到处都是人，还有不少外国人；到处都是轿车，听不到鸡鸣狗吠。每座院子都标注醒目的门牌号，龙井村已经完全商业化了。

一栋二层小楼的外面，有七八垄茶树，几位中年女人在采茶。灌木型茶树主干矮小，我们站在人家对面，像看下棋似的看人家采茶，又像看一个人写书法，写的是簪花小楷。

这几位采茶女是地道的农村人模样，只埋头采茶不言不语，对我们的搭讪也不做过多回应。那栋小楼的庭院里设有茶座，不知是不是消费区？一位年轻女人笑意盈盈地走出来招呼我们。"不买茶，可不可以进去歇会儿？"北方人总是喜欢将底牌亮出来试探人。却见女人依然笑着，口吻却不容商量："喝茶是要花钱的。"

又走了几户卖茶人家，价格和氛围差不多。"龙井哥"的茶园已无心探访，浮皮潦草地走了走，意兴阑珊地告别龙井村。

与编辑部同事聊过龙井村之行，曲老师感叹："与我们当年去的龙井村不一样了，那时的龙井村没有游客和茶商，许多人家也卖茶，茶是自家土特产，价格很便宜，也好喝。过了几年，我在电视上看过龙井村，那也不是我们当年去的龙井村了……"

我们对龙井村的造访相差了二十年。二十年前的龙井村，二十年前的龙井茶，想一想，也真是沉醉了。

亲近绿茶，其实是对一种生活理念的亲近。当我想泡杯绿茶时，那一定是有了淡泊温柔的心境。近几年受疫情滋扰，心情是沉闷的，这个时候选择喝绿茶，那份独特的鲜爽、馨香、清雅将心情擦亮了。人生低谷时，总要想办法振作自己。

喜欢绿茶的人，大多向往简单平和、清静自然的生活。在一杯绿茶里品尝出喜悦与感恩，一定是走过千山万水被岁月长久善待之人。

喝过的绿茶，还可以捏几片叶底放入口中细嚼，唇齿留香之间，很多往事会在心底泛起蜜意。或者，那些烦恼的心事在细嚼之间，得到了梳理、释放和沉淀。人终究是自己管理自己的。

绿茶是女人生命的写真。张爱玲小说《怨女》中的银娣，在服孝不能戴耳环期间，将茶叶梗塞在耳眼里。那一定是绿茶吧！女人耳畔最为玲珑温馨，在那里有一缕茶香幽幽发散，怎不迷人？

宋代女词人李清照与丈夫赵明诚在青州故第闲居时，留下了"饮茶助学"的人间佳话。我想，泼洒在他们怀里的那盏茶，也一定是绿茶吧！

如果说每一种茶都有人格特质，那么，我所迷恋的普洱茶是历经沧桑的行者，走了很远的路，还要走更远的路，而我所崇尚的绿茶则具有人世间芸芸众生所秉持的"弱德之美"。

著名词学家叶嘉莹为清代词人朱彝尊写过一篇《论词的弱德之美》，她笔下这段文字令人备感慰藉，抄录在此。

> 这种美感所具含的，乃是在强大的外势压力下所表现的不得不采取约束和收敛的一种属于隐曲之姿态的美。如此我们再反观前代词人之作，我们就会发现，凡被词评家们所称述为"低徊要眇""沉郁顿挫""幽约怨悱"的好词，其美感之品质原来都是属于一种"弱德之美"。

由学术谈到人生，叶嘉莹说："我不想从别人那里去争什么，只是把自己持守住了，在任何艰难困苦中都尽到自己的责任。其实我这一生并不顺利，我提倡'弱德之美'，但我并不是弱者。"

稗籽如金，蒹葭亦美。弱者也有美德，也不乏力量。"弱"并不代表懦弱，"弱"是一种精神弹性。在逆境中守心克己，在人生的责任田里尽心尽力，谁说这样的人生不美？

在不算太晚的夜里，大约十点钟的样子，一切都归于沉寂，窗外响起清脆忧伤的虫鸣，你坐下来，温杯烫盏，煮茶焚香，缓缓地登陆自己的星球。在那里，或许是咀嚼不为人知的心事，或许是一场为心灵招兵买马的精进，或许一切皆空，只为眼前这盏清茶。

原载《天津文学》2022 年第 6 期